인수푸,
사라진
아이들의 섬

인수푸, 사라진 아이들의 섬

미라 로베 지음 | 이미옥 옮김

궁리
KungRee

머리말

머리말은 자칫 지루할 수 있답니다. 내가 여러분 나이였을 때, 나는 책에 머리말이 나오면 읽지 않고 그냥 넘겨버리고는 했어요. 그렇지만 나중에는 읽었습니다. 어린아이였지만 역시 머리말은 지루하다는 내 생각이 옳다는 것을 확인하기 위해서였어요. 나이가 들어서도 머리말을 읽으면 여전히 지루했어요! 이 책의 머리말은 길지 않지만, 그래도 읽지 않으려는 사람에게 나는 절대 화내지 않을 것입니다. 그런데 아주 짧으니 안 읽을 필요는 없어요.

『인수푸, 사라진 아이들의 섬』 원고가 완성되고 내가 두 번을 읽고 난 다음(한 번은 내용 때문이었고 다른 한 번은 내가 잘 못하는 쉼표를 문법에 맞게 잘 표시했는지 살펴보려고), 몇몇 친구에게 이 원고를 보여주었습니다. 친구라고 하니까 여러분은 나이 든 아주머니들과 수염이 덥수룩한 아저씨들을 상상할지 모르겠지만. 그건 착각! 내 친구들이란 한스와 발터, 리젤과 엘렌인데, 자그마한 흑인 아이 엘렌은 일 년 전에 내 지갑을 길에서 주웠답니다. 지갑을 되찾은 나는 고마워서 빵집에 엘렌을 초대하고 싶다고 하자, 이 녀석은 히아신스 뿌리를 선물해달라고 부탁했어요.

발터와 리젤, 한스와 엘렌은 이 원고를 읽은 뒤 우리 집에 와서 산딸기 주스와 과일을 넣은 와플을 먹었고 그리고는 내 원고에 대해 얘기를 했답니다. 선생님이 여러분에게 성적표를 나누어줄 때 가슴이 뛰죠? 나도 꼭 그런 기분이었어요.

리젤이 제일 먼저 원고를 읽은 소감을 말했습니다. "음, 완전히 좋았어요! 흥미진진한 부분도 많았고요!" 한스는 약간 상세하게 접근을 하더군요. "이거 정말 있었던 일이에요? 그런 섬이 있어요? 아이들도? 아니면 다 꾸며낸 이야기였어요?"

나는 좀 당황스러웠답니다.

하지만 발터는……. 여러분이 알아야 할 게 있어요. 발터는 언젠가 교수님이 될 거예요. 왜냐하면 발터는 엄청나게 철저하고 아는 것도 많아서, 내가 정말 존경할 정도거든요. (예를 들어 발터는 글자가 틀린 것도 가르쳐주었어요.) 발터는 문제점을 꼬집었어요. "책은 뭐 재미있었어요." 약간 깔보는 말투이기는 했답니다. "하지만 도대체 여기에 등장하는 '테라니엔'이라는 나라가 어디에 있어요? 그리고 '우르비엔'이라는 곳은 어디에요? 내가 가지고 있는 커다란 지도에서도 발견하지 못했다고요. '체테로'라는 도시도 없어요. 물론 사전도 찾아봤거든요. 그리고 바다에 있다고 하는 이 섬 말이죠, 이 섬에서 자라는 식물들을 살펴보면 분명 남태평양에 있는 섬 같긴 해요. 하지만 남태평양 섬에는 토끼나 양 같은 동물이 살기는 불가능해요……. 그리고 우리 물리 선생님이 그러시는데, 비행기가 추락해서 불에 탔는데 송신기가 고장 나지 않았다는 건, 있을 수 없는 일이라고 했어요. 그럴 수 없대요."

나는 발터의 비평을 듣고 매우 낙담했답니다.

발터는 딸기주스를 마시더니, 마치 미래의 교수님처럼 헛기침을 하고 나서 계속 말을 하려고 했어요. "예를 들어 또 말도 안 되는 내용은……."

그런데 이때 엘렌이 나를 구해주었답니다. "혹시 너 아니? 네가 뭔가 좀 이상하다는걸!"

그러자 이번에는 발터가 마음에 상처를 입었어요. 그런 말을 누구도 한 적이 없었나 봐요. 이때 발터의 표정이 정말 웃겼는데, 너무 화가 나서 와플을 삼키지 못하는 바람에 작은 와플 조각이 입 밖으로 불쑥 튀어나와 있었거든요.

"머리로만 생각하지 마!" 엘렌이 발터를 진정시켰어요. "네 머리는 좋아서 반짝거려. 너무너무 좋지. 그렇지만 너는 상상력이라는 게 부족해."

"무슨 말을 하는지 모르겠어." 발터가 삐딱하게 말했습니다.

"그러니까 말이야," 리젤이 중간에 끼어들었어요. "엘렌은, 발터 네가 어렸을 때 나무를 노끈으로 묶어놓고, 그걸 작은 개라고 한 적이 한 번도 없다는 거야."

"나는 강아지 같은 걸로 아무 짓도 안 해." 발터가 말했습니다.

“거봐.” 엘렌이 이제 말을 했어요. “너는 책도 그렇게 대해. 책에 나오는 장소를 찾을 수 없으면, 넌 아무것도 못해. 그렇지만 난 전혀 달라. ‘체테로’라는 도시가 이 지구상에 있든 달에 있든 아무런 상관이 없다고. 왜 어떤 나라를 ‘테라니엔’이라고 부르지 못할 이유가 어디 있어? 이 넓은 지구에, 종려나무와 모피 재료가 되는 동물들과 뱀과 염소와 이런 동물들이 다 함께 사는 그런 작은 섬이 없으라는 법이 어디 있는 거야? 네가 말하는 물리 선생님도 그래. 추락한 비행기 천 대를 보니 송신기가 망가졌더라. 그렇다면 천한 번째 추락한 비행기는?”

발터는 이런 말을 전혀 받아들이지 않고 으르렁거렸습니다.

“그런 건 중요하지 않아.” 엘렌은 흔들리지 않고 계속 얘기했습니다. “그런 일이 정말 일어났는지 아닌지는 중요하지 않다는 거야. 중요한 건, 그런 일이 일어날 수도 있다는……. 지금은 아니지만 언젠가…….” 엘렌은 갑자기 혼란스러워하며 말을 더듬다가 마무리를 짓지 못했습니다.

리젤이 고개를 끄덕였어요. 한스 역시 엘렌의 말을 이해하는 듯했습니다. 발터는 마침내 와플 조각을 삼켜서 더 이상 웃기게 보이지는 않았지만, 심각하게 뭔가를 생각했어요.

“책으로 나오면 한 권 주실 거죠?” 마침내 발터가 나에게 물었습니다.

나는 꼭 선물하겠다고 약속을 했어요.

차례

편지 한 장을 쓰다

"이번에도 다행스럽게 잘 지나갔구나." 공습을 알려주었던 사이렌소리가 이제 해제되면서 비행기들이 모두 사라지자 어머니가 말했다. 어머니는 아이들을 데리고 거실로 올라가 침대에 밀어 넣었다. "자, 이제 빨리 자야 해. 곧 아침이 될 테니까!"

빨리 자다니! 말이야 쉽지. 아이들은 밤 시간의 절반을 지하실에서 보냈다. 어머니의 무릎에서, 딱딱한 긴 의자 위에서, 그리고 땅바닥에서 말이다. 아이들은 두꺼운 스웨터와 외투를 잠옷 위에 껴입었고 양털이 달려 있는 슬리퍼를 신었다. 하지만 지하실에 있는 시간이 길어지자 얼음처럼 차가운 추위가 몰려왔고, 아침이 되어 지하실에서 다시 집으로 갈 때쯤이면 아이들의 온몸은 뻣뻣하게 굳어 있었다. 아이들은 뜨거운 찻잔에 손을 갖다대어 덥혔는데, 찻잔에 데이지 않도록 조심해야만 했다. 이불을 덮고 뜨거운 물을 채워서 담아둔 온수주머니를 곁에 두고 행복하게 침대에 누우면, 학교에 갈 때까지 세 시간 정도는 눈을 붙일 수 있었다. 그러면 아이들은 이불과 베개를 이리 저리 뒤척이면서 전쟁에 관한 꿈과 폭탄으로 공격하는 꿈을 꾸고는 했다. 그러다가 소리를 지르는 일도 많았는데, 놀란 어머니들이 아이들을 깨워서 달래줘야만 했다. 아이들이 잠에 빠지자마자 금세 자명종이 울어대기 시작했다. 이렇게 알리는 것이다. 7시야, 일어나야 한다고, 그래야 학교에 지각하지 않아.

이렇듯 잠을 많이 못 자니 아이들의 얼굴색이 창백하고 예민하게 보일 수밖에 없었다. 아이들은 예전처럼 뛰어 돌아다니려 하지 않았고 조용하게 살금살금 다녔으며 마치 아픈 사람들 같았다. 물론 어른들은 이런 아이들 때문에 걱정이 이만저만이 아니었다. 그래서 수천 명의 아이들을 시골로 보냈는데, 농사를 짓고 사는 시골집이나 농장으로 보냈다. 이곳에서 아이들은 잠을 푹 잘 수 있었을 뿐 아니라 원하는 만큼 우유와 달걀도 먹을 수 있었고, 꿀과 버터도 맛볼 수 있었다. 또 원하면 아이들은 건초더미 위에 누워 있을 수도 있었는데, 그러면 송아지들이 다가와서 아이들의 손을 핥아주었다. 하지만 모든 아이들이 시골로 갈 수는 없었다. 그래서 대부분의 아이들은 도시에 머물러 있을 수밖에 없었다.

어느 날 밤, 모린 부인은 두 아들 슈테판과 토마스를 데리고 네 시간 동안 방공호에서 쪼그리고 앉아 있었기 때문에 온몸이 쑤시고 아팠다. 그래서 맞은편에 앉아 있는 반토크 부인에게 이렇게 말했다. "반토크 부인, 우리 어른들이야 이 모든 것은 언젠가 끝이 난다는 것을 잘 알고 있지요. 그런데 아이들은 이해하기 힘들 것 같아요. 아이들이 이런 고생을 하게 만드는 인간들은 부끄러운 줄 알아야 해요! 우리 큰아들은 2킬로그램이나 살이 빠졌어요. 그러니 제 마음이 찢어진답니다!"

"그러면 안 되지." 둘째아들 토마스가 중간에 끼어들었다. "아빠가 휴가 갔다가 돌아와서, 엄마 마음이 찢어진 걸 보면 끔찍하게 놀랄 걸. 그럼 휴가 갔다 온 게 아무 소용이 없어진다고. 그러면 안 되잖아. 아빠는 의사거든!" 이렇게 말하고는 토마스가 반토크 부인을 쳐다보았다. "에휴, 저 애가 이제는 모르는 게 없다니까요!"

"바보 같은 말 그만해!" 토마스의 형인 슈테판이 핀잔을 주었다. "마음이 찢어진다는 건 병이 아니고, 그냥 표현이야."

"그래도 아빠는 금방 알아볼 거야." 토마스는 고집을 꺾지 않았고 나아가 화까지 냈다. 토마스는 형을 싫어하지 않았고 오히려 자랑스럽게 생각할 때도 많았다. 하지만 슈테판은 형이기 때문에 동생에게 못되게 굴 때도 많았다. 그럴 때 형은 지긋지긋하게 어른처럼 굴었고, 형보다 네 살 어린 토마스는 자신이 마치 갓난아이라도 된 것같이 느꼈다. 특히 형이 학교에서 2년 전부터 라틴어를 배우기 시작한 후, 토마스는 힘들 때가 많아졌다. 그렇지 않아도 학교를 중요하게 생각하지 않았고, 공책에 뭔가 끄적이는 것보다 롤러스케이트 타는 것을 좋아했던 토마스였기에 형과의 사이가 약간 더 멀어지는 듯했다.

"다른 나라에 사는 아이들은 지금 침대에서 쿨쿨 자고 평화로운 일에 대해 꿈을 꿀 텐데……!" 모린 부인이 반토크 부인에게 말했다.

"아몬드를 설탕에 버무린 과자 꿈!" 토마스가 말했다.

"예를 들어 어디? 테라니엔 같은 나라?" 토마스가 물었다.

"그래, 테라니엔 같은 나라. 거기에는 전쟁이 없잖니." 모린 부인이 말했다.

"그러면 왜 당장 거기로 안 가?" 토마스가 물었다.

하지만 아무도 대답하지 않았다. 나이 든 아이들은 피곤해서 미소만 지었고, 반토크 부인은 마치 이렇게 생각하는 듯했다. "아이고, 어린것이 모르면 가만히 입 다물고 있기나 하지."

토마스는 어차피 이런 어른들이 싫었다. 어른들은 난간을 뛰어내리는 것도 금지했기 때문이고 이런 어른들에게서는 좀약 냄새가 났고 심지어 구토가 날 정도로 늙은 할머니였기 때문이다.

그러자 슈테판 형이 어린 동생 토마스를 끌어안았다. "토마스의 말이 맞을지도 몰라. 왜 우리는 테라니엔으로 가지 않아? 그러니까, 우리 어린이들. 엄마! 만일 우리가 대통령님에게 편지를 써서, 밤에 잠을 잘 잘 수 있는 테라니엔 부모님들을 모두 모아달라고 부탁한다면! 그리고 대통령님이 이 부모들에게 집집마다 침대 한 개씩을 더 마련해달라고 부탁한다면, 여기 사는 우리가 거기 가서 제대로 잠을 잘 수도 있잖아! 어떻게 생각해, 엄마?" 슈테판은 잔뜩 긴장해서 어머니를 바라보았다. 토마스는 감동해서 귀가 빨개졌다. 하지만 방공호에 앉아 있는 사람들은 아무 말도 하지 않았다. 반토크 부인이 격렬하게 코로 심호흡을 하더니 말했다. "하느님, 아이들은 너무 어리석은 말을 합니다!" 하지만 어머니는 슈테판의 어깨에 손을 올리더니 대답했다. "네가 그렇게 생각한다면, 테라니엔의 대통령에게 편지를 보내보렴!"

반토크 부인은 아직 공습경보가 해제되지 않았지만 자리에서 일어나 떨떠름한 표정으로 방공호를 떠나갔다. 이 부인의 등조차 이렇게 말하는 듯했다. "저런 식으로 아이들의 멍청한 짓을 편드는 여자의 옆에는 앉아 있을 수 없어."

다음날 오후 슈테판이 학교에서 돌아와서 설거지를 하는 어머니를 도와준 뒤 책상 앞에 앉았다. 그리고는 공책 중간쯤 되는 부분을 한 장 찢었다.

"이 공책에는 줄이 없거든. 테라니엔 대통령에게 편지를 쓰는데 줄이 그어진 종이를 사용할 수는 없잖아!" 슈테판이 곁에 서 있는 동생 토마스에게 말했다.

"왜 그렇게 하면 안 돼?" 토마스가 물었다.

"줄이 그어진 종이는 너무 애기 같아서 대통령이 편지를 안 읽을 수도 있거든." 슈테판이 동생을 가르쳐주었다. 그런 뒤에 왼쪽 제일 위에 날짜를 썼고, 오른쪽 구석에 이렇게 썼다. "사안: 잠이 필요해요!(Dormire necesse est!)"

"무슨 뜻이야? 사안은 또 뭐야?" 토마스가 궁금해했다.

"또 질문하기 시작하는군. 못 참겠어! 그게 말이야, 제대로 된 편지에는 반드시 어떤 사안인지를 적어야 해. 그래야 편지를 받는 사람은 그 자리에서 이 편지가 무슨 내용일지 알게 되는 거지."

"아하." 토마스는 이해했다는 듯한 표정을 지으려고 노력했다. 물론 그사이 더 똑똑해지지 않았지만. "그럼, 도르-미-레는 뭐야? 라틴어야?"

"그럼, 중국어라고 생각해?" 슈테판이 신경질적으로 대꾸했다. "잠이 필요해요! 이런 뜻이지. 내가 만들어낸 문장이야. 원래 로마 사람들은 약간 다르게 말했어. 항해는 꼭 필요하다(Navigare necesse est)라고 했지만, 우리 사정과는 안 맞잖아."

"왜 안 맞아?" 토마스가 비난을 했다. "만일 우리가 테라니엔으로 가려면, 배를 타고 가야 할 거잖아. 바다를 건너!" 토마스는 자랑스럽게 말을 하며 입술을 얄팍하게 만들었는데, 뭔가 자신이 똑똑한 말을 했다고 생각했기 때문이다.

"바다가 중요한 게 아니고, 잠이 중요한 거라고. 자꾸 방해하면, 구석으로 날아갈 수 있어!" 슈테판이 화를 냈다.

그러자 토마스는 입을 다물고, 형이 편지를 쓰는 모습만 지켜보았다.

존경하는 대통령님!

제 아버지는 육군 소령(2연대)으로 집에 거의 안 계시므로, 어머니가 이 편지를 대통령님께 써달라고 저에게 부탁을 했답니다.

"아빠가 소령이랑 무슨 상관이야?" 토마스가 물었다. "멍청한 질문 이제 그만하라니까! 주둥아리 좀 다물어, 제발."

"주둥아리는 아름다운 우리말이 아니라고 엄마가 말해줬어." 토마스는 마치 자신이 도자기로 만든 왕자라도 되듯 아주 고운 목소리로 말을 했다. "그리고 어머니가 편지를 써달라고 부탁했다는 건 거짓말이야……."

"나가!!!" 슈테판이 울부짖었다. "당장 나가라니까!" 슈테판은 자리에서 벌떡 일어나 토마스의 멱살을 잡더니 방 밖으로 밀어냈다. 슈테판이 자리에 앉아 다시 편지를 쓰려고 마음을 가다듬었을 때, 문이 조심스럽게 열렸다. 토마스였다. 매사 철저한 이 녀석은 하고 싶은 말을 끝까지 못했기에 문 사이로 이렇게 말했다. "……엄마는 다만, '네가 그렇게 생각한다면, 대통령에게 편지를 보내보렴!'이라고 말했지, 그 이상은 아니잖아!"

슈테판은 라틴어 사전을 번쩍 들어서 문을 겨누었다. 이 사전은 정말 두꺼웠는데, 순간적으로 문이 닫혔다. 그런데 문 밖에서 토마스는 마치 아무 일도 없었다는 듯 다정하게 물었다. "형, 다 쓰면 읽어줘. 아님, 나한테 보여주지 않고 편지를 보낼 거야? 나도 편지 끝에 인사말을 쓰고 싶단 말이야."

형이 아무 말을 하지 않자 토마스는 어머니가 있는 거실로 종종걸음으로 달려갔다. 어머니는 양말을 깁고 있었는데 토마스를 보자 말하기도 싫었다. 왜냐하면 토마스는 가족들 가운데 양말에 구멍을 가장 많이 내었기 때문이다.

"엄마, 형이 편지를 쓰고 있어, 엄마도 벌써 알고 있을 거야. 어젯밤에 얘기했잖아. 아무도 형을 방해하면 안 돼. 나는 밑에 내려가서 놀게." 토마스는 뭔가 중요한 일인 것처럼 말을 했다.

"비 온다니까, 나가면 완전히 젖게 돼!"

"그래서?" 토마스는 그래도 괜찮다는 표정이었다. 그리고는 눈 깜짝할 사이에 밖으로 나가다가 그만 넘어졌지만 일어나서 뜰로 달려갔다. 그리고는 손가락 두 개를 입에 넣더니 휙 소리를 냈다. 그러자 3층에서 여자아이가 창밖으로 머리를 내밀더니 물었다. "무슨 일이야?"

"내려와, 공 가지고!" 토마스가 소리를 쳤다.

"비 오잖아" 소녀도 소리를 질렀다.

"새침떼기!" 토마스는 놀렸다.

창밖으로 공이 떨어졌고, 곧 공의 주인이 뜰에 나타났다. 토마스는 이 소녀와 잘 놀지는 않았지만, 혼자 노는 것보다 나았다.

"나는 집에 있으면 안 돼." 토마스는 중요한 일인 것처럼 말했다. "형이 테라니엔의 대통령한테 편지를 쓰고 있거든."

"거짓말!" 소녀가 말했다.

"진짜라니까! 사안이라는 말도 있고, 모든 글을 라틴어로 쓰고 있어!"

소녀가 토마스의 거짓말에 속아 넘어갔는지 아니면 진실을 알게 되었는지는 중요하지 않았다. 중요한 것은, 소녀가 깜짝 놀랐다는 것이다. 정말 깜짝 놀랐다!

완성된 편지는 다음과 같았다.

우르비엔의 도시 체테로, 1942년 10월 21일

사안: 잠이 필요해요!

존경하는 대통령님!

제 아버지는 육군 소령(2연대)이며 때문에 집에 거의 안 계시므로, 어머니가 이 편지를 대통령님께 써달라고 저에게 부탁을 했답니다.

우리가 살고 있는 나라는 우르비엔입니다. 그런데 이 나라의 체테로라는 도시에 사는 아이들은 몇 달 전부터 전쟁 때문에 침대에서 제대로 잠을 잘 수도 없을 뿐 아니라, 자더라도 푹 잘 수가 없습니다. 그래서 우리는 테라니엔으로 가고 싶어요. 그곳에는 밤에도 공습경보가 울리지 않고 평화롭게 잠을 잘 수 있다는 소식을 들었기 때문입니다.

존경하는 대통령님, 저는 이제 열세 살에 불과하고, 이웃집 아주머니 반토크 부인은 제가 대통령님께 편지를 쓰는 행동이 매우 오만불손하다고 생각합니다. 하지만 저는 그렇게 생각하지 않습니다. 만일 대통령님께서 그곳의 부모들을 소집해주시거나, 아니면 신문에 부모들에게 우리가 매일 지하실에 숨어 있어야 하고 지치고 잠도 못 잔다는 소식을 전해주신다면, 그들은 즉시 우리를 초대하리라고 봐요. 그러니까 아이를 가진 부모들 말입니다. 우리는 기꺼이 그곳으로 갈 것입니다.

존경을 담아 약속 드립니다.

슈테판 모린 올림.

추신: 답장은 가능하면 빨리 해주시길 바랍니다.

"잘 썼어, 형. 이제 내가 인사말을 적을게. 그 다음에 편지를 부쳐!" 토마스는 형이 어머니에게 편지를 읽어주는 동안 몰래 방으로 들어와서 말했다.

슈테판은 그러고 싶지 않았다. 동생의 이름을 쓰지 않고 부치는 게 더 나을 것 같았다. 왜냐하면 동생은 늘 여기저기 얼룩을 묻히고 다녔기 때문이다. 하지만 그렇게 해달라고 어머니가 부탁을 했기에, 슈테판은 동생이 편지에 "토마스 모린도 인사드립니다."라고 쓰게 해주었다.

예상 밖에 토마스는 편지에 얼룩을 묻히지 않았지만, 자신의 이름 밑에 커다란 동그라미를 그려 넣었다. 그러고 나서 어머니는 봉투를 하나 내주었고, 슈테판은 편지를 받게 될 사람의 이름과 주소를 대문자로 이렇게 썼다.

테라니엔 대통령 귀하

벨몬트

대통령궁

우표를 붙이자 슈테판은 빨간색 볼펜으로 아래쪽에 삐딱하게 이렇게 썼다. "빠른우편!!!" 그러고 나서 형제는 편지를 가지고 내려가서 우체통에 넣었다.

편지가 오다

테라니엔의 대통령은 나이가 지긋이 든 노인이었고, 하루 종일 회의에 참석해야만 하며 머릿속에는 정치적인 근심으로 가득 차 있었다. 그런 근심 외에도 다른 것도 가지고 있었다. 예를 들어, 흰색 대리석으로 지어졌고 뒤편에는 공원까지 딸려 있는 빌라, 그리고 이곳에서 뛰어다니며 짖어대는 폭스테리어 세 마리, 자동차도 두 대 있었다. 한 대는 낡고 검정색이었으며 다른 한 대는 새 차에 색깔은 회색이었다. 그리고 대통령은 요트가 하나 있었는데, 휴가 때가 되면 늘 요트를 탔다. 대통령에게는 비서가 네 명 있었다. 이 비서들은 빨간색 양탄자가 깔려 있는 거대한 방에 앉아서 일을 보았다. 그들은 아침부터 저녁까지 오로지 편지를 읽으며 보냈다. 전

세계에서 대통령에게 보내온 편지들이었다. 대통령에게는 두 명의 손주가 있었는데, 바로 수지와 미하엘이었다. 대통령은 손주들을 진심으로 사랑했지만, 엄격하게 대해야 진정한 할아버지라고 생각하는 사람이기도 했다.

대통령은 왼쪽 다리에 관절염을 앓고 있어서 매일 아침이면 안마사가 마사지를 해야 했다.

그리고 뭐가 더 있지?

대통령은 끔찍하게 많은 일을 해야 했다!

미하엘과 수지가 대통령궁의 복도에서 네 명의 비서 가운데 한 사람을 만나, 회의가 언제까지 계속되는지 물었을 때도 역시 대통령이 얼마나 바쁜지 깨달을 수밖에 없었다. 할아버지는 식사를 함께 하자며 손주들을 오후 다섯 시에 오라고 불렀다. 그런데 오래전에 다섯 시 반이 지났지만, 할아버지는 여전히 회의실에 앉아 있었다.

"할아버지하고는 늘 뭘하기가 힘들어." 얼마 전에 열네 살이 되었기 때문에 어른처럼 말해야 한다고 생각하는 수지가 어른들의 말투를 흉내 내어 말했다. "할아버지가 한 약속은 도대체 믿을 수가 없거든. 나는 무용시간인데 중간에 뛰쳐나왔단 말이에요."

"무용시간을 방해할 의도는 전혀 없어요. 다만 대통령님께서는 춤보다 더 중요한 문제에 관해서 우르비엔 대사에게 설명을 해야 한답니다." 비서가 말했다.

"나도 그렇게 생각해요." 미하엘도 거들었다. 미하엘은 이제 열두 살이었지만 누나보다는 약간 더 이성적이었다. 미하엘은 계단을 올라가더니 네 명의 비서가 앉아 있는 방으로 사라졌다. 왼쪽 뒤편에 비서 그란 씨의 책상이 있었는데, 이 비서는 친절하고 젊은 남자로 안경을 끼고 있었다. 그란 씨는 몇 년 전부터 이곳에서 비서로 일하며 미하엘의 친구가 되었다. 책상 서랍에는 미하엘에게 주기 위해서 우표를 모아두었다.

"안녕하세요, 그란 씨!" 미하엘이 말했다.

"안녕, 미하엘!" 그란 씨가 한쪽 눈은 감고 다른 쪽 눈은 깜빡거리며, 마치 국가적인 비밀이라도 되는 양 속삭였다. "희망봉! 푸른 기적! 그야말로 드문 거야." 이렇게 말하며 그란 씨는 미하엘에게 삼각형으로 된 푸른색 우표를 내밀었다. 미하엘은 황홀해서 넋을 잃은 표정이었다.

"그란 씨는 천사예요! 이제 '진귀한 아프리카 우표' 시리즈가 거의 꽉 찼어요." 미하엘은 반짝반짝 빛나는 푸른색 우표를 지갑 속에 넣었다. 그런 다음 미하엘은 늘 하던 대로 책상 밑에 있는 쓰레기통을 다리 사이에 끼워놓고 그 안을 뒤지기 시작했다. 쓰레기통에서 우표를 발견하지는 못했다. 적어도 자신이 관심을 가질 수 있는 우표는 찾지 못했지만 대신에 미하엘 자신이 쓴 것처럼 글씨가 단박에 눈에 띄는 편지 봉투를 발견했다. 웃기네, 도대체 이건 어디에서 온 거야? 바로 우르비엔에 살고 있는 슈테판이 쓴 편지를 꺼냈다. 미하엘은 편지를 다 읽고 나서 잔뜩 흥분했다.

"여기 이 편지는 읽어봤어요?" 미하엘은 책상 밑에서 그란 씨의 구두끈을 위로 들며 물었다.

"어떤 거? 나는 아침부터 지금까지 836번째 편지를 읽고 있어.

그러니까 어떤 편지인지 내가 어떻게 알겠어?"

"우르비엔의 체테로라는 곳에 사는 슈테판 모린이 보낸 편지요."

"뭐라고? 우리비엔의 체테로에 사는 슈테판 모린?" 그란 씨가 물었다.

"누구냐……하면요, 소년인데요. 그란 씨 한 가지는 말해야겠어요. 희망봉 우표를 구해주신 거는 정말 멋진 행동이었지만, 이런 편지를 쓰레기통에 던져 넣은 것은 절대 그렇지 않아요. 심지어 나쁜 행동이라고도 할 수 있다고요. 우리 할아버지가 이 편지를 반드시 읽도록 내가 노력할 거예요." 이렇게 말하고 미하엘은 재빠르게 대통령이 회의를 하고 있는 방으로 다가갔다. 이 방으로 들어가는 문은 두툼하게 쿠션을 넣은 문이었다.

"미하엘, 아이고 맙소사!" 그란 씨는 소리를 지르며 미하엘을 쫓아갔다.

"우르비엔에서 온 대사님이 안에 계셔! 누구도 방해하면 안 된다고! 이 회의는 정상끼리의 회의란 말이야!"

그란 씨는 겨우 미하엘의 허리띠를 잡아챘다. 나머지 세 비서도 최대한 빨리 달려왔고, 다들 제각각 말을 하느라 정신이 없었다. 그때 문이 열리더니 대통령이 우르비엔 대사에게 작별인사를 했다.

"무슨 일인가요?" 대통령이 놀라서 살펴보니 얼굴이 발개진 손자를 네 명의 비서가 둘러싸고 있었다.

"할아버지, 화내지 마세요. 하지만 뭔가 중요한 얘기를 할 게 있다고요." 미하엘이 말했다.

"그렇구나. 그전에 내가 마레 씨에게 잘 가라는 인사를 할 수 있게 해주겠느냐?" 할아버지가 말했다.

"마레 씨도 들으셔야 해요." 미하엘은 적극적으로 주장을 폈다. "바로 우르비엔에 관한 일이거든요. 그러니까 우르비엔에 사는 아이들에 관한 문제라고요. 여기 체테로에 사는 슈테판 모린이라는 아이가 쓴 편지가 있어요. 이 아이는 나와 같은 또래의 소년인데, 무슨 내용의 편지를 썼는지 이제 한번 들어보세요."

미하엘은 슈테판의 편지를 큰소리로 읽어나갔다. 대통령은 마레 씨를 쳐다보았고, 마레 씨는 비서들을 쳐다보았으며, 비서들은 다시 대통령을 쳐다보았다. 그리고 결국에는 모두가 미하엘을 쳐다보면서 편지를 끝까지 낭독할 때까지 쥐죽은 듯 듣고 있었다. 다 읽고 나자 마레 씨는 미하엘의 어깨 위에 팔을 얹고 말했다. "네 말이 맞아! 이 문제는 정말 우르비엔과 관련 있는 일이구나." 그리고 이어서 마레 씨가 말했다. "간단하게 제 의견을 말씀드려도 될까요, 대통령 각하?" 마레 씨는 한 팔로 미하엘을 끌어안고 다른 팔로 대통령을 끌어안고는 다시 회의실로 들어갔다. 네 명의 비서는 놀라서 그만 빨간 양탄자 위에 주저앉고 말았다.

그때 동생을 찾으러 다니는 수지가 나타났다.

"어, 거기 앉아서 다들 뭐하세요?" 수지는 놀라서 물었다. "미하엘은 어디 있죠?"

"미하엘은 회의실에 있어요!" 그란 씨가 대답했다.

"회의라고요? 누구와 회의를 한단 말이죠?" 수지가 당황해서 물었다.

"우르비엔의 대사님과 테라니엔의 대통령님과 함께요." 네 명의 비서가 동시에 합창을 했다.

이로부터 한 시간 후에 아이들은 할아버지와 함께 아이스크림 가게 '그륀란트'에 앉아서 반쯤 녹은 아이스크림을 열심히 먹고 있었다. 미하엘은 웨이터에게 편지지 한 장을 부탁해서 받았고 대통령으로부터 만년필을 받았다. 그러고 나서 이렇게 썼다.

사랑하는 슈테판!

테라니엔의 대통령이신 나의 할아버지가 네 편지를 받았단다. 내가 아니었으면, 할아버지는 네 편지를 읽지 못할 뻔하셨지. 행운이 아니고 뭐겠니. 너희 나라의 대사님인 마레 씨가 마침 우리나라를 방문하셨어. 우리 셋은 모든 것을 정해버렸어. 너희에게 커다란 배 한 척을 보내기로 했거든. 두 척을 보낼 수도 있어. 곧 더 많은 소식을 듣게 될 거야. 부모들에게 호소하는 문제는 곧 신문에 기사로 실을 거야. 토마스에게도 안부인사 전해주길. 나는 누나 한 명밖에 없어. 곧 보자. 내가 카피탈레 항구로 마중 나갈게. 녹색 목도리를 메도록 해. 그러면 너라고 알아볼게.

너의 친구

미하엘 페트리

그리고 대통령이 편지 밑에 서명을 했다.

반갑구나,

미하엘의 할아버지

여행

아이들은 2월이 되어서야 떠날 수 있었다. 테라니엔으로 가고 싶어하는 우르비엔 아이들 모두가 적당한 자리를 찾을 때까지는 오랜 시간이 걸려야만 했다. 예를 들어 모린 부인은 두 아들이 각각 떨어져서 지내기를 원치 않았다. 형이 동생을 보살펴야 한다고 말했고, 그렇지 않으면 자신은 밤마다 어린 토마스가 고층에서 떨어지는 꿈을 꾸게 될 것이라고 말했다.

또 우르비엔에는 이렇게 말하는 어머니들도 많았다. 만일 스무 켤레의 따뜻한 양모 양말과 몇 킬로그램의 기침을 멈추는 사탕을 배에 실을 수 없다면, 아이들을 보내지 않겠다고 했다. 사실 어른들만 이렇게 까다롭게 구는 건 아니었다. 이성적이지 않은 아이들도 상당히 많았다. 그러니까 기르던 앵무새를 가져가겠다는 아이도 있었고, 장난감 전기 기차와 철로까지 가져가야 한다는 아이도 있었다. 금붕어도 가져가야 한다는 아이가 있었고 인형을 담아둔 수레도 가져가겠다는 아이도 있었다.

그럴 수는 없었다. 배낭에 가져갈 수 있는 물건의 무게는 정해져 있었기 때문이다.

마침내 배 안에서 일을 하게 될 적당한 사람들도 구했는데, 간호사, 의사, 교사, 유치원 교사들이었다. 이 모든 사람들은 수천 명의 소년과 소녀 들의 위험한 여행에 함께하게 될 이들이었다.

왜냐하면 이 여행은 위험할 수 있었기에! 부모들은 이런 점을 잘 알고 있었고, 큰 아이들도 예감하고 있었다. 예를 들어 슈테판은 떠나기 전날 저녁에 이미 어머니에게 잘 자라는 인사를 했다.

"엄마, 두려워?" 슈테판이 물었다.

아니, 왜? 이렇게 대답하고 싶었지만, 모린 부인은 그렇게 말해도 아들이 속지 않으리라는 것을 잘 알았다. "그래, 약간."

"그러면 가지 말까? 아니면 토마스만 보내고 나는 여기에 남아 있을까?"

"말도 안 되는 소리!" 모린 부인은 화를 냈다. "이게 다 누구 아이디어인데? 어서 자거라, 슈테판." 어머니는 보통 때보다 아들의 침대에 더 가깝게 몸을 숙였다. "신경 쓰지 마라. 어머니란 사람들은 웃겨. 항상 걱정을 하거든. 바지에 구멍이 나도 걱정, 테라니엔으로 떠나도 걱정."

어머니는 침대에 누워 있는 아들에게 입맞춤을 했고 배낭 두 개를 넘어 문 밖으로 나갔다.

"엄마는 웃기지 않아. 일등 엄마일 뿐!" 슈테판이 혼잣말을 했다. 그런데 옆에서 아무런 반응이 들려오지 않았다. 토마스는 이미 오래전에 꿈나라에 가 있었다.

부모들은 아이들을 기차역까지만 데려다주기로 약속이 되어 있었다. 이곳에서부터 아이들은 기차를 타고 항구도시인 팍스까지 가기로 했다. 배는 오후 네 시 반에 출발할 예정이었다. 정확하게 아침 일곱 시가 되자 모린 부인은 두 아들을 데리고 아직도 어두운 길을 뚫고 역에 도착했는데, 그때 한 남자가 이 가족을 멈추게 했다. 그는 흰색 안장을 차고 있었으며, 그 안장에는 '어린이 수송'이라는 글자가 쓰여 있었다.

"승객 이름은 어떻게 됩니까?" 그가 모린 부인에게 물었다.

"우리요?" 토마스가 작은 목소리로 물었다. 토마스는 너무 긴장을 한 나머지 배가 아팠고 그래서 계속 말을 하려고 했다. 하지만 슈테판은 동생의 등을 한 대 때렸고, 그러자 배가 아픈 게 순간 사라졌다.

"슈테판 모린과 토마스 모린." 어머니가 안장을 차고 있는 남자에게 대답했다.

"몇 살이죠?" 남자는 목록을 넘기며 물었다.

"열세 살과 아홉 살이요."

"테라니엔에 도착해서 갈 주소는요?"

"페트리 씨, 벨몬트."

"오, 아." 남자는 갑자기 친절하게 굴었다. 이제 자신의 앞에 있는 아이들이 누구인지 알게 되었기 때문이다. "여기, 슈테판과 토마스입니다. 자, 저기 14번으로 가세요."

사방에는 어른들이 아이들 몇 명을 빙 둘러싸고 있었다. 흰색으로 1번에서 30번까지의 숫자가 널빤지에 적혀 있었다. 슈테판과 토마스는 14번을 찾고 있었다. 젊은 여자가 맞은편에서 다가오더니 진심에서 우러나오는 악수를 청했다.

"안녕! 너희들은 분명 모린 씨네 아들이겠구나. 너희 배낭은 잠시 여기에 두렴. 자! 이제 다른 아이들이랑 인사를 해. 여기 이 아이는 칼 그루너, 그리고 요한과 게오르크 바르민……나는 릴리아네라고 불러. 내가 너희들을 인솔하게 될 거야."

아이들은 멋쩍은 기분으로 마주보고 서 있었다. 명령을 내린다고 해서 어떻게 친구가 되냐? 어머니들은 옆에서 자식들이 어떻게 하는지 지켜보았다. 또 시작이군, 모든 아이들은 그렇게 생각했다. 아이들은 마치 물고기처럼 서서 침묵하고 있었다. 정말 분위기가 썰렁했다. 갑자기 토마스가 말했다. "질문해도 돼요, 릴리아네?"

"물론이지."

"우리는 오랫동안 배 위에 있게 될 거잖아요. 화장실은 있죠? 아니면 어떻게 해요?"

그러자 모두가 배를 잡고 웃고 말았다. 슈테판은 끔찍하게 난처했다. 동생은 항상 불편한 상황을 만들어냈다. 하지만 토마스의 엉뚱한 질문에 아이들이 긴장을 풀게 되어서 서로 미친 듯이 얘기를 하기 시작했다. 처음에는 화장실에 대해서, 배 위에서 볼일을 볼 수는 없다는 둥, 그런 뒤에 하루 종일 배에서 무엇을 할 수 있는지에 대해서도 얘기했다. 기차역은 그야말로 아이들의 목소리로 가득 차게 되었다. 어머니들은 릴리아네 양에게 몰려가서 온갖 질문과 부탁을 하기 시작했다. 기차 안내원들이 여기저기 달려갔고, 역에 있던 거대한 시계 침이 움직이자 어떻게 갑자기 일곱 시 반이 되었는지 아무도 모르는 사이에 "승차하십시오!"라는 방송이 들려왔다. 14번 그룹은 릴리아네 양의 인솔을 받아서 기차 칸에 올라탔고, 좌석 때문에 약간 다툼이 있었지만 아이들은 곧 창가로 몰려갔다. 어린아이들도 있었고 나이가 더 먹은 아이들도 있었다. 아이들은 이별의 눈물을 흘리기 시작했고 날카로운 소리로 징징거리는 애도 있었다. 그때 릴리아네가 웃기는 〈토끼와 홍당무〉라는 노래 가락에 "엄마, 나는 테라니엔에 가고 싶지 않아!"라는 가사를 붙여서 불렀다. 모든 아이들이 유치원에서 배운 노래 가락이었기에 목청껏 불렀다.

> 토끼 한 마리가
> 푸른 풀밭에 앉아 있었네,
> 그러자 엉덩이가 젖어버렸네.
> 헤이야, 엉덩이가 젖은 거야……

기차는 출발하기 시작했다. 수천 개의 자그마한 손들이 창밖으로 나와서 흔들었고, 수천 개의 큰 손들도 창을 향해 흔들었다……

그러자 토끼가 말했지
이게 도대체 뭐야?
왜 엉덩이가 젖은 거야?
헤이야, 엉덩이가 젖은 거야……

기차는 더 빨리 달렸다. 기차를 따라 뛰어왔던 어머니들 몇 명도 자리에 멈춰서야만 했다.

홍당무가 말했지.
너는 똑똑하지 않구나,
너를 젖게 하는 건, 아침의 이슬이거든,
헤이야, 아침의 이슬이라고.

"토마스, 이제 너 울기 시작하면, 예전보다 더 아프게 두들겨 패 줄 거야!"

"하지만, 우리가 없이 엄마는 어떻게……." 토마스가 울먹였다.

"거기 두 명도 노래 불러야지."라고 릴리아네 양이 말했다. 그러자 토마스와 슈테판은 노래를 따라했다. 기차는 덜컹거리며 팍스 항구 방향으로 갔다.

오후가 되자 아이들이 항구에 도착했다. 아름다운 배 네 척이 항구에서 아이들을 기다리고 있었다. 각각의 배에는 '불의 나라', '포세이돈', '갈매기', '쥘 베른'이라는 이름이 붙어 있었다. 14번 그룹은 '불의 나라' 호를 타게 되었고, 이 배는 네 척의 배 가운데 제일 먼저 출발하도록 되어 있었다. 토마스는 '불의 나라' 호가 대장 배인 것 같은 느낌이 들어서 자랑스러웠다. 이 대장 배가 없으면 다른 배 세 척은 테라니엔으로 가는 길을 모를 수도 있으니까 말이다.

정말 멋졌다. 릴리아네가 아이들을 데리고 배를 탔을 때, 사람들이 얼마나 이 배를 위해서 신경을 많이 썼는지 알 수 있었다. 아이들이 배낭을 둘 수 있는 침실은 배의 아래층에 있었는데, 침실은 마치 여름방학 때 놀러 가서 잠을 자는 이층 침대들로 꾸며져 있었다. 릴리아네 양은 아이들에게 잠옷과 세면용품을 배낭에서 꺼내라고 한 다음 욕실을 보여주었다. 반짝반짝 빛나는 욕조도 있는 넓은 공간으로 흰색 타일을 깔아놓았다.

아이들은 좁은 복도를 지나 밝은 식당으로 올라갔다. 거대한 식탁이 이미 준비가 되어 있었고, 심지어 식탁의 중앙에는 꽃도 있었다. 메뉴는 구운 생선과 감자 샐러드였고 후식은 바닐라 크림을 얹은 과일 설탕조림이었다. 아이들은 설레어하며 자리에 앉았다. 오랫동안 기차를 타고 오느라 엄청나게 배가 고픈 상태였기 때문이다. 하지만 아이들이 음식을 먹기 전에 징 소리가 났다. 그러더니 바짝 마른 늙은 신사가 식당의 중앙에 있는 의자에서 일어났다. 이 늙은 신사는 흰색 제복을 입고 있었으며, 이 제복에는 많은 금이 달려 있었다. 그리고 턱에는 흰 수염도 나 있었다. 뭔가 연설을 할 분위기였고, 아이들은 기대에 차서 바라보았다.

"여러분, '불의 나라' 호를 타게 된 것을 진심으로 환영합니다. 우리 모두는, 테라니엔까지 무사히 그리고 행복하게 항해를 하게 되기를 바랍니다. 그러기 위해 선장인 나뿐만 아니라, 모든 요리사들과 이들을 돕는 조수들, 이 배의 선원들과 난방을 담당하는 기사들, 모든 선생님들과 여러분들을 지도하고 이끌어주는 분들이 계십니다. 그동안 얼마나 많은 준비를 했는지 여러분은 감히 상상할 수조차 없을 것입니다. 그래서 나는 지금 우리의 여행을 위해 딱 한 가지 약속을 받고 싶어요. 복종입니다! 만일 '불의 나라' 호에 타고 있는 어른들이, 그분들이 누구든 좋아요, 어른들이 여러분에게 뭔가를 하라고 요구하면, 그렇게 하세요! 여러분들은 이해할 것입니다. 여러분들의 도움이 없으면 이 배 안에서 질서는 있을 수 없다는 것을요. 이 배에는 육백 명의 아이들이 타고 있습니다. 그 가운데 여섯 살 이하가 백 명이 넘습니다. 여섯 살 이상의 아이들을 위한 내일 일과표는 내가 지금 읽어주도록 하겠습니다.

아침 일곱 시: 종소리를 듣고 일어남. 갑판에서 체조와 운동. 씻기, 옷 입기, 침대 정리.

여덟 시~여덟 시 삼십 분: 아침식사.

여덟 시 삼십 분~열한 시: 배에 관한 수업, 기관실 탐방, 자연과학, 지리, 해양학."

선장은 말을 중단하고 주의 깊게 듣고 있는 아이들이 재미있다는듯 눈짓을 했다.

"무서워하지 마세요. 이곳은 학교가 아닙니다. 성적을 매기는 것도 아니고 시험을 치지도 않아요. 그러니 여기에서 배우는 게 재미있다는 것을 곧 알게 될 것입니다. 자, 그럼 계속합니다.

열한 시~열한 시 십오 분: 간식.

열한 시 십오 분~한 시: 음악, 운동, 미술, 조립. 이 가운데 원하는 것을 하면 됨.

한 시~한 시 삼십 분: 점심식사.

한 시 삼십 분~세 시: 휴식, 날씨가 좋을 경우 갑판에서 접이용 의자에 누워 있기. 날씨가 나쁘면 침실. 두 시까지는 조용하게 말을 해야 함. 두 시부터 세 시까지는 절대 조용히 해야 함."

선장은 또다시 아이들을 향해 눈을 찡긋했다.

"여러분들은 그렇게 힘들지 않을 것입니다. 바다 공기를 맡으면 아주 피곤해져서 여러분들은 코를 골면서 잠이 들게 될 거예요.

세 시~네 시: 각자 자신의 일을 하는 시간. 집에 편지를 쓰거나, 책을 읽거나, 놀면 됩니다. 배에는 도서실도 있어요.

네 시~네 시 십오 분: 차 마시는 시간.

네 시 십오 분~일곱 시: 개별 그룹들은 지도자와 함께 있음. 놀아도 되고, 운동이나 노래 혹은 이야기를 해도 됨. 그리고 이틀마다 여러분들은 지금 이 시간에 식당에서 영화를 보게 됩니다."

선장은 깜짝 놀라 고개를 들었다. 왜냐하면 '영화'라는 말이 나오자 아이들이 신난다고 고함을 질렀기 때문이다. 아이들은 "야호!"라고 외치며 냅킨을 공중에 마구 던졌다. 그리고 나이프와 포크를 들고 접시를 두들기면서 환영한다는 뜻을 표시했다. 위험할 정도로 시끄러웠다. 물론 선장과 선장의 연설이 끝나면 구운 생선을 먹으려고 기대하고 있는 직원들을 제외하고는, 바로 이 순간에 '불의 나라' 호가 시동을 걸어 저녁 무렵의 바다 위를 매끄럽게 가고 있다는 사실을 아무도 몰랐다. 이틀마다 영화를 상영한다는 소식에 너무 신나버린 것이다. 선장이 다시 말을 이어나갔다.

"일곱 시 삼십 분~여덟 시: 뜨거운 물로 샤워하고 잠자리에 들기.

여덟 시~아홉 시: 나이에 따라 침대에서 책을 읽어도 됨.

아홉 시: 모든 것을 끝내고, 완전히 조용히 해야 하고 불은 모두 끄게 됨."

선장은 다 읽은 종이를 접었고 아이들을 다시 바라보았다.

"마음에 듭니까?" 선장이 물었다.

"예!" 아이들은 한 목소리로 대답했다.

볼이 발그스레한 어린 소년이 자리에서 일어나더니 학교에서처럼 신고를 했다. "우리가 누구인지 나는 압니다! 우리는 수영하는 어린이집에 있습니다."

"아주 잘 했어요." 선장이 말했다. "그렇습니다. 수영하는 어린이집으로 생각하세요. 자, 이제 맛있게 먹습니다!"

'불의 나라' 호의 직원들은 무서운 속도로 식사를 하기 시작했고, 아이들 역시 접시에 담긴 음식을 마구 입에 넣었다. 평생 생선을 한 번도 먹지 않았으며, 생선을 먹으라고 강요하면 그 자리에서 죽을 거라고 고집했던 토마스를 어머니가 본다면 놀라지 않을 수 없을 것이다. 토마스는 생선 한 토막을 금세 해치우고, 생선을 씹으면서 또 달라고 요구했으니 말이다.

그런데 이런 일은 전혀 이상하지 않다. 집에 있을 때는 이런저런 음식을 가리고 먹지 않지만, 다른 곳에 가면 갑자기 너무 맛있어진다. 그런데 바닐라 크림을 얹은 설탕 과일조림은 모두가 몇 번씩 더 먹었다.

"지금 뜨거운 물로 샤워하는 건 건강에 해로워." 슈테판이 자리에서 일어나며 신음하면서 말했다. "아빠는 의사로서 허락하지 않을 거야."

정각 아홉 시가 되자 릴리아네 양이 이층침대를 살피며 아이들에게 잘 자라고 인사를 했다. 그녀는 흰색 외투를 걸치고 있었고 모든 아이들에게 정말 친절했다. 토마스는 오랫동안 릴리아네를 바라보았다.

"릴리아네는 천사 같기도 하고 간호사 같기도 해요." 토마스가 말했다.

"천사는 없어!" 복도 건너편에서 소녀의 목소리가 들려왔다.

"뭐라고?" 조금 전에 말한 볼이 발그스레한 소년이 소리를 질렀다. "천사가 없다고? 나는 거의 본 적도 있는데……." 소년이 이야기를 하려고 숨을 깊이 들이쉬었다. 그때 릴리아네가 다가와서 소년을 막아서고는 이렇게 물었다. "너희들, 우리가 타고 있는 배가 벌써 바다 위를 가고 있다는 사실 아니?"

그러자 모든 아이들이 한꺼번에 일어나서 믿을 수 없다는 눈으로 꼿꼿하게 앉아 있었다.

"우리가 탄 배가 지금 가고 있다고?" "어디?" "그런데 왜 아무것도 느끼지 못하는 거야?" "릴리아네가 우리를 속이고 있어." 여기저기에서 웅성거리는 소리가 들려왔다.

토마스는 배가 움직이는 것을 보기 위해 갑판으로 올라가고 싶었다.

"배가 움직이고 있다는데 우리는 아무것도 알아차리지 못하잖아." 토마스는 원통해했다. 자신의 눈으로 파도를 헤치고 앞으로 나아가는 배를 보지 못했기에 안타까웠다.

"지금은 자야 해. 내일 아침 일찍 갑판 위로 올라가서 바다를 보는 거야. 그러면 넌 모든 것을 보게 돼. 잘 자!" 릴리아네 양이 불을 껐다. 이제 작은 파란색 전등이 문 위에서 희미하게 빛을 내고 있을 뿐이었다.

아이들은 한동안 눈을 뜨고 말도 하지 않았다. 바닷물이 편안하게 흔들어주었기에 그들은 졸렸다.

"난 아직 기도를 올리지 않았는데." 볼이 발그스레한 소년이 말했다.

"속으로 하면 되는 거야." 형 슈테판이 대꾸했다.

"집에서는 항상 엄마랑 했어!"

"그럼 한 명이 우리 모두를 위해서 기도해줘!" 복도 건너편에서 소녀의 목소리가 들려왔다. "누가 제일 나이가 많아?"

나이가 가장 많은 열네 살 소년이 헛기침을 한 번 하더니 맑은 목소리로 기도를 올렸다. "사랑하는 하나님, 집에 계시는 우리들의 어머니를 보호해주시고 전쟁터에 계시는 우리의 아버지를 보호해주십시오. 그리고 배를 타고 가는 우리를 보호해주시고 테라니엔까지 무사히 갈 수 있도록 해주십시오. 아멘."

대형 사고

정말 대단했다! 아침 일찍 따뜻한 침실에서 빠져나와 갑판 위에 올라가서 차가운 바닷바람을 쐬다니. 그리고 숨이 찰 때까지 운동을 하고 복싱을 했다. 그런 뒤에 뜨거운 물로 샤워를 하고 식당에서 아침을 먹고. 배에서 하룻밤을 자고 난 다음 날 오전에 선장은 아이들을 이끌고 배를 소개하는 수업을 했다. 아이들은 배 위에서 밑에까지, 그리고 앞에서 뒤에까지 샅샅이 구경을 했다. 기계를 다루는 엔지니어들은 아이들에게 증기기관의 비밀을 설명해주기도 했다. 아이들은 그 설명을 하나도 이해하지 못하고서 당황한 표정으로 "아하!" "네에에……."라고 말한 뒤에 선원들의 침실을 구경하러 갔다. 선장은 모든 아이들에게 일 초 동안 선박키의 핸들을 잡아볼 수 있게 허락해주었다. 핸들을 잡아본 아이들은 잔뜩 흥분했다. 점심시간을 알리는 종소리가 들렸을 때, 소년들 가운데 어른이 되어 바다로 나가고 싶어하지 않은 아이들이 아무도 없을 정도였다. 슈테판은 몇 년 전만 하더라도 아버지처럼 의사가 되겠다고 결심했지만, 조종키를 잡아보고 난 뒤에는 몇 년 정도 배에서 진료를 하는 의사가 되어 전 세계를 돌아다녀야겠다고 결심했다.

아이들은 오후에 영화를 봤다. 〈달에 간 미키와 머키〉는 너무 웃기는 영화여서 토마스는 저녁식사 때 길다란 아스파라거스를 그냥 꿀꺽 삼켜버리고 말았다.

안타깝지만 아이들이 배를 탄 지 나흘째 되던 날, 좋은 날씨는 지나가버려 갑판에 나갈 수 없었다. 대신 아래층 선실에만 있어야 했다. 갑판 위에 있을 때보다 선실 안에 있으니 재미가 별로 없었다. 동그란 창문을 통해 녹색 물이 올라갔다가 내려가는 모습이 보였고, 하루 종일 배 안에는 불이 켜져 있었다. 밤인지 낮인지도 분간할 수 없었고 이 모든 것이 끔찍한 꿈인지도 알 수 없었다. 많은 아이들이 뱃멀미가 나서 침대에 누워 있었고, 너무 힘들어서 집에 가고 싶은 생각밖에 들지 않았다. 또 어떤 아이들은 지루해서 복도를 이리저리 뛰어다녔다. 다행스럽게도 선장이 식당에서 돌아다니는 것을 허락했고, 그래서 아이들은 고래잡이사냥 놀이를 할 수 있었다. 아이들은 식탁과 의자로 배를 하나 만들었고, 아이들 가운데 키잡이, 수로 안내인과 포경포 사수를 뽑았고, 각자 위치를 잡았다. 그리고는 고래사냥에 들어갔다. 식당 바닥을 바다로 하자고 정했다. 만일 이 바닷물에 닿으면, 즉시 헤엄을 쳐서 도망을 가야 했다. 그렇지 않으면 온 사방에서 우글거리는 상어와 물뱀들에게 잡아먹힐 수도 있었다.

토마스가 승리를 거두었다. 토마스는 배에서 일을 하는 평범한 선원이었지만, 고래사냥과 관련해서 최고의 훈장을 받았다. 훈장은 바로 '금으로 된 작살'이었다. 토마스는 마치 미친 사람처럼 보트에서 물로 뛰어내렸고, 꼬리를 흔들며, 소용돌이를 일으키고 있는, 지극히 위험한 고래 떼들 한가운데로 헤엄쳐갔다. 토마스는 고래 떼 가운데 대장을 잡으려고 했고, 지느러미를 잡는 순간 안타깝게도 저녁식사 시간을 알리러 배의 안내원이 왔다. 릴리아네 양이 잘 자라고 인사를 하러 갔을 때도 토마스는 자랑스러운 훈장을 보여주었고(스웨터에 이쑤시개를 꽂아주었다), 모든 아이들은 고래사냥 놀이의 흥분을 가라앉히지 못했다.

"모레 이 시간쯤이면 우리는 도착하게 될 거야." 릴리아네 양은 아이들의 생각을 다른 곳으로 돌리기 위해 말해주었다.

아이들은 한참 뒤에 잠이 들었고 고래를 사냥하며 테라니엔에 도착하는 꿈을 꾸었다.

그리고 한밤중에 일이 터지고 말았…….

뭔가 격렬하게 부딪히는 소리가 나서 아이들은 잠에서 깰 수밖에 없었다. 마치 무거운 철문이 떨어지는 것 같은 소리가 났다. 아이들은 침대에서 쿵 떨어졌고, 출입문 위에 있던 파란불이 몇 초 동안 꺼졌다가 다시 반짝거리는 것을 지켜보았다. 그러고 나서 아무 일도 일어나지 않자 아이들은 대부분 다시 이불 속으로 들어갔고 잠을 잤다. 기계들은 늘 그랬듯이 덜커덩 소리를 냈다.

"왜 그러는 거야?" 토마스는 형에게 속삭였다.

"몰라, 아무것도 아닐 수 있어." 슈테판이 동생을 진정시키려고 대답했다. 갑자기 끔찍할 정도로 조용했다. 기계가 더 이상 돌아가지 않았고, 선체가 몇 번 약하게 떨더니 그만 꼼짝없이 멈춰버렸다. 파도는 배를 약하게 들었다 놓았다 했다. 이어서 갑판 위로 사람들이 뛰어가는 소리가 들렸고, 명령하는 소리, 호루라기 소리가 들렸고, 무엇보다 배의 사이렌이 강력한 소리로 "뚜-뚜-뚜우우" 하고 울렸다. 마치 밤바다를 향해 호소라도 하는 것 같았다. 이 사이렌 소리는 뒤따라오는 세 척의 배에게 보내는 경고 신호였다. 이 세 척의 배는 '불의 나라' 호에 무슨 일이 있는지 무선 통신으로 물어봤던 것이다.

아이들은 깨어나서 놀란 표정으로 침대에 앉아 있었다. 그때 아이들을 지도하는 릴리아네가 이미 문에 서 있었고, 어두운 침실에 불빛이 어른거렸다. 릴리아네는 손동작 하나로 모든 질문을 물리쳤다.

"얘들아, 잘 들어. 우리 배가 바닷속 커다란 바위랑 부딪혔다고 해. 그나마 다행인건, 배에 작은 구멍이 생긴 것 외에는 아무 일도 일어나지 않았다는 거야. 선원들이 내일 아침 일찍 손을 볼 거라고 해. 선장은 그때까지 너희들이 다른 세 척의 배에 타고 있기를 원하셔. 그러니까 너희들은 지금 가능하면 빨리 옷을 입고, 배낭을 메고 나를 따라 갑판으로 올라가도록 하자. 한 가지 주의할 게 있어. 한 마디도 하지 말 것!"

아이들은 아무 말도 하지 않고 잠옷을 벗고 급히 옷을 갈아입었다. 릴리아네가 저렇게 엄한 목소리로 말한 적이 한 번도 없었다. 슈테판이 그녀를 유심히 관찰해보자 매우 창백한 상태임을 알 수 있었다.

배에 뚫린 구멍을 막는다는 것은 순전히 변명인 게 분명하다고 슈테판은 생각했다. 배는 양말이 아니다. 어떤 사람도 바다 한복판에서 배에 나 있는 구멍을 땜질할 수는 없다. 우리가 아이들이니까 어른들은 그렇게 말할 뿐이야.

말을 하면 안 되어서 슈테판은 자신이 알고 있는 내용을 다른 아이들한테 전달하지 못했는데, 어쩌면 그나마 다행인지도 몰랐다. 다른 아이들은 대부분 작은 구멍이 났으니 특별한 일이 아니라고 믿고 있었다. 이것 역시 다행이었다! 아이들은 릴리아네를 따라 갑판으로 기어 올라갔다.

"번호!" 릴리아네가 명령했다. 모두 스무 명이었다. 갑판은 낮처럼 환하게 밝았다. 선원들은 이리저리 넘어졌는데, 쇠사슬에 묶여 있는 구명보트를 풀어서 바다에 띄워야 했기 때문이다. 폭풍우는 없었지만 작은 보트들은 계속 출렁이는 바닷물 때문에 위로 솟았다가 다시 밑으로 내려갔다. 갑판은 어느새 아이들과 어른들로 가득 찼다. 약간 큰소리의 명령 외에는 쥐죽은 듯 조용하기만 했다.

여섯 살 이하의 아이들을 데리고 나온 그룹에서만 간간히 말소리와 울음소리가 들렸다. 그곳에서는 이미 보트를 내리기 시작했다. 선장의 지시 아래 선원들이 아이들을 팔에 안고 사다리를 내려갔다가 다시 올라왔다. 첫 번째 구명보트가 가득 차자, 갑자기 사람들은 '불의 나라' 호가 가라앉기 시작한다는 사실을 알아차렸다. 배는 약하게 쿨렁거린 다음 옆으로 기울기 시작했다. 아이들은 아무것도 예감하지 못했기에 의외로 침착하게 행동했다. 만일 어른들이었다면 이 순간에 완전히 정신을 놓았을지 모른다. 그들은 이리저리 뛰어다니고 어쩌면 바닷물 속으로 풍덩 뛰어내리고 야단법석을 떨어서 선원들의 일을 더 어렵게 만들었을지 모른다. 하지만 아이들은, 흥분해서 소리를 지를 필요도 없고, 또 배에서 뛰어내릴 필요가 하나도 없다는 것을 알았다. 아이들은 자신들을 구출하기 위해 모든 조치들이 정말 취해지고 있다는 사실만 알았다. 아이들은 시간은 충분하며 보트에는 자리가 넉넉해서 안전하게 다른 배로 갈 수 있다고 거듭 약속하는 선장의 말을 굳게 믿었다.

'쥘 베른' 호는 첫 보트가 잘 가서 아이들은 이미 갑판에 도착했다는 신호를 보냈다. 그사이 '불의 나라' 호 선장은, 아이를 한 명씩 밑에 있는 보트로 데려가면 시간을 너무 많이 잡아먹는다는 사실을 알게 되었다. 그래서 선장은 등반할 때처럼 아이들을 밧줄에 매달게 했다. 가슴을 밧줄로 묶어서 아이를 구명보트에 내려 보냈다. 밧줄은 바닷물 위에서 잠시 흔들거렸고, 선원이 튼튼한 팔로 밧줄을 잡아 당겨 아이를 풀고 나서 밧줄을 다시 올려 보냈다. 그렇게 해야 다음 번 아이가 내려왔다. 안타깝게도 사람들이 어린아이를 묶어서 캄캄한 배 밑으로 내려 보내면, 끔찍하게 고함을 질렀다. 어린아이들은, 이렇게 하는 게 모두 자신들을 위한 일이며 다른 방법이 없다는 점을 알지 못했다.

'불의 나라' 호가 기울었다. 이미 사람들은 미끄러지지 않으려면 난간을 잡아야만 했다. 다행스럽게도 가장 어린아이들을 모두 보트에 내려 보내고 나자, 보트에 아이들을 태우는 속도가 점점 빨라졌다. 큰아이들은 몸에 밧줄을 동여맬 필요 없이 알아서 사다리를 내려가면 되었다. 11번 그룹과 12번 그룹이 보트에 가득 타고서 멀어졌다. 13번 그룹과 14번 그룹 차례였다. 우연인지 모르지만 토마스와 슈테판은 보트에 아이들이 가득 차서 탈 수 없었다.

"너희는 다음 번 보트에 제일 먼저 타면 돼." 릴리아네가 마지막으로 보트에 내려가면서 형제를 위로해주었다.

"우리가 서두르지 않아서 받는 상이야." 슈테판이 동생에게 말했다.

밑에서 선원 한 명이 빈 보트를 저어서 배 곁으로 다가왔다. 난방을 담당하는 기사가 보트를 묶으라고 밧줄을 위에서 던졌다.

"저렇게 해야 다른 곳으로 떠밀려가지 않지." 모든 것을 너무나 흥미롭게 관찰하던 토마스가 말했다. 그때 선원이 아이들을 향해 소리쳤다. "오케이!" 아이들이 내려갔다. 사다리는 심하게 흔들거렸고, 선원이 긴 의자를 잘 잡으라고 소리쳤다. 15번 그룹의 아이들이 벌써 사다리를 내려갔다. 열 번째가 되자 갑자기 멈추었고, 15번 그룹의 지도자가 뭔가를 아래쪽에다 대고 말을 하더니 윙크를 했다. 그러자 선원이 대답을 하고는 급히 위로 올라왔다.

"나는 무슨 일인지 알아." 슈테판 곁에 앉아 있던 깡마른 소녀가 말했다. "게오르그 때문이야! 우리 그룹에 다리가 뻣뻣한 애가 있거든. 혼자서 사다리를 내려갈 수 없으니까, 선원이 데리러 올라왔나봐." 소녀가 형제에게 설명했다.

소녀의 말이 맞았다. 선원은 게오르그를 데리고 내려가기 위해서 배 위로 올라갔던 것이다. 하지만 이런 행동과 몇 가지 다른 우연들로 인해, 엄청난 사고가 일어나고 만 것이다.

나중에 선장과 선원들, 아이들을 수송하는 임무를 띤 책임자들, 부모들과 아이들은 계속 이렇게 물을 수밖에 없었다. 어떻게 그런 일이 일어날 수 있었을까?

첫 번째 우연은 바로 선원이었다. 그는 보트를 떠나면 안 되었지만, 게오르그를 데려가기 위해서 보트를 내버려두고 배 위로 올라갔다. 선원은 간단하게 생각했다. 게오르그를 어깨에 올려서 내려오면 될 것이라고 말이다. 그런데 뻣뻣한 다리 때문에 그게 쉽지 않았다. 게오르그를 등에 업고 오려고 선원은 배로 기어 올라가야 했다. 이때 선원은 난방 기사에게 소리를 질렀다. "야, 브라운, 밧줄을 약간 더 팽팽하게 당겨줘." 선원은 보트와 배를 묶어놓은 밧줄을 그렇게 해달라고 했다. 그런데 난방 기사는 좀 더 단단하게 매기 위해서 밧줄을 묶어놓았던 쐐기에서 풀었다.

바로 난방 기사가 밧줄을 손에 쥐었을 때, 두 번째 우연이 일어났다. 불이 꺼져버린 것이다. 갑자기 배는 어둠 속에 완전히 잠기게 되었다. 전기 시설에 물이 들어가서 그만 무용지물이 되어버린 것이다. 2분 동안 한치 앞도 보이지 않을 정도로 어두웠고, 사람이 어디에 있는지조차 보이지 않았다. 모든 것이 공포 속으로 빠졌다. 그때 다른 세 척의 배가, '불의 나라' 호에 무슨 일이 일어났는지 알아차리고, 가라앉고 있는 배의 갑판에 스포트라이트를 비춰주었다. 이때부터 모든 게 아까처럼 환해졌다.

2분이란 짧은 시간이지만 또 많은 일이 일어날 수도 있는 시간이었다. 이 짧은 시간 동안 세 번째이자 마지막 우연이 일어났다. 갑자기 어두워지자, 어린 소녀가 너무 무서워서 난방 기사의 목에 매달렸다. 소녀는 덜덜 떨면서 난방 기사에게 딱 달라붙어서 부탁을 했다. "제발 저를 꼭 붙잡아주세요, 제발!" 난방 기사는 측은한 마음에 팔로 소녀를 안다가 손에 들고 있던 밧줄을 놓아버리고 말았다. 자신도 모르게 밧줄이 손에서 빠져나간 것이다. 하지만 바람이 불고 있는 바다에서, 강력한 파도는 구명보트를 '불의 나라' 호에서 한참 멀리 떨어진 곳으로 보내버렸다. 아무도 몰래 밧줄은 미끄러져서 물속으로 들어갔고 춤을 추는 보트 뒤에 달려 있었다. 갑판에 있던 사람들은 무슨 일이 일어났는지 아무도 몰랐다. 깜깜한 밤이라 어차피 아무것도 보이지 않았고, 스포트라이트가 갑판을 다시 비추었을 때 어른들은 할 일이 너무 많았다. 무서워서 떨고 있는 아이들을 달래서 각자의 그룹에 돌려보내야 했기 때문이다. 밧줄이 사라졌다는 사실을 알아차려야 할 난방 기사는 어린 소녀를 돌봐야만 했다. 왜냐하면 이 소녀는 너무 충격을 받아서 기절해버렸기 때문이다. 난방 기사는 소녀를 안고 갑판에 있는 의사에게 데려갔다. 의사는 방향키가 있는 선실 옆에 일종의 진료실을 운영하고 있었다. 난방 기사가 의식을 잃은 소녀를 내려놓자, 의사는 다행이라는 표정을 지으며 말했다. "좋아요, 브라운, 잘 왔어요. 나는 즉시 아프고 기절한 아이들을 태울 임시 보트가 필요합니다. 선장님에게 달려가서 명령을 내려달라고 하세요. 아마 선장님은 기계실에 계실 것입니다. 그곳에서 선원들과 함께 물을 퍼내고 있을지 몰라요."

난방 기사는 서둘러 기계실에 달려갔고, 거기에서 일등항해사에게, 또 거기에서 이등항해사에게 갔다가, 마침내 아픈 아이들을 위해 빈 보트를 손에 넣게 되었다. 난방 기사가 보트에 아픈 아이들을 가득 태우고 '쥘 베른' 호까지 절반 정도 왔을 때, 갑자기 손에서 놓친 밧줄이 떠올랐다. 밧줄을 다시 꼭꼭 묶었던가, 아닌가? 온갖 사건들이 뒤죽박죽이라 그의 기억력도 정확하지 않았고, 어떤 일이 있었는지 그렇지 않았는지 더 이상 알 수 없었다. 하지만 선원이 게오르그와 함께 그 곁에 서 있었고 그가 모든 것을 제대로 해놓았을 것이라는 생각으로 위로했다. 그런데 이 선원은 이런 끔찍한 우연의 연속에서 마지막 불운이었다. 그는 다리가 불편한 소년 게오르그와 함께 사다리에 오르려던 순간에 호출되었다. 그래서 남자 안내원이 선장의 명령을 받고 선원의 임무를 대신하려 나타났다. 선장은 모든 선원들이 기계실로 와서 펌프질을 하라는 명령을 내렸던 것이다. 튼튼한 선원은 게오르그를 안내원에게 넘겨주고 사라졌다.

안내원은 당연히 놓친 보트에 대해서는 아무것도 몰랐다. 바다에 보트가 보이지 않자 그는 '포세이돈' 호에서 빈 보트로 다가오던 새로운 보트를 불렀다. 그리고 이 보트에 15번 그룹의 아이들을 신속하게 옮겼다. 정말 빠르게 일을 진행시켜야만 했는데, '불의 나라' 호가 상당한 속도로 기울어지고 있었기 때문이다. 8분 후에 마지막 구명보트가 선원들을 태우고 출발했다. 마지막으로 선장이 보트에 올라탔다. 선장은 사다리를 내려오기 전에 자신의 배를 한 번 더 바라보았다. 배는 바다 위에 비스듬하고 걸려 있었고, 파도가 배 위를 씻어 내렸다. 두 줄기의 눈물이 늙은 선장의 수염에 떨어졌다. 그는 오랫동안 '불의 나라' 호의 선장이었고, 그래서 이 배를 매우 사랑했다.

끔찍하게 시작했지만 끝은 좋은

“우리는 고함을 질러야 해!” 슈테판이 갑자기 말했다. 한동안 아이들은 한 마디도 없이 홀로 떠다니는 보트에 앉아 있었다. 이제 아이들은 목소리도 나오지 않았고 움직이지도 않았다. 아이들은 마치 자신들에게 일어난 일에 너무 놀라서 굳어버린 듯했다. 파도는 아이들을 망망대해로 떠밀어버렸고, 불빛이 빛나고 있는 배들로부터 점점 멀어져갔다. 빛나는 배들은 마치 잃어버린 고향처럼 아이들의 눈앞에서 반짝였다.

“우리는 할 수 있는 힘껏 고함을 질러야 해.” 슈테판이 다시 한 번 얘기했다. “내가 셋까지 세면, 그 다음에 우리 모두가 ‘도와줘요!’라고 소리를 지르자.”

아이들이 외친 소리는 어둡고 파도가 치는 바다에서는 작아도 너무 작았다.

"노를 저을 수는 없어?" 슈테판 옆에 앉아 있던 소녀가 물었다.

하지만 아이들은 무거운 보트를 다룰 수 있을 정도로 튼튼하지 않았다. 파도가 너무 높아서 노를 젓다가 잘못해서 허공으로 휘두른다면 위험에 처할 수도 있었다.

"한 번 더 소리를 질러보자." 소년이 명령했다. 이 소년이 누구인지 어두워서 알 수 없었지만, 보트에 타고 있는 아이들 가운데 나이가 가장 많은 듯했다. 그의 목소리는 굵었고 확고했다.

두 번째로 도움을 요청하는 고함소리는 물을 넘어 강력하게 퍼져 나갔다. 아이들은 기대에 차서 숨을 멈추었다.

"사람들이 들었을지 몰라." 슈테판 옆에 앉아 있던 소녀가 말했다.

아이들은 세 번째 그리고 네 번째로 고함을 질렀다. "도와줘요!"

소녀의 말이 맞았다. 배에서 사라졌으면, 사람들은 분명 아이들이 지르는 소리를 들었을 수도 있었다. 귀를 쫑긋 세웠다면, 도와달라는 소리를 바다 저편에서 들었을 텐데……. 만일 그렇다면…….

도와달라는 소리를 누군가 들었으니…….

다음 날 아침에 사람들이 아이들을 오래전에 잃어버렸다는 사실을 알게 되었을 때, 릴리아네는 선장과 함께 '쥘 베른' 호의 조종실에서 완전히 넋이 나간 채로 앉아 있었다. 갑자기 그녀는 울음을 그치고서는 눈을 커다랗게 뜨고 선장을 보았다.

"오, 하나님! 이제야 뭔가 떠올랐어요. 마지막 보트가 '쥘 베른'

호에서 다시 우리 쪽으로 노를 저어왔을 때, 제가 그 보트를 붙들어 매는 것을 도우려고 손잡이 넘어 몸을 쭉 뻗었거든요. 그때 누군가 도와달라고 외치는 듯했었어요. 멀리서 아주 희미하게 들렸습니다. 바로 그 아이들이었어요! 아, 하느님! 저는 그 소리를 듣고도 제가 미쳐서 잘못 들었다고 생각했거든요!" 릴리아네는 이 말을 끝으로 다시 눈물을 흘리며, 아이들이 어둡고 폭풍우가 치는 한밤중에 얼마나 절망하며 도와달라고 소리쳤을지 상상을 했다.

릴리아네는 정확하게 상상을 하기는 했지만, 안타깝게도 아이들을 도와주기에는 몇 시간 늦어버렸다.

"하나, 둘, 셋……." 나이가 제일 많은 소년이 명령을 내리자, 모두가 동시에 소리를 질렀다. "도와줘요!"

"아무 소용없어. 나는 더 이상 고함지르지 않을 거야. 사람들은 못 들을 테니까." 슈테판 옆에 앉아 있는 깡마른 소녀가 말했다.

"그럼 뭘 해야 돼?" 토마스는 이렇게 말하며 형 슈테판의 팔을 꽉 붙들었다. 하지만 대답을 해주는 사람이 없었다. "우리는 죽게 되는 거야?" 토마스는 기어들어가는 목소리로 물었다.

"그럼. 물에 빠져서 죽을 거야!" 소년 한 명이 말했다.

"아니면 배가 고파서 죽거나 목이 말라 죽을걸." 또 다른 소년이 말했다.

"상어가 몰려들지도 몰라." 이번에는 한 소녀가 말했다.

"상어들은 그렇게 심각하지 않아. 하지만 저번처럼 커다란 암석을 만나면, 이 보트가 말이야……." 소년 한 명이 말했다.

갑자기 아이들은 공포심이 밀려와서 등골이 서늘했다. 그들은 서로를 꼭 끌어안았고 목에 매달렸으며 더 이상 떨어지려고 하지 않았다. 아이들은 집에 있을 때도 죽음의 공포로 떤 적이 한두 번이 아니었다. 사방에서 폭탄이 떨어졌고, 건물들이 무너졌지만, 지금 생각해보면 방공호는 오히려 안전한 곳이기만 했다. 이렇듯 작은 보트에 부둥켜안고 앉아서, 노를 젓지도 못한 채 밤새도록 파도에 맡겨놓은 신세와 비교한다면 방공호는 정말 아늑하고 안전한 장소였다. 바람은 더 세차게 불기 시작했고, 그래서 보트는 마치 팽이처럼 돌아가는 느낌이 들었다. 그러다가 갑자기 거대한 파도가 보트의 가장자리를 덮쳐서 아이들은 바닷물에 홀딱 젖고 말았다. 상황은 끔찍하기는 했지만 그래도 최악은 아니었다. 왜냐하면 아이들은 침묵 속에서도 자신들을 찾기 위해 배가 조명등을 바다에 비출 것이라는 희망을 놓지 않았기 때문이다. 선원들이 올지도 모르고, 어쩌면 아이들을 다른 배에 옮겨 태우기 위해 선장이 직접 올지도 몰랐다.

하지만 마침내, 아이들이 평생 잊지 못할 가장 끔찍한 일이 일어나고 말았다. 거대한 배들이 "뚜뚜"라고 짤막한 신호를 보내더니, 바다 한가운데에 아이들이 타고 있는 보트를 내버려둔 채 천천히 출발하는 것이었다. 그래서 아이들은 다시 한 번 마지막으로 미친 듯이 소리를 질렀다. 마치 살려달라고 울부짖는 짐승처럼 소리를 지른 다음, 모두들 넋을 잃고 말았다. 아이들은 아무 말도 하지 못하고 멍하니 이제 죽을지도 모른다는 상상을 하기 시작했다.

죽으면 어떨까? 토마스는 생각했다. 갑자기 모든 것이 까맣게 되었다가 그 다음에는 아무것도 없는 걸까? 죽기 전에 아플까? 자신이 죽었다는 걸 알아차리지 못할까? 아빠가 그런 얘기를 해준 적이 있었다. 대부분의 환자들은 자신이 죽어야 한다는 걸 모른다고. 하지만 우리는 건강한데……. 토마스는 이 모든 일이 갑자기 흥미진진하게 느껴졌다. 그러니까 마치 영화관에 앉아서, 스크린에 토마스라는 이름을 가진 소년이 물에 빠지는 것을 보는 것 같았다. 물론 아이들이 죽어야 하는 것은 안타까운 일이었다. 하지만 다른 한편으로 아이들의 소식이 신문에 실리게 되는 일은 정말 대단하게 보였다. 아마 이런 제목일지도 모른다. "죽은 영웅들". 왜냐하면 자신들도 어른들과 마찬가지로 결국 전쟁 때문에 희생을 당한 주인공이었으니까. 아니면 특별히 큰 글자로 1면을 장식할지도 몰랐다. "바다에서 익사"라는 제목으로 아주 긴긴 기사가 실릴지도 모른다. 바람과 파도와 싸우며, 물개와 빙하와 맞서 싸웠고, 나이가 많은 아이들이 파도로부터 어린아이들을 보호하기 위해서 보트 안으로 밀어넣는 모습을 감동적이고 상세하게 보도할지 몰랐다. "아이들은 조국을 위해 죽었으며, 이들 가운데 슈테판과 토마스 모린 형제도 있었다."로 기사가 끝날 수도 있었다.

토마스는 영광스러운 생각을 여기까지 마치자 갑자기 말하기 시작했다. 모두들 입을 다물고 있는 상황에서 토마스의 목소리는 밝고도 우렁찼다. "형, 사람들이 우리에 관해 신문에 무슨 내용을 실을지 한번 상상해봐야 해. 우리는 부모님의 기쁨이었고 물론 학교에서도 최고였다고……."

슈테판은 어머니를 걱정하느라 근심에 막 빠져 있던 참이었다. 하지만 동생의 이 말을 듣고 갑자기 키득거렸다.

"그래, 맞아. 한 사람이 죽으면, 갑자기 세상에서 가장 위대한 사람이 되어버리지. 무덤에 가서 칭송하는 노래도 불러주고 꽃다발을 놓아두기도 하고 말이야. '우리 모두가 사랑했으며 특히…….'"

"나는 항상 그렇게 아름다운 무덤에 묻히고 싶었어." 슈테판 옆에 앉아 있던 깡마른 소녀가 말했다. "이 년 전에 내가 너무 아팠거든. 그때 의사 선생님과 다른 사람들이 내가 죽을 거라고 믿었대. 그때 우리 엄마가 나한테 약속을 했어. 내가 죽으면 정말 멋지게 장례식을 치러주겠다고 말이야. 흰색 관, 교회의 합창단과 네 마리의 흰 말과 백합과 물망초. 그리고……."

소녀는 더 이상 이야기를 계속할 수 없었다. "그리고……."라고 머뭇거리자 굵은 목소리의 소년이 주먹으로 의자를 쿵 내리쳤다. "됐거든! 관이나 무덤 이야기. 너희들은 지금 그런 멍청한 얘기나 나누면서 우리가 어떤 상황에 있는지 알지도 못하고 있어."

"어떤 상황인데 그러셔, 선생님? 그게 뭔지 우리한테 전해줄 수 있는 자비 좀 베푸시지요?" 슈테판 옆에 앉아 있는 소녀가 비꼬는 투로 말했다.

"너희들은 안 보여?" 굵은 목소리의 소년이 물었다. "저기 뒤가 환해지고 있잖아. 곧 날이 밝아온다는 뜻이야." 그러자 아이들은 믿을 수 없다는 듯 바다 너머를 봤다.

"이제 바다도 조용해질 거야." 굵은 목소리의 소년이 계속 말을 했다. "어쩌면 우리는 노를 저을 수 있어. 어떻게 생각해? 우리는 정말 행운인 것 같은데, 여기서 빠져나갈 수 있어!"

아이들은 입을 다물고 생각에 잠겼다. 마침내 슈테판이 물었다.

"어떻게 하면 될 것 같아? 좋아. 이제 곧 해가 밝을 거야. 우리는 노를 젓지. 그러고 나서?"

"그러면 우리는 지금처럼 똑똑하게 굴면 돼!" 깡마른 소녀가 말했다. "어둡지 않고 밝아서, 안 그래?"

"밝으면 모든 게 훨씬 낫지!" 보트의 다른 쪽에서 부드러운 목소리의 소녀가 자신의 생각을 얘기했다.

"좀 더 낫기는 하더라도 우리가 구조되지는 않는 거잖아!" 슈테판이 말했다.

"낮이 되면 상황이 좀 나아질까?" 슈테판은 어슴푸레한 가운데 가장 나이가 많을 것이라 생각한 소년을 향해 물었다.

"당연하지! 날이 밝으면, 우리는 볼 수도 있고, 무엇보다 사람들이 우리를 발견할 수 있거든! 아마 어른들이 우리를 오래전부터 찾고 있을지 몰라. 우리 모두가 몇 시간 동안 화장실에서 볼일을 보는 게 아니라, 정말 사라졌다는 걸 알게 되었겠지."

아이들은 인상을 찌푸렸다.

"하지만 어른들이 어떻게 우리를 찾을 수 있어? 우리는 그사이 원래 자리에서 너무 멀리 떠내려 왔을 텐데……." 소녀가 의심스럽다는 듯 말했다.

토마스도 끼어들었다. "어쩌면 바람이 우리를 테라니엔 방향으로 밀어주고 있는지도 몰라. 어쩌면 다른 배보다 먼저 그곳에 도착할지도."

이런 황당한 말에 대꾸하는 아이들은 아무도 없었다. 슈테판이 발로 아무렇게 찼으나 아무도 맞지는 않았다.

"이제 해가 뜨고 있어!" 부드러운 목소리의 소녀가 말했다.

수평선 뒤편에서 빛과 어둠이 서로 다투고 있었다. 밤은 바다를 떠나려하지 않았고, 바다도 밤을 보내려하지 않았다. 하지만 태양은 구름과 안개들 사이를 뚫고 나오려고 애를 썼다. 그래서 그런지 온갖 색깔들이 요란하게 섞여 있었다. 보라색, 빨간색, 오렌지색과 노란색도 있었다. 마치 두꺼운 붓으로 물감 상자의 절반에 물을 탄 것 같았고 이제 그 위에 수채화를 그린 것 같았다. 하지만 중간에 있는 빛나는 태양이 가장 강력해서 모든 색깔을 이기는 듯했다. 마치 느릿느릿한 풍선처럼 태양이 바다에서 올라오더니 멋지게 솟아올랐다.

보트에 있던 아이들은 이런 해돋이를 처음으로 구경했다. 아이들은 모두 열한 명이었다. 소년이 일곱 명, 그리고 소녀가 네 명이었다. 모두 창백한 얼굴에 밤을 꼬박 새운 뒤라 피곤한 눈이었고, 이 눈에는 살아남아 있다는 두려움이 여전히 숨어 있었다. 그리고 모두들 너무 배가 고팠다.

"저기 봐!" 부드러운 목소리의 소녀가 다시 한 번 소리쳤다. 빨강머리카락의 작은 소녀였는데, 손으로 바다를 넘어 가리켰다. "저기 뭔가, 뭔가 보이지 않니?"

아이들은 잔뜩 긴장해서 소녀가 가리키는 방향을 쳐다보았다.

"맞아, 맞아!" 토마스가 소리를 질렀는데 하마터면 보트가 뒤집어질 뻔했다. 토마스는 학교에서도 모르는 것을 알게 되면 그렇게 자리에서 방방 뛰고는 했다. "나도 보여!"

이제 모든 아이들이 멀리 어두운 선 같은 것을 보았다. 그렇게 길지는 않았지만, 바다에 떠 있는 작은 육지가 분명했다.

"그래!" 나이가 제일 많은 소년이 만족스럽다는 듯 손을 비볐다. "이제 가자! 이제 일해야지." 소년은 자리에서 일어나 보트와 보트에 타고 있는 아이들을 검사했다.

"너, 작고 검은 애!" 그는 검정색 곱슬머리를 한 소년을 불렀다. 이 소년은 명상에 잠겨 보트 끝에 앉아 있었고 검정색 상자를 꼭 끌어안고 있었다.

"너는 분명 노를 저을지 모르지, 그치?" 나이가 제일 많은 소년이 묻자 검정색 곱슬머리가 그렇다고 고개를 끄덕였다.

"그럴 줄 알았어. 너는 노를 젓는 대신에 노를 젓는 신호를 소리쳐. 호-룩! 이렇게 말이야. 이런 신호 어디에서 들어본 적 있지?"

소년이 고개를 끄덕였다.

"좋아. 그럼 다른 사람들은 모두 노를 저으면 돼. 노가 세 쌍이 있으니까, 합해서 여섯 개거든. 나랑 너는 혼자서 노를 젓고, 나머지는 두 사람씩 노를 하나 맡아." 나이 많은 소년은 슈테판을 가리켰다. "우리가 여기에서 제일 힘이 세잖아. 다른 아이들은 둘씩 노 하나를 젓도록 해."

나이 많은 소년은 조심스럽게 아이들에게 짝을 지어주었다. 아이들은 너무 오랫동안 보트에 앉아 있어서 다리가 뻣뻣해지며 거의 마비가 되어 있었다. 그래서 노를 젓기도 힘이 들었다. 보트가 위험하게 뒤뚱거렸다. 그러다가 마침내 아이들 모두는 자리를 잡았고 용감하게 두 손으로 무거운 노를 쥐었다.

"출발! 박자를 잘 맞춰야 해. 한 시간이면 우리는 저기에 도착할 수 있어. 자, 호오오-룩……!"

아이들은 바닷물에 짙은 선을 그리며 열심히 노를 저었다.

도착해서 처음으로 일어난 일

노를 저어 육지에 다가가자 아이들은 섬이 그렇게 크지 않다는 것을 알았다. 평평하고 모래로 덮여 있는 해안에서 가파르게 올라간 곳에 종려나무와 키 큰 덤불들이 무성하게 자라나 있었다.

"얘들아, 얘들아, 우리는 정말 운이 좋았어." 제일 나이가 많은 소년이 말했다.

"잠깐." 슈테판 옆에 있던 소녀가 뭔가 이상한 듯 아이들의 걸음을 멈추게 했다. 이 아이는 소녀들 가운데 가장 나이가 많았고, 건방진 대답을 해도 해로울 게 하나도 없다는 생각을 했다. 하지만 나이가 가장 많은 소년이 이 소녀의 말을 무시했다.

"얘들아, 이것 봐. 이 섬은 녹색 천지야. 나무들도 있어. 나무가 있다면 물이 있고, 물이 있으면 동물들이 살아. 동물들이 사는 곳에는 먹을 게 있다는 얘기지."

"만약 거친 야생 동물이라면?" 소녀가 또 자신의 생각을 거침없이 얘기했다. "호랑이와 사자 같은?"

"식인종!" 토마스가 흥분해서 소리 질렀다. "식인종은 사람을 말뚝에 묶어놓고 불을 붙여!"

"그만들 해!" 빨강머리 소녀가 놀라서 그만 노를 놓쳐버렸다.

나이가 많은 소년이 이마를 찌푸리며 화를 냈다. "너희들은 도대체 어떻게 된 애들이냐! 처음에는 물에 빠져죽는다느니 상어한테 물려죽는다고 덜덜 떨더니, 그러면서 육지라고는 보지도 못하고, 이제는 육지를 앞에 두고 사자하고 식인종 타령이냐?" 아이들은 부끄러워서 입을 다물고 노를 저었다. 섬은 천천히 다가왔고, 아이들은 해변과 그 위에 있는 녹색의 나무를 점점 더 정확하게 볼 수 있었다. 슈테판은 가장 나이 많은 소년이 아이들을 겁쟁이로 생각하는 것에 화가 났다. "넌 한 번도 두려워한 적 없어?" 슈테판이 잠시 후에 물었다.

"그런 적이 있었다고 해도, 난 말은 안 해!" 한참 후에 나이가 많은 소년이 대답했다. "말하면 안 되었거든."

"왜 말하면 안 되었어?" 소녀가 호기심에 차서 물었다.

"맹세를 했거든." 나이가 제일 많은 소년이 대답했다. 아이들 모두는 노 젓기를 그만두고 입을 벌리고서 나이가 제일 많은 소년을 빤히 바라보았다.

"나를 그렇게 쳐다보지 마. 나는 보이스카우트였어. 우리는 따라야 할 규칙이 있었거든. 첫 번째 규칙은, 보이스카우트는 겁이 없어야 한다." 소년은 오른쪽 바지 주머니에서 쌍안경을 꺼냈고 왼쪽 바지 주머니에서 나침반을 꺼내고는 심각한 표정으로 섬을 보았다. "남-남동!" 소년은 이렇게 말하고 아이들을 쭉 훑어보더니 지시를 했다. "우리는 약간 다른 방향으로 갔어."

"안 돼, 정말이야?" 깡마른 소녀가 날카롭게 소리를 지르더니 웃음을 터뜨렸다. "넌 놓치는 게 하나도 없구나!" 아이들은 이 말에 만족한 표정을 지었다. 나이가 제일 많은 소년이 비밀스럽게 하는 행동에 못마땅한 소리를 하는 게 듣기 좋았다. 지금까지 한 행동으로 봐도 이 나이가 제일 많은 소년은 정말 잘난 체를 잘했다. 보이스카우트도 해본 적이 없으며 나침반도 없는 아이들과 같이 있다는 사실을 알기 전에도 대장이 되려고 했을 것이다.

"다른 방향이라고? 너는 정말 웃기네. 너희 모두는 정말 그렇게들 똑똑하냐?" 이건 좀 심하군, 이라고 슈테판은 생각했다. 소녀는 지나치게 못되게 굴었다. 슈테판이 이런 생각을 하며 나이가 제일 많은 소년을 흘깃 보자, 이 소년 역시 자신과 같은 생각을 하는 것처럼 보였다. 나이가 제일 많은 소년은 천천히 소녀 쪽으로 몸을 돌려서 끝장을 내버리겠다는 눈길을 던졌다. 그사이 아침이 밝아왔고 보트 안에서 나이가 제일 많은 이 소년은 열다섯 혹은 열여섯 살 정도로 보였다. 키 크고 덩치도 좋았고 머리카락은 진갈색이었으며, 파란 눈에 턱도 단단해 보였다. 아이들의 눈에 이 소년은 어른처럼 보였다. 소년이 굵직한 목소리로 말했다. "넌 지금 우리가 어떤 상황에 있는지 모를 만큼 멍청한 것 같거든. 나는 저 친구도 그걸 안다고 생각해!" 나이가 제일 많은 소년이 슈테판을 가리켰다. "우리는 지금 학교에 와서 웃고 있는 게 아니야. 학교에서는 그렇게들 하지. '세상에, 저 봐 저 봐, 여자애한테 그걸 줬다니까. 이제 뭘 어떻게 할지 보자고.' 이렇게 떠들고 웃을 때가 아니란 말이지. 우리는 지금 바다 한복판에 있고 어쩌면," 나이가 많은 소년은 갑자기 말을 멈추더니 자신을 완벽하게 이해한 슈테판을 다시 바라보았다. 슈테판은 나이가 많은 소년이 마지막으로 하게 될 말, 그러니까 오늘 저녁이면 모두가 죽게 된다는 말을 마음속으로 생각하고 있었다.

"어쨌거나, 우리가 지금 싸우고 상대방을 놀리는 행동은 아무런 의미가 없어. 이런 행동은 정말 어린아이들이나 하는 짓이야. 우리는 지금까지 거의 기적이라고 할 정도로 잘해왔고, 앞으로 어떻게 할지도 보려고 하잖아. 내가 잘난 척한다고 생각해도 어쩔 수 없어. 나 같은 보이스카우트를 만난 건 너희에게는 엄청난 행운이야. 이런 사고를 당했을 때 어떻게 행동하는지 적어도 나는 알고 있거든." 나이가 제일 많은 소년이 말을 다 끝냈다.

"너는 왜 잘 아는데?" 소녀가 물었다.

"왜냐하면 우리는 이 모든 것을 연습했으니까. 보이스카우트 모임에서 하는 게임 중 하나가 뭔지 알아? 어떤 상황에 처했을 때 어떻게 하느냐라는 거야. 예를 들면 말이야, 네가 밤중에 길에 쓰러져 있는 할머니를 발견했다고 치자. 그런데 이 할머니의 다리가 부러져 있는 거야. 그럴 때 어떻게 할 건지 등등. 보이스카우트는 절대 당황해서는 안 되고, 무슨 일을 당해서도 안 돼."

이 말이 얼마나 멋지게 들리는지. 아이들이 이런 소년에게 경의를 표하는 시간이 지나자 슈테판이 물었다. "질문이 하나 있어. 만일 네가 섬에 도착하면 뭘 할 것 같아?"

"바로 그거야!" 나이가 많은 소년이 맞장구를 치며 머리도 끄덕였다. 토마스는 갑자기 머리를 쑥 앞으로 내밀어 예리하게 관찰하더니 감탄을 하며 한 마디 던졌다. "벌써 수염이 보여!" "뭐, 그건," "그게 뭔데?"

"이거 붙인 거 아니라는 거지?" 토마스가 말하며 어깨를 실룩거렸다. 토마스가 무슨 생각을 했는지 아무도 이해하지 못했지만, 형인 슈테판은 알아차린 것 같았다. 토마스는 수염이 나면 그때부터 어른이 된다고 생각하고 있었다. 그래서 스무 살이라도 수염이 나지 않으면 어른이라 생각하지 않았고, 열세 살이라도 윗입술 위에 시커먼 수염이 듬성듬성 나면 어른으로 보았다. 슈테판은 이런 동생을 대신해서 변명할 생각이 없었다. "놔둬. 얘는 그런 점이 있지." 슈테판이 다른 아이들에게 한쪽 눈을 찡긋하면서 말했다. 이렇게 말하며 손가락으로 이마를 톡톡 두드렸는데, 토마스의 머리가 이상하다는 뜻이었다. 그러자 갑자기 슈테판은 위에서 아래까지 바닷물로 흠뻑 젖어버렸다. 토마스는 형에게 복수를 하려고 노로 바닷물을 잔뜩 밀어 형한테 날려버렸던 것이다. 그사이 아이들이 노를 젓던 배는 해변에 거의 가까이 다가갔고, 나이가 제일 많은 소년이 노를 안으로 접어들이라는 명령을 내렸다. 그 누구도 형제의 다툼에 신경을 쓰지 않았다.

"드디어 우리는 섬에 도착했어. 물 밑에 바위도 없었고 화재도 일어나지 않아서 너무 기뻐. 우리는 그냥 보트에서 내려서 모래까지 걸어가면 돼. 너희 모두는 그래도 수영은 할 줄 알지?" 아이들은 고개를 끄덕였다. 가장 어린 소녀가 무서운 듯 보았고 어린 검정색 곱슬머리 소년도 노 저을 때 큰소리로 알리던 것을 멈추었다.

"나는 수영을 할 수는 있지만, 세 번 정도 팔을 저을 수 있어." 소녀가 말했다.

"그거로도 충분해." 나이가 제일 많은 소년이 대답했다. 그가 마지막으로 노를 세게 내리치자 보트는 모래 위로 소리를 내며 올라갔다. "자, 너와 내가", 그러면서 슈테판을 가리켰다. "그리고 너희 둘"—이 아이들은 그 다음으로 나이가 많은 소년 두 명이었다—"신발과 양말을 벗고 물을 건너서 걸어. 우리는 보트를 가능하면 해안가 근처까지 끌고 가고 어린아이들을 옮겨야 해."

소년들은 이미 바지를 걷고 앉아 있었다.

"나도 걸어가고 싶어. 아까 전에 그런 일도 있고 하니까." 빼빼 마른 소녀가 나지막하게 말하며 얼굴을 붉혔다. 가장 나이가 많은 소년은, 소녀가 조금 전에 자신을 모욕한 행동을 사과하고, 이제 자신의 지휘를 잘 따르겠다는 마음으로 이해했다.

"몸이 꽁꽁 얼어버릴 수도 있어." 소년이 말했다.

"아, 그거." 소녀는 머리를 세차게 흔들어서 땋은 머리가 귀를 마구 때렸다. "내 다리가 얼마나 긴지 한번 봐. 무릎까지는 단련이 되어 완전히 튼튼해." 소녀가 외투를 들어올리고는 갈색의 긴 다리를 증거로 보여주었다.

소녀는 조심스럽게 보트의 가장자리 위로 기어 올라갔고, 물이 찰까봐 모두들 두려워했기에 물은 따뜻할 것이라고 서로 안심을 시켜주었다. 가장 나이가 많은 소년의 지휘를 받으며 아이들은 해안에 있는 모래 때문에 더 이상 움직일 수 없을 때까지 보트를 육지 가까이로 끌어당겼다. 그런 다음 아이들은 보트에 앉아 있던 나이 어린 아이들을 한 명씩 어깨에 짊어졌다. 슈테판은 토마스를, 소녀는 자신보다 더 어린 빨강머리 소녀를, 그리고 가장 나이가 많은 소년은 어린아이 두 명을 한꺼번에 들었다. 이렇게 하여 아이들은 단 번에 해변에 닿았다. 아이들은 딱딱한 땅 위를 위태위태하게 걸었다. 마치 걸음마를 처음 배운 것처럼.

"어지러워." 토마스는 모든 아이들이 느끼는 느낌을 말했다.

"이제 어쩌지?" 빼빼 마른 소녀가 물었다.

"이제 나는 알고 싶어. 너희들 가운데 누가 가장 빠른지."

"나야!" 머리카락이 금색과 흰색이 섞여 있는 소녀가 힘차게 앞으로 나섰다.

"좋았어. 너는 이제 여기 있는 다른 아이들과 함께 달리기를 하고 마지막에 아침 체조를 해. 그사이 우리는 물건들을 가져올 테니까." 가장 나이가 많은 소년은 슈테판과 함께 다시 보트로 돌아가더니, 배낭과 신발, 그리고 양말을 가져왔고, 마지막에 노를 육지에 갖다놓았다. 두 소년은 모든 물건들을 모래 위에 질서정연하게 놓았다. 태양이 따뜻하게 빛나서 아이들은 곧 편안한 느낌이 들었다. 가장 힘든 시기는 이제 넘겼어, 이제 우리는 육지에 있어, 라고 아이들은 생각했다.

그런데 아침 체조는 잘 진행되는 것 같지 않았다. 슈테판과 가장 나이가 많은 소년이 일을 마치고 다른 아이들에게 가자, 모든 아이들이 달리기와 체조를 이끌었던 소녀를 빙 둘러싸고 손뼉을 치고 있었다. 소녀는 아이들 앞에서 곡예를 선보이고 있었다. 소녀는 뒤로 열 번이나 넘어갔다. 그런 다음 몸을 숙여서 머리를 다리 사이로 넣었는데, 마치 머리가 무릎 사이에서 자라난 것처럼 보였다. 이런 모습은 뭔가 좀 으스스했다. 갑자기 소녀는 무서운 속도로 손으로 땅을 짚고 몇 미터를 걸어가더니, 두 발을 목덜미 위에 올려놓아서 동그란 공 모양을 한 채 굴러갔다. 어디가 앞인지 뒤인지를 구분할 수 없을 정도로 빠른 속도로 말이다.

"와우! 멋지다!" 아이들은 열광해서 고함을 질렀다. 금발 소녀는 이마에 붙어 있는 머리카락을 흔들어 털어내더니, 이건 아무것도 아니라고 말했다. 체조 곡예용 그네를 타는 모습을 봐야 한다고 했다. 아니면 달리는 말 등에 올라타서 보여주는 묘기를 봐야 한다고…….

"나중에 보자. 지금은 아침을 먹어야 해." 가장 나이가 많은 소년이 곡예를 선보인 소녀의 말을 중단하며 말했다.

이 말은 효과가 있었다. 아이들은 곡예를 보여준 소녀를 그 자리에 세워둔 채 기대감에 부풀어 가장 나이가 많은 소년을 빙 둘러쌌다. "아침"이라는 말을 듣자 아이들은 '불의 나라' 호에서 먹었던 식사가 떠올랐다. 코코아를 담아두었던 거대한 주전자, 버터 빵과 잼을 담아두었던 그릇들.

"나는 코코아는 싫어." 가장 나이 어린 소녀가 예의 바르게 손가락을 들고 말했다. "난 커피와 섞어서 마실래."

"알아 모시겠습니다, 부인!" 가장 나이가 많은 소년이 마치 웨이터처럼 몸을 숙였다. "그렇다면 신사분께서는 무엇을 드시겠습니까?" 그가 슈테판을 향해서 물었다. 이렇게 물으며 작은 노트를 꺼내 기록하기 시작했다.

"생크림을 얹은 초콜릿. 올리브기름에 담근 정어리와 케이크, 그리고 딸기 주스와 달걀 요리요." 슈테판이 히죽거리며 말했다.

"초콜릿에 케이크 하나." 나이가 많은 소년이 그렇게 적었다. 그는 웨이터 흉내를 냈다. 그가 처음으로 이렇듯 애처럼 행동하자 모든 아이들이 웃었다. 지겨운 선생님처럼 굴지 않아서 좋았다. 아이들은 완전히 긴장을 푼 채 딸기 밥처럼 그야말로 독특한 메뉴를 주문했다.

"이제 너희들의 배낭을 모두 풀어봐, 그리고 그 안에서 먹을 것을 모두 꺼내놓도록." 가장 나이가 많은 소년이 말했다. 그러자 아이들은 배낭을 파헤쳐 음식을 꺼냈다. 가장 나이가 많은 소년은 즉시 음식을 분류하기 시작했다. 우선 소시지를 골라놓았고, 다음으로 빵과 건조한 빵이었다. 그 옆에 달콤한 과자류를 놓았는데, 비스킷, 사탕과 초콜릿이었다. 말린 과일 한 자루를 보자 특히 기뻐했다.

그 밖에 통조림 몇 개도 보였다. 정어리, 우유 그리고 소금에 절인 소고기 통조림도 있었다.

"행운이야, 너희가 이렇게 먹을 걸 많이 챙겨 와서 말이야." 나이가 가장 많은 소년이 계속 말을 했다. "너희 어머니들이 규정을 어겨서 그것도 너무 다행이야. 원래 한 가지 이상의 과자를 가져오는 건 금지되어 있거든. 자, 이제 너희들은 보이스카우트가 대장정을 떠날 때 무엇을 가져가는지를 볼 수 있어."

그는 배낭에서 돛대가 그려진 가방을 하나 꺼내더니 내용물을 하나씩 꺼내놓았다. 빵 한 묶음, 말린 빵 한 묶음, 가루우유 한 통, 소시지, 견과류와 건포도, 무화과와 말린 사과가 들어 있는 봉지 하나, 초콜릿 두 통, 인공감미료, 성냥 한 통과 얇은 함석으로 만든 잔과 접시, 그리고 캠핑용 수저였다.

"자, 이건 마실 물이야." 나이가 제일 많은 소년은 배낭에서 물병을 하나 꺼내서 중앙에 놓았다. 그런 다음 마른 과일을 아이들에게 나누었고, 그사이 빼빼 마른 소녀가 물을 꺼냈다. 슈테판은 소시지를 11인분으로 나누었다. 곡예를 선보였던 소녀는 잔 세 개에, 가루우유, 코코아와 물을 섞은 다음에 인공감미료 한 조각을 넣었다. 토마스는 초콜릿을 잘게 나누는 임무를 받았다. 토마스는 이 일에 헌신을 다했기에 초콜릿이 손에 가득 묻을 정도가 되었다. 마침내 모든 아이들은 멋진 아침 식사를 앞두었다. 가장 나이가 많은 소년이 "맛있게 먹자!"라는 말을 마치자마자, 아이들은 제일 먼저 받은 말린 자두를 맹수처럼 힘차게 씹었다. 그런 다음 아이들은 잔을 돌렸는데, 잔 안에 들어 있는 음료도 맛이 끝내주었다.

"이제 아홉 시야." 아침 식사가 끝나자 보이스카우트가 말했다. "일을 하러 가야 해. 큰아이들은 저 위로 올라가서 뭐가 있는지 살펴보고 왔으면 좋겠어." 그는 위에 있는 종려나무들을 가리켰는데, 이 나무들은 아침 햇살을 받으며 녹색을 뽐내고 있었다. "이 섬에서 살 만한지, 어떤 동물과 과일들이 있는지 알아내야 해. 출발하자!" 나이가 가장 많은 소년이 슈테판과 두 명의 소년을 더 데리고 일어났다.

"나도 가고 싶어! 여자애들 사이에 있고 싶지 않다고!" 토마스가 소리를 질렀다.

"너는 거기 있어야 해!" 나이가 가장 많은 소년이 무서운 목소리로 말했다. "나는 뒤따라갈 거라고!" 토마스는 제정신이 아니었다. "나도 형만큼 할 수 있어. 더 잘 할 수도 있다고. 내가 인디언 놀이를 할 때 형은 항상 라틴어 단어만 배웠어. 형은 한 번도 사자를 잡아본 적도 없고 살금살금 기어갈 줄도 모르고, 아무것도 못해! 인디언들을 따라다니면서 스파이 짓도 해보지 않았다고!"

하지만 나이가 많은 소년은 흔들리지 않았다. "너는 여기에 있어!"

토마스는 바닥에 뒹굴며 울부짖고 싶었다. 하지만 빨강머리 어린 소녀가 자신의 팔을 잡아당기며 비난하는 바람에 그만두었다. "남자들이 다 숲으로 가버리면, 우리 여자들을 누가 보호해줘?"

"여기 밑에서도 무슨 일이 일어난단 말이야?" 토마스가 희망에 차서 물었다.

"당연하지!" 소녀가 확고하게 말했다.

나이가 가장 많은 소년은 그사이 빼빼 마른 소녀랑 이야기를 나누었는데, 자신이 없는 사이에 배낭에 있는 모든 물건을 꺼내서 기록해달라고 했다. "여기 이 노트에 적어. 질서 있게 적어야 해." 소년이 말했다. "알고 있어. 우리 엄마가 세탁물을 헤아릴 때 하는 것처럼 하면 돼. 베갯잇 여섯 장, 손수건 열 장……." 소녀는 배낭 하나 앞에서 무릎을 꿇더니 내용물을 꺼내놓기 시작했다. "야, 너희들! 나 좀 도와줘!"

곡예를 선보인 소녀와 빨강머리 소녀가 이 소리를 듣고 다가왔다. 얼굴이 매우 하얀 어린 소녀가 천천히 이 두 사람을 따라왔는데, 목소리도 나올 것 같지 않은 가냘픈 소녀였다. 토마스와 검은 곱슬머리 소년 그리고 안경을 낀 창백한 소년도 다가갔다.

"그런데 너도 데려가고 싶어." 가장 나이가 많은 소년이 곡예를 잘 하는 소녀를 가리켰다. "너는 잘 올라가지?" "최고지."

"그래. 나무에 빨리 올라갈 수 있는 사람이 있으면 좋을 거야. 어떤 경우에도 이런 뱀 같은 여자는 도움이 되지."

"나도 끝내주게 올라갈 수 있어!" 토마스가 다시 한 번 자신의 능력을 강조했지만, 나이가 많은 소년은 일부러 못 들은 척했다.

"우리는 이제 출발해." 나이 많은 소년은 빈 배낭을 울러 멨다. "너희들은 그사이 여기……그런데 너 이름은 뭐야?" 빼빼 마른 소녀에게 물었다.

"리나."

"반가워. 내 이름은 올리버야." 나이가 가장 많은 소년은 얼굴을 붉히며 몸을 숙여 인사했다. 외로운 섬에서 갑자기 몸을 숙이고 예절 바르게 행동하는 것은 정말 이상했다. "너희들은 리나의 말을 잘 들어야 해. 우리는 오래 걸리지 않을 거야." 올리버는 비교적 나이가 많은 아이들을 데리고 출발했다. 그들은 가파른 해변의 바위를 이리저리 올라가기 시작했다. 소녀들과 토마스는 부러운듯 쳐다보았다.

갑자기 끔찍한 고함소리가 공기를 찢어댔다. 이어서 검은색 곱슬머리 소년이 훌쩍거리며 모래 위에 뒹굴더니 미친 사람처럼 행동했다. 올리버는 돌아와서 소리를 질렀다. "무슨 일이야? 세상에 무슨?"

리나도 고통스러워하는 소년 곁에 무릎을 꿇고 앉아서 말을 붙였다. "너 왜 그래? 어디 아파? 무슨 말이라도 해봐……."

검은색 곱슬머리는 흐느껴 우느라 한 마디도 할 수 없었다. 떨리는 손가락으로 기다란 검은색 상자를 가리켰고, 그래서 리나가 상자를 열어보았다. 그 안에는 예기치 않은 물건이 들어 있었다. 비단으로 둘둘 말아둔 바이올린이었다. 그런데 이 바이올린이 밤새 보트를 타는 동안 젖어버렸고 해체되어버린 것이다. 리나가 바이올린을 집어들자, 접착제들이 떨어져서 바이올린이 덜컹거렸다.

"에이, 저걸 가지고." 소년 한 명이 말했다. "저런 고물 때문에 총에라도 맞은 것처럼 울고불고 난리였구나."

"다시 붙일 수도 있을 것 같은데." 올리버가 위로하는 말을 했다. "나한테 반창고 한 다발이 있거든."

검은 곱슬머리는 대답이 없었다. 소년은 눈물을 줄줄 흘리며 아무 말도 하지 못했다.

"울지 마. 바이올린이 망가졌다고 해서 큰일이 난 건 아니잖아! 이제 연습할 필요도 없으니까, 오히려 기뻐해야지!" 리나가 손수건으로 눈물을 닦아주며 말했다.

소년은 한순간 이해할 수 없다는 듯 리나를 바라보더니 등을 돌렸다. 소년은 상자를 끌어당겨서 산산조각 난 바이올린을 곱게 비단으로 쌌다. 마치 아픈 아이처럼 망가진 바이올린을 끌어안았다. 다른 아이들은 당황해서 이 소년의 주변을 빙 둘러서 있었다. 비록 자신들은 망가진 바이올린이 도대체 왜 가슴을 아프게 하는지 제대로 이해하지는 못했지만, 검은 곱슬머리 소년이 슬퍼하는 모습은 인상적이었다. 아이들은 어찌할 바를 모르고 서로를 바라보았다. 소년이 마침내 머리를 들었다. 반짝이는 눈물 뒤에 아주 아름다운 검은색 눈동자를 가진 소년이었다.

"가버렸어. 죽었다고." 소년이 속삭이듯 말했다.

이런 표현은 아이들에게 너무 심했다.

"이봐, 풀 죽은 친구! 그만하면 됐어. 그 멍청한 바이올린으로 이제 쇼 그만하시지!" 올리버는 발끝으로 툭 치면서 말했다.

"이상해, 얘!" 토마스가 확고한 목소리로 말했다.

갑자기 곡예를 보여준 금발 소녀가 끼어들었다. "너희들은 이해를 못해. 아마 얘는 바이올린이 망가지는 것보다 차라리 자신이 물에 빠져죽기를 원했는지도 몰라. 안 그래?" 그러자 소년이 고개를 끄덕였다.

"예술가가 되고 싶었어?" 소녀가 물었다.

"언젠가는 되려고 했지." 소년은 훌쩍거리며 대답했다. "그런데 이제……."

"예술가들은 좀 웃겨." 곡예를 보여준 소녀가 다른 아이들을 가르치듯 말했다. "나는 예술가들을 많이 알고 있거든. 우리 아버지도 예술가야."

올리버는 어깨를 들썩이고는 길을 가려고 몸을 돌렸다. "나는 예술가들에 관해서는 아무것도 이해하지 못해. 자, 우리는 출발!" 올리버는 약간 상처를 입은 듯 얘기했다.

하지만 올리버는 다시 몸을 돌려서 자신의 가방에서 작은 깡통을 꺼냈다. "여기 반창고 너 가져." 올리버는 곱슬머리 소년의 머리를 한 번 쓰다듬어주었다.

그러자 뱀 소녀가 옆에서 휘파람을 불더니 말했다. "반창고를 붙인 바이올린이라. 그렇게 위로는 되지 않겠어!"

"어쨌든, 나중에 봐!" 올리버가 큰소리로 대답했다.

이렇게 해서 일단 마무리는 되었고, 올리버와 아이들은 마침내 섬을 탐색하는 길을 떠날 수 있었다.

섬을 발견하다

해안 위쪽 가장자리에 서서 빽빽한 숲의 내부를 보았을 때였다. 아이들은 지금처럼 여러 가지 녹색을 본 적이 한 번도 없었다. 맨 처음에는 짙은 녹색을 띤 땅이었는데, 발을 디디면 마치 오리털 이불처럼 푹푹 꺼졌다. 나무들 밑에는 이끼가 양탄자처럼 깔려 있었다. 아이들은 덩굴 식물을 통과해서 겨우 숲 속으로 들어갈 수 있었다. 작은 녹색의 수풀들이 땅을 가득 덮고 있었고, 여기저기에 빨갛고 둥근 열매가 주렁주렁 달려 있었다. 하지만 이 예쁜 열매들은 독이 있는 것처럼 보였다. 크게 자란 양치류 아래에는 갈색과 노란색 버섯들이 한가득 자라나 있었다. 올리버는 버섯 한 개를 따서 살펴보았다.

"버섯은 조심해야 해." 의사의 아들인 슈테판이 경고했다. 올리버는 흠이 없는 버섯의 하얀 부분을 슈테판에게 내밀었다.

"보통 버섯처럼 보여." 올리버는 버섯의 종류마다 두 개씩 따서 배낭 속에 넣었다.

"그걸로 뭐하려고?" 한 소년이 물었다.

"요리해서 먹는 거지. 보이스카우트는 모든 것을 실험해봐야 한다고." 올리버가 대답했다.

갑자기 아이들 앞에 있던 알록달록한 구름들이 휙휙 소리를 내며 위로 올라갔다. 아이들은 제대로 놀랐다.

"새야?" 슈테판이 물었다.

"아니, 나비들. 그림책에 나오는 색깔이지." 뾰족한 코에 여드름이 난 소년이 말했다.

현란하게 빛나는 나비 한 마리가 양치류 가지에 앉더니 날개를 폈다 오므렸다 했다. 아이들은 멋진 모습을 구경할 수 있었다.

"우리 과학 선생님은 저기 저 나비를 잡아다가 유리 상자에 꽂아두고 싶어할 거야." 슈테판이 말했다. 그때 커다랗고 진한 분홍색의 나비가 날아오더니 먼저 날아온 나비 곁에 자리를 잡았다. 나중에 날아온 나비의 날개에는 노란색 달 모양이 찍혀 있었다.

"야, 저 녀석도 못생기지 않았는걸." 올리버도 나비가 멋있다는 것을 인정해주었다. 나비 두 마리는 그 자리에서 날아오르더니 짙은 녹색의 숲 속으로 들어갔다. 이어서 아이들의 머리 위에서 날카로운 소리가 들렸다. 원숭이 떼들이 아이들을 의식하지 않고 시끄럽게 나무 꼭대기에서 움직이고 있었다.

"원숭이들. 아니, 저렇게!" 곡예를 보여주었던 소녀는 번개처럼 종려나무를 올라가기 시작했다.

"원숭이들은 귀여워!" 소녀는 위에서 아이들을 향해 소리쳤다. "저기 원숭이들 가운데 한 마리를 데리고 내려갈 거야." 소녀는 이미 너무 높은 곳까지 올라가서 아이들은 소녀가 하는 말을 이해하지 못했다.

"웃기는 여자애야." 코에 여드름이 나 있는 소년이 말했다. "아는 것도 많다니까! 처음에는 예술가에 대해서 알더니 이제는 원숭이야."

소녀는 앞에 있는 나무 꼭대기에서 무슨 일이 있는지 보려고 목을 쑥 뺐다. 나뭇잎들이 너무 무성해서 햇볕이 통과할 수 없을 정도였다. 무성한 나뭇잎들은 그 위에서 내려오는 빛을 받아 에메랄드처럼 빛이 났다. 뱀 소녀는 그사이 종려나무의 꼭대기에 올라가서 거기에서 편안하게 자리를 잡고 있었다. 그녀 주변에 있는 나무들에는 원숭이들이 떼를 지어 앉아서 이 낯선 인간 동물을 구경했다. 소녀가 움직이지 않자 원숭이들이 조심스럽게 그 곁으로 다가갔다. 하지만 소녀는 그만 실수를 하고 말았다. 갑자기 날카롭게 끽끽거리는 소리를 내고 말았던 것이다. 소녀는 원숭이처럼 소리를 지른다고 믿었다. 하지만 이런 날카로운 소리를 듣자 원숭이들은 오히려 도망을 쳤다. 밑에 있던 아이들은 나뭇가지가 부러지는 소리를 들었고, 놀란 새들이 나뭇가지 사이에서 불안하게 지저귀는 소리도 들었다,

"어이, 거기 뱀 소녀!" 올리버가 위를 향해 소리를 지르며 손을

나팔 모양으로 만들어서 입에 대었다. “내려와. 체조 1위, 동물들을 흉내 내는 것은 그다지 좋지 않았어!”

나무 위에 앉아 있던 소녀는 화가 났다. 나무 기둥을 타고 내려오며 소녀는 야자열매를 하나 땄다. 그래야 빈손으로 내려오지 않을 수 있었기 때문이다. 아니나 다를까 올리버는 야자열매를 보자 뛸듯이 기뻐했다. 올리버는 뱀 소녀를 특별히 칭찬하며, 위에 더 많은 열매들이 달려 있는지 알고 싶어했다.

“몰라, 하지만 있을 걸.” 소녀는 무덤덤하게 대답했다. 소녀는 원숭이를 데려오지 못한 결과에 아직도 불만이었다. “한 마리만 내 곁에 다가왔더라면. 원숭이는 쓰다듬어주면, 원하는 걸 할 수 있단 말이야.” 소녀가 아쉬워했다. “원숭이는 내버려둬. 하지만 이건 우리들에게 좋은 거야.” 올리버는 야자열매를 높이 들었다.

올리버는 아이들에게 야자열매가 얼마나 멋진지 설명해주었다. 이리저리 흔들어서 안에 들어 있는 액체를 마실 수 있으며, 소위 말하는 야자유는 건강에 좋고 목마를 때 마시면 좋다고 했다. 그리고 열매를 먹을 수도 있는데, 먹으면 배도 불러서 매우 추천할 만하다고 했다. 마지막으로 야자열매에서 실을 뽑아내 돗자리와 온갖 종류의 직물을 만들어낼 수 있다고 했다.

“꼭 장사꾼 같네. 혹시 너희 아빠는 대목장에서 큰소리로 장사하는 사람 아냐?” 올리버가 야자열매에 대한 칭찬을 끝내자 뾰족한 코의 소년이 말했다. “아니, 권투를 가르치는 분이야.” 올리버는 소년의 턱에 주먹을 갖다 댔다.

아이들은 계속 길을 갔고, 이어서 보게 된 광경은 앞서 본 것처럼 특이했다. 동물원에서 봤던 거대한 거북이가 아이들의 발 근처로 다가왔다. 적어도 백 년은 산 거북이가 분명했다. 거북이가 힘들게 지나가자 아이들은 거의 존경심을 가지고 쳐다보았다. 그러더니 갑자기 종알거리는 소리와 함께 날카로운 소리가 들려왔는데, 알록달록한 앵무새 두 마리가 종려나무의 나지막한 가지 위에 앉았다. 아이들의 머리 근처였다.

"로라, 로라, 설탕을 원하니?" 곡예 소녀가 소리 질렀다.

앵무새들은 까옥거리더니 고상하게 머리를 옆으로 돌렸다. 앵무새들은 아무런 두려움 없이 밑에 있는 다섯 아이들을 내려다보았고 뭔가 생각을 하는 듯했다.

슈테판은 갑자기 토마스 생각이 났다. 토마스가 너무 보고 싶었다. 모린 형제는 탐험을 해도 항상 함께하는 데 익숙했다. 그래서 지금 하고 있는 환상적인 탐험여행도 토마스가 없으니 제대로 된 재미를 느끼지 못할 것 같았다. 아마 토마스는 지금까지 탐험만으로도 놀라서 제정신이 아닐지도 몰랐다. 토마스라면 다 큰 아이들처럼 세심하게 행동하지는 않았을 것이다. 이렇듯 동화에서나 나오는 놀라운 광경을 보면 말이다. 아마도 토마스는 나비를 보고 감탄을 금치 못했을 것이고, 원숭이와 앵무새들, 그리고 올리브가 지금 아이들에게 주의를 집중시키고 있는 난초를 봤더라도 마찬가지였을 것이다. 녹색 덤불에서 피처럼 빨갛고 빛나는 노란색을 발하는 이 난초를 봤더라면 토마스는 이렇게 말했을지 모른다. "형, 만약 엄마가 이 꽃을 아름다운 수정 화병에 담아서 피아노 위에 놓아둔다면, 얼마나 기뻐할까……." 그런데 나이가 많은 소년들은 마치 매일 학교 가는 길에 난초와 거대한 거북이를 만난 것처럼 행동했다. 원숭이 떼를 보더라도 감탄하지 않고 새만큼 큰 나비들이 아름답지만, 그럼에도 불구하고 놀라운 일이 아니라고 행동해야만 진정한 남자인 것처럼 말이다.

갑자기 아이들이 걸음을 멈추었다. 아이들은 거위걸음으로 뒤따라갔는데, 맨 앞에는 올리버가 있었다. 그런데 그가 갑자기 발걸음을 멈춘 채 땅에 쪼그리고 앉았다.

"이것 봐! 여기 동물들의 흔적이 있어. 토끼들인 것 같아. 저기! 너희들은 발자국이 안 보여?" 아이들은 올리버가 가리키는 곳을 봤지만 아무것도 눈에 띄지 않았다. 올리버는 정말 굉장한 녀석이기는 했다.

"이제 곧 호랑이나 사자 발자국도 나타나겠네?" 뾰족한 코 소년이 물었다.

"아니, 그건 아냐. 야생동물들은 여기에 없는 것 같아. 줄곧 집중해서 야생동물의 흔적을 찾고 있었거든. 그런데 여기 이게 처음이야. 나도 속으로 놀라고 있는 걸. 숲 깊숙이 들어가면 갈수록, 이곳이 점점 내 마음에 들어. 마치 이 섬은 조난을 당한 열한 명의 소년들을 위해 만들어진 섬 같다고나 할까. 먹기에 좋은 열매와 동물들, 그리고 위험이라고는 없어. 그야말로 낙원이 따로 없어!" 올리버가 흥분해서 말을 마쳤다.

아이들은 계속 나아갔다. 숲이 점차 밝아지더니, 아이들은 바위가 솟아 있는 고지(高地)에 이르렀다. 이 높은 곳에 있는 땅은 나무들 사이에 놓여 있었고 이 섬에서 가장 높은 장소인 듯했다. 바위들이 마치 자연스러운 계단처럼 되어 있어서 아이들은 쉽게 올라갔고, 이곳에 올라가자 주위를 둘러보았다. 이 고지는 정확하게 섬의 중앙에 자리 잡고 있었다. 어느 정도 거리를 두고 이 고지의 기슭에 숲이 펼쳐져 있었다. 숲은 마치 녹색의 허리띠처럼 고지를 휘감고 있었다. 해변은 더 이상 보이지 않았고, 숲의 가장자리에서 바다가 시작되는 것 같았다. 주변을 둘러보니 끝없이 푸르렀다. 이런 광경은 무섭기도 했지만 동시에 화려하기도 했다. 아이들은 이 고지에 서 있자 예전에 한 번도 느껴보지 못했고 그래서 이름을 붙일 수 없는 감정이 느껴졌다. 세상은 위대하며 인간은 작고 하찮은 존재라는 그런 느낌. 엄청나게 넓은 곳에서 길을 잃은 느낌. 하지만 밤새 보트를 타고 바다를 헤매었을 때 느꼈던 버려진 느낌과는 달랐다. 이런 느낌은 아이들에게 충격을 주지 않았고, 이상하게도 뭔가 위로가 되었다. 마치 몇 명 되지 않는 소년소녀들이 지구의 어느 모퉁이에서 한 조각의 땅덩이를 발견한 것 같았다. 아이들이 숨을 수 있고 또 아이들에게 은신처와 휴식을 제공해줄 수 있는 땅덩어리 말이다.

올리버는 턱을 내밀더니 팔로 동그라미를 그렸다. “나는 이 섬이 우리의 것이라고 밝히노라!” 올리버는 감동에 겨워 목소리가 약간 잠겼다. 그는 이처럼 중요한 행동을 그냥 넘길 수가 없었다. 그러자 뾰족한 코 소년이 즉각 대꾸했다. “알렉산더 대왕!”

“우리는 여기 위에서 살게 될 거야.” 올리버가 계속 말을 이었다. “우리는 여기 이 고지를 숙소로 정하고 여기에서 사냥도 할 거야.” 언덕의 한쪽은 바위가 없이 마른 흙으로 덮여 있었으며 숲과 이어지는 비탈도 그렇게 경사가 심하지 않았다. 그런데 이 언덕의 경사진 면에는 마치 과수원이라도 되듯 온갖 과일 나무들이 있었다. 익지 않은 녹색 바나나가 달려 있는 키 큰 관목, 콩깍지와 비슷하게 생긴 열매들이 달린 실거리 나무가 있었다. 그리고 잎이 커다란 무화과나무들의 가지에는 마치 가득 찬 자루처럼 분홍빛 나는 갈색의 무화과가 달려 있었다. 무화과 열매들 중 몇 개는 익을 대로 익어서 벌어져 있었고 그 벌어진 틈 사이로 부드럽고 빨간 과육이 드러났다. 올리버가 갑자기 사라졌다. 하나, 둘, 셋 하더니 그는 고지에서 밑으로 풀쩍 뛰어내렸고, 나무들 사이로 뛰어내려 귀를 땅에 대고 있는 모습을 아이들이 놀라서 지켜보았다. 곡예 소녀가 무서워하며 슈테판을 툭 쳤다. "도대체 뭐하는 거지? 어디 잘못된 거 아냐?"

"내 생각에는, 코끼리 떼가 다가오는지 귀를 기울이는 거 같은데. 알렉산더 대왕은 코끼리가 없으면 아무것도 할 수 없거든!" 뾰족한 코 소년이 비아냥거렸다.

"너 한니발과 헷갈린 거 아냐? 한니발이 알프스를 넘어갈 때!" 슈테판이 말했다.

뱀 소녀는 놀랍다는 듯 금발 머리를 절레절레 흔들어댔다. "세상에 만상에! 너희들은 아는 것도 많아! 나는 한니발이 누구인지도 모르는 걸."

"너 학교도 안 다녀?" 뾰족한 코 소년이 소녀를 위에서 아래로 훑으며 말했다.

"그렇다면 또 어쩌려고?" 슈테판이 대답을 하고는 소녀를 대신해서 화를 냈다. "학교를 다니지 않아도 그건 수치스러운 일이 아니야!"

"나는 대부분 학교에 안 가. 낙제도 한 번 당했거든!" 뱀 소녀가 자랑스럽게 털어놓았다.

"뭐라고?" 소년들이 놀라서 소리를 질렀다. 그들은 믿을 수가 없었던 것이다. 그런데 소녀는 그게 무슨 특별한 일이냐는 인상을 지어 보였다. 어쨌거나 이런 비밀을 설명할 시간은 아니었다. 올리버가 또 갑자기 뛰어오르더니 급하게 나무들 사이로 들어갔고, 경찰견처럼 머리를 아래쪽으로 두고 뭔가 찾고 있었다.

"내가 따라 가봐야겠어. 뭔가에 부딪히면 우리는 올리버가 어디에 있는지도 모르게 될 거……." 슈테판은 말을 끝내지도 않고 고지에서 내려가서 올리버의 뒤를 쫓았다. 다른 아이들도 슈테판의 뒤를 바짝 따라갔다. 이곳의 숲은 들어올 때보다 더 울창해 보였다. 쓰러진 거대한 나무둥치는 덩굴 식물들에 뒤덮인 채 길을 막고 있었다. 이곳에는 이끼도 더 많았고, 사방에는 어둡고 축축한 녹색으로 가득했지만 그 안에서 믿을 수 없는 꽃들이 반짝이고 있었다. 아이들이 마침내 올리버를 따라잡았을 때, 그는 땅에 무릎을 꿇고 손에 물을 가득 담아서 아이들에게 내밀었다.

"여기 와서 시냇물을 한번 봐! 우리에게 부족한 게 바로 이거였어. 이제 물을 발견했으니 완벽해!" 올리버가 기뻐서 소리를 질렀다.

아이들은 올리버 곁에 무릎을 꿇고 앉아서 얼굴과 손을 씻었다. 물은 놀라울 정도로 시원하고 또 신선했다. 아이들은 물을 몇 모금 마시기도 했는데, 물에서 숲과 흙냄새가 났다. 집에서 먹는 수돗물

보다 맛이 훨씬 좋았다. 올리버가 자리에서 일어났다.

"이제 돌아가자. 내려가서 다른 아이들을 고지로 데려오자. 그러면 우리는 우리의 섬에서 첫날밤을 보내는 거야. 집에서처럼……그러니까……." 올리버가 말했다.

아이들은 "집에서처럼"이라는 표현에 얼굴을 약간 찌푸렸다. 나이가 많은 형인데 아이들의 상처를 건드리지 않는 표현을 골라서 썼더라면 더 좋았을 것이다. 하지만 올리버 역시 선생님이 아니라 그런 실수를 할 수도 있었다. 무엇보다 올리버는 지금까지 흠잡을 데 없이 행동했으니까. 그래서 아이들은 실수를 용서했고 모든 것을 이해하고 다시 돌아갔다.

젭과 클라우디아

그사이 해변에 남아 있던 아이들은 할 일이 많았다. 리나와 빨강머리 소녀는 배낭에 있는 물건들을 모두 끄집어냈다. 소녀들은 소매를 걷어올렸고, 리나는 몸을 숙일 때마다 끊임없이 달랑거리는 땋은 머리를 턱 밑으로 모아 질끈 묶어버렸다. 내의와 양말을 한가득 안고 빨강머리에게 내용물을 기록하라고 말하는 리나는 멋있어 보이기까지 했다. "챙 없는 모자 세 개, 스포츠 모자 하나, 비 올 때 쓰는 두건……."

"너무 빨라. 그렇게 빨리 말하면 어떻게 다 쓰겠니?" 다른 소녀가 불평을 했다.

연약하고 작은 소녀는 부끄러워하며 그 곁에 서서 자신의 밤색 곱슬머리를 뱅글뱅글 돌리고 있었다. 이 여린 소녀는 급히 머리를 숙였는데, 단호한 목소리가 들리자 금세 눈물이 핑 돌았기 때문이다. 안경 낀 소년이 이 여린 소녀에게 다가가서 어깨를 토닥여주었다.

"그렇게 겁먹지 마. 나쁜 뜻은 없었을 거야, 안 그래?" 소년은 의문스럽기도 하고 또 약간 불만인 듯한 표정으로 리나를 올려다보았다.

"야, 너는 왜 그렇게 민감하냐?" 리나는 상처주는 말을 또 했다. "늘 그렇게 징징 짜냐?" 여린 소녀는 머리를 격렬하게 끄덕였다.

"좀 내버려둬. 얘는 우리들 가운데 가장 어리잖아." 소년이 말했다.

아이는 마침내 머리를 들었다.

"너희들이 나에게 뭔가 시키면, 나도 잘할 수 있어." 아이의 목소리는 얼굴과 작은 몸처럼 연약하고 부드러웠다.

"잘하겠다고 하잖아. 너는 우리가 오늘 밤에 덮을 이불을 좀 찾아보는 게 어때?" 소년이 말했다.

"나는 한 마디도 이해하지 못하겠는걸. 여기에서 일을 나눠주는 사람은 바로 나거든!" 리나는 화가 난 말투였다.

소년은 안경을 약간 바로잡더니 조용하게 말했다. "미안해, 나는 네 임무를 간섭할 생각은 없어. 내 이름은 젭 뮐러이고 너를 도우려고 했을 뿐이야."

"이불이라니, 그게 무슨 말이야?" 리나가 물었다.

"만일 우리가 오늘 여기 밖에서 잠을 자게 된다면 얼어 죽을지도 모른다고 생각해. 가장 좋은 방법은 우리 모두가 나란히 눕고 우리의 외투로 커다란 이불을 만드는 거지."

리나는 이 제안이 마음에 들었다. "좋아!" 리나는 여린 소녀에게 그렇게 말하고는 자신의 배낭에서 실과 바늘을 꺼냈다. "여기 실과 바늘. 아껴 써야 해. 금방 다 쓸지 누가 알겠니."

여린 소녀는 당황한 표정으로 실패를 내려다보더니 뭔가 대답을 하려 했다. 그때 젭이 잽싸게 소녀를 끌어당겼다.

"너 바느질할 줄 모르지?" 소년이 나지막하게 물었다.

"할 줄 몰라."

"너를 위해서 바느질을 해준 하녀가 있었구나?"

여린 소녀는 두려움에 찬 얼굴로 소년을 쳐다보았다. "응, 몸종이 한 명 있었어."

"몸종?" 젭은 이렇게 묻고는 벌어진 입을 다물지 못했다.

"그리고 여자 선생님도 있었어." 여린 소녀가 계속 말했다. "부엌일을 하는 하녀도 많았고 피아노를 가르쳐주는 여자 선생님도……."

"또 누가 더 있었어?" 젭이 약간 엄격하게 물었다.

여린 소녀는 침을 삼켰고, 이미 눈물을 흘리고 있었다. "관리인과 요리사, 그리고 정원사 두 명하고 하인들도 여러 명……."

"하인 같은 건 없어!" 젭이 단호하게 설명했다.

"있어!" 여린 소녀는 자신이 소년에게 가르쳐줄 게 있어서 감사해하며 확고하게 말했다. "너랑 나처럼 제대로 된 사람들이야."

"그래?" 젭은 화를 냈지만 결국 인정했다.

소년은 안경을 통해 소녀에게 분노를 쏘아대고 있었다. "너는 그럼 성에서 살았겠네?"

"응." 소녀는 또다시 죄책감을 느낀 듯 머리를 숙였다.

"그럼 너는 공주야?"

"아니, 그냥 남작의 딸이야."

젭은 비밀을 알게 되자 잠시 입을 다물고 한동안 골똘히 생각에 잠겨 소녀를 바라보았다.

"그렇지, 남작의 딸이니 바느질을 당연히 할 수 없겠지. 그럼, 시범을 보여줘야겠군." 둘은 모래 위에 나란히 앉았고 외투를 이어서 깁기 시작했다. 여린 소녀는 소년의 손가락을 보았다. 두꺼운 천을 뚫고 솜씨 좋게 실이 들어갔다. 소년의 바늘은 날아다녔지만, 자신은 속도가 느렸다.

"정말 잘하네." 소녀가 부끄러워하며 말했다. 그러다가 그만 바늘에 손가락이 찔렸지만 소리도 내지 못하고 흘러내리는 핏방울을 바라보기만 했다.

"혀로 핥으면 돼." 젭이 고개를 끄덕이며 말했다. 이런 사소한 일도 해결할 줄 몰랐다. 남작의 딸에게 모든 것을 가르쳐주기란 보통 일이 아니었다.

"넌 양말도 기울 줄 알아?" 소녀가 한참 뒤에 젭에게 물었다.

"당연하지. 나는 모든 것을 할 수 있어. 요리도 할 수 있고 빨래도 할 수 있고 갓난아이에게 기저귀도 채울 수 있고 나무를 해올 수도 있어. 왜냐하면 우리 엄마는 2년 전부터 침대에만 누워 있고 아빠는 팔이 하나만 있거든."

"아." 소녀는 아무 말도 못하고 깜짝 놀라서 소년을 쳐다보기만 했다.

사슴처럼 쳐다보는군, 이라고 젭은 생각하며 시선을 피했다. 젭은 여태까지 저렇게 부드러운 갈색 눈은 처음 보았고 남작의 딸처럼 연약한 사람은 처음이었다. 둘은 입을 다물고 외투를 기웠다. 주변이 정말 조용했다. 바닷물이 철썩이며 파도를 해변으로 밀어 넣었다. 약하게 부는 바람이 모래와 장난을 쳤고 물에서 소금기를 담고 있는 바다 냄새를 몰고 왔다. 가끔 리나의 말소리가 들려왔다. "양털 장갑 두 쌍, 넥타이 하나." 토마스는 생각에 잠겨 여기저기 돌아다녔고, 검은색 곱슬머리 소년은 근심에 싸여 아무 말 없이 바닥에 앉아 있었다.

"그런데 말이야, 만일 네가 그렇게 부자라면 네 아빠가 비행기를 세내어 너를 테라니엔까지 데려다줘도 되었잖아? 너 같은 애는 배를 타고 갈 필요도 없었을 텐데."

"갑자기 그렇게 되었어." 소녀가 대답했다. "열흘 전에도 나는 배를 타고 가야 한다는 사실을 몰랐지. 그런데 칼과 야콥에게 문제가 생겼거든."

"칼과 야콥이 누구야?"

"우리 기사의 애들이야. 아이들이 오후에 동물병원 의사를 데리러 갔었거든. '알레그로'가 아파서……."

"'알레그로'는 또 누구야?" 젭이 황당한 표정으로 물었다.

"'알레그로'는 아빠가 제일 좋아하는 말이야. 잘 뛰어서 이름을 그렇게 지었지. 악보에서도 빨리 해야 할 때는 알레그로라는 부호가 나오잖아. 너는 피아노를 칠 줄 몰라?" 소녀는 젭이 악보와 알레그로라는 말을 들어도 전혀 이해하지 못하는 것 같아서 물었다.

"응, 못 쳐." 소년이 겸연쩍게 대답했다.

"나는 칠 수 있어!" 소녀는 자랑스러운 듯 볼이 금세 달아올랐다. "마지막으로 피아노를 쳤을 때 나는 모차르트의 미뉴에트를 다 외워서 칠 수 있었어." 하지만 이런 말은 젭에게 어떤 인상도 남기지 않았다.

"바느질이 더 나아." 젭이 냉정하게 말했다. 여린 소녀는 깜짝 놀라서 그만 입을 다물었고 다시 바늘을 잘 다루려고 노력했다.

"그런데, 운전사의 아들은 어떻게 된 거야?" 젭이 다른 방향으로 이야기를 꺼냈다.

"그 애들이 마을로 내려갔는데, 중간에 갑자기 조종사들이 나타났대. 이 사람들은 원래 체테로로 가려고 했지만 아이들 둘을 봤을 때, 한 명이 밑으로 내려와서 아이들을 향해 총을 쐈대."

"악당들. 그래 애들은 총에 맞았어?"

"아니. 하지만 칼과 야콥은 이 이야기를 하며 얼굴이 백짓장처럼 하얗게 되었고 온몸을 덜덜 떨었어. 그래서 우리 아빠가 클라우디아에게도 이런 일이 일어날 수도 있다고 말했지. 왜냐하면 나도 마을에 자주 내려가거든. 그래서 나는 가능하면 가장 빠른 방법으로 테라니엔에 살고 있는 도로테아 고모네 집으로 가야만 했어."

"네가 클라우디아야?"

"응. 그리고는 아빠가 엄마랑 밤새 말다툼을 하셨어. 엄마는 내가 배를 타고 가는 걸 반대했어. 엄마는 내가 아이들한테서 이도 옮을 수 있고 나쁜 버릇이나 욕을 배울 수도 있다고 했지. 하지만 아빠는 하인들 없이 아이들하고만 함께 지내는 것도 나에게 나쁠 게 없다고 말했어."

"네 아빠는 정말 이성적이구나." 젭이 말했다.

"아빠는, 넌 상상도 못해, 정말 놀라운 분이지." 소녀가 들떠하며 말했다.

"뭐하시는데?" 젭이 물었다. 남작의 딸은 젭의 질문을 제대로 이해하지 못해서 멍하니 쳐다만 보았다. "내 말은, 네 아빠는 어떤 일을 하시냐고? 하루 종일 '알레그로'만 타지는 않을 거 아냐. 직업이 뭐냐 이 말이야."

"몰라. 정말이야, 나는 한 번도 물어보지 않았는걸. 내 생각에는 직업은 없는 것 같아. 다만 의회에 회의가 있다고 자주 가시고는 했어." 소녀는 작은 목소리로 말했다.

"뭐라고?" 젭의 목소리가 높아졌다. "너는 정말 멍청하구나! 그러면 너의 아빠는 직업이 있는 거고, 정치가라고 해."

"그래? 그럼 다행이다." 여린 소녀는 기뻐했다.

"나도 나중에는 의회에 가고 싶어. 내가 만일 어른이 되면 말이야! 하지만 비행기를 만드는 사람이 되고 싶기도 해." 젭이 말했다.

이때 토마스가 다가왔다. 토마스는 어떤 배낭에서 꺼낸 조립상자를 팔에 끼고 있었고, 기분 나쁘게 물었다.

"리나는 내가 너희들을 도와야 한대."

"맞아!" 젭이 말했다. 하지만 젭은 클라우디아와 얘기하는 게 좋았기에, 이런 말을 덧붙였다. "너는 분명 바느질할 줄 모르지?"

"전혀!" 토마스는 인정을 하면서 기분도 좋아졌다. "반대로 나는 말이야 구멍은 잘 만들어!" 토마스는 요리조리 빠져나가더니 검은 곱슬머리 곁에 편안하게 자리를 잡았다. 이 곱슬머리는 여전히 망가진 바이올린을 안고 있었다.

젭은 해변 너머 눈짓을 보냈다. "큰일났어!" 젭은 소리를 지르며 자리에서 벌떡 일어났다. "어쩌면 좋냐! 모든 게 썩을 거야!" 젭은 햇빛을 직접 받고 있는 식품을 두고 그렇게 말한 것이었다. 말린 채소들은 쪼그라들 테니까. 그래서 젭은 리나를 향해 고함을 질렀다. "반대하지 않는다면 말이야, 내가 작은 냉장고를 한 번 만들어 볼까?"

"좋지!" 리나는 허락을 했지만 어떻게 젭이 냉장고를 만들지 궁금했다.

해안가에서 멀지 않은 곳에 젭은 모래에 구멍을 하나 팠다. 깊게 파자 밑에 물이 나타났다. 젭은 이 구멍을 더 크게 파서 구덩이를 만들었고, 구덩이 밑에 노를 가져와서 박아 넣고는 조심해서 식품들을 넣었다. 한동안 젭이 구멍을 파고 잠시 땀을 닦고 있는데 클라우디아가 살금살금 다가와서 도와줘도 되는지 물었다.

"이 벽이 무너지지 않도록 평평하게 두들겨."

그러자 여린 클라우디아가 열심히 벽을 두들겼다. 한참 뒤에 소녀는 젭을 보고 머뭇거리더니 물었다. "너한테 질문해도 돼, 젭?"

"그럼!"

"이런 거 예전에도 할 수 있었어? 실용적인 것 말이야?"

"아니, 배웠지. 사람은 뭔가 해야 되면 또 할 수 있어."

"그렇게 생각해?" 소녀는 의심스럽다는 듯 물었고, 젭은 소녀가 바느질을 생각하고 있다는 걸 알았다.

"만일 네가 우리 집에 살았다면, 예를 들어 내 여동생이었다면……."

젭은 삽질하는 것을 중단하고 생각에 빠져서 바다 너머를 바라보았다. 고생이라고는 해보지 못한 이 어린 남작의 딸에게 어떻게 하늘과 땅의 차이를 설명할 수 있을까? 남작의 딸과 노동자의 아들 사이에 놓여 있는 차이? 커다란 성과 방 하나에 부엌만 있는 집의 차이? 아마 이 남작의 딸은 오늘까지도, 젭 뮐러 같은 소년이 있다는 사실을 몰랐을 것이다. 빨래도 하고 요리도 하며 청소도 하고 어린 여동생을 돌보는 소년이 있다는 사실을. 젭이 남작의 딸에 관해서 아무것도 몰랐던 것처럼. 젭은 클라우디아 같은 사람들에 관해서는 오로지 잡지에서만 봤을 뿐이다. "어린 딸들과 함께 별장에 머물고 있는 후작." 아침이 되어 아버지에게 아침을 준비해주고 어머니가 자신을 침대로 불러 "아빠한테 소시지 한 조각도 드렸지?"라고 물으면, "응, 엄마."라고 대답했다. 물론 거짓말이었다. 이미 오래전에 소시지를 살 돈이 집에는 없었고, 그래서 젭은 신문에서 사진들을 보면서, 클라우디아와 같은 종족들을 증오한다고 맹세했다. 그래, 이제는 그런 기회가 생겼고, 이제 젭은 클라우디아 곁에 앉아 있지만 그렇게 할 수 없었다. 왜냐하면 클라우디아가 마음에 들었기 때문이다. 클라우디아는 젭이 상상한 것처럼 거만하지도 않았고 잘난 체하지도 않았다. 오히려 친절하고 조용했으며 남을 도와줄 준비가 되어 있었다. 클라우디아는 젭이 할 줄 아는 게 너무 많고 자신은 없다고 생각해서 젭에게 감탄해 마지 않는 것 같았다. 어쩌면 사람들이 소녀에게, 젭 뮐러의 집이 어떤지 설명하는 것으로 충분할지 몰랐다. 그러면 소녀는 금세, 이 세상은 제대로 되지 않았으며, 어떤 사람들은 '알레그로'와 같은 말을 타고 하인과 성이 있지만, 또 다른 사람들은 부엌에 놓인 딱딱한 매트 위에서 자야 한다는 것을 알게 될 것이다. 방에는 이미 부모와 어린 동생들이 잠을 자고 있으니, 젭은 방에서도 잘 수 없었다! 만일 가난한 아이들 모두가 자신들이 어떻게 사는지 부자 아이들에게 보여준다면, 부자 아이들은 자신들을 부끄러워할지 모른다. 방 한 칸에 식구 다섯이 자는 것을 안다면 부자 아이들은 더 이상 성도 필요하지 않다고 말할지 모른다. 버스요금을 아끼기 위해 걸어가는 아이들에 대해서 안다면, 부자 아이들은 자동차 두 대를 원치 않는다고 말할지 모른다. 만일 부자 아이들이 조금 적게 가지고 가난한 아이들이 조금 더 가질 수 있다면, 모든 게 제대로 돌아가는 것이니까!

젭은 한숨을 내쉬었다. 모든 것은 정말 간단했다. 만일 젭이 이것을 클라우디아에게 설명했다면, 소녀는 금세 젭의 말이 맞다고 인정해줄 게 분명했다. 아이들은 어른들보다 더 쉽게 이해할 때가 많다. 사람들은 모든 백작이니 남작이니 하는 귀족들과, 사립학교나 사치스러운 기숙사에 다니는 잘사는 아이들을 딱 한 달만 젭 뮐러의 집에 보내야 한다! 그리고 가난한 아이들은 성이나 별장으로 보내야 하고. 그러고 나서 젭은 보고 싶었다. 이 세상이 더 좋아지고 더 정의롭게 되는지를!

"무슨 생각을 그렇게 골똘하게 하는 거야?" 클라우디아가 공손하게 물었다.

"응, 그래. 그런데 지금은 시간이 없어. 우선 냉장고부터 완성해 놓자고. 나중에 모든 것에 관해서 충분히 얘기하면 되거든." 젭은 이렇게 대답하고 다시 냉장고로 사용하게 될 구덩이를 손질했다.

배낭에서
놀라운 물건이

오후가 훌쩍 지나갔고 해변에서의 일은 끝났다. 배낭을 모두 풀었고, 외투로 이불을 만들었으며, 식품은 냉장고에 넣어두었고, 그랬는데도 섬을 탐험한다고 떠난 아이들이 돌아오지 않았다.

"도대체 어디에 있는 거야. 스테이크가 다 타고 있는데." 리나가 신경질적으로 말했으나 빨강머리 소녀는 이 농담을 이해하지 못했다.

"정말? 스테이크도 있어?" 빨강머리 소녀가 놀라서 물었다.

"물론. 새콤한 양배추도 곁들여서." 젭은 반짝거리는 해조를 한 묶음 들어서 빨강머리 소녀의 코 밑에 갖다 댔다. "맛있다고." 토마스는 조립상자를 다시 들고서 우울한 기분으로 어슬렁거리며 걸어왔다. 토마스는 지겨워서 죽을 것만 같아 빨강머리에게 말을 건넸다. "너는 무슨 일이 일어날 거라고 장담했지. 그리고 내가 너를 보호해야 한다고 했잖아. 그런데 이게 뭐야? 무엇으로부터 보호를 해주냐고? 해적이라고는 보이지도 않잖아."

"미안해. 나는 해적이 없는 게 더 좋아." 소녀가 말했다. 토마스는 머리를 끄덕였다. 도대체 어떻게 해서 해적들이나 바다에 사는 괴물들과 전투를 벌이는 것보다 해변에서 지루하게 시간을 보내는 게 더 마음에 들 수 있을까? 토마스는 마음속으로 해변에서 영웅다운 전투를 벌일 수 있기를 바라고 있었다. 그러면 나이 많은 형들이 섬을 탐험한 뒤 돌아왔을 때, 토마스처럼 용감한 남자를 데려가지 못한 것을 뼈저리게 후회하게 만들 수 있을 테니까.

"저기 온다!" 리나가 갑자기 소리를 질렀다. 산자락 아래에 다섯 아이가 나타나더니 아래를 향해 고함을 질렀다. 아이들은 산 밑에 있는 다른 아이들을 향해 달려갔고, 마치 몇 년 동안 떨어져 지내다가 다시 만나게 된 가족처럼 인사를 나누었다. 흥분해서 이야기를 들려주었고, 질문과 답이 오고 갔으며, 놀라우면서도 특이한 장면에 대해서 얘기를 해주었다. 마침내 탐험을 떠나지 않고 밑에 남아 있던 아이들이 더 이상 무슨 일이 있었는지 이해할 수 없는 지경에 이르렀다. 토마스는 귀를 막고 소리를 질렀다. "나는 더 이상 이해할 수 없어! 어떻게 거북이가 종려나무 위에 올라갈 수 있고 앵무새가 난초를 먹을 수 있냐고?"

올리버는 마침내 조용히 하라고 명령을 내렸고 아이들에게 오늘의 계획을 전달했다. 지금부터 신속하게 점심을 준비해야 하며,

식사 후에 모두들 오후까지 고지 위에 도착해야 한다는 것이었다. 리나는 자랑스럽게 올리버에게 '냉장고'를 보여주었고, 올리버는 냉장고를 보자 완전히 열광했다. 올리버는 놀란 표정으로 젭을 보았다. 솔직히 올리버는 창백하고 안경 낀 소년에게 이렇듯 발명가의 재주가 있을지 전혀 몰랐다. 하지만 젭은 점잖게 뒤에 서서, 아이들이 자신이 만든 냉장고를 지나치게 칭찬하기를 원하지 않았다. 점심을 먹으면서 아이들은 약간만 수고를 하면 저녁까지는 먹을 수 있다는 소식을 듣게 되었다. 내일부터 아이들은 섬에서 열매를 따고 사냥을 해야만 했다.

아이들이 출발하기 전, 올리버는 리나가 준 목록과 바닥에 깔끔하게 정돈되어 있는 물건들을 비교했다. 여드름이 나고 코도 뾰족한 소년이 올리버 뒤를 졸졸 따라다니며 이런저런 물건을 보며 놀려대었다.

"기다란 다리가 있는 팬티라, 후후!" 이런 식이었다. "사내아이가 배에 감기가 들면 안 되지!" 검은 곱슬머리 소년이 머리를 숙이더니 창피해서 얼굴이 발개졌다. 왜냐하면 이 팬티는 자신의 것이었는데, 그렇게 넣지 않겠다고 했지만 걱정하는 어머니가 챙겨주어서 하는 수 없이 가져올 수밖에 없었다.

그런 다음 여드름쟁이가 인형을 하나 집어들었다. 인형은 정말 예뻤으며, 머리카락은 진짜였고 잠자는 눈에 비단 옷도 입고 있었다. 이번에 얼굴이 발개진 사람은 클라우디아였다. 인형의 주인은 클라우디아였고 인형의 이름은 엘리자베스였다. 언니나 동생 없이 자란 클라우디아에게 엘리자베스는 평범한 인형이 아니었다.

인형 엘리자베스는 클라우디아의 동생과 마찬가지였다. 잠을 잘 때도 함께였고, 그래서 테라니엔에 갈 때도 당연히 가지고 갔다. '불의 나라' 호에서 클라우디아는 인형을 잘 숨겨두었다. 그리고는 어두운 밤이 되면 배낭에서 몰래 꺼내어 이불 속에 넣었다. 그런데 이제 뾰족한 코 소년이 비밀을 캐내고 말았다. 소년은 엘리자베스를 높이 던졌다가 인정사정 없이 흔들어댔다. 인형의 눈이 떴다 감았다 하는 소리가 다 들렸다. 엘리자베스가 땅에 떨어져서 망가질까봐 클라우디아는 벌벌 떨었다. "내 인형!" 클라우디아가 두려움움에 떨며 소리를 질렀다.

"내 인형, 내 인형!" 소년이 흉내를 냈다. "공갈 젖꼭지랑 테디베어도 가져왔어?"

소년은 경멸하는 눈초리로 빨간색으로 칠해둔 작은 비행기를 발로 찼다. 토마스는 이 비행기를 집에 놔두려고 하지 않았는데, 세 번이나 빙빙 돌 수 있으며, 아버지가 마지막 휴가 때 가져온 선물이었기 때문이다.

"내 제트 비행기는 그냥 놔둬!" 토마스가 고함을 질렀다. 그러자 여드름쟁이는 갑자기 몸을 숙이더니 놀라운 눈으로 커다랗고 번쩍거리는 물건을 발견했다. 이 소년은 감탄하면서 물건을 집어들었다. 그것은 금방 구입한 듯한 알루미늄 냄비였다.

"이런 거 본 사람 있어?" 소년의 목소리는 조롱과 비웃음으로 넘쳤다. "냄비를 들고 테라니엔으로 가다니! 여기는 유치원인가 싶었더니, 식당이기도 하네! 이건 누구 거야?"

올리버가 몸을 돌리더니 짤막하게 말했다.

"내 거."

"오호라." 뾰족한 코가 히죽거렸다. "늙은 여자 같네. 수프 끓이는 냄비와 짠 양말을 가지고 여행을 떠나는! 무릎에 개 한 마리만 올려두면 되겠네!"

올리버는 이런 놀림을 받자 얼굴이 창백해지더니 소년에게 몸을 돌렸다. 다리는 벌리고, 손은 바지 호주머니에 찔러 넣은 채로 맞은편에서 소년을 노려보았다. 아이들은 놀라서 두 소년을 번갈아가며 보았다.

"싸우지는 마." 빨강머리 소녀가 부탁했다.

"배낭 속에 무엇이 들어 있든 너랑 상관은 없어." 올리버는 뾰족한 코 소년에게 조용한 말투지만 위험하게 말했다. "심지어 그 냄비가 침실용 변기라고 하더라도, 너하고는 아무런 상관이 없는 거야."

"그러셔?" 뾰족한 코 소년이 갑자기 분노를 터뜨렸다. "그래, 나하고는 상관이 없다? 그러면, 우리 배낭에 들어 있는 물건들은 너하고 상관있냐? 너는 여기에서 모든 것을 허락해도 되고, 대장 노릇을 해도 되고 명령을 내려도 되고? 단지 우리보다 몇 달 더 일찍 태어났기 때문에 아니면 너의 그 멍청한 보이스카우트 단체에서 배웠다는 지식 때문에?"

소년은 입에 거품을 물었다. 증오심과 분노에 사로잡힌 것 같았다. 소년은 주먹을 불끈 쥐더니 올리버에게 다가갔다.

"나는 누구의 명령이든 듣고 싶지 않아, 알아들어? 나는 그 누구한테도 복종하지 않는다고, 그 누구에게도!"

소년의 목소리는 날카로웠고, 코는 그 어느 때보다 더 뾰족했다. 소년은 몸을 부들부들 떨었고, 흥분해서 얼굴은 잿빛으로 변했다.

아이들은 소년의 행동을 이해하지 못했고 그래서 화가 났다. 올리버를 자극하고 건드리는 게 목적이라고들 생각했다. 그때 슈테판이 위협적으로 말했다. "네가 올리버를 모욕하는 걸 더 이상 참을 수 없어! 올리버가 없었다면 우리는 지금 여기에 있지도 못했어!"

하지만 올리버는 다른 아이들의 도움이 필요하지 않은 것 같았다. "그만해, 나 혼자서도 해결할 수 있어."

올리버는 한 발자국 앞으로 나아가서 뾰족한 코의 소년을 바라보았다. 그리고는 조용하고 매우 느리게 말을 했다. "한 가지는 꼭 알아야 해. 여기에서 아무도 명령할 수 없다는 점. 그리고 여기에서는 그 누구도 복종할 필요가 없어. 모두는 자유롭고, 자신이 원하는 것을 할 수 있어. 나와 함께 간 아이들은, 네가 생각하는 그런 명령을 내리지 않았다는 걸 잘 알고 있어. 나는 옳다고 생각하는 것을 제안하고, 나와 다른 생각을 하는 사람은 말하면 되는 거야."

"그건 사실이 아냐!" 뾰족한 코 소년이 날카롭게 소리를 질렀다. "너는 배낭에 있는 물건을 꺼내라고 그냥 명령을 했어. 반대하는 아이가 있었다면, 힘들기만 했겠지. 고지에서는 뭐라고 말했는지 알아? 여기에서 우리는 살 거야! 너는 이곳에서 지배를 하고 싶어 해. 나는 금세 알아차렸지. 너는, 우리 모두가 노예가 되어 너를 위해 뼈 빠지게 일이나 해주기를 원한다고. 그리고……."

"그만해!" 올리버는 화가 나서 얼굴이 벌겋게 달아오른 채 고함을 질렀다. "이제 제발 그만하라고!"

올리버는 미친 것처럼 윗옷을 벗어던지고 소년에게 돌진할 자세를 취했다. 다른 아이들은 겁에 질려 뒤로 물러섰다. 뾰족한 코는 마치 황소처럼 고개를 숙이고 공격을 기다리고 있었다. 슈테판은 아랫입술을 깨물며, 어떻게 하면 이 싸움을 말릴 수 있을지를 궁리했다. 이 상황을 구할 수 있는 말을 한 것은 토마스였다.

"죄가 있다면 멍청한 냄비밖에 더 있어?" 그러면서 토마스는 싸움을 시작하게 만들었던 번쩍이는 냄비를 마치 헬멧처럼 머리에 썼다. 토마스는 마치 잠수부처럼 보였는데, 냄비가 커서 귀를 거쳐 어깨까지 미끄러져 내려갔기 때문이다. 만일 토마스가 냄비를 덮어쓴 채 거칠고 굵은 목소리로 마구 떠들기 시작하지 않았다면, 그리고 마치 술에 취한 사람처럼 팔을 쭉 벌리고 다리도 꺾어서 웃는 아이들 사이로 비틀거리며 걷지 않았다면, 토마스를 알아보기도 힘들었을 것이다. 올리버와 뾰족한 코조차도 이런 모습을 보자 화를 낸 것은 잊어버릴 수 있었다. 하지만 슈테판은 동생이 하는 짓이 너무 창피해서 냄비를 머리에서 벗겨내고는 토마스를 거칠게 끌어당겼다. "너 미친 거 아냐? 머리에 냄비를 왜 쓰고 난리야! 밥맛 떨어지게!"

"왜?" 토마스는 머리에 뭔가 묻어 있는지 알아보기 위해 머리카락을 쓰다듬었다. 밥맛이 떨어질 거라는 생각을 토마스는 전혀 하지 못했다. "이 냄비는 완전 새 것 같아. 한 번도 요리를 한 적이 없는 것처럼 말이야."

"새 거야." 올리버가 말했다. "예전에 사용했던 냄비에는 구멍이 생겼거든. 이 물건이 왜 내 배낭에 들어 있는지 이제 너희들에게 설명해주고 싶어." 올리버는 뾰족한 코에게 등을 돌리고 계속 말을 했다. "보이스카우트는 요리하는 도구가 없으면 먼 여행을 떠나지 않아. 보이스카우트는 항상 만일의 경우를 대비해서……."

"만일 무슨 일이 일어나면, 그러면……." 슈테판은 자신이 받은 인상을 그대로 표현했다.

"그렇지! 예를 들어 체테로에서 팍스 항구까지 갈 때 탔던 기차가 탈선을 하게 된다면, 어떻게 할까?"

"그랬다면 끔찍했겠지." 리나가 말했다.

"그랬다면 부상자가 생겼겠지." 올리버는 동요하지 않고 계속 말을 했다. "부상자들은 물이 필요해. 하지만 어디에다가 사람들은 물을 가져올 수 있을까? 근처에 있는 강, 냇가 아니면 열차사고가 일어난 근처의 물구덩이?"

올리버는 마치 교실에 있는 선생님처럼 아이들을 두루두루 살피면서 물었다.

"냄비로." 빨강머리 소녀가 얌전하게 대답했다.

"그렇지." 올리버는 만족스럽게 고개를 끄덕였다. "또 만약에 우리를 구해주었던 구명보트에 갑자기 구멍이 생겨서 물이 들어온다고 치자. 발까지 올라오는 바닷물 때문에 가라앉지 않으려면 우리는 계속 보트에서 물을 퍼내야 한다고. 무엇으로 퍼낼까? 손으로? 아니면 양치질할 때 사용하는 컵으로?"

또다시 올리버는 선생님의 시선으로 아이들을 보았다.

"냄비로." 이번에도 빨강머리 소녀가 대답하며 그렇게 많은 일들을 미리 예상하는 보이스카우트들의 지혜에 당황했다.

"또는……." 올리버가 지치지 않고 계속 예를 들려고 했지만, 뱀 소녀가 중간에 끼어들었다.

"또는……내가 얘기하게 해줘, 올리버! 우리 열한 명은 굶주려 있어. 그러니 뱀을 구워서 먹거나 야생 과일을 먹을 수도 있지. 하지만 만일 우리가 차를 마시고 싶으면? 커피나 코코아를 마시고 싶으면? 어디에다 끓이겠어." 뱀 소녀가 사뭇 진지한 시선으로 질문을 하더니 집게손가락을 높이 들어서 흔들어댔다. "목마른 아이들을 위해 차나 커피나 코코아를 어디에다 끓이겠냐고?"

"냄비에." 아이들은 웃으면서 합창했다.

올리버는 곧에 소녀가 자신을 약간 놀리고 있다는 것을 알고 있었지만, 아이들과 함께 웃었다.

너희들은 웃어, 내가 냄비를 가져온 것을 고마워하게 될 테니까, 라고 올리버는 생각했다. 큰소리로 올리버는 서둘러야 한다고 말했다. 그래야 어둡기 전에 고지에 도착해 그곳에서 잠을 잘 수 있다고.

아이들은 신속하게 배낭을 꾸려서 나누었다. 가장 힘이 센 올리버는 책과 장난감이 들어 있는 배낭을 맸고, 슈테판은 외투를 기워서 만든 무거운 이불을 들었고, 어린 클라우디아는 가벼운 알루미늄 냄비만 들면 되었다. 아이들이 막 떠나려고 할 참이었는데, 빈 배낭이 땅에 놓여 있었다. 배낭을 셌을 때는 열한 개가 아니라 열 개였는데.

"누가 없는 거야?" 올리버가 화를 내며 물었다.

"젭이 없어." 클라우디아가 고운 목소리로 대답했다. "젭은 저 바깥에 있어!" 클라우디아는 바다에서 젭이 구명보트에 무릎을 꿇고 뭔가 열심히 하고 있는 모습을 가리켰다. 그때 젭이 몸을 일으켰고 해변을 향해 소리를 질렀다. "얘들아! 내가 뭔가를 발견했어! 얼른 와봐!"

올리버와 슈테판은 물에 첨벙 들어가서 보트로 다가갔다.

"여기 봐! 구명보트라면 당연히 도구 상자가 있을 것이라고 나는 생각했거든. 그런데 여기 봐봐!" 젭은 조종석을 가리켰는데, 바로 검은 곱슬머리가 앉아 있던 의자였다. 의자의 중간에 있던 판자가 떨어져나갔고, 그 밑을 들여다보니 못과 나사들이 가득 들어 있는 연장통이 있었다. 망치, 대패와 집게, 도끼와 톱도 나란히 놓여 있었고, 철사 뭉치와 손전등, 응급 상자도 있었다. 그 밖에도 수북하게 쌓인 통조림과 말린 빵조각도 있었다. 간단하게 말하면, 사람이 구조되지 못한 채 며칠 동안 바다나 외로운 해변에서 살아남기 위해 필요한 모든 것이 있었다. 세 소년은 새롭게 발견한 것을 보고 너무나 행복해했다. 세 명 모두 아무도 몰래 그런 생각을 하고 있었다. 도구가 없는데 어떻게 집을 지을 수 있는지 말이다. 그런데 이렇듯 필요한 모든 도구들이 있으니, 이제 이것을 가지고 가면 되었다.

마침내 열한 명의 아이들이 배낭을 짊어지고 해변의 절벽을 기어 올라갔을 때, 오후가 이미 시작된 시각이었다. 아이들이 숲 속으로 들어가면 갈수록, 날은 점점 더 어두워졌다. 바위로 된 고지에 도착하자, 아이들은 지쳐서 배낭을 모두 내동댕이쳤고, 올리버는 어린아이들을 즉시 시냇가로 데려갔다. 이곳에서 씻고 또 쉴 수 있도록 하기 위해서였다. 나이가 많은 아이들은 넘어진 나무를 고지로 끌고 갔다. 그리고 마른 나뭇가지들을 주워서 쌓은 다음에 올리버를 동그랗게 에워쌌다. 올리버는 이 섬에서 처음으로 나뭇가지에 불을 붙였다. 그런데 단번에 성공하지는 못했고 아이들이 가지고 있던 유일한 성냥통에서 성냥 네 개를 사용한 다음 마침내 불이 붙었다. 그러자 아이들은 냄비를 얹었고, 리나는 코코아와 비스킷 그리고 말린 빵을 넣어서 수프를 만들었다. 이것들이 녹으면서 점차 갈색의 달콤한 죽으로 변했다. 그사이 젭과 클라우디아는 익은 무화과와 열매들을 땄다.

리나가 음식이 다 되었다는 소식을 알렸을 때는 이미 서늘한 저녁이었다. 아이들은 외투를 기워서 만든 이불을 펼쳐서 따뜻한 불 가까이에 다닥다닥 붙어 앉았다. 나뭇가지들이 타닥거리며 탔고, 수프는 뜨겁고 맛이 좋았다. 열한 명의 아이들은 모두 만족했다. 아이들은 이 섬에서 첫날 밤을 보낼 것을 생각하며 두려워했지만, 이제 모닥불 곁에서 따뜻하고 편안해지자 온갖 우스운 이야기로 수다를 떨었다. 후식으로 신선한 과일이 나왔다. 모든 아이들은 무화과와 쥐엄 열매를 한 줌 받았다.

아이들이 수프를 삼켰을 때, 갑자기 검은 곱슬머리 소년에게 주의가 집중되었다. 이 소년은 수프 접시를 밀어내고, 바이올린을 다시 안고는 흐느꼈다.

"제발 먹어!" 토마스가 경고하듯 말했다.

검은 곱슬머리 옆에 앉아 있던 뾰족 코 소년이 경멸하듯 말했다. "여자애처럼 징징거리고!" 그러면서 한 대 퍽 쳤는데, 바이올린 소년은 소리를 지르며 뾰족 코를 방어하기 위해 팔을 높이 쳐드는 바람에 손에서 바이올린을 놓쳤다.

"올리버!" 바이올린 소년이 소리 질렀다. "얘가 나를 때리지 못하게 해줘! 나는 얘를 상대로 싸울 수 없다고. 이렇게 거칠고 나보다 더 크고 힘도 더 세단 말이야. 그리고 나는 싸움쟁이도 아니고, 바이올린 연주자이고 음악을 배웠지 권투를 배운 건 아니라고!" 소년이 훌쩍거렸다. "너희 모두는 나를 이해하지 못해." 절망에 빠진 소년은 머리를 푹 숙이고는 힘들어했다.

그러자 올리버가 자리에서 일어나 바이올린 소년에게 다가갔다. 올리버는 마치 아버지처럼 몸을 숙이고서 흐느껴 우는 소년의 어깨에 팔을 올렸다. "너무 흥분하지 마. 아무도 너를 싫어하지 않아. 시간이 지나면 우리도 너를 이해하게 될 거야. 이름이 뭐니?"

"볼프강 하셀베르크."

"나이는?"

"열한 살이 다 되어가."

"바이올린 외에 아무것도 못해?"

볼프강이 머리를 끄덕였다. "제대로 된 일은 못해. 산수는 잘 하지만, 그런 걸 물은 건 아니지?"

"그래, 나는 우리 모두가 무엇을 잘 하는지 알고 싶을 뿐이야. 그래야 그에 알맞은 일거리를 줄 수 있거든. 바보 같은 게 말이야," 아이들이 이해할 수 없다는 듯 쳐다보자 올리버가 말을 계속했다.

"예를 들어 리나를 보자고. 리나는 요리는 잘 하지만 종려나무에 올라가서 야자열매를 따오지는 못하거든. 그런데 우리의 뱀 소녀는 나무에 잘 올라가지만 요리는 못한단 말이야……."

아이들은 그제야 무슨 뜻인지 이해를 했다. "그래서 말인데, 이제 각자 자신을 소개하기로 하자." 올리버의 말에 모두들 하나같이 대답했다. "좋아!"

아이들은 자기소개를 하고

그사이 더 어두워져 아이들은 모닥불에 바짝 다가가 앉았다. 나무 사이로 밤바람이 서늘하게 불어왔다. 잠자는 숲은 온갖 이상한 소리로 아이들을 에워쌌다. 부엉이는 "우후"라는 소리를 냈고, 나뭇가지 부러지는 소리도 났으며, 새들도 꿈을 꾸면서 울었다. 대도시에서 자라난 아이들에게 이런 익숙하지 못한 소리는 무서움을 안겼다. 하지만 아이들은 다들 딱 붙어 앉아 있었기에 두려워하지는 않았다. 아이들은 긴장한 채 나이가 가장 많은 소년을 쳐다보았다. 소년의 큰 덩치는 벌겋게 타오르는 모닥불에서 어둡게 솟아나 있었다. "나는 올리버 로만이라고 하고, 외아들이야. 때문에 나의 어머니는 나를 절대 보내지 않으려 했지. 하지만 아버지와 내가 설득을 시켰어. 나는 테라니엔에 가서 기술을 배울 생각이었어. 나중에 기술자가 되고 싶었거든. 내가 할 줄 아는 것은 너희들도 이미 봤잖아. 여기에서 내가 가장 나이가 많으니까, 가장 이성적일 거야. 만일 내가 임시로 너희들의(이 부분에서 올리버는 머뭇거렸다. 너희들의 '지배인', '지도자' 혹은 '대장'이라고 말을 해야 할까?) 큰형이 된다면, 무슨 일이든 도맡아 하는 큰형 말이야. 그러면 나중에 나보다 더 적당한 사람이 나올 수도 있잖아. 한 가지만 더 얘기하고 싶어. 질서와 분배가 없으면 아무것도 안 돼. 우리는 볼프강을 굶주리게 내버려둬서는 안 돼. 볼프강이 바이올린만 연주할 줄 알고, 토끼를 어떻게 잡아서 굽는지 모른다고 해서 말이야."

"정말 맞는 말이야." 한 소년이 말하며 자리에서 일어났다. "나는 속담을 잘 모르긴 하지만, 마침 지금 하나가 떠오르네. '오는 정이 있어야 가는 정이 있다.' 예를 들어 내가 물고기를 잡아서 리나가 요리를 하고 저기 있는 아이가"—소년은 빨강머리 소녀를 가리켰다—"생선요리를 먹으며, 이 소녀는 나와 리나에게 고마운 마음에서 셔츠를 기워줄 수 있어, 안 그래?" 모두가 동의한다고 고개를 끄덕였을 때, 소년이 만족하며 이마에 흘러내린 자신의 머리카락을 쓸어올렸다. 소박하고도 정직한 소년의 눈이 다른 아이들을 쳐다보았다.

"내 이름은 파울 할이고, 집에 누나가 두 명 있어. 아버지는 가구를 만드는 사람이고, 전쟁이 일어날 때까지 큰 가구공장에서 조장 일을 하셨어. 그런데 일 년 전에 전쟁포로가 되었고, 우리는 아버지가 지금 어떻게 되었는지 몰라. 나는 우리가 살았던 체테로를 떠나지 않으려 했어. 어머니와 누나 두 명만 내버려둘 수 없으니까. 하지만 우리가 아버지 소식을 듣지 못하게 되자, 어머니는 아버지가 어쩌면 다시는 돌아오지 않을 수 있다고 하셨지. 그러더니 나를 테라니엔으로 반드시 보내야 한다고 했어. 그래야 내가 무사하니까."

"그럼, 네 누나들은? 무슨 일이 일어나면 어떻게 해?" 리나가 물었다.

"누나들은 다 컸어." 파울이 당황해서 말했다. "스무 살과 스물두 살이지. 나는 얼마 전에 열두 살이 되었어." 이 소년은 얼굴이 발개졌다. 왜냐하면 아이들이 어머니와 누나들을 위험에 빠트린 채 혼자서만 안전한 테라니엔으로 도망을 가려는 사람으로 볼 수도 있었기 때문이다.

"너는 뭘 잘해?" 올리버는 소년에게 물었다.

"나도 가구는 약간 만들 줄 알아. 물론 아버지처럼은 아니고……." 파울이 대답했다.

"그 밖에는?" 올리버는 판사처럼 물었다.

파울은 잠시 생각에 잠기더니 머뭇거리며 말했다. "모르겠지만, 우리 집 옆에 가죽 공장이 있거든, 거기 자주 가서 지켜보기는 했어. 만일 네가 토끼를 잡아오면, 내가 가죽을 벗겨서 그 가죽으로 외투를 만들 수도 있을 것 같아." "나는 그런 외투는 싫어!" 빨강머리 소녀가 소리를 질렀다. "토끼를 잡아서 요리해서 먹는 건 너무 잔인하다고 생각해. 우리 집에서는 고기를 절대 먹지 않았어. 우리 아버지는 우체부이고 자연에 관련된 단체의 회장이야. 모두가 채소만 먹거든. 나는 열한 살이고 이름은 카트린 일레펠트라고 해. 나는 요리를 돕고 싶고, 왜냐하면 재미있거든, 열매를 모으는 것도 좋아. 저번 겨울에는 스케이트 대회에 나가서 상도 받았어."

"축하해. 여기에서는 스케이트를 탈 기회가 거의 없겠지만 말이야." 올리버가 말했다.

"카트린, 잘 들어!" 리나가 이마를 찌푸리며 중간에 끼어들었다. "다른 아이들은 토끼 고기를 먹는데, 너를 위해서 야채만 요리해 달라고 하면, 그런 일은 없을 거야. 왜냐하면, 나는 집에서도 정말 여러 가지를 요리해야 했기 때문이거든. 아버지는 사업을 하셔서 퇴근하는 시간이 매일 달라. 그래서 아버지가 퇴근하면 늘 음식을 데워야 해. 어머니는 또 어떠냐. 위가 약해서 죽이나 감자 으깬 것만 드시지. 내 남동생은 아직 갓난아이니까 그런 애들이 먹는 음식을 준비해야 해. 그러니, 절대 안 돼! 여기까지 와서 그런 일은 있을 수 없어. 내가 식탁에 올려놓는 음식만 먹어야 하고, 그렇게 하지 않을 거면 다른 사람이 요리를 맡아야 해."

"넌 꼭 어른처럼 말하네. 몇 살이야?" 슈테판이 물었다.

"열네 살. 내년에 졸업하면 간호사가 될 거야."

"난 의사가 될 거야. 그러면 우리는 직장 동료가 되겠다." 슈테판이 기뻐했다.

슈테판은 자리에서 일어나 토마스의 손을 잡았다. "우리는 슈테판 모린과 토마스 모린이라고 해. 우리 아버지는 의사이고, 어머니는 이 세상에서 가장 친절하시지. 나는 질병에 대해서 조금 알고 있는데, 아버지가 해부(=아나토미)를 가르쳐줬거든."

"하지만 나를 해부하지는 마." 뱀 소녀가 말했다. "그게 누구야? 안나와 토미?"

"아나토미는 속이 어떠하냐는 거지. 뼈는 어떻게 되어 있는지." 올리버가 설명을 마치고 다시 슈테판을 향해 질문을 했다. "너는 여기에서 무엇을 하고 싶어?"

"사냥하는 게 제일 좋아. 총을 쏘지는 못하지만, 동물이 부상당했을 때 어떻게 하면 가장 빨리 때려눕히는지 알거든. 이렇게 하면 쓸데없이 동물과 옥신각신을 벌일 필요가 없어. 아니면, 너희들은 항상 동물을 명중시킨다고 생각해?"

"절대 아냐." 올리버가 말했다.

"그리고 나는 닭과 생선을 자를 수 있어." 슈테판이 계속 말을 했다. "우리 어머니는 토할 것 같다고 하는데, 의사가 되려면 그러지 않아야 해."

"아주 좋아. 너는 아이들 나라에서 최초의 의사이자 도축업자가 될 거야. 그런데 토마스는 무엇을 할 줄 알아?" 올리버가 물었다.

토마스는 여러 가지 계획을 품고 있었다. 토마스는 오늘 숲에서 봤던 모든 동물들을 가지고 동물원을 만들고 싶었다. 나무를 베어서 아메리칸 인디언의 천막을 세우고 싶었다. 토마스는 창을 하나 만들어서 표범을 사냥하러 가고 싶었다. 그런데 이곳에는 야생동물들이 없어서 마음에 들지 않았다. 심지어 야생동물이 없다는 사실을 믿고 싶지도 않았다. 토마스가 자신의 계획에 대해서 말하려고 입을 벌리기도 전에, 뱀 소녀가 끼어들었다. "토마스는 나와 함께 가자. 내가 나무 위로 올라가면 밑에서 망을 볼 사람이 필요하거든." 뱀 소녀는 명령하듯이 말해서 거절하기가 힘들었다. "내 이름은 다이아나라고 해."

"뭐라고?" 리나가 물었다. "그런 이름도 있냐?"

"있지!" 뱀 소녀가 주장했다. "나의 아버지는 어릿광대였고, 어머니는 말을 타는 곡예사였어. 나는 서커스에 출연하는 아이고."

효과는 대단했다! 아이들은 입과 코를 막고서, 마치 다이아나가 다른 세상에서 온 것처럼 금발 머리를 쳐다보았다. 사실 어느 정도 그렇기도 했다.

"그래서 나는 학교에 거의 안 가는 거야. 그 말은, 학교를 빼먹는다는 거지. 왜냐? 나는 말 타는 게 좋고 곡예용 그네를 타고 연습을 하거나 동물과 연습하는 게 좋거든. 너희들, 머리를 사자 입에 넣어본 적 있어? 나는 있거든."

모두들 입을 다물고 감탄을 했다.

"안타깝게도 나는 이제 열두 살이야." 특이한 소녀가 계속 말을 했다. "그래서 공연에는 못 나가. 그래도 자주 공연장에서 연기를 해. 만일 곡예사들 가운데 누군가 아프면 내가 대신해서 공연을 한다는 말이지. 나는 벌써 공중에서 두 번 돌기도 해봤고 원을 그리며 나는 곡예도 해봤어. 하지만 경찰이 오면, 끝나는 거야! 경찰은 나를 잡아다가 소년원에 데려다놓지. 그리고 우리 부모님에게는 나에게 노동을 강요했다고 난리야. 헛소리!"

"네 아버지 이름은 뭐야?" 올리버가 물었다.

"누들 두들."

"뭐?" 모든 아이들이 소리를 질렀다. "누들 두들?" 아이들은 모두 자리에서 일어나 서로에게 달려들었다. 그리고는 복싱을 하며 흥분해서 다이아나에게 말을 걸었다. '누들 두들'이 누구인지 모르는 사람은 아무도 없었다. 그는 우르비엔 국가에서 가장 인기 있는 어릿광대이며, 전국에서 가장 재미있는 남자였다. 무슨 신문에든 그의 사진이 실려 있고, 포스터마다 그의 이름이 있으며, 모든 사람들은 누들 두들을 영화에서 봤다. 아이들 가운데 몇몇은 정말 서커스에 가서 실제로 보기도 했다.

"너는 행운아야. 우리는 삼촌 한 사람만 있는데, 은행장이지. 하지만 어릿광대와는 전혀 다른……." 토마스는 부러워서 말했다.

"우리 아버지는 위대한 예술가야. 내년이면, 내가 열세 살이 되는데, 아버지는 모든 사람에게 말한대, 내가 열다섯 살이라고 말이야, 그러면 나도 공연을 해도 돼!" 다이아나가 자랑스럽게 말하며, 그 자리에서 폴짝 뛰더니 우아하게 다리 하나로 섰다. 그리고는 손에 입을 맞춘 후 빙 둘러싸고 있는 아이들에게 입맞춤한 손을 들어 보였고, 공연이 끝난 줄타기 광대처럼 행동했다.

"왜 너는 테라니엔으로 가려는 거야? 서커스가 있는 집에 있으면 훨씬 더 나을 것 같은데," 슈테판이 물었다.

"내가 원한 게 아냐. 우리 어머니가 원했지. 아우구스투스 때문이지."

"아우구스투스?" 토마스가 물었다.

"아우구스투스는 로마의 황제였어." 슈테판이 설명했다.

"그런 거와는 전혀 상관없어. 아우구스투스는 우리 재규어였어. 훈련받은 재규어는 타이어를 통과했고 이 세상에서 제일 똑똑해.

다만 폭탄 경보만은 참지 못했지. 사이렌이 울리기 시작하면, 우리 아우구스투스는 예민해져. 한번은 밤중에 근처에서 폭탄이 떨어진 거야. 그러자 아우구스투스는 뛰쳐나가더니 미친 것처럼 도망을 가더라고. 우리가 다시 그 녀석을 발견해서 잡았을 때, 내가 쓰다듬어주려고 했는데 내 어깨를 물어버렸어. 그렇게 심각하지는 않아서 이주일 만에 다 낫기는 했어. 그러자 누들 두들이 이렇게 말했지. 누구나 재규어에게 물리는 때가 있다고 말이야. 하지만 우리 어머니가 욕을 하면서, 전쟁은 위험하며 그러니 나는 테라니엔으로 가야 한다고 하더라고."

올리버가 헛기침을 한 번 하더니 말했다. "다이아나와 토마스는 야자열매와 나무에 올라가서 열매를 따는 일을 하기로 해. 누가 아직 자기 소개를 안 했지?"

뾰족한 코 소년이 앞으로 나왔다.

"우리 아버지는 교수였어." 이렇게 말하며 박수갈채라도 기대하듯 주변을 빙 둘러보았다. 하지만 다이아나의 누들 두들까지 들은 뒤라 아이들은 감동하지 않았다.

"콘라드 교수님이지. 내 이름은 쿠르트 콘라드. 열세 살 반이고 인문계 4학년이다. 왜냐하면 나는 성적이 우수한 학생이고 그래서 한 학급을 월반할 수 있었지. 나 역시 교수가 될 거야. 어머니는 안 계셔. 이 말은 어머니는 있지만 볼 수는 없다는 뜻이야. 왜냐하면 부모님이 이혼을 했는데, 아버지는 항상 이렇게 말했어. 어머니가 나에게 나쁜 영향을 준다고 말이야. 아버지는 돌아가셨고, 다른 친척이 없기 때문에 테라니엔으로 가려고 했어. 왜냐하면 가족이 아무도 없으면, 낯선 나라에 가더라도 별로 다를 게 없기 때문이지."

잠시 조용했다. 아이들은 입을 다물었다.

"글쎄." 리나가 생각에 잠겨서 말을 했다. "그렇게 혼자서……. 내가 너라면 어머니한테 돌아갈 거야. 어머니는 분명 너를 사랑할 테니까."

"하지만 나는 어머니를 사랑하지 않거든!" 쿠르트 콘라드는 날카롭게 소리를 질렀다. 뾰족한 코 소년의 얼굴은 너무 사악하게 보였다. 눈이 너무 차가워서 아이들은 잠시 느꼈던 동정심마저 다시 잊어버렸고, 아까 어린 볼프강을 공격했을 때처럼 쿠르트가 싫어졌다.

"어린이 나라에서 너는 어떤 일을 맡고 싶어?" 올리버가 물었다.

쿠르트 콘라드는 어깨를 실룩거렸다. "생각해봐야겠어. 나는 목표물을 잘 맞추기는 해. 우리 집에 있는 정원에서 나는 늘 돌로 새를 명중시키고는 했거든."

"뭐라고?" 카트린이 깜짝 놀라서 물었다. "너는 죄 없는 새에게 돌을 던져 죽였다는 말을 하는 거야?"

"당연하지." 쿠르트 콘라드는 확신에 차서 대답했다.

아이들은 언짢은 표정으로 쿠르트를 쳐다보았고, 이마를 찌푸리며 이런저런 불평을 터뜨렸다. 아이들 모두는 올리버가 무슨 말이든 얘기해주기를 기대했다.

하지만 올리버는 입을 다물고 있었다. 머리를 약간 기울인 채 모닥불만 빤히 쳐다보고 있었다. 빨갛고 노란 불빛이 올리버의 얼굴에 반사되었고, 모두들 올리버가 심각한 생각에 빠져 있다는 것을 알 수 있었다. 새를 죽이는 소년에게 도대체 무슨 말을 해야만 할까? 올리버는 그런 생각을 하고 있었다. 새를 죽인다는 사실이 알려지기 전에도, 나는 어차피 이 소년이 부담스러웠어. 하지만 나는 이성을 잃어서는 안 돼. 나는 여기에서 나이가 가장 많고, 그러니 책임을 져야 하는 입장이야. 모두에게 가장 좋은 것이 무엇인지를 항상 봐야 한다고. 나는 어떻게 행동해야 할까? 쿠르트 콘라드는 돌을 던져서 새를 죽일 수 있어. 사악한 재능! 체테로의 집에 있을 때, 내가 그냥 소박하게 올리버 로만으로 있을 때 쿠르트를 봤다면 동물학대죄로 녀석을 두들겨 팼을지도 몰라. 하지만 여기에서 그러면 안 돼. 왜냐하면 그런 사악한 재능이 아이들 모두에게는 쓸모가 있을 수도 있으니까. 만일 쿠르트가 새를 죽이지 않는다면, 우리는 굶어죽어야 할지도 몰라.

"올리버?" 리나가 긴 침묵을 깨고 마침내 말을 붙였다. "쿠르트 콘라드는 무슨 일을 해야 하는 거지? 불을 피울 나무를 해올 사람이 아직 필요해."

올리버는 그제야 정신을 퍼뜩 차리고 말했다. "쿠르트 콘라드는 사냥을 할 거야. 콘라드는 우리가 점심 때 먹을 새를 잡아야 하는데, 새를 고문해서는 안 돼. 약속할 수 있어?"

"나는 아무것도 약속하지 않아." 쿠르트 콘라드가 쌀쌀맞게 대답했다. 올리버는 마치 아무 말도 듣지 못한 것처럼 행동했고, 젭에게 몸을 돌렸다.

"그리고 이제 네 차례야." 올리버가 말했다.

젭 뮐러는 자리에서 일어나더니 아픈 어머니와 팔이 하나밖에 없는 아버지, 어린 동생들, 그리고 체테로에서 노동자들이 살고 있는 촌에 대해서 이야기를 했다. "너희들 가운데 노동자에 속하는 사람은 나밖에 없는 것 같네."

"네 아빠는 한 달에 얼마를 벌어?" 파울이 잘 아는 척하는 표정으로 물었다. 파울의 아버지도 공장에 다녔다고 했다.

"아주 적었어." 젭이 말했다. "우리 식구들이 살아가는 데는 늘 부족했지. 그런데 내가 왜 너희들에게 그런 얘기까지 해야 해? 이런 이야기는 너희들에게 다이아나의 서커스처럼 낯선 이야기일 텐데. 물론 다이아나의 서커스 이야기는 재미있었지만. 어쨌든 내가 테라니엔으로 떠날 수 있게 된 것은 거의 기적이나 다를 바 없었어. 우리 학교에서는 학년마다 자유석이 하나 있었어. 공짜로 갈 수 있는 자리였지. 물론 나는, 그 자유석은 공부를 잘하는 학생이나 선생님들에게 잘 보인 학생이 차지할 거라고 생각했어. 그런데 갑자기, 요셉 뮐러! 라고 하는 거야. 졸업생 백이십 명 가운데 하필 나를 선택했다니!"

카트린이 말했다. "나는 왜 그런지 알아. 그래야 너도 좋은 기회를 가질 수 있는 거니까!"

하지만 슈테판은 감탄하며 젭을 보았다. "고학년이라고? 너 그럼 도대체 몇 살이야?"

"열네 살."

"헉." 올리버가 놀랐다. "너 벌써 열네 살이야? 열두 살 정도로밖에 안 보이는데."

"그건 말이야, 내가 어렸을 때 비타민을 충분히 먹지 못해서 그래. 다리가 반듯하게 자라지 않고 휘어버렸지. 어려 보이니까 버스는 항상 어린이 차비를 내도 되더라."

"그건 좀 그렇네. 하여튼, 너는 무슨 일을 하고 싶어?" 올리버가 약간 엄한 목소리로 말했다.

"나는 뭐든 잘 만들어. 하지만 뭐든 시키면 할 수 있어." 젭이 말했다.

"좋아." 올리버는 이제 수줍어하며 서 있는 남작의 딸을 향해 말했다. "너만 자기소개를 하면 돼."

"나는 알렉산더 폰 슈파포르트 남작의 딸이야." 가냘픈 소녀는 얼굴이 발개졌고 말도 약간 더듬거렸다. "아홉 살이고 이름은 클라우디아." 소녀는 잠시 입을 다물더니 고개도 떨어뜨렸다. "나는 할 줄 아는 게 아무것도 없어. 그냥 젭한테 물어봐."

하지만 젭은 절대 그렇지 않으며, 클라우디아는 이미 바느질도 할 수 있고 온갖 일을 다 도와줄 수 있다고 말했다.

"자, 이렇게 해서 우리는 모두 열한 명이야! 내일 아침부터 우리의 어린이 나라가 출발하는 거다. 우리는 즉시 집을 짓기 시작해야 하고, 가구쟁이 파울이랑, 젭 그리고 슈테판이 이 일을 맡게 된다. 만일 클라우디아가 이 일을 도울 수 있다면, 그렇게 해! 다이아니와 슈테판은 야자열매를 가지러 가고, 이번에는 아주 많이 따왔으면 좋겠어. 그러면 창고에 저장해둘 수 있거든. 쿠르트 콘라드와 나는 사냥을 갈 거야. 리나와 카트린은 요리를 담당하면 돼. 누가 남았지? 아, 볼프강! 볼프강은 뭘 하면 될까?" 올리버가 물었다.

검은 곱슬머리 소년이 무엇을 할 수 있을지 아무도 몰랐다. 소년은 집을 짓지도 못했고 사냥과 요리도 못했다. 그러자 소년 스스로 이렇게 말했다. "올리버, 네가 허락한다면 나는 숲으로 가고 싶어. 거기에서 피리를 만들 수 있는 나무가 있는지 찾아볼게."

올리버는 좋다고 대답했고 이로써 저녁 회의가 끝났다. 밤이 되자 차가운 기운이 지친 아이들에게 몰려왔다. 아이들은 모두 따뜻한 외투 이불 밑에서 따닥따닥 붙어 누웠다. 올리버는 마지막까지 남아서 아이들이 모두 이불을 잘 덮었는지 살폈고, 모닥불이 꺼지지 않도록 가지들을 더 쌓아두었다.

불꽃은 탁탁 소리를 내며서 타올랐고 아이들은 잠이 들면서 고향 생각에 빠졌다. 클라우디아는 음악실에 있는 대리석으로 만든 벽난로를 생각했고, 토마스와 슈테판은 아늑한 거실을 생각했고, 젭은 절반쯤 잠이 든 상태에서 매일 새벽 다섯 시 반이면 아버지를 위해 피웠던 아궁이 불 앞에 서 있는 자신을 보았다.

이렇게 모두들 꿈속에서 미소 짓는 얼굴을 하고 낯선 섬에서 첫날밤을 보냈다. 앞으로는 낯선 섬이 아니라 고향이 될 곳에서.

다이아나와 원숭이

다음날 아침은 춥고도 우중충했다. 모닥불은 밤에 꺼졌고, 나뭇가지들은 축축해져 있었다. 올리버는 축축한 나무에 불을 붙이기 위해 성냥 여섯 개를 더 써야만 했다. 그러자 리나가 일어나 불퉁하게 아침을 준비했다. 리나의 기분은 별로 좋지 않았다. 다른 아이들도 모닥불 주변에 서 있었고 역시 언짢은 얼굴을 하고 있었다. 덜덜 떨면서 어깨를 오므리고 손은 바지 주머니에 찔러 넣은 채, 아이들은 지금쯤 따뜻한 침대에서 나와 뜨거운 물로 샤워를 하고, 새 셔츠와 양말을 신고 거실에 가서 차를 마시고 있을 다른 아이들을 부러워했다. 올리버는 아이들의 기분을 즐겁게 해주려고 노력했다. 하지만 그 자신도 딱딱한 바위에서 밤을 보낸 뒤 상태가 좋지 않았기에, 즐겁게 해주려던 노력은 수포로 돌아갔고, 아이들은 여전히 우울한 표정을 짓고만 있었다. 하지만 두 명만은 기분이 좋았다. 튼튼한 토마스와 젭이었다. 토마스는 모험 외에 아무것도 기대하지 않았고(사실 그런 태도가 이런 상황에서는 적합했다!), 젭의 기분은 잘 바뀌지 않았다. 젭은 집에서도 늘 그랬기 때문이다. 앞으로 5분 동안 해야 할 일들을 생각했지 그 밖의 일에 대해서 생각할 여유가 없었다. 젭은 항상 무슨 일이든 해야만 했고, 지금도 다른 아이들은 하는 일 없이 서서 아침식사를 기다리는 동안에도, 급히 해야 할 일을 떠올렸다. 젭은 활과 화살을 만들려고 숲에 가서 구부러진 가지와 마른 나무 조각들을 가져왔다. 그리고는 가구쟁이의 아들인 파울에게 도와달라고 불렀다. 이어서 칼을 꺼내어 화살을 다듬었고 열심히 일하느라 다른 모든 것을 잊어버렸다. 클라우디아는 젭이 실로 활시위를 만드는 모습을 감탄하면서 지켜보았다.

"웃기는 건 말이야," 젭이 두 사람에게 가르쳐주었다. "사람들은 아무것도 하지 않을 때 가장 끔찍하게 느껴. 아버지가 그렇게 말했지. 몇 달 동안 직장을 잃고 집에만 앉아 있을 때였어. 아무것도 하지 않으면 나쁜 생각을 하게 된다고 하셨어."

파울은 맞는 말이라며 고개를 끄덕였다. "네 아버지와 우리 아버지는 같은 종류의 사람인 것 같아. 우리 아버지도 항상 나한테 그랬거든. '파울, 내 아들아…….' 그리고는 '살아가면서 이건 꼭 기억해야 돼. 열심히 일하는 사람만이 행복한 사람이란다, 꼭 기억해야 돼!'"

"그래 우리 어머니도 그랬어." 젭은 웃으면서 친한 동료들끼리 하듯 파울에게 주먹으로 두어 대 쳤다. "우리 어머니도 말이야, 이렇게 말했어. '고상한 사람들에게서 볼 수 있는 나쁜 기분과 많은 질병들은 아무 일도 하지 않기 때문이지.'"

"우리 어머니는 이렇게 말했어. '잘 사는 여자들이 늘어놓는 비참한 얘기는 모두 게으름 때문이야!'" 파울이 소리 질렀다.

두 소년은 떠들썩하게 웃어댔다. 두 사람은 마치 사촌을 발견하기라도 한 것 같았다. 하지만 클라우디아는 곁에서 수치심을 느끼며 서 있었고, 어리고 아름다운 소녀의 머릿속에는 온갖 생각들로 복잡했다. 이 두 명의 소년은 대가족이고, 그들은 즉시 서로를 잘 이해해서 같이 웃을 수 있고 또 형제처럼 옆구리를 한 대 칠 수도 있었다. 하지만 클라우디아는 낯선 아이였다. 고상한 가문 출신이고 또한 게으른 종족이었다. 클라우디아는 서로 옆구리를 칠 수 있고 함께 웃을 수만 있다면 성의 절반과 백조가 노니는 연못도 내놓고 싶었다.

리나는 아침 식사가 준비되었다고 소리 질렀다. 아이들은 뜨거운 코코아를 마시자 기분이 좋아졌다. 그런 뒤에 맡은 일을 하기 시작했을 때, 드디어 해가 뜨면서 차가운 아침이 따뜻한 오전에게 길을 내주었다.

올리버와 쿠르트 콘라드는 화살과 활을 어깨에 짊어지고 사냥을 떠났다. 이들이 먹을거리를 가져올 때까지, 리나와 카트린은 달콤한 쥐엄열매를 냄비에 끓여서 설탕물이라도 얻어낼 예정이었다. 올리버가 가져왔던 사카린은 이미 다 떨어졌다. 리나는 설탕이 없으면 맛있는 요리를 할 수 없다고 주장했다.

슈테판, 젭과 파울은 도구를 들고 숲으로 갔다. 이어서 도끼를 내리고 딱딱한 나무 조각을 톱질하는 소리가 정적을 깼다. 클라우디아는 충실하고 소심한 어린 개처럼 젭의 뒤를 따라가서, 소년들이 도구를 멋지게 다루는 모습을 구경했다. 가지들이 우지직 소리를 내며 떨어졌다. 클라우디아는 작은 가지들을 자신이 잘라도 되냐고 묻고 싶었지만—그나마 자신이 잘 할 수 있는 일이었다—, 소년들을 방해할지 몰라서 그만두었다. 한참 뒤에 아무도 신경을 쓰지 않자, 클라우디아는 숲으로 조금 더 들어가서 뿌리 위에 자리를 잡았다. 이곳에 오래 앉아 있으면 있을수록, 더 외톨이처럼 여겨졌다. 젭과 다른 모든 아이들이 자신을 잊어버렸고, 자신은 있으나마나 한 사람이었다. 어린이 나라는 자신이 없어도 잘 돌아갈 수 있었다. 클라우디아는 한숨을 깊게 내쉬었다.

모든 것은 남작부인 때문이라고 클라우디아는 생각했다. 남작부인은 바로 클라우디아의 어머니였고, 클라우디아 역시 자신을 남작의 딸이라고 부르는 데 익숙해져 있었다. 여자 가정교사도 "클라우디아, 어머니에게 가야 해."라고 말한 적이 한 번도 없었다. "클라우디아 아가씨, 남작부인께서는 녹색 살롱에서 기다리고 계십니다." 그런데 아버지는 전혀 달랐다. 클라우디아는 아버지를 아빠라고 불렀고 뛰어가서 아버지의 목에 매달려도 되었다. 하지만 어머니는 입맞춤을 하는 시늉만 허락했다. 만일 시늉만 하지 않고 진짜로 하면 즉시 지적당했다. "클라우디아, 소리를 내면서 입맞춤을 하는 게 아니다. 너는 꼭 거리의 아이들처럼 행동하는구나." 클라우디아는 밤이나 낮이나 길에서 돌아다니는 아이들이 거리의 아이들이라고 상상했다. 그런데 남작부인이 젭과 같은 아이를 "거리의 아이들"이라고 불렀다는 걸 깨닫게 되었다. 젭과 같은 아이들, 그러니까 손수건이 없어서 손으로 코를 닦고, 다리가 휘어지고 꿰맨 바지를 입고 있기 때문에. 클라우디아는 자리에서 일어나서 푹신한 이끼를 밟으며 숲으로 더 들어갔다.

어쩌면 길을 잃을지도 몰라. 클라우디아는 그렇게 생각했다. 아이들은 나를 찾게 될까? 저녁이 되어 자러 가기 전에 올리버가 아이들의 수를 세어보고, 자신이 없다는 사실을 알아차리게 될지 몰랐다. "어린 클라우디아가 없잖아. 그래도 괜찮아. 어차피 우리는 그 애가 필요 없으니까." 올리버는 이렇게 말할지도 몰랐다.

클라우디아는 그런 상상을 하자 눈물을 참을 수가 없었다. 그래서 나무를 끌어안고 실컷 울었다. 다 울고 나자 마음이 한결 가벼워졌고, 눈물을 닦자 갑자기 자신이 방금 끌어안고 울었던 나무가 아주 특이하게 보인다는 것을 알아차렸다. 이 나무는 마치 나무껍질이 남아돌아서 떼 내고 싶은 듯했다. 클라우디아는 이런 껍질을 조심스럽게 뜯어냈고, 이 껍질은 쉽게 뜯겨졌다. 길고 비단처럼 반짝이는 이 껍질은 나무의 속껍질이었다. 이것은 부드럽고 연했지만 거의 찢어지지 않았다. 클라우디아는 이 속껍질을 하나씩 뜯어서 한 가득 땅 위에 쌓아두었다. 그리고 지루한 나머지 이 껍질들을 엮기 시작했다. 젭이 혼자서 숲으로 사라진 클라우디아가 걱정이 되어 숲으로 왔을 때 클라우디아는 바로 이런 모습을 하고 있었다. 젭은 클라우디아가 하는 일을 유심히 관찰했다.

"클라우디아, 클라우디아……너는……그러니까 말이야……. 너 정말 대단해! 너는 모르겠지만, 우리한테 정말 중요한 일을 네가 하고 있었어. 우리는 끈과 실 그리고 밧줄 같은 게 필요해. 우리는 또 매트가 필요해. 매일 밤 딱딱한 바위 위에서 잘 수는 없거든. 엮어서 이런 걸 만들어야지. 그런데 이것 봐! 너는 지금 이렇게 멋진 직물을 완성해놨잖아! 이걸로 우리 이불도 만들고 매트도 두 장 만들고 그 안에 새털을 넣으면 돼! 우리는 이걸로 옷도 만들고 신발도! 만약 네가 한 번만 더 아무것도 하지 못하고 아무것도 이해하지 못한다고 말한다면, 나한테 한소리 들을 거야. 너는 내가 만난 남작가족들 가운데 처음으로 이성적인 남작가족이야."

클라우디아는 넋을 잃고 젭을 보았다. 소녀의 갈색 눈동자에는 작지만 두 개의 태양이 보였고 얼굴에도 비쳤다. "정말? 나는 내가 아무것도 돕지 못해서 너희들이 나를 쫓아내버릴지도 모른다고 생각했어."

하지만 젭은 슈테판과 파울을 불렀고, 이 아이들도 젭처럼 감탄했다. 이 아이들은 클라우디아가 찾아낸 행운에 대해서 칭찬해마지 않았다.

그사이 두 명의 아이들은 느긋하게 숲으로 들어가더니 아무것도 하지 않았다. 다이아나는 나무 한 조각을 껌처럼 씹었고, 조수인 토마스는 소녀 옆에서 달리더니, 만일 머리를 사자의 입에 넣으면 어떤지 알고 싶다고 했다. 하지만 다이아나는 대답 대신에 갑자기 높은 곳으로 사라졌다. 곡예 소녀는 축 늘어진 넝쿨식물의 단단한 줄기를 잡아서 그것을 그네처럼 탔다. 그러면서 씹고 있던 나무 조각을 토마스의 머리에 내뱉더니 고함을 질렀다. “그것은 나에게 금처럼 소중한 거야, 나의 아들아! 거의 곡예를 하는 것과 같아. 누들 두들은 내가 이곳에서도 연습을 한다면 기뻐할 거야.”

토마스는 열광적으로 곡예 소녀를 지켜보았다. 다이아나는 올라갔다가 내려가면서 허공에서 온갖 공중제비를 시험해보았고 마침내 높은 곳에 있는 나뭇가지에 단 한 번 만에 올라갔다. 덩굴식물의 줄기 끝부분이 토마스의 어리둥절한 얼굴을 찰싹 때렸다. 어리버리한 이런 모습을 다이아나는 위에서 내려다보며 깔깔 웃어댔다. 그러고 나더니 나무의 주변을 살폈고 곧 근처에서 밝은 녹색의 과일을 발견했다. 이 과일은 아이들의 머리만한 크기였다. 다이아나는 과일을 하나 따서 검사했다.

“토마스, 혹시 칼 가지고 있어?” 다이아나가 밑을 향해 소리를 질렀다.

토마스에게는 칼이 없었고, 오로지 뱀 소녀 곁에 가고 싶은 마음밖에 없었다. 다이아나가 도와주어서 토마스는 나무에 올라갈 수 있었다. 위에 도착하자, 둘은 있는 힘을 다해 과일을 쪼갰다. 과일 속에는 노란 크림 같은 내용물이 흐늘흐늘하게 들어 있었다. 아이들은 맛을 보기 위해서 손가락을 찔러 넣었다. 과일은 끝내주게 달콤했지만 익숙하지 않은 맛이기는 했다.

“너 이런 거 먹어본 적 있어? 나는 없거든.” 다이아나가 물었다.

“나도 없어. 꼭 과일 푸딩 같지 않아?” 토마스가 말했다.

“제대로 된 맛이야. 푸딩가루로 만든 게 아니고. 다른 아이들에게도 가져가 볼까?” 다이아나는 조금 더 높이 올라가서 손에 들어오는 그 열매들을 모두 땄다. 열매들은 무거웠고 배낭이 열매로 가득 찼다. 이렇듯 무거운 배낭을 짊어지고 나무를 내려오기란 정말 힘들었다.

밑으로 내려와서 다이아나와 토마스는 어슬렁거리며 돌아다녔고 난초 앞에 서 있기도 했으며 알록달록한 무늬의 도마뱀을 뚫어지게 구경하기도 했다. 다이아나는 서커스에 관해 이야기해주었고 나무 조각을 공기 중으로 뱉어내기도 했다. 야자열매를 따는 일은 안중에도 없는 듯했다. 토마스는 마음속으로 이상하다고 생각했지만 자신은 조수에 불과했기에 아무 말도 하지 않았다. 만일 다이아나가 일하러 간 게 아니라 마치 산책을 가듯 숲으로 왔다면, 토마스도 따라하면 그만이었다. 숲에서 두 사람은 피리를 만들 나무를 찾고 있던 볼프강을 만났다. 하지만 아직도 너무 슬펐기에 나무를 발견하지 못했고, 그래서 아이들은 볼프강을 위로할 겸해서 과일 하나를 건네주었다. 그런 다음에 계속 산책을 하는데 다이아나가 말했다. "도시만한 규모의 서커스를 상상해봐. 중앙에 커다란 천막이 쳐 있지. 바로 이곳에서 공연이 열리고 말이야. 이 천막을 빙 둘러가며 크고 작은 캠핑카들이 있어. 어떤 구역에는 크고 작은 동물들이 있고 또 다른 구역에는 기술자들과 조수들이 있지. 그리고 가장 환경이 좋은 곳에 예술가들이 머무는 커다란 캠핑카가 있어. 여기에 유명한 동물 조련사들, 말을 타는 곡예사들, 곡예사들과 누들 두들 가족도 있어. 캠핑카 중에서 가장 아름답고 크지. 방이 세 개나 있고 창문 앞에는 꽃도 있어. 바로 우리 캠핑차야! 아빠는 극장에서도 공연하고 영화에도 나오지만……. 이렇게 말하지. '진정한 광대는 서커스에서 공연해!'"

토마스는 진심으로 열광한 나머지 얼굴을 붉혔다. 미래의 계획을 세운 다음 또다시, 아니 서른 번쯤 그 계획을 내팽개쳤다. 백화점에서 엘리베이터 맨이 되고 싶었는데, 이때는 네 살 때로 그가 되고 싶었던 최초의 직업이었다. 3일 전에는 선장이었다. 그런데 무거운 심정으로 이제 광대가 되려는 결심을 하게 되었던 것이다. 누들 두들과 같은 광대가 되는 것! 그런 뒤 다이아나와 결혼을 해서 커다란 캠핑 차에서 살고 싶었다. 왜냐하면 다이아나는 자신의 마음에 든 첫 번째 소녀였고, 자신에게 더 잘 맞는 다른 소녀를 찾고 싶지도 않았기 때문이다. 토마스는 자신의 결심을 당장 얘기해야 하는 것은 아닌지 고민을 했지만, 아직 시간은 많았다. 보아하니 섬에 오랫동안 머물러 있을 것 같았다. 그때 갑자기 다이아나와 자신은 산책을 하는 동안, 다른 아이들은 열심히 일을 하고 있다는 생각이 들었다. 그래서는 안 돼! 두 사람은 벌써 몇 시간 전부터 숲을 돌아다니고 있었고 배낭에는 야자열매가 하나도 없었다. 토마스는 헛기침을 했다. 토마스도 보통 때 믿을 만한 성격은 아니었다. 부지런함, 시간을 정확하게 지키는 습관 그리고 양심과 같은 좋은 성격들은 안타깝지만 모두 형 슈테판의 몫이었다. 그러니 토마스에게는 그보다 덜 아름다운 성격만 눈에 띄었다. 그래도 지금과 같은 행동은 토마스에게도 부담스러웠고, 누군가에게 잘못을 지적해주는 일은 이상하리만큼 또 재미가 있었다. 토마스는 지금까지 살아오면서 들어왔던 수많은 경고성 말들 가운데에서 가장 끔찍한 표현을 생각해냈다. 이 말은 수학선생님이 자신에게 했던 경고였다. "유감이구나, 토마스 모린, 하지만 너는 무한정으로 의무를 잊고 있어."

"다이아나, 야자열매는 어떻게 할래? 유감이지만, 너는 무한정으로 의무를 잊고 있어!" 토마스가 말했다.

다이아나는 물끄러미 토마스를 바라보았다. 그러고 나서 깔깔거리며 웃었다.

"토마스, 토끼 꼬리 같은 녀석." 다이아나는 이렇게 말하며 토마스를 가시가 있는 수풀로 슬그머니 밀쳤다. "넌 꼭 고모할머니처럼 말하네."

토마스는 고민해서 멋지게 말을 했는데 반응이 시원찮아서 화가 났다. 게다가 미래에 자신의 부인이 될 사람이 하는 말투로도 적당하지 않았다.

"올리버가 어제 나더러 야자열매를 따오라고 했을 때 말이야, 나는 어떤 아이를 선택해야 하나 생각했지. 일은 많이 하지 않고 재미있게 보낼 수 있으려면. 야자열매야 나 혼자서도 충분히 딸 수 있거든. 하지만 아빠가 이렇게 말했지. 만일 뭔가 좋은 일을 하면, 옆에 있는 사람에게도 나누어줄 줄 알아야 한다고. 옆에 있는 사람으로는 네가 딱이었어!"

"왜?" 토마스는 그 이유를 알고 싶었고 자랑스럽기까지 했다.

"냄비 때문이지. 네가 그런 짓을 했을 때, 너는 딱 서커스에 어울린다고 나는 생각했어. 여기 있는 다른 아이들은 모두 너무 지겨워."

이 말은 토마스의 기분을 좋게 해주었다. "그래서? 그럼 야자열매는 하나도 안 따고, 없더라고 말할 거야? 거짓말은 해서는 안 돼." 토마스가 말했다.

"아니, 거짓말을 해서는 안 돼. 언젠가 들키니까. 적어도 나는 그래! 토마스, 넌 정말 멍청하구나. 당연히 나는 야자열매를 딸 거야! 하지만 오전에는 안 할 거라고." 다이아나는 멈춰서더니 갑자기 진지해졌다. "너는 그렇게 생각하는지 모르지만, 나는 게으름을 피우는 게 아냐. 나는 일하고 싶고, 그것도 내 일을 하고 싶다고! 연습, 기어오르기, 공중제비, 곡예. 말이 없으니 정말 끔찍해. 내가 연습을 하지 않으면, 서커스에 초를 치는 거야. 그러면 우리가 앞으로 언젠가 이 선인장 섬에서 구출되면, 나는 뻣뻣한 막대기에 불과해. 그러면 나는 죽어버릴 거야. 너는 서커스 사람들은 일을 안 한다고 생각해?" 다이아나는 숨을 헐떡거리며 물었다. "소중한 친구야, 하루에 네 시간은 연습을 해야 해! 이제……." 소녀가 갑자기 달리기 시작했다. "다음에 나오는 종려나무까지 올라가기!"

또다시 다이아나는 나무 꼭대기까지 올라가서 원숭이 떼를 쫓아냈다. 나무를 올라갈 때 동물들이 있는지 몰랐지만, 꼭대기에 가서야 알아차리고 고함을 질러 원숭이 떼를 몰아냈다. 다이아나는 밝은 갈색의 어린 원숭이를 꼬드겼지만, 어제처럼 실패하고 말았다.

"야생 원숭이는 멍청해. 훈련을 받은 원숭이들이 훨씬 친절하고." 다이아나는 주변을 둘러보며 야자열매를 찾고 있었는데, 마치 누군가에게 관찰을 당하는 불편한 느낌이 들었다. 그런데 사실은 자신의 주변에 있는 나무에 수많은 원숭이들이 숨어 있었다. 이 원숭이들은 나뭇가지 사이로 의심이 가득한 무서운 눈으로 다이아나를 관찰하고 있었다. 적대심에 찬 원숭이들이 자신을 쳐다보고 있다는 것은 뱀 소녀에게도 전혀 즐거운 일이 아니었다. 동물들은 소녀가 나무 꼭대기에 침입한 도둑이라고 볼 거라는 걸 다이아나는 즉각 이해했다. 그러니 토마스에게 장담한 것처럼 손쉽게 야자열매를 딸 수 없을 것 같았다. 설마 뭐 그렇겠어? 다이아나는 그렇게 생각하고 싶지 않았다. 물기야 하겠어? 다이아나가 열매를 두 개 따서는 열매에 붙은 실로 서로를 묶어 어깨 위에 얹었다. 그 다음에 또 두 개도 이렇게 했다. 나무를 내려가려면 팔은 자유로워야 했기 때문이다.

아휴 얘들아, 이게 이렇게 무겁구나. 다이아나는 커다란 야자열매 네 개를 어깨에 메고 내려올 때 열매들이 가슴과 등에서 요동을 치자 그런 생각이 들었다. 내일은 허리띠나 그런 비슷한 것을 가져와야겠다고 생각했다. 그러면 나무를 올라갔다 내려갔다 할 필요 없이 열매를 묶어서 하나씩 토마스에게 내려 보내면 되…….

다이아나는 더 이상 생각을 할 수 없었다. 바로 그 순간에 세계가 멸망하기 시작했다. 주변에서 화난 원숭이들이 소리를 지르고, 꽥꽥거리고, 떠들어댔다. 폭탄이 떨어지고 갇혀 있던 동물들이 탈출해서 소리를 질렀던 그때보다 지금의 상황이 더 심각했다. 동시에 야자열매들이 비처럼 후두둑 떨어져서 다이아나의 머리와 어깨에 명중을 했고, 떨어지지 않으려면 나무둥치를 꼭 부둥켜안고 있어야 했다. 땅에서도 토마스의 고함소리가 들려왔는데, 밑에서 야자열매를 맞은 게 분명했다. 그래서 아프다고 고함을 지르며 원숭이들이 열매를 던져도 맞지 않는 곳까지 도망을 쳤다. 한참 뒤에 원숭이들도 흥분을 가라앉혔고, 야자열매 비도 서서히 줄어들었다. 열매 몇 개만이 간간히 밑으로 떨어져서 땅에서 갈라졌다. 다이아나는 천천히 나무 밑으로 내려와서 땅에 깔린 이끼에 내리자 거의 죽음상태였다. 소녀의 몸은 상처투성이가 되었고, 팔과 다리에는 깊숙하게 할퀸 자국 같은 게 있었으며 이마에는 피가 흘렀다. 소녀는 몇 초 동안 깨진 야자열매 사이에 움직이지 않고 누워 있었다. 그때 토마스가 살금살금 다가왔다. 토마스는 뒤통수에 야자열매를 맞아서 혹 하나만 생겼는데도 고함을 지르고 도망쳤으니 너무 부끄러웠다. 토마스는 두려워하면서 다이아나를 살피려고 몸을 숙였다. 다이아나는 너무나 조용하고도 창백한 채 누워 있었고 눈도 감은 채였다. 토마스는 집중해서 생각을 했다. 아버지가 "응급조치"라고 말해주었던 것을 지금 행동으로 옮겨야 했다. 응급조치에는 붕대를 감고 요오드도 있어야 했다. 하지만 지금은 그런 게 없었다. 하지만 야자유는 다이아나의 입에 넣어줄 수 있었다. 토마스는 깨진 야자열매를 하나 잡아서 다이아나의 창백한 입술에 조심해서 부어주었다. 다이아나는 이것을 마시더니 눈을 떴다. 한동안 무슨 일이 일어났는지 제대로 이해하지 못한 것 같았지만, 무슨 기억이 났는지 번개처럼 땅에서 일어났다.

"절대 말하면 안 돼!" 다이아나는 거칠게 소리 지르며 정신이 빠진 토마스의 어깨를 흔들었다. "만일 다른 아이들에게 한 마디라도 하면, 넌……!"

"아냐, 절대, 아니라니까." 토마스는 다이아나의 눈에서 빛나고 있는 분노에 주눅이 들어서 말도 더듬었다. 토마스는 다이아나가 왜 그렇게 흥분하는지 이해하지 못했다. 토마스는 예술가가 되겠다는 서커스 소녀의 야심을 이해할 만큼 성숙하지는 않았다. 소녀가 얼마나 상처를 받았는지는 계속해서 화를 냈을 때였다. "이건 수치스러운 일이야, 원숭이들아, 이건 대단히 부끄러운 거라고! 저 위에 있는 원숭이 떼들은 전쟁을 원해! 내가 종려나무에 올라가서 자신들의 야자열매를 따는 것을 허락하지 않는다는 거지!" 다이아나는 고래고래 고함을 질렀고 위를 향해 주먹을 흔들었으며, 그야말로 화가 나서 활활 타오를 것 같았다. 토마스는 다이아나와 결혼하지 않는 게 더 좋지 않을까 고민이 되었다. "하필이면 나에게, 나에게 이런 일이 일어나다니! 서커스에서는 무슨 말들을 하는데? 다이아나처럼 원숭이를 잘 이해하는 사람은 없어! 아침에 내가 동물 우리에 가면, 원숭이들이 나에게 달려와서 내 위에 올라가면 다시는 떠나지 않으려고 한단 말이야! 그리고 나는 두 마리 원숭이와 함께 펼치는 곡예도 해. 우리는 말을 타고 달리다가 마지막에 손 하나만 말 등에 짚고서 간다고. 원숭이 두 마리는 내 발바닥 위에서 트럼펫을 불어!"

"다이아나!" 토마스는 화를 내는 여자 친구를 달래었다. "그렇게 화내면 안 돼. 그러면 황달에 걸려. 여기 봐, 우리는 야자열매가 충분하잖아. 네가 네 개 따왔고, 또 다른 것들도 여기 널려 있잖아!" 토마스는 깨어진 야자열매를 주워 모으기 시작했다. "이것 좀 봐! 이런 건 수프 접시로 사용하면 좋겠어." 이렇게 말하며 토마스는 정확하게 반쪽이 난 야자열매를 높이 들어 보였다. 정말 이 야자열매의 껍질은 동그란 접시와 닮아 있었다.

하지만 다이아나는 부엌에서 사용할 그릇 따위에는 관심이 없었다. 소녀는 귀찮다는 듯 이마에 흘러내린 금발을 밀치더니 퉁명스럽게 말했다. "잘 살아, 토마스!"

"뭐야?" 토마스가 미친 듯이 소리 질렀다.

"다시 한 번 올라갈 거야!" 다이아나는 이렇게 말하며 벌써 나무를 중간쯤 타고 올라가고 있었다.

"안 돼! 안 된다고, 내가 허락하지 않을 거야!" 토마스가 뒤에서 소리를 질렀다.

다이아나가 다시 전투를 치르기 위해 올라가는 동안, 토마스는 종려나무 밑에서 욕을 하고 또 부탁을 했다. 토마스는 무슨 일이 일어나더라도 소녀의 곁을 떠나지 않겠다고 결정했다. 토마스는 두 팔을 머리 위에 올렸는데, 머지않아 또 지옥이 열리고 다이아나가 밑으로 떨어질 것 같았기 때문이다.

하지만 아무 일도 일어나지 않았다. 쥐죽은 듯 조용했다. 다이아나는 조심스럽게 위로 올라갔고 적들이 어떻게 있는지 살펴보았다. 원숭이들은 사라진 것 같았다. 승리의 느낌이 따뜻한 파도처럼 확 올라왔다. 하지만 승리를 확신하고 다이아나가 야자열매를 하나 따려고 손을 쭉 뻗었을 때였다. 씩씩거리며 거친 소리가 갑자기 위에서 들려왔고, 다이아나가 놀라서 위를 쳐다보았을 때 화가 잔뜩 난 원숭이 한 마리의 얼굴을 볼 수 있었다. 정말 거대한 원숭이였는데, 곰처럼 튼튼하고 폭력적이었으며, 축 늘어뜨린 검은색 털, 그리고 커다란 손과 발이 달려 있어서 나뭇가지를 꼭 붙들고 있을 수 있었다. 서커스에서 온갖 것에 익숙했던 다이아나조차도 그렇게 끔찍하고 위험한 원숭이는 본 적이 없었다. 소녀는 한순간 무서워서 꼼짝도 하지 못했다. 털이 부숭한 앞발로 이 원숭이가 한 방만 때려도 자신을 죽일 수도 있다는 걸 다이아나는 알았다. 눈앞이 캄캄했다.

그런데 갑자기 원숭이의 머리가 움직이더니 다이아나의 바로 위에 있었다. 거대한 주둥이에서 식식거리는 숨소리가 소녀의 얼굴에 와 닿았다. 그러자 다시 정신을 차렸다. 다이아나는, 거대한 원숭이가 입술을 삐죽 내밀고 누런 이빨을 드러낸 모습을 보았고, 그런 즉시 폭풍처럼 날쌔게 종려나무 밑으로 미끄러져 내려왔다.

“가자!” 다이아나는 아무것도 모르고 자신을 보며 웃고 있는 토마스에게 무덤덤하게 말했다. 다이아나는 배낭 끈을 잡고 달리기 시작했다. 그러자 덜컹거리며 열매들이 떨어졌다. 토마스는 도저히 따라잡을 수 없는 속도였다. 얼마 후 마침내 토마스가 바짝 다가갔을 때, 소녀가 울고 있는 모습을 보고서 충격을 받았다. 다이아나가 울다니! 토마스는 무슨 말을 해야 할지 몰랐다. 토마스는 다이아나가 종려나무 위에서 도대체 어떤 경험을 했는지 예감하지 못했고, 그렇다고 무슨 일이 있었는지 묻고 싶지도 않았다. 그냥 아무 말 없이 달렸고, 다이아나를 쳐다보는 것조차 피했다. 그래야 이런 사건을 재미있게 구경하는 게 아님을 알 테니까 말이다. 하지만 다이아나는 자신이 우는 것을 조금도 부끄러워하지 않았다. 눈물이 뚝뚝 떨어지는 대로 내버려두었고, 토마스가 그런 모습을 보고 있었지만 전혀 신경 쓰지 않았다.

"너도 봤더라면 좋았을 텐데. 그랬다면 너도 아마 도망을 치고 말았을 거야!" 한참 뒤에 다이아나가 말했다.

"당연하지!" 토마스는 다이아나가 다시 말을 해서 기뻤다. "죽어라 도망쳤을 거야!" 그런데 토마스는 다이아나가 누구를 이야기하는지 이해하지 못해서 이렇게 덧붙였다. "누구 말하는 거야?"

"원숭이 대장. 그렇게 큰 원숭이는 처음 봤어! 나를 잡아먹으려 했어. 주둥이를 커다랗게 벌렸거든." 다이아나의 목소리는 약간 떨렸다.

이제야 토마스는 종려나무 꼭대기에서 무슨 일이 벌어졌는지 대략 이해했다. 자신이 다이아나를 보호해줘야 한다는 이상한 느낌이 들었다. 지금까지 겪어보지 않았던 그런 느낌이었다. 다이아나에게 다시는 그런 일이 일어나지 않도록 하는 게 자신의 임무여야 했다. "내가 올리버랑 얘기해볼게. 너는 다시는 나무 위에 올라가서는 안 돼. 우리는 야자열매 없이도 잘 버틸 수 있을 거야." 토마스의 목소리는 맑았다가 아저씨처럼 낮은 목소리로 변했다.

그러자 다이아나가 토마스를 향해 거칠게 몸을 돌리더니 말했다. "만일 네가 그렇게 하면, 너랑 나랑은 끝이야! 그 누구도 알아서는 안 된다고. 내가 말이야, 아이들이 나를 비웃게 내버려둘 것 같아?"

"그렇지만 다이아나," 토마스는 흥분한 소녀에게 이성적으로 행동했다. 토마스가 이성적으로 행동하는 일은 매우 드물었다. "그렇게 고집만 부리지 마. 너도 말했잖아, 원숭이가 너를 잡아먹으려고 했다고. 어쩌면 그렇게 할지도 몰라, 그러면 안 되잖아!"

다이아나는 아무 말도 하지 않았다. 그리고 나무 조각을 다시 질근질근 씹었다. "어떻게든 방법을 찾아야 해. 우리 둘이서, 원숭이 대장을 따돌릴 수 있는 방법을 생각해내야 한다고. 네가 그 일을 담당해, 알았지? 그러면 원숭이 대장은 너한테 온통 신경을 쓸 거고, 그러면 나는 재빨리 나무에 올라가서, 원숭이 대장이 내가 나무 위에 있다는 걸 눈치 채기 전에 열매를 따면 되거든."

토마스는 이마를 찌푸리며, 어떻게 하면 원숭이 대장의 주의를 자신에게 집중시킬 수 있을지 고민했다. 좋은 생각이 떠오르지 않았다. 이때 두 사람은 아이들에게 돌아가던 클라우디아를 만났다. 클라우디아는 나무 속껍질로 만든 자락을 끌고 갔는데, 자신의 키보다 세 배는 더 컸다.

"수확은 좋았어?" 클라우디아가 명랑하게 물었다. 클라우디아의 아버지는 딸과 함께 텅 빈 평야를 말을 타고 지나갈 때면 농부들에게 그렇게 물어보고는 했다.

"끝내줬어." 다이아나는 토마스가 감탄할 만큼 명랑하게 대답했다. 거짓말을 하면 뭔가 안 좋은 게 분명하다. 그래도 다이아나는 완벽하게 거짓말을 할 수 있었다.

아이들이 머무는 바위 고지에서 둘은 젭과 파울을 만났는데, 그들은 숙소를 짓기 위해 기다란 나무 말뚝을 끌어올리고 있었다. 집을 짓기 위한 준비가 잘 되어가고 있어서 곧 오두막 안에서 자게 될 것이라고 말해주었다. 위에 피워둔 모닥불에는 잔뜩 흥분한 분위기가 감돌았다. 올리버가 토끼를 잡아오지 않고, 중간크기의 거북이를 가지고 왔기 때문이다. 리나는 강력하게 비난을 했다. 마치 설탕 통에 소금을 뿌리기라도 한 듯 욕을 했다.

"나는 이제 요리 안 할래. 오전 내내 여기 서서 기다리고 있는데, 식사하기 5분 전에 가련한 거북이라니!" 리나가 고함을 질렀다.

슈테판이 리나를 진정시키고는 구명보트에 남아 있는 음식이 있는지 찾아보았다. "오늘은 특별히 맛있는 요리를 먹을 수 있겠어. 나는 닭고기 스튜를 좋아하거든." 슈테판이 리나를 위로하며 말했다.

올리버는 가장자리에 앉아서 두 손으로 머리를 잡고 있었다. 카트린이 시냇물에서 자신의 빨강머리를 감고 여러 켤레의 양말을 빨고 난 뒤 돌아오자 올리버는 그런 모습이었다. 카트린이 걱정스럽게 올리버에게 다가가 물었다.

"무슨 일이야, 올리버? 모든 아이들은 병에 걸려도 되지만, 너는 안 돼! 네가 없으면 모든 것이 엉망일 거야."

올리버가 그제야 머리를 들었다. 그는 다른 때와는 달리 미숙하게 보였다.

"많이 좋아졌어. 익숙해져야겠지."

"무엇에?" 카트린이 물었다.

"죽이는 것." 올리버가 말했다. "이 거북이도—리나는 오늘 저녁에 이걸로 수프를 만들 거야—, 그냥 산책을 하고 있었다고. 내가 죽이려고 하자, 거북이는 머리를 쏙 넣어버렸어. 아마 그렇게 하면 아무 일도 일어나지 않을 것이라고 생각했겠지. 그런데 그 뒤에," 올리버는 침을 꿀꺽 삼켰다. "그 뒤에 거북이는 미친 것처럼 피를 흘렸어. 죽을 때까지 정말 오래 걸리더라고." 올리버는 신음을 했다. "눈이 완전 금빛이었다고." 올리버는 코를 풀었다. 카트린은 진지한 표정으로 고개만 끄덕였다.

"여기에서 우리가 동물들을 죽이는 일은 정말 끔찍하다고 봐. 우리는 과일과 채소로만 살 수 있어!"

"말도 안 돼! 그건 진짜 헛소리야. 그러면 우리는 서서히 힘을 잃고 병들고 굶어죽을 거라고. 우리는 고기가 필요해. 그건 분명한 사실이야." 올리버는 마치 피를 뚝뚝 흘리던 거북이의 모습을 지우고 싶은 듯 손으로 눈을 가렸다. 그리고는 자리에서 벌떡 일어나서 힘차게 말했다. "약해지면 안 돼. 하지만 우리 보이스카우트가 지켜야 하는 규칙이 있는데, 그것 때문에 더 힘들어. '동물에게 잘 하기'라는 규칙이야. 만일 네가 거북이를 죽여야 한다면, 잘 해 줘!"

아이들이 닭고기 수프를 먹기 위해 모였을 때, 마지막으로 쿠르트 콘라드가 나타났다. 이 소년은 사냥감 없이 빈손이었다. 숨을 헉헉거렸고 땀도 잔뜩 흘린 듯했으며, 보아하니 힘들게 일을 한 것 같은데 아무런 말도 하지 않았다. "곧 알게 될 거야!" 쿠르트 콘라드는 모든 의문을 이렇게 물리쳤다.

다이아나가 가져온 머리만 한 열매는 아이들에게서 반응이 괜찮았고 '푸딩과일'이라는 이름을 얻었다.

올리버가 대단한 발견을 했다고 칭찬하기 위해 다이아나에게 몸을 돌렸을 때, 온몸에 상처가 나 있는 모습을 보게 되었다.

"오늘 오후에는 쉬고 내일 아침에 다시 따오는 거는 어때?" 올리버가 제안했다.

하지만 다이아나는 그렇게 하기를 원치 않았다. 리나도 대화에 끼어들더니, 가능하면 빨리 야자열매가 필요하다고 닦달했다. 거북이로 수프를 만들 때 지방을 걸러내는 데 효과가 좋다고 말이다.

나무의 속껍질도 인기가 있었다. 클라우디아가 손을 놓자 껍질들이 쏟아졌다. 쿠르트 콘라드는 즉시 몇 개를 주었지만 이번에도 비밀스럽게 어디에 사용할지 말하지는 않았다. 올리버도 몇 장 얻어서 토끼를 잡을 때 덫으로 사용하려고 했다. 다이아나와 토마스도 열매를 묶기 위해 필요하다며 몇 개를 가져갔다. 부엌일 외에 옷을 보관하는 책임을 맡고 있던 리나도 나머지 속껍질들을 셔츠와 바지를 묶으려고 가져갔다. 그러자 젭이 큰소리로 알리기를, 앞으로 클라우디아가 가져오는 속껍질 끈은 집을 건축하는 데만 사용할 수 있어야 한다고 했다.

그러자 모두들 자기 일을 하러 갔다. 출발하기 전에 토마스가 다이아나에게 귓속말을 했다. "좋은 생각이 떠올랐어. 가면서 얘기 해줄게." 토마스는 리나에게 다가가더니, 모자와 그 밖에 머리를 덮는 옷들이 있으면 모두 내어달라고 부탁했다.

"왜 필요한데?" 리나가 물었다.

"야자열매를 따려고."

"믿을 수 없어!"

"맞아. 다이아나는 모자에다가 속껍질로 끈을 만들어 그 안에 야자열매를 넣어 나무 밑에 있는 나에게 내려 보낼 거라고."

리나는 여전히 토마스를 믿지 못했지만, 설명하는 것을 들어보니 그럴듯해서 모자를 내어주었다.

다이아나와 원숭이2

다이아나와 토마스가 마침내 길을 떠났을 때, 집 짓는 임무를 맡은 세 소년과 함께 조금 걸어갔다. 슈테판은 동생 뒤에 걸어가다가 갑자기 동생의 머리에서 혹을 발견했다.

"어디에서 이런 거야?" 슈테판이 엄격한 목소리로 물었다.

토마스는 아무것도 모르는 척했다. "뭐가?" 형이 무엇을 물었는지 잘 알았지만 시치미를 떼었다.

"뒤에 혹이 났잖아."

"부딪혔어."

"토마스, 너 거짓말하는 거지!"

토마스는 얼굴이 발개지더니 형을 향해 뒤를 돌아보았다.

"그래, 그렇지만 나한테 묻지 마. 형한테 얘기해서는 안 되거든."

슈테판은 탐색하며 동생을 봤다. 보통 때는 토마스의 비밀에 관심을 가져도 그다지 이득이 되지 않았다. 알고 보면 비밀이란 게 대부분 멍청한 짓이었다. 하지만 혹과 관련된 비밀은 몸에 상처를 입었다는 뜻이고 분명 경솔한 다이아나와 연관이 있는데, 그래서 더 위험해 보였다.

"토마스", 슈테판은 보통 때보다 더 점잖게 동생의 이름을 불렀다. 물론 야자열매를 따는 이 두 아이가 입은 갖가지 부상들에 대해서 기꺼이 알고 싶었다. "네가 비밀이라고 하는 그 혹은 나에게 중요하지는 않아. 하지만 절대 멍청한 짓을 하지 않을 거라고 나에게 약속해!"

"멍청하다니, 무슨 말이야?" 토마스가 조심스럽게 물었다.

"너 자신과 다른 사람에게 해를 입히는 거지." 슈테판이 꾸물거리지 않고 대답했다. 왜냐하면 이 말은 어머니로부터 자주 들었기 때문이다. 토마스는 약속을 했다.

두 그룹은 헤어졌다. 슈테판은 젭과 파울과 함께 나무를 가지러 길을 꺾어서 갔고, 다이아나와 토마스는 숲속으로 더 깊이 들어갔다.

"이제 네 얘기를 들어보자." 다이아나는 다른 아이들이 가고 나자 재촉했다. 토마스는 헛기침을 했다.

"그러니까 말이야, 인도에서인지 어디에서인지는 모르겠지만, 가난한 남자가 살고 있었대. 이 남자는 물건을 사가지고 숲을 지나 다른 곳에 가서 이 물건을 팔아서 돈을 벌었어. 한번은 모자를 샀지. 작고 빨간 모자들이었어. 모자를 가지고 길을 가는데 해가 너무 쨍쨍 빛나서 그는 이렇게 생각했어. 이렇게 계속 가다가는, 일사병에 걸리고 말거야. 이 남자에게는 모자가 있었기 때문에, 빨간 모자 가운데 하나를 머리에 썼어. 얼마 후 이 남자는 몹시 피곤했지. 모자는 옆에 벗어두고 나무 밑에 앉아서 그만 잠이 들어버렸거든. 그런데 잠에서 깨어보니 모자가 하나도 보이지 않는 거야. 남자는 생각했어. 아니, 누가 모자를 슬쩍한 거지? 그런데 주변을 둘러보니, 나무 위에 앉아 있던 모든 원숭이들이 빨간 모자를 쓰고 있는 거야. 빨간 모자를 쓰고 있는 원숭이들은 정말 우습게 보였어. 물론 이 남자는 나쁜 사람이었고 자신의 모자들을 다시 찾을 방법을 생각해냈지. 그래서 남자는 생각했어. 만일 원숭이들이 따라하면, 이 문제는 아주 간단하게 풀 수 있겠어……. 이 남자는 자신의 모자를 벗어서 땅에 던져버렸어. 그랬더니 원숭이들도 이 모습을 보고 모자를 벗어서 던졌어. 모자들이 나무 꼭대기에서 땅으로 떨어졌지. 남자는 '바보들' 하면서 모자를 주워 즐겁게 길을 가버렸다는 거야……끝." 토마스가 말을 마치고 숨을 깊게 들이쉬었다.

"좋아. 그런데 그게 뭐?" 다이아나가 싸늘하게 말했다. "네가 그랬잖아. 나더러 대장 원숭이를 맡아달라고 했잖아. 대장 원숭이와 부하 원숭이들이 이 모자를 가지고 노는 동안에, 너는 야자열매를 따면 되지." 토마스는 자랑스럽게 가져온 모자를 가리켰다. 아메리카 대륙을 발견한 뒤에 콜럼버스조차도 지금의 토마스만큼 자랑스러워하지는 않았을 것이다. 토마스는 감탄해마지 않는 다이아나에게 자신의 지혜로움을 증명해 보일 수 있어서 세상의 그 누구보다 뿌듯했다.

“흠, 좋은걸. 제대로 먹혀야 할 텐데. 나는 원래 스토리를 좋아하지 않아. 스토리는 항상 현실과는 반대로 일어나거든.” 다이아나가 말했다.

“보면 되잖아, 어떻게 되는지.” 토마스는 확신에 차서 말했다. 야자열매나무에 도착하자 토마스는 즉각 갈색 챙 없는 모자를 쓰고는, 팔에 모자를 한 꾸러미 끼고서 이끼 위를 위엄 있게 돌아다녔다. 마치 어린아이들이 산책놀이를 하는 것 같았다.

“원숭이들은 있어?” 토마스는 다이아나에게 나지막하게 물었다. 왜냐하면 원숭이들이 혹시나 자기가 속이고자 한다는 걸 눈치채지 않을까 겁이 나서 감히 위를 쳐다보지 못했다. 팔짱을 끼고 나무에 기대어 서 있던 다이아나는 위를 쳐다보았다.

“응. 아주 많네. 나무에 꽉 차 있어.” 소녀가 대답했다.

토마스는 만족스럽다는 듯 으스대다가 마침내 이끼 위에 앉았다. 그런 다음 하품을 하면서 사지를 쭉 펴고는, 마치 잠이 오는 것 같은 시늉을 했다.

토마스는 심지어 코까지 골았다.

위에서는 아무런 움직임도 없었다. 토마스는 더 큰소리로 코를 골았다. 옆에 두었던 모자 꾸러미를 한 대 쳐서 모자들이 이끼 위로 굴러가게 했다. 그런데 아무 일도 일어나지 않았다. 원숭이들은 토마스의 계획을 전혀 이해하지 못한 것 같았다. 다이아나는 무시하는 표정으로 토마스의 노력을 지켜보았다. 토마스는 눈을 절반쯤 뜨고 봤는데, 다이아나는 동정심조차 가지지 않은 듯했다. 토마스가 벌이는 수치스러운 일을 친절하게 농담으로 받아들이려고도 하지 않았다. 다이아나는 입을 다물고 서서, 관심 없는 표정으로 일이 어떻게 진행되는지를 기다렸다. 하지만 아무 일도 벌어지지 않았다. 모든 것은 쥐 죽은 듯 조용했고, 토마스만이 절망에 가까운 용기를 가지고 코를 골았다. 마침내 토마스의 인내심이 바닥이 났고, 그는 자리에서 벌떡 일어나더니 모자를 다른 모자에 던지며 소리쳤다. "나도 어쩔 수 없어. 뭐가 문제인지 나도 안다고. 모자가 빨간색이어야 해. 그 이야기에서는 완전히 빨간색 모자였어. 딸기 사탕처럼……."

다이아나는 전혀 동요하지 않고 말했다. "내가 벌써 말했지. 이야기들은 사기라고. 예를 들어 빨간 모자. 나 같은 사람이 사자 아가리에 머리를 넣었다면, 그게 얼마나 말도 안 되는 짓인지 알지. 늑대가 아이를 잡아먹고 또 할머니를 잡아먹고, 이 둘을 배에서 다시 토해낸다는 게 말이나 되냐고!"

토마스는 고개를 끄덕였다. 또다시 새로운 아이디어가 떠올랐던 것이다. "다이아나, 또 좋은 생각이 떠올랐어. 너는 조금씩 나무에 올라가는 거야. 그러면 위에 있는 원숭이들은 화가 나서 열매를 밑으로 던질 거고, 우리에게는 전혀 위험하지가 않잖아!"

토마스는 활짝 핀 얼굴로 다이아나를 바라보았다. 정말 멋진 아이디어가 분명했다. 물론 이럴 경우에 맛있는 야자유는 포기해야 하는데, 야자유는 금방 쪼갠 열매에서 나오기 때문이다. 하지만 토마스는 야자유를 특별히 중요하게 생각하지 않았다.

다이아나는 토마스를 한심하게 쳐다보았다. "토마스, 너는 자부심이라는 게 없어? 내가 정말 이 동물들이랑 끝장을 내지 못할 거라고 생각해? 공중에서 두 번 회전을 할 줄 아는 내가? 집에 호랑이와 표범과 함께 사는 내가?"

다이아나는 몸을 바짝 세우고, 성깔 있게 위를 향해 소리 질렀다. "나는 다이아나야! 듣고 있냐? 다이아나라고!……. 너희들은 나를 꺾을 수 없어!"

소녀는 토마스를 지나쳐 종려나무에서 잠시 휴식을 취하더니, 절반쯤 나무를 올라갔고, 다람쥐처럼 다시 밑으로 내려왔다가, 조금 휴식을 취한 다음 다른 나무 위로 올라갔고, 또 미끄러져 내려오더니, 다른 나무로…….

토마스는 이렇게 하는 이유를 이해했다. 다이아나는 원숭이들을 이리저리 몰고 있는 것이었다. 다이아나는, 원숭이들이 자신을 따라서 이 나무꼭대기에서 저 나무꼭대기로 옮겨가기를 원했다. 만일 원숭이 떼가 다이아나가 있는 나무의 꼭대기에 도착하면, 다이아나는 원숭이 떼들이 떠나버린 나무로 다시 옮겼다. 그렇게 하여 동물들이 마지막에 숨이 차서 헉헉거리면, 그때 나무에 올라가서 열매를 딸 계획이었다. 이것은 정말 영리하고 용감한 계획이었다. 하지만 이 계획은 틀린 것이었다. 어떤 사람도, 심지어 서커스에서 활동한 아이라 할지라도, 원숭이보다 더 빠를 수는 없기 때문이다. 원숭이는 번개처럼 허공을 날아갈 수 있고, 다리는 이전 나무에 붙이고 있더라도 팔은 다른 나무를 잡을 수 있다. 다이아나는 미친 듯이 여기저기로 옮겨 다녔다. 그 위에서 원숭이들도 함께 휙휙 자리를 옮겼다. 다이아나가 잠시 휴식을 취하고, 나무에 올라가고, 미끄러져 내려오고, 다시 사냥을 했지만, 나무에 올라가기 시작하면, 그 위에는 항상 원숭이들이 이미 기다리고 있었다. 다이아나가 위로 올라오면 열매를 머리에 던지기 위해서 말이다.

몇 분 후 다이아나는 포기했다. 숨을 헐떡거리면서 온몸이 땀으로 흠뻑 젖은 소녀는 토마스에게 돌아와서 잠시 숨을 돌렸다. 토마스는 이제 다이아나가 포기하기를 원했지만, 거친 눈과 꾹 다문 입술을 보면 그렇게 하지 않을 것 같았다. 다이아나는 깊게 호흡을 했고 조용히 다음 나무 위로 올라가기 시작했다. 미쳐 날뛰는 원숭이들과 그들이 던지는 열매에도 불구하고, 계속 올라갔다. 토마스는 나무 밑에 서서 발을 동동 굴렀다. 답답해서 거의 울 뻔했다. 어쩔 줄 몰라 나무둥치를 마구 흔들었는데, 이렇게라도 하면 미친 다이아나가 밑으로 떨어질 것 같았기 때문이다. 토마스는 둘 다 곧 죽을 것이라는 확신이 들었다.

원숭이들은 소녀에게 세 번이나 돌아가라고 강요했다. 그런데 다이아나는 부들부들 떨며, 숨도 헐떡거리면서 고집불통의 심정으로 위를 쳐다보며 네 번째로 올라갔다. 마치 기계처럼 천천히 그리고 꾸준하게 올라갔다. 네 번째는 성공한 것처럼 보였다. 토마스는 원숭이들이 갑자기 나무를 떠나 급히 다른 나무로 이동하는 모습을 목격하고 환호했다.

됐어! 토마스는 고집불통인 여자 친구가 자랑스러웠다. 하지만 다이아나는 그렇게 승리감에 취해 있지 않았다. 숨을 멈추고서는 주변의 소리에 귀를 기울였다. 아무것도 움직이지 않았다. 마치 야생 고양이처럼 다이아나는 나무 위로 계속 올라갔다. 나무 위에는 야자열매가 딱 한 개 남아 있었는데, 원숭이들이 따지 않고 내버려 둔 열매였다. 다이아나는 바로 이 열매를 따려고 했다! 만일 다이아나가 이 열매를 가질 수 있다면, 그 밖에 모든 것을 포기하고 아이들에게 돌아가려고 했다. 소녀는 살며시 손을 뻗었다. 그때 나뭇가지가 뚝 부러지더니, 소녀 위에 거대한 대장 원숭이의 모습이 드러났다. 다이아나는 대장 원숭이의 눈을 보았다.

"뭘 원하는데? 이 열매를 가져가게 내버려두면 안 돼?" 다이아나가 물었다.

원숭이는 거칠게 씩씩거렸다.

"나를 잡아먹을 거야? 너는 아직 모르나본데, 원숭이는 사람을 잡아먹지 않거든!"

씩씩거리는 소리가 더 거칠어졌다. 갑자기 거대한 원숭이는 털이 부숭한 앞발을 소녀에게 뻗었다. 하지만 다이아나는 야자열매를 원했다. 팔다리가 부러지더라도, 앞으로 다시는 말을 타지 못하더라도, 심지어 목숨을 잃게 될지라도 다이아나는 야자열매를 원했다!

원숭이의 주둥이에서 둔중한 소리가 튀어나왔다. 이 소리에 숲 전체가 흔들리는 듯했고, 이어서 원숭이는 다이아나의 머리카락을 잡아채서 위로 당겼다. 다이아나는 미친 듯이 원숭이의 주먹을 피했고, 홱 밀쳐서 대장 원숭이로부터 피했지만 끔찍한 고통은 느끼지 않았다. 거대한 대장 원숭이 앞발에 한 묶음의 금발이 달려 있었다. 원숭이는 멍청하게 한 다발의 머리카락을 쳐다보더니 냄새를 맡아보고는 화를 내며 허공에 던져버렸다. 다이아나는 이 순간을 이용해서 재빨리 밑으로 내려가려고 시도했으나, 대장 원숭이가 자신을 따라왔다. 괴성을 질렀는데 이번에는 아까보다 더 둔탁하고 분노에 찬 소리였다. 낯선 인간이 도주를 하려는 움직임이 원숭이를 더욱 자극한 게 분명했다. 다이아나는 나무를 타고 내려가는 것은 아무 의미가 없다는 것을 알아차렸다. 그냥 나무에서 떨어져야만 했다. 그렇게 하는 수밖에 없었다. 다이아나는 곡예를 배울 때 트레이너가 가르쳐주었던 기본 원칙을 번개처럼 떠올렸다. 만일 네가 떨어지면, 몸에 긴장을 풀어야 하고 뻣뻣해서는 안 돼. "긴장을 풀고, 긴장을 풀고."라고 다이아나는 생각하며 손을 놓았다. 그러자 당황한 표정으로 나무의 절반쯤까지 올라가 매달려 있던 토마스를 지나서 밑으로 떨어졌다. 토마스는 대장 원숭이가 처음에 괴성을 질렀을 때 위를 쳐다보고서는, 다이아나가 걱정되기도 했고 또 소녀를 도와줘야 한다는 생각에 나무 위로 올라갔던 것이다. 그러다가 토마스도 그만 밑으로 미끄러져서, 다이아나가 이끼에서 벌떡 일어나는 순간에 "아야"라고 소리를 지르며 이끼에 떨어졌다. 다이아나는 왼손에 야자열매를 들고 있었고 절룩거리며 그 자리에서 한두 바퀴를 뱅뱅 돌아보았다. "조금 삐었을 뿐이야!"

"손은?" 토마스가 물었다. 소년은 조심스럽게 축 늘어져 있는 소녀의 손을 잡아서 위로 들어 올리려 했다. 그러자 다이아나는 아프다고 소리를 질렀다. "내버려둬. 곧 나을 거야……." 다이아나는 조용하게 말했다. 그런 뒤에 야자열매를 주워 모으라고 토마스에게 명령을 했고, 절뚝거리며 천천히 토마스와 함께 아이들이 머무는 숙소로 향했다. 다이아나는 지독하게 아팠기에 토마스의 어깨를 짚고서 걸어갔다.

"내가 형에게 부탁해서 네 발을 마사지해주라고 할게. 네 손도 정상으로 만들어줄 거야. 그런 거 잘 하거든!"

"아무한테도 부탁하면 안 돼. 슈테판이든 다른 애들한테든 너는 오늘 일어났던 일에 대해서 한 마디도 하면 안 되는 거야. 반드시 그렇게 하겠다고 명예를 걸고 약속해줘!" 다이아나가 위협하듯 말했다.

하지만 토마스는 조심을 했다. 늘 그렇듯 명예를 걸고 약속할 수는 없는 노릇이었다. 토마스는 형에게 멍청한 짓을 하지 않겠다고 약속을 했고, 다이아나가 자신에게 요구하는 것은 멍청한 짓보다 더 심각했다. 토마스는 약삭빠른 상인처럼 교활하게 미소를 짓더니 거래를 제안했다. "오늘부터 네가 더 이상 나무에 올라가지 않는다고 나에게 약속을 하면, 나도 명예를 걸고 약속할게!"

"절대 안 돼! 그런 건 절대 약속하지 않을 거야!" 다이아나가 화가 나서 소리를 질렀다. "그렇다면 안타까운 일이네." 토마스가 어깨를 들썩하며 겸연쩍다는 표시를 했다.

소녀는 토마스의 어깨에 얹어두었던 손을 빼려고 했는데, 그러다가 하마터면 넘어질 뻔했다. 다이아나는 기분도 언짢고 모욕도 당한 상태로 절룩거리며 토마스의 곁에서 걸어갔다.

아이들이 머무는 고지에 도착하자 뭔가 특별한 일이 일어났던 것 같았다. 모든 아이들이 두 소년을 빙 둘러싼 채, 여기저기에서 감탄이 터져 나왔다. 다이아나는 이런 기회를 이용해서 아이들이 자신의 마비된 다리를 눈치 채지 못하도록 서둘러 이끼를 미끄러지듯 지나갔다. 손의 통증은 참을 수 없었다. 뼈마디는 시퍼렇고 빨간 멍이 들어서 퉁퉁 부어올랐고 열이 났다. 하지만 아무도 다이아나를 보살피지 않았다. 모든 아이들이 쿠르트 콘라드와 야생 염소—아니면 양이었나?—에 관심을 집중하고 있었다. 이 염소는 몇 분 전 쿠르트 콘라드가 데리고 왔다. 염소의 젖통이 부풀어서 땅에 축 처져 있었다. 염소는 거친 갈색 털에, 꿀처럼 노란 눈에 두 개의 길고 아름답게 휘어진 뿔이 달려 있었다. 염소는 이 두 개의 뿔을 계속 앞다리 사이에 끼워 넣었는데, 강제로 데려온 사람과 싸우려는 자세였다. 염소는 콧구멍으로 숨을 쉬면서, 뒤로 물러나며 발굽으로 뒤쪽을 쳤다. 갑자기 염소가 애절하게 울자, 마음이 약한 카트린은 즉시 가슴이 아팠다. 소녀는 흥분해서 올리버에게 말했다.

"쿠르트 콘라드는 이 염소를 잡을 정도로 매우 유능해. 하지만 이제 염소를 풀어주자. 새끼들한테 가도록 말이야!"

"새끼가 있는지 너는 어떻게 알아?" 파울이 놀라서 물었다.

"젖통에 젖이 가득 차 있잖아. 야생 염소는 새끼들한테 젖을 줄 때만 우유가 나와. 어미를 데려올 것 같으면 왜 새끼도 같이 데려오지 않았어?"

"새끼랑 무슨 상관이야? 우리는 우유가 필요할 뿐. 다른 것은 상관없다고!" 쿠르트 콘라드가 말했다.

"상관이 없어?" 카트린은 제정신이 아닌 사람처럼 고함을 질렀다. "염소 새끼들이랑 있는 어미를 이렇게 데려오면, 새끼들은 굶어죽어. 올리버, 너는 이런 걸 허락하면 안 돼……!" 카트린은 눈물을 글썽이며 올리버의 팔을 잡고 부탁했다. 염소를 놓아주어서 새끼들한테 돌아갈 수 있게 해달라고. 올리버는 카트린을 진정시켰다. 쿠르트 콘라드는 말하기를, 야생 염소들이 떼를 지어 있었고, 그래서 그 가운데 한 마리를 잡아왔다는 것이다. 그러니 염소 어미가 사라지더라도 다른 어미가 새끼들을 돌볼 것이라고 말했다. 게다가 내일 아침 일찍 자신은 쿠르트 콘라드와 함께 더 많은 동물들을 잡으러 나갈 것이며, 그때 새끼를 데려올 수도 있다고 했다.

"지금 우유를 짜야 해." 염소를 전문가처럼 관찰하다가, 가득 찬 젖을 짜야 한다는 확신을 가지고 슈테판이 말했다. "젖이 너무 가득 차 있어서 염소가 힘들어하고 있어. 누구 할 줄 아는 사람?"

카트린이 할 수 있었다. 이 소녀는 시골에 친척이 살고 있었고 방학 때마다 그곳에서 보내고는 했다. 리나가 냄비를 가져왔고, 카트린은 염소 뒤에 웅크리고 앉았다. "고마워!" 카트린은 젖통을 다 비우자 그렇게 말했다. 소녀는 염소를 껴안았고 자신의 얼굴을 한동안 염소의 옆구리에 눌렀다. 그러고 나자 올리버는 염소를 나무에 묶어두었다. 아이들은 내일 염소가 방목할 수 있는 적당한 자리를 찾아서 말뚝을 박아두고 거기에 둘 작정이었다. 젭이 말하기를, 만일 시간을 내어 방목하는 자리에 울타리를 하나 세우면 동물들이 자유롭게 돌아다닐 수 있다고 했다.

저녁으로 먹은 거북이 수프는 너무나 맛있었는데, 아이들은 앉아서 그날 있었던 일에 대해서 애기를 했다. 갑자기 카트린이 물었다. "나는 지금 모르겠어……. 우리가 이곳에 있은 지 이틀째야 아니면 사흘째?"

아이들은 카트린의 말을 듣고 큰소리로 웃었다. 하지만 올리버는 달랐다. "그런 말 잘 해줬어. 나는 우리를 위해 달력을 하나 가져왔거든!" 올리버는 가방에서 기다란 흰색 나무껍질을 꺼내더니 칼로 자신들이 우르비엔에서 출발했던 날짜를 새겨두었다. 3월 20일이었다. 그런 다음 줄 네 개를 그었다. 그들이 배를 타고 여행했던 날들이었다. 그리고 두껍게 줄을 하나 가로로 그었는데, 이것은 '불의 나라' 호가 가라앉고 아이들이 모험을 시작한 날이었다. 마지막으로 올리버는 두 개의 기다란 선을 팠다. 바로 아이들이 이 섬에서 보냈던 이틀이었다. "그러니까 오늘은 3월 26일이야." 올리버가 말했다. 흰색 나무껍질은 뭔가 새기기 쉬운 것 같았다. 옆에 앉아 있던 리나는 나무껍질에 선을 그을 때마다 홈에서 흰색 먼지가 떨어지는 모습을 지켜보았다. 밀가루 같네, 라고 리나는 생각했고 맛도 보았다. 흰색 먼지는 소금 맛이 났다. 침을 뱉고 리나는 올리버에게서 달력과 칼을 빼앗더니, 긁어서 맛을 보고 침을 뱉었다. 그리고는 소리를 질렀다. "얘들아, 소금이야!"

나이가 많은 아이들은 소금의 발견에 기뻐했지만, 어린아이들은 특별한 인상을 받지 않았다.

"소금이 필요할 것 같지는 않아." 토마스가 말했다. 리나는 이 말에 약간 모욕감을 느꼈지만, 토마스 자신이 소금을 발견하지 못해서 샘이 났다고 주장했다. 하지만 카트린이 물었다. "너희들은 소금과 세 명의 공주에 관한 동화도 몰라?"

토마스는 모른다고 대답했다. 무관심하게 나무 뒤에 기대어 서 있는 다이아나를 흘깃 보고는, 토마스는 이렇게 말했다. "동화는 대부분 사기야. 예를 들어 빨간 모자……."

"옛날 옛날에 나이가 많은 왕이 있었어." 카트린은 이야기를 시작했다. "이 왕에게 세 명의 공주가 있었는데, 자신을 가장 사랑해주는 공주에게 왕국을 넘겨주려고 했지. 제일 큰딸은 아주 허영심이 강해 꾸미는 것을 좋아하다보니 이렇게 말했어. '아버지, 저는 이 세상에 있는 모든 은과 금과 장신구보다 아버지를 더 사랑해요.' 아버지는 이 말을 듣고 기뻐했고 둘째 공주에게 물었지. 이 공주는 말 타기를 좋아했고 그래서 말들이 가득 찬 마구간을 가지고 있었지. 이 공주는 말했어. '아버지, 저는 저의 가장 훌륭한 말보다 아버지를 더 사랑해요!' 이번에도 왕은 감동을 받았어. 셋째 공주는 가장 어렸고 가장 친절했어. 그래서 늙은 왕은 마음속으로 셋째 공주를 제일 좋아하고 있었지. '얘야, 너는 나를 얼마나 사랑하는지 말해보렴.' 그러자 막내 공주는 나지막했지만 모두가 들을 수 있도록 말했어. '아버지, 저는 소금보다 아버지를 더 사랑해요!' 그러자 왕은 끔찍하게 화를 냈고, 궁정의 숙녀들은 이와 같은 대답을 듣고 기절을 했지. '뭐라고?' 왕이 소리를 질렀어. '소금보다 더 사랑해? 그렇게 천하고 평범한 것과 비교를 해? 내 눈 앞에서 썩 없어져라, 고마워할 줄도 모르는 아이 같으니라고!' 그래서 세 번째 공주는 아름다운 옷을 벗고 그 대신에 오래된 자루를 받았어. 왕은 이 공주를 숲으로 내쫓아버렸지. 이곳에서 공주는 혼자 굴에서 살았는데 뿌리와 열매만 먹고 살았어."

"꼭 우리 같네." 토마스가 끼어들었다.

"조용히 해." 올리버가 이렇게 말하자 카트린이 이야기를 계속

했다.

"하지만 성에서는 모두들 슬퍼하고 있었어. 왜냐하면 셋째 공주를 모두들 좋아했거든. 왕이 했던 말을 요리사가 듣고는 이렇게 말했어. '내가 한 번 보여줄 거야.' 그리고는 모든 요리에 소금을 넣지 않았어. 왕은 음식에 손을 대지도 않았고, 신하들은 음식이 너무 맛이 없다고 했으며, 두 명의 공주는 요리사를 쫓아내야 한다고 말했지. 사흘째가 되자 음식을 먹지 않아서 몸이 약해진 왕은 요리사를 불렀어. '전하, 보시옵소서, 소금은 결코 천한 것이 아니옵고, 이 세상에서 가장 소중한 물건 중 하나이옵니다. 사람들은 금과 은 없이도 살 수 있고, 말이 없어도 살 수 있으나, 소금이 없으면 살 수 없사옵니다.'"

"이제 알겠어. 어린 딸을 숲에서 데려왔다는 거지, 안 그래?!" 볼프강이 말했다.

"맞아, 그리고 왕은 어린 딸에게 미안하다고 사과를 했고, 이제 공주가 자신을 얼마나 사랑하는지 알게 되었다고 말했어. 왕은 공주에게서 자루를 벗게 하고 아름다운 옷을 입혔지. 그런 뒤에 모두들 오랫동안 행복하게 살았다고 해." 카트린이 이야기를 끝맺었다.

카트린이 이야기를 끝냈을 때, 아이들 대부분은 이미 잠이 들어 있었다.

클라우디아는 꿈을 꾸듯 물었다. "가장 어린 공주는 멋진 왕자를 남편으로 맞이하는 거야?"

하지만 어떤 대답도 들려오지 않았는데, 카트린도 역시 잠이 들었기 때문이다.

슈테판 박사님

토마스가 한밤중에 어깨를 흔들어 깨우는 바람에 슈테판은 자다가 갑자기 깨어났다.

"뭐야……?" 슈테판은 일어나서 아직 반쯤 깬 얼굴로 동생을 바라보았다. 동생의 얼굴은 창백했고, 두 눈에는 두려움이 가득 차 있었다.

"형," 토마스는 침을 삼켰다. 겨우 참고 있었지만 형을 부르자 한꺼번에 무너져서 울음을 터뜨리며 형의 목에 매달렸다. 울음소리가 컸지만 아무도 깨어나지 않은 것은 정말 기적에 가까웠다.

"더 이상 견딜 수 없어!" 토마스는 중간중간 쉬면서 다이아나와 야자열매에 관한 이야기를 보고했다. 대장 원숭이와의 싸움과 나무에서 떨어진 사건, 말하지 말라고 다이아나가 금지한 일, 어쩌면 죽을지도 모를 때까지 원숭이와 전투를 계속 벌이고자 하는 다이아나의 계획에 관한 이야기였다. 토마스의 생각에 의하면, 다이아나는 이미 많이 지친 상태였다. 토마스는 잠도 자지 않고 다이아나의 곁에 누워 있었는데 신음하는 소리가 들려왔고, 그래서 살펴보니 다이아나의 몸에서는 열이 펄펄 나고, 헛소리까지 한다는 것이었다. 토마스는 잠이 든 아이들을 넘어서 형한테까지 와서는 웅크리고 앉아서 애걸했다. "제발, 형, 다이아나를 돌봐줘야 해. 난 너무 무섭다고!"

"곧 갈게!" 슈테판은 벌떡 일어났다. 갑자기 이런 말이 낯설게 여겨지지 않았다. 한창 잠을 자고 있을 때 깨어나서 하는 말이었지만. 무슨 기억이 났을까? 조심스럽게 이불 밑에서 기어 나오는 동안 별안간 떠올랐다. 집에서 이런 말을 자주 했었지! 침대 옆에 있던 아버지의 작은 책상 위에 전화기가 놓여 있었고, 밤에 전화벨이 울릴 때마다 슈테판은 자신의 방에서 전화소리를 들었다. "저는 모린 박사……." 그러면 한참 뒤에 아버지가 전화기에 대고 "아하, 언제부터요?"라고 물었다. 그리고 전화를 끊을 때는 항상 "곧 갈게요!"라고 말했다. 방금 동생 토마스에게 자신이 말했듯이. 그렇게 말하고 아버지는 서둘러 일어나서 옷을 입었고, 신발끈을 매고는 문을 열고 나가는 소리가 들렸다. 그러면 한동안 조용했다. 이때는 아버지가 어머니에게 입맞춤을 하고, 방해해서 미안하다고 몇 마디 하는 순간이었다. 하지만 의사라는 직업은 한밤중에 환자에게 달려가야 해서 어쩔 수 없다고 했다. 그리고 문이 열렸고, 아버지는 진료실에서 가방을 꺼냈으며, 현관문이 잠기고, 조용한 밤중에 서둘러 걸어가는 발자국 소리가 들렸다. 슈테판은 지금 토마스의 손을 잡고 다이아나에게 살금살금 다가가면서 이 모든 기억이 뚜렷하게 떠올랐다. 아주 약간은 한밤중에 환자를 보러 가던 아버지와 자신이 닮아 있었다.

별빛은 강하지 않았기에 다이아나의 얼굴이 분명하게 보이지는 않았다. 소녀는 자는 듯했다. 불안하게 머리를 이리저리 흔들었고, 신음소리도 냈고 또 속삭이는 말도 했다. 슈테판은 조용하게 자신의 손을 소녀의 이마에 얹었다. 열이 났다! 슈테판은 적어도 38.5도는 될 것으로 예상했다. 소녀를 치료하기 위해 지금 깨워야 할지 고민이 되었다. 치료를 하려면 그전에 진찰을 해야 하니까 말이다. 그런데 다이아나는 알아서 깼다. 슈테판은 여전히 손을 소녀의 이마에 올려놓고 있었고, 다이아나는 놀란 표정으로 쳐다보았다. 지금 무슨 일이 일어나고 있는지 모르는 게 분명했다. 하지만 눈을 옆으로 돌려 당황하고 있는 토마스를 봤을 때, 금세 알아차렸다. 토마스는 비겁하게 고자질이나 했다고 욕을 먹을 줄 알았지만, 다이아나는 욕은 하지 않고 오히려 평화롭게 미소를 지으며 말했다. "어, 슈테판 박사님?" 다이아나는 영웅심을 충분히 발휘했고 이제는 누군가 자신을 보살펴주기를 원했던 것이다.

"일어날 수 있어? 다른 아이들 사이에 있으니까, 네 상태가 어떤지 자세하게 살펴볼 수가 없어." 슈테판이 말했다.

다이아나는 일어나려고 애썼다. 하지만 너무나 아팠다. 아픈 인상을 잔뜩 짓자, 토마스는 소녀의 용감함에 감동하여 몸을 부르르 떨기까지 했다. 슈테판도 이 아이는 정신을 집중하면 할 수 있을 거야, 라고 생각했다. 다이아나는 일렬로 잠을 자는 아이들 사이에서 신음을 하며 겨우 빠져 나왔다. 몇 발자국 더 걷더니 무화과나무 밑에 주저앉았다.

"더 이상 못 가겠어." 다이아나는 목소리를 억누르며 말했다. 소녀는 숨도 제대로 쉴 수 없었으며, 손과 발에서 느껴지는 고통을 참기란 끔찍했다. 슈테판은 다이아나 옆에 꿇어앉아서 다리를 살펴보았다. 발목 관절이 부어서 부풀어 있었고 열이 많이 났는데, 다이아나는 발을 움직일 수 있었기에—물론 끔찍하게 신음을 했지만—, 발이 삐었지 뼈가 부러진 것은 아니라고 슈테판은 믿었다. 발을 높이 올려서 시큼한 점토로 찜질을 해야 할 것 같았다.

올리버가 보이스카우트용 약품을 가져다놓아서 다행이었다. 그리고 구명보트에서 가져온 응급처치용 상자도 있었다. 슈테판은 마치 위생병처럼 갖가지 장비를 갖추었고, 마치 다이아나가 육지에서 한참 떨어진 섬에서 대장 원숭이 때문에 종려나무에서 떨어진 게 아니라 길에서 사고를 당한 것처럼 소녀의 발을 보살펴줄 수 있었다. 그런데 손목의 상태는 훨씬 더 심각했다. 손목은 부러진 것 같았다. 다이아나는 아주 조금만 움직여도 아파서 낑낑 소리를 냈다.

"흠, 부목을 대야겠어. 그러면 석고가 필요한데." 슈테판이 토마스에게 알렸다.

슈테판은 갑자기 오늘 아침에 시냇가에서 이상하게 생긴 끈적끈적한 흙이 떠올랐다. 이 흙은 회색이었으며 진흙처럼 끈적였다.

자신의 손에 발라보았더니 금세 말라서 얼마 후에는 손가락을 전혀 움직일 수 없었다. 흙은 피부에 딱 고정되어 있었고, 발라놓은 흙을 흐르는 물에 오랫동안 씻어내자 천천히 손가락에서 떨어져 나갔다. 다이아나의 손목을 석고 없이 고정시킬 수 있을지 고민을 했을 때 바로 이 흙이 떠올랐다. "토마스, 어서 가서 제일 큰 야자열매 껍질을 가져와봐. 우리는 시내에 가서 진흙을 가져와 다이아나의 손에 붙여줘야 해." 슈테판은 야자열매를 가지러 가기 전에 한 번 더 다이아나를 보았다. "우리는 서두르고 있어. 내가 다시 돌아올 때까지 팔을 얌전하게 잡고 있어야 해. 깁스를 하면 더 이상 아프지 않을 거야!"

다이아나는 알았다는 듯 고개를 끄덕였다. "제발 그렇게 해줘, 의사 선생님, 빨리 돌아와. 약도 있으면 주시든가, 그래야……. 이번에는 정말 나도 두 손 들었어!"

그때 슈테판은 두 번째로 집을 생각하게 되었다. 또다시 집과 아버지가 생각났다. "아이들은 절대로 약에 손을 대면 안 된다." 아버지가 말했다. 2년 전에 일어났지만, 마치 어제 일어난 일처럼 생생하게 기억이 났다. 이 사건이 터지던 날 저녁에 부모님들이 영화구경을 갔는데, 갑자기 초인종 소리가 들렸다. 슈테판은 맨발로 뛰어나가 물었다. "누구세요? 부모님은 집에 안 계세요!"

이웃집 반토크 부인이었다. 치통이 너무 심해서 모린 박사님한테 진통제를 얻으러 왔다고 했다.

"그러면 기다리셔야 해요. 곧 영화가 끝날 테니까요!" 슈테판이 말했다.

하지만 반토크 부인은 포기하지 않았고, 슈테판은 이미 다 컸으니—이 말에 슈테판은 화가 났다. 왜냐하면 다른 때는 항상 자신이 어린애라서 이것도 못하고 저것도 못한다고 했기 때문이다—아버지의 약상자에서 진통제를 꺼내주면 될 것이라고 했다. 왜냐하면 반토크 부인은 당장 진통제를 먹지 않으면 치통 때문에 죽을 것 같다는 것이다. 그래서 슈테판은 자부심에 부푼 채 아버지 대신 진료실에 들어갔다. 거기에는 약을 보관해둔 장이 있었는데, 온갖 병과 약으로 채워진 유리병들이 서 있었다. 슈테판은 알약이 들어 있는 분홍색 상자를 선택했는데, 이 약이 진통제처럼 보였다. 왜냐하면 특별히 길고도 유식하게 보이는 이름이 붙어 있었기 때문이다. 다행스럽게도 그 순간 부모님이 집으로 돌아왔다. 아버지는 완전히 이성을 잃었다! 맨 먼저 아버지는 반토크 부인에게 어린아이에게 무책임한 일을 시켰다고 불같이 화를 냈고, 그 다음으로 슈테판을 꾸짖었다.

"너 같은 아이가 아주 큰 불행을 일으킬 수 있다는 사실을 모르고 있었던 거냐? 네가 반토크 부인에게 주려했던 약은," 아버지는 분홍색 약 상자를 가리켰다. "변비를 낫게 하려고 먹는 약이야. 반토크 부인이 이 약을 먹었다면 치통도 낫지 않았겠지만, 밤새도록 화장실에서 보내야 했을 거야."

슈테판은 그런 상상을 하자 참았지만 그만 웃음이 터지고 말았다. "너 지금 웃음이 나오냐! 다른 일이 생겼을 수도 있어! 예를 들어, 여기 있는 이 약은," 아버지는 작은 약병을 높이 들었다. "이건 수면제야. 만일 네가 이 약 두 알을 반토크 부인에게 줬더라면, 내일 점심때까지 깨어나지 못했을 거야. 그리고 만일 네가 반토크 부인에게 약병을 주고서 '필요한 만큼 드세요…….'라고 말했더라면, 우리는 아마 모레 반토크 부인의 장례식에 가야 했을 거다."

아직도 아버지가 했던 "장례식에 가야 한다"는 말을 떠올리면 섬뜩했다. 결국 어머니가 중간에 끼어들었다. "너무 과장하지는 마세요. 슈테판이 놀라서 창백하게 되었잖아요."

하지만 모린 박사는 아내의 핀잔에도 꺾이지 않았다. "아무리 창백해져도 충분하지 않아요." 아버지는 다시 한 번 화를 내고는 오랫동안 입을 다문 채 고개만 절레절레 흔들더니 마침내 이렇게 말했다. "다시는 이런 일을 하지 않겠다고 약속해라." 슈테판이 아버지에게 손을 내밀어 진지하게 약속을 하자 아버지가 말했다. "어떤 일이 있어도, 아이는 약에 손을 대면 안 된단다!"

이 일이 있은 지도 2년이 지났다. 그사이 슈테판은 열네 살이 되었고 지금은 또한 아주 특별한 상황이다. 그러니까 반토크 부인이 치통 때문에 초인종을 누른 게 아니라, 다이아나가 세상과는 동떨어진 섬에서 팔을 부러뜨려서 신음하고 누워 있다. 그리고 마지막 순간에 위험한 짓을 그만두게 할 수 있는 아버지도 없었다. 분명한 것은, 다이아나를 독살하는 것보다 아파서 몸을 비틀게 하는 게 더 낫다.

그사이 토마스는 응급조치용 상자와 손전등도 가져왔다. 형에게 다이아나의 발을 동여맬 붕대를 건네주었다.

"다이아나에게 어떤 약을 줄건대?" 토마스가 형에게 물었다. "안-티-돌-로-랄!" 토마스는 손전등을 비추며 철자 하나 하나를 힘들게 읽었다. "고통을 진정시키는 약물. 고통이 심각할 경우에 세 알까지." 토마스는 형을 빤히 쳐다보았다. "우리는 네 알을 줘야 할 것 같아. 지금 엄청나게 아파하잖아!"

슈테판은 상자에 불을 비추어 조사를 했다. 상자 안쪽에 사용법을 적어둔 쪽지가 붙어 있었다. 모든 약들, 반창고와 연고를 사용하는 방법이었다. '안티돌로랄'이 제일 적합했다. 슈테판은 다이아나에게 두 알을 삼키게 하고서는, 토마스와 함께 진흙을 가지러 갔다.

형제는 손전등을 가지고 갔지만, 그사이 휘영청 떠오른 달은 냇가로 가는 길을 환하게 비추어주었다. 슈테판과 토마스는 아무 말 없이 서둘러서 밤길을 걸었다. 토마스는 심장이 뛰는 소리가 들렸다. 너무 무서웠다. 그런데 토마스는, 형이 자신을 진정시켜주고, 형 자신은 형이기 때문에 어두워도 두렵지 않다는 걸 느끼게 해주었으면 정말 좋겠다고 생각했다.

"형!" 토마스는 깜깜한 어두움 속에서 퍼지는 자신의 목소리에 깜짝 놀라버렸다. "형, 밤이 되니 섬이 별로야, 그치? 그렇게 생각하지 않아?" 슈테판은 아무 대답도 하지 않았다. "나무에다가 신호등을 달아놔야 할 것 같아. 빨간불과 파란불. 안 그래?"

하지만 슈테판은 다이아나의 손목을 생각하는 데 집중했다. 기다란 나무로 손가락에서부터 팔꿈치까지 부목으로 대야 할 것이라고 생각했다. "뭐라고? 아, 그래. 밤이 되면 숲이 좀 으스스하지." 이런 말은 토마스에게 하나도 도움이 되지 않았다. 오히려 자기보다 나이가 많은 형조차도 두려워한다는 인상을 강렬하게 받았을 뿐이다.

대장 원숭이가 밤중에 여기에서 산책을 다닐 수도 있다는 생각이 들어서 토마스는 덜덜 떨었다. 그런 거대한 원숭이가 무슨 짓을 할지는 누구도 모르는 일이었다. 토마스는 머리를 약간 빼서 걱정스럽게 위를 힐긋 쳐다보았다. 어쩌면 어디엔가 두 개의 눈이 희미하게 빛을 내고, 털이 부숭한 앞발이 웅크리고 있을지 몰라…….

하지만 아무것도 빛나지는 않았다. 반대로 전혀 다른 것이, 완전히 예상조차 하지 못한 일이 일어났다. 토마스만 놀라서 숨을 멈춘 게 아니었고, 슈테판도 너무 놀라서 그 자리에 멈추고 말았다. 아이 하나가 서러워하며 신음을 하고 있었다! 이 소리는 점점 커지더니, 고함소리로 변했고 천천히 갓난아이의 우는 소리로 들려왔다. 그러다가 갑자기 아무런 소리가 들리지 않고 그야말로 조용했다. 슈테판은 동생을 안았다.

"한 번만 더 소리를 지르면, 거기에 가보자. 어린아이를 울게 내버려두면 안 되지!" 슈테판이 속삭이듯 말했다.

슈테판은 보이스카우트가 아니었다. 겁을 집어먹지 말라는 규칙 같은 것도 없었다. 그래서 슈테판도 두려웠다. 가슴이 쿵쾅거리며 뛰었고, 머리카락이 위로 솟아올랐으며, 이빨을 덜덜 떨 정도로 무서웠다. 할 수만 있다면 당장 토마스의 손을 잡고 도망을 치고 싶었다. 가만히 생각해보면, 숲에서 낯선 아이가 우는 게 자신이랑 무슨 상관이 있는가? 하지만 여기에서 도망을 친다면 슈테판 자신이 만족하지 않을 것 같았다. 직접 자신의 귀로 아이가 우는 소리를 들었고, 그러니 무슨 일인지 원인을 밝혀야만 안심을 할 것 같았다. 그러니 자신과도 관련이 있는 일이잖아! 어떤 다른 아이들보다 자신에게 중요한 일이었다. 슈테판은 의사의 아들이었고, 우는 아이를 돌보는 데도 일등일 것이다.

두 소년은 숨을 멈추고 주변을 살폈다. 하지만 아무것도 움직이지 않았다.

“열까지 세어보고 아무 일도 일어나지 않으면, 계속 가자.” 슈테판은 천천히 열까지 세었다. 주변은 그야말로 조용했다.

“이제 가자!” 형제는 소리도 내지 않고 걸어갔다. 가지가 딱 하면서 부러질 때가 많았다. 부엉이는 나무에서 “우후”라고 소리를 냈다. 시냇물이 졸졸 흘러가고 있었고 슈테판이 몸을 굽혔다. 오늘 아침에 진흙을 발견했던 장소쯤 되는 곳이었다. 맞아, 여기군! 슈테판은 진흙을 긁어모았다. 커다란 덩어리를 뭉쳐서 야자열매 껍질에 담았다. 토마스도 형을 도왔다. 그런데 쉽지는 않았다. 이 진흙들은 끈적끈적할 뿐만 아니라 잘 떨어지려 하지 않았기 때문이다. 형제는 악착스럽게 달라붙어서 진흙을 파냈다. 조금 전에 무서워서 덜덜 떨다가 뭔가 실생활에 도움이 되는 일을 하자 기분이 좋아졌다. 슈테판과 토마스는 큰소리로 대화도 나누었고 서로에게 보통 때보다 훨씬 더 친절하게 굴었다. 슈테판이 말했다. “그만해 토마스. 나 혼자 할 수 있어. 네가 너무 힘을 빼는 거 같아.”

그러자 토마스가 대답했다. “그렇지만 형, 내가 이제 형을 도울 수 있어서 완전 너무 기쁜 걸…….”

야자열매 껍질마다 진흙을 가득 채워서 형제가 나누어 지고 돌아오는 길이었는데, 갑자기 또 시작했다. 어두운 숲을 통해 처음에는 나지막했지만 점점 더 날카롭고 거친 울음소리가 들려왔다.

갑자기 슈테판의 두려움이 사라진 것 같았다. "이건 있잖아, 단순하게 아이의 울음소리가 아니라, 너무 힘들다고 울부짖는 아이의 소리야!"

슈테판은 마치 탱크처럼 수풀을 헤치고 나갔다. 야자열매 껍질을 두 팔로 꼭 안고, 머리는 나무 가지를 부딪치며 말이다. 토마스는 도저히 형의 뒤를 따라갈 수 없을 정도였다. 형제는 우는 아이를 향해 달렸고, 아이가 울음을 다시 멈추더라도 방향을 잃지 않고 계속 갔다. 그러더니 슈테판이 그 자리에 멈추고 야자열매를 이끼 위에 얹어두고는 손전등을 켰다. 슈테판은 천천히 손전등을 바닥에 비추었다가, 나무의 중간쯤에도 비추었다. 그러다가 갑자기 그들은 보았다. 발 앞에서 뭔가 꿈틀거리더니 옆에 있는 수풀로 도망치려는 어떤 물체를. 그것은 바로 매우 어리고, 하얀 솜털이 난 어린 원숭이였다. 슈테판은 조심스럽게 이 원숭이를 안더니 넋을 잃고 쳐다보는 토마스에게 건네주었다.

"원숭이 새끼야. 나무에서 떨어졌는데 다시 올라가지 못한 거야." 토마스가 말했다.

"바보 같은 소리. 원숭이는 나무에서 떨어지지 않아. 여기 이 원숭이 새끼는 병이 들었어. 그래서 다른 원숭이들이 버린 거야!" 슈테판이 설명했다.

토마스는 자신에 비해 생각이 깊은 형의 말을 듣고 입을 꼭 다물었다. 하지만 몇 초 후에 놀란 마음을 다시 털어놓았다.

"형은 원숭이들을 어떻게 생각해? 그러니까 이렇게 어린 원숭이를 버리는 거? 상상해봐. 우리가 홍역을 앓았을 때, 아빠와 엄마가 우리를 그냥 길에다가 내버렸다고 말이야…….” 토마스는 순간, 자신과 형이 파자마 바람에 홍역 때문에 열이 펄펄 나고 빨간 점까지 생긴 채로 거리를 돌아다니는 상상을 해보았다.

하지만 형은 동생의 말을 귀담아 듣지 않았다. 새끼 원숭이를 무릎에 올려놓았다가 다시 이끼에 올려놓고서 위에서 밑에까지 조심스럽게 살펴보았다. 그리고는 부드러운 털을 이리저리 헤쳐보더니 마침내 원인을 찾았다. 배 있는 부분에 커다랗고 붉은 상처가 있었다. 피부에 난 종양인 듯했는데, 슈테판이 조심스럽게 그 부분을 만지자 새끼 원숭이가 소리를 질렀다. 토마스는 약간 구역질이 났지만 그 상처 부분을 쳐다보았다.

“어쩌면 우리가 이 새끼를 도와서 치료해줄 수도 있겠지.” 토마스는 새끼 원숭이가 불쌍해서 목이 약간 막혔다.

슈테판은 새끼 원숭이를 안았다. “데려가자. 약통을 찾아보면 약이 분명 있을 거야.”

토마스는 아무런 불평도 하지 않고 슈테판이 들었던 야자열매 껍질까지 자신이 들었다. 그래서 마치 곡예사처럼 보였다. 다이아나는 토마스의 재주를 칭찬해줄지도 몰랐다.

“자, 이제 돌아가자.” 슈테판이 이렇게 말했을 때 자신들 위에 있는 나무에서 갑자기 따각거리는 소리가 들렸다. 작지만 이상한 소리가 위에서 들려왔고, 슈테판의 어깨에 있던 새끼 원숭이가 머리를 들더니 나지막하게 대답도 했다.

“형, 저건 분명히 엄마일 거야. 엄마 원숭이가 새끼 원숭이가 어떻게 되는지 위에서 내려다보고 있어!”

“그럴 수 있어.” 슈테판은 계속 걸어갔다.

“우리는 새끼 원숭이에게 해로운 짓을 하는 게 아냐. 병을 낫게 해주려는 거지.” 토마스는 자리를 떠나며 위를 향해서 소리를 질렀다.

엄마 원숭이가 토마스의 말을 이해했다고 보기는 힘들었다.

형제가 아이들의 숙소에 도착했을 때, 이미 희미한 녹색의 아침이 숲 위로 빛나고 있었다. 통증이 많이 사라졌고, 그래서 다이아나는 다시 좋은 기분으로 돌아왔다. “어이, 너희 두 명의 사마리아인들! 나를 위해서 뭔가 좋은 것을 가져왔어?” 다이아나는 석회를 말했는데, 사실 이것을 구하기 위해서 형제는 한 시간 전에 냇가로 갔던 것이다.

“물론이지.” 슈테판은 다이아나에게 새끼 원숭이를 건네주었다. 소녀는 너무 좋아서 휘파람까지 불었다. “와우, 너는 침팬지구나! 이제 육 주 정도밖에 안 된 아기네!” 건강한 손으로 그녀는 원숭이의 머리와 목을 쓰다듬어주었다. 그러면서 다이아나는 새끼에게 좀 더 다가가더니 새끼의 귀에다 대고 온갖 다정한 얘기를 속삭여주었다. 동물과 많은 공감을 했다는 걸 알 수 있었다. 병든 새끼는 금세 다이아나를 깊이 신뢰하는 것 같았다. 작은 머리를 다이아나의 목에다 비비고 편안하다는 듯 몸을 둥글게 말았다. 다이아는 조용하게 옆으로 누워서 무릎을 턱으로 끌어당겼는데, 이렇게 해서 생긴 구멍 속으로 새끼를 집어넣었다.

그사이 슈테판은 건설현장에서 납작한 나무 조각을 가져와서 심각한 표정으로 다이아나의 팔에 부목을 대고 있었다. 토마스는 냇가에서 가져온 진흙에 물을 섞은 다음 걸쭉한 죽처럼 만들더니 다이아나의 팔과 부러진 관절에 발랐다. 슈테판은 팔꿈치에서 손가락으로 그리고 다시 손가락에서 팔꿈치로 붕대를 감았다. 마침내 다이아나의 아래팔에 돌처럼 딱딱한 것이 생겨났고, 다이아나가 손가락을 전혀 움직일 수 없다고 말하자 그제야 슈테판은 만족했다.

"정말 고마워요, 의사 선생! 이제 나의 이 어린 보보를 좀 보살펴줘요." 소녀는 몸을 돌돌 말고 있는 어린 원숭이를 가리켰다.

"그건 너의 보보가 아냐. 슈테판과 내가 먼저 발견했단 말이야. 우선 다른 아이들한테 물어봐야 해. 보보라고 불러도 괜찮을지 말이야." 토마스가 불퉁하게 대답했다.

그러자 다이아나는 예전처럼 거친 소녀로 돌변했다. "다른 애들은 이해하지 못해. 보보라는 이름보다 더 귀여운 이름은 없거든. 너는 더 좋은 이름을 댈 수나 있냐?"

토마스는 대답을 하지 못하고 가만히 있었다. 심지어 좋은 이름이 떠올랐다 치더라도, 감히 좋아하는 소녀에게 어떻게 대항할 수 있겠는가.

"거봐. 자, 보보, 가만히 있어, 그럼 의사 아저씨가 너를 건강하게……."

슈테판이 보보의 배에 연고를 바르고 붕대를 감자 벌써 아침이 되었다. 해는 금세라도 뜰 것 같았고 하늘은 딸기처럼 분홍색으로 빛났다. 이불을 덮고 자던 아이들이 하나둘씩 깨어났다. 제일 먼저 올리버가 일어났다. 이 소년은 깜짝 놀라 다이아나와 모린 형제를 바라보았다. 이어서 카트린과 쿠르트 콘라드가 일어났다. 세 아이는 함께 다이아나에게 와서 깁스를 한 소녀의 팔과 소녀의 무릎에 앉아 있는 원숭이 새끼를 쳐다보았다. 슈테판이 모든 것에 관해서 보고를 했다.

"날 깨우지 그랬어." 올리버는 약간 마음에 상처를 입은 것 같았다. 아이들이 자신의 도움 없이도 문제를 해결했기 때문인 듯했다. 하지만 이런 상처보다는 책임감이 승리를 거두었다.

"너희들, 이제 잠을 좀 자." 올리버가 말했다. 하지만 슈테판은 전혀 피곤하지 않다고 했고, 어제처럼 젭과 파울과 함께 일하러 숲에 가고 싶다고 고집했다. 이와 반대로 토마스는 완전히 피곤해서 올리버의 말을 듣고 다이아나 곁에 벌렁 누웠다. 새끼 원숭이 보보가 둘 사이에 들어가서 잠을 잤다. 쿠르트 콘라드는 곁에 서서 비웃으며 둘을 내려다보았다.

"가족이네, 가족! 축하해!" 쿠르트 콘라드는 정말 불편한 소년이었다.

다이아나는 차갑게 대꾸했다. "부러운가봐!"

"내가? 너희를 부러워한다고?" 쿠르트 콘라드가 소리치며 조롱하듯 웃었다. "피부병에 걸린 가축 같은 너희가?"

다이아나가 격렬하게 대항하려 했지만, 소년은 이미 등을 돌려서 리나가 아침을 준비하고 있는 모닥불 쪽으로 거만하게 걸어갔다.

잘 정돈 되어 가는 생활

아이들이 섬에 도착한 지 사흘째 되던 날이었지만, 아침을 먹고 일하러 갔을 때 이미 뭔가 익숙한 느낌이 들었다. 마치 학교에 가는 듯한 기분이기도 했다. 물론 비슷하기는 하지만 더 흥미로웠다. 클라우디아가 제일 먼저 사라졌는데, 나무 속껍질을 따서 엮기 위해서였다. 젭, 슈테판과 파울은 곧 뒤를 따라갔다. 올리버와 쿠르트 콘라드는 염소를 잡으러 갔다. 작은 볼프강은 한동안 다이아나와 토마스 곁에 앉아서, 그들이 자는 모습을 구경했다. 소년은 자신의 바이올린이 그리웠다. 그러더니 자리에서 일어나, 오늘은 반드시 피리를 만들 나무를 찾아야겠다고 다짐을 했다. 카트린은 염소에게 먹이와 물을 주었다. 그런 뒤에 리나와 말다툼을 했다. 카트린은 가능하면 동물을 죽여서 피를 흘리는 일을 막아보려고 결심했다. 소녀는 버섯과 잎사귀들로만 음식을 만들고 싶었다. 그리고 이런 음식이 토끼와 거북이로 만든 음식보다 아이들에게 더 맛있기를 바랐다. 자연식 연합회에서 카트린은 꽃잎으로 차를 끓이고 약초로 샐러드를 만들 수 있는 여러 가지 방법들을 배웠다. 그러니 주의 깊게 섬을 살펴보면 분명 많은 먹거리를 발견할 수 있을 것 같았다. 카트린은 배낭을 울러 메고서는 리나에게 말했다. "숲에 가서 버섯을 좀 따올게. 오늘 점심에 먹을 것으로 말이야."

그러자 리나가 날카로운 목소리로 소리를 질렀다. "냇가로 가야지. 거기에서 아침을 먹느라 사용했던 그릇을 씻어야 해!"

카트린은 입술을 깨물었다. "올리버에게 물어봤단 말이야. 버섯을 따러 가도 좋다고 했어. 왜냐하면 자신은 쿠르트 콘라드와 함께 염소를 데려올 테니까 사냥할 시간이 없다고 하던걸."

"올리버가 나서서 허락하고 말고 할 게 아냐. 너는 내 밑에서 요리를 담당해야 해. 가서 그릇이나 씻어." 리나는 야자열매 껍데기를 발로 차서 카트린에게 보냈다. 정말 못된 행동이었다. 카트린은 아무 말도 하지 않고 야자열매 껍데기를 주어모아서 냇가로 갔다. 카트린이 그릇을 깨끗하게 씻어서 돌아오자, 리나는 손을 엉덩이 주머니에 꽂은 채로 거만하게 말했다. "자, 이제 장작을 쪼개야 해." 리나는 카트린에게 무딘 주머니칼을 쥐어주었다. 카트린은 이 칼을 물끄러미 내려다보았다. 마치 동화에 나오는 장면 같았는데, 그러니까 부엌데기가 된 기분이었다. 나무를 해오고 못된 언니가 시키는 일을 하고…….

"나무까지 쪼갤 필요는 없다고 봐. 저기, 남자애들이 나무를 자르는 곳에 가면 조각과 작은 나뭇가지들이 많다 말이야. 내가 좀 가져올까?"

"너는 내가 시키는 일만 하면 돼." 리나가 고함을 질렀다.

이런 말은 카트린조차 참을 수 없었다. 리나에게 명령까지 듣고 싶지는 않았으니까.

"나는 그렇게 생각하지 않거든." 카트린은 소리를 지르며 화가 나서 땋아놓은 빨강머리를 거칠게 흔들었다. "너는 내가 네 하녀라고 생각하는 모양인데, 우리는 모두 평등해. 네가 나를 부엌데기처럼 다루는 것을 나는 절대 참지 않을 거야." 카트린은 멍하게 서 있는 리나의 발 앞에 칼을 던지고는 배낭을 맨 채 숲으로 달려갔다.

토마스는 미심쩍은 듯 눈을 깜빡거렸다. 소년은 두 소녀가 큰소리로 싸우는 바람에 잠에서 깨버린 것이다. "저건 또 무슨 야단법석이야?" 토마스는 시끄러운 소리 때문에 역시 깨어나서 깜짝 놀라고 있는 다이아나에게 몸을 돌렸다. "여자애들은 항상 저렇게 싸우는 거야?"

"나한테 묻지 마. 나는 소녀가 아니……." 다이아나는 잠이 덜 깨서 중얼중얼 말했다.

"뭐라고? 너가 소녀가 아니……." 토마스는 놀라서 소리를 지르고는 눈을 크게 떴다.

"겁쟁이!" 다이아나는 이렇게 말하고 토마스의 배를 퍽 쳤다. 그러자 새끼 원숭이 보보는 깜짝 놀라서 날카로운 소리를 냈다. "물론 나는 소녀지. 다만 진짜 소녀는 아닌 거지. 싸우고 인형을 가지고 놀고 춤을 배우는 그런 소녀는 아니라는 말이야. 나는 멋진 소년이었으면 좋았을 텐데. 안타까워!" 다이아나는 벌써 잠에 빠졌다. 토마스 역시 꿈나라로 들어갔다. 토마스는 다이아나가 소년이었으면 어땠을지 상상했다. 지금보다 더 나을까? 하지만 그는 결과가 어떨지 전혀 예상하지 못했다.

리나는 화가 났다. 소녀는 모든 것을 전혀 다르게 생각했다. 이곳 섬에서 아이들과 함께 일종의 가족처럼 살아갈 수 있을 것이라 희망했다. 올리버는 아버지가 되고 자신이 어머니이며 다른 아이들은 자식인 것이다. 리나는 만족하며 살았던 행복한 소녀가 결코 아니었다. 집에서는 언니와 여동생들 사이에 끼여서 제대로 가족처럼 살아보지 못했기 때문이다. 그래서 가능하면 빨리 성장하려고 결심했다. 사흘 전 아이들과 함께 섬에 도착했을 때, 리나는 어린 시절에 품었던 소망을 여기에서 채울 수도 있겠다고 생각했다. 자신과 올리버는 아이들 가운데 나이가 제일 많았고, 그래서 아이들에게 영향을 가장 많이 줄 수 있었다. 하지만 그사이 많은 것들이 변했고, 특히 나이가 어린 소녀들이 그러했다. 서커스 소녀 다이아나는 익살과 미친 듯이 나무를 잘 올라가는 재주 덕분에 벌써 유명해졌고, 카트린은 누구도 예감하지 못했지만 갑자기 우유를 짜는 바람에 아이들로부터 감탄을 자아냈다. 심지어 어린 클라우디아조차도 나무 속껍질을 엮어서 끈을 만들자 매일 요리를 하는 리나보다 더 중요한 역할을 맡게 되었다. 소녀는 잔뜩 화가 난 채 야자열매 기름이 담겨 있는 냄비를 불에 올려놓았다.

아이들이 숙소로 사용하는 장소는 조용하기 그지없었다. 토마스는 나지막하게 코를 골았다. 다이아나는 살짝 졸고 있었다. 소녀의 팔에 아픈 새끼 원숭이 보보가 안겨서 자고 있었다.

한참 뒤 슈테판이 환자를 살펴보기 위해서 하던 일을 멈추고 건너왔다. 슈테판은 녹색의 커다란 이끼를 가져와서는 다이아나의 등 밑에 넣어주었다. 그리고는 아버지가 환자에게 묻듯이 물어보았다. “어떤가요?”

다이아나는 몹시 지쳐서 미소만 지었다. “고마워, 아주 좋아졌어.” 다이아나는 조심스럽게 이끼 방석에서 일어나 토마스를 깨웠다. “독주라도 한 잔 마셔야겠어.”

“뭐라고? 너는 너무 앞서가는 걸. 아이들은 독주를 마시면 안 돼!” 슈테판이 고함을 질렀다.

다이아나가 대꾸했다. “안 된다고? 서커스에서는 마시거든.” 물론 다이아나는 독주를 마시고 싶은 생각은 없었고, 그래서 무화과나무를 유심히 바라보았다.

“경찰이 금지시켜야 해. 그런 얘기를 들어보기나 했어야 말이지. 아이들은 술을 마셔서는 절대 안 돼!”

다이아나는 토마스를 끌어당겨서 그의 귀에다가 뭐라고 속삭였는데, 사실 슈테판도 충분히 들을 수 있을 정도로 큰 목소리였다. “우리 박사님은 속기도 잘하셔!”

토마스는 재미있어서 키득거렸다. 똑똑한 형이 다쳐서 누워 있는 소녀한테 속아 넘어갔다는 게 기뻤다. 슈테판이 속상해서 으르렁댔다. “그런 서커스에서 무슨 일이 일어나는지 도대체 어떻게 알겠어?"

다이아나는 다시 한 번 무화과나무를 쳐다보았다. 갑자기 소녀는 새끼 원숭이를 잡더니 다치지 않은 한 손으로 원숭이를 높이 쳐들었다. 보보는 새끼 고양이처럼 소리를 질렀다. 하지만 다이아나는 나무 위를 쳐다보더니 뭔가 휙 소리를 냈고 독특하게 행동했다. 그래서 토마스는 한동안 다이아나가 나무에서 떨어지며 손과 발만 다친 게 아니라 머리도 약간 다친 게 아닐까 두려웠다.

"토마스, 나의 어린 양아! 지금 뭔가 아름다운 일을 해줘야겠어! 저기 나무 위에 보보의 어미가 앉아 있거든. 그러니 이 녀석을 나무 밑에 있는 이끼 위에 갖다놔. 그럼 어미가 새끼를 다시 데려갈 것 같아."

토마스는 떨고 있는 보보를 조심스럽게 무화과나무 밑으로 데려갔다. 그리고는 새끼 원숭이 옆에 앉았다. 앞으로 어떻게 되는지 궁금했기 때문이다.

"멍청아, 빨리 돌아와야 해. 네가 그렇게 옆에 앉아 있으면 새끼를 데리러 올 거 같아?" 다이아나가 소리쳤다.

토마스는 다이아나에게 돌아왔고, 소녀 옆에 앉자마자 어미 원숭이가 번개처럼 나무 밑으로 내려오더니 새끼를 데리고 다시 위로 올라갔다.

"안타깝네. 어미가 어떻게 하는지 보고 싶었는데." 다이아나가 잔뜩 흥분해서 속삭였다.

원숭이들은 운이 좋았다. 어미 원숭이는 위로 올라가는 데 시간을 많이 들이지 않았다. 어미는 나무 아래쪽에 있는 가지 위에 앉아서 슈테판이 새끼에게 감아준 붕대를 킁킁거리며 냄새를 맡았다. 어미는 붕대를 열려고 시도했고 곧 붕대가 풀렸다. 보보의 머리도 뒤졌는데, 새끼는 어미의 몸에 찰싹 달라붙어서 그동안 먹지 못했던 젖을 먹기 시작했다.

"젖을 먹고 있어!" 토마스는 작은 소리로 속삭이고는 놀라움에 침을 꿀꺽 삼켰다.

"당연하지." 다이아나는 아주 당연한 것처럼 행동했다. 하지만 소녀는 헛기침을 했는데, 어미의 행동이 감동적이었기 때문이다. 어미가 병든 새끼에게 젖을 주기 위해서, 사람에 대한 두려움을 극복하고 밑으로 내려왔다는 사실은 동물들을 잘 알고 있는 다이아나에게도 감동을 주었다.

"나중에 우리한테 새끼를 돌려줄까?" 토마스가 물었다.

"그건 모르지. 어미가 이해를 하느냐에 달려 있어. 우리가 새끼에게 나쁜 짓을 하지 않는다는 걸 말이야. 그런데 원숭이들은 똑똑해." 소녀가 말했다.

새끼 원숭이 보보는 배가 부르게 젖을 먹었다. 그런 뒤에 어미는 새끼를 쓰다듬었고 팔에 안고서 그네를 태워주었다. 그러자 새끼는 다시 잠을 자려고 했다. 어미는 나무 아래에 있는 두 아이를 내려다보았고, 아이들은 어미를 쳐다보았다. 이 순간은 사람의 눈길과 원숭이의 눈길이 마주치는 특이한 시간이었다. 토마스는 어미 원숭이와 대화도 나눌 수 있을 것 같은 느낌이 들었다.

다이아나는 서커스에서 일하던 원숭이 조련사가 해주었던 말이 떠올랐다. 집중해서 생각을 하면 원숭이도 사람의 마음을 알아차린다고 했다. 그러니 나는 이렇게 생각하고 있어. 사랑하는 어미 원숭이야, 보보를 돌려줘! 나는 보보에게 아무 짓도 하지 않을게, 나는 보보에게 아무 짓도 하지 않을게, 나는 보보에게 아무 짓도 하지 않을게!

종려나무 위에 있는 어미 원숭이는 이렇게 생각했다. 그래, 저들이 무슨 생각을 하는지를 어떻게 알겠어. 지금까지는 내 새끼가 섬에 살기 시작한 새로운 종족으로부터 끔찍한 일을 당하지 않았지만…….

깊은 숲에서 신호가 들려왔다. 이 신호를 들은 어미는 불안한지 머리를 치켜들었고, 다이아나는 그 신호가 대장 원숭이에게서 온 것이라 추측했다. 아마 대장은 어미 원숭이에게 다시 돌아오라는 신호를 보낸 것 같았다.

어미는 어떤 결정을 내릴까? 새끼를 선택할까? 아니면 원숭이 무리를 선택할까? 다이아나는, 원숭이들은 무리를 지어 사는 동물이라는 사실을 잘 알고 있었다. 그러니 혼자서는 살기 힘든…….

"토마스, 나의 백조여!" 다이아나는 어미가 새끼를 데려갔던 바로 그 자리에 새끼를 내려놓고 나무 위로 번개처럼 사라지는 모습을 보며, 동물들을 관찰하는 일은 영화를 보거나 재미있는 책을 읽는 것보다 훨씬 흥미롭다는 점을 말하고 싶었다.

"토마스, 나의 백조여, 내 보보를 데려와줘!"

토마스는 자리에서 벌떡 일어나 나무로 달려갔다. 하지만 갑자기 호기심과 인디언들처럼 미행을 하고 싶은 마음이 발동했다. 그래서 나무 위에서 신호에 따라 움직이는 어미 원숭이를 뒤따라갔다.

"토마스!"

하지만 아무런 답이 없었다. 그러자 다이아나는 이끼 방석에서 굴러 내려와 무릎과 팔꿈치를 이용하여 엉금엉금 기어서 보보에게 갔다. 무화과나무에 등을 기댄 채 다이아나는 잠든 새끼를 다치지 않은 팔로 안고서, 달아나버린 백조 토마스가 다시 돌아오기를 기다렸다.

토마스는 한참 뒤 숲에서 나왔고 야자열매를 하나 끼고 돌아왔다.

"어디에서 가져온 거야? 너, 나무 위로 올라갔어?" 다이아나가 물었다.

"어미 원숭이가 준 거야!" 이런 진실을 말해줄 때까지 토마스는 약간 뜸을 들였다. 그러니까 자신이 직접 나무에서 딴 게 아니라, 야자열매가 위에서 떨어졌다는 사실 말이다.

"어미가 일부러 떨어뜨린 걸까? 고맙다고?" 토마스가 물었다.

다이아나는 열매를 이리저리 흔들어보더니, 꿀럭거리는 소리가 나지 않는다는 걸 알아차렸다. 이것은 열매가 말라버렸다는 의미이며, 오래되었고 너무 익어서 아마 저절로 떨어졌을 가능성이 있었다. 어미가 나무 꼭대기를 향해 올라가면서 가볍게 스치지 않았더라도 이 열매는 밑으로 떨어졌을 수 있었다.

우연이라고 다이아나는 짐작했으나, 굳이 말을 하지는 않았다. 다른 아이들은 어미가 야자열매를 선물로 주었다고 믿어도 나쁠 게 없었다.

모든 아이들이 함께 점심을 먹으려고 했을 때, 다이아나는 놀라운 연설을 했다.

“여러분!” 소녀는 다치지 않은 손으로 야자열매를 힘들게 높이 들었다. “깜짝 놀라도 될 일이 생겼어! 이걸 봐, 동물들이 이렇게 행동한다고!” 그리고는 보보의 어미에 관해서 이야기를 해주었다. 아이들은 모두 하나같이 감동을 받고 말았다.

“맞아. 동물들은 고마워할 줄 알아. 성경을 읽어보면, 사자의 발에서 가시를 뽑아준 남자에 관한 이야기가 있어. 나중에 배가 고팠지만 사자는 이 남자를 절대 잡아먹지 않았어.” 어린 볼프강이 진지하게 말했다.

올리버는 야자열매를 받아들고는 무게를 가늠해보더니 말했다. “이 선물은 우리의 의사 슈테판 덕분이라고 봐. 어미 원숭이가 치료비로 준 것 같아.”

이날부터 원숭이와 아이들 사이에 평화가 왔다. 처음에는 조심스럽게 평화로운 기운이 깃들었으나, 이런 기운이 서서히 우정으로 굳어갔다. 몇 주 후 다이아나가 다시 나무에 올라갔을 때 더 이상 아무도 말리지 않았다. 소녀는 원하는 만큼 야자열매를 따올 수 있었고, 원숭이들이 사용하는 언어를 배우고 나무를 기어오르는 기술을 배우기 위해서 나무 위에 오래 머물렀다.

어린 보보는 며칠 후 완전히 나아서 반창고 하나만 배에 붙이고서 돌아다녔지만, 원숭이 무리에게 돌아갈 생각은 하지 않았다. 보보는 아이들에게 소속감을 느꼈고, 무엇보다 다이아나에게 애착을 느꼈다. 다이아나가 나타나면 토마스뿐 아니라 보보도 따라오는 것에 아이들은 익숙해졌다. 소녀는 새끼 원숭이도 아이들의 나라에 받아달라고 요구했다. "이제 우리는 열두 명이 되었어. 보보가 원숭이긴 하지만 많은 일을 할 수 있어."

하루는 빨리 지나갔다. 아침 일찍부터 저녁까지 아이들은 해야 할 일들이 많았다. 섬에서 살기 위해 준비하는 일은 결코 간단하지 않았다.

우선 집부터 지어야 했다. 집 지을 준비만 하는 데도 며칠 동안 힘들게 일해야만 했다. 우선 아이들은 숲에서 넘어진 나무들을 찾아야 했고, 그 나무에서 가지를 잘라내고 가능하면 매끈매끈하게 다듬어야만 했다. 이런 작업이 끝난 나무들을 잔뜩 모으면, 아이들은 그것을 손도끼로 똑같은 길이로 잘라 끝을 뾰족하게 만들었다. 그래야 땅에 박기가 쉬웠기 때문이다. 마치 거인이 작업장에서 여러 개의 연필을 잃어버린 것처럼 보였다. 원래 아이들은 집은 바위로 이루어진 고지에 세우려고 했지만, 바닥이 돌로 되어 있어서 나무를 박는 것이 불가능했다. 그래서 과일이 많은 곳에 집을 세우기로 했는데, 이곳의 땅은 부드러운 자갈과 모래로 이루어져 있었다. 물론 이곳은 과일나무들이 빽빽하게 들어서 있어서 집을 세우기에는 약간 비좁기는 했다. 아이들은 이 나무들 가운데 한 그루라도 뽑아내는 것을 아쉬워했기에, 오래된 무화과나무 둘레에 집을 짓기로 결정했다. 아이들은 나무 주변에 사각형으로 표시를 해두고, 구멍을 파서 말뚝을 깊게 박았다. 그런 다음 진흙으로 바닥을 접합시켰다. 젭과 파울은 기다란 가지를 빙 둘러가며 박아두었다. 모닥불 맞은편에 집의 앞부분이 있었고, 여기에 출입문도 만들었다. 그

밖에 세 개의 벽에는 각각 작은 창문 겸 구멍도 있었다. 집이 완성되자 아이들은 자신들이 만든 대단한 작품을 자랑스럽게 쳐다보았다. 이 집은 결코 가벼운 재료로 만든 오두막집이 아니어서, 바람이 불어도 안전했다. 지붕 중간에 오래된 무화과나무가 마치 기둥처럼 불쑥 솟아나 있었다. 이 나무는 넓은 잎사귀들이 달려 있어서 아이들의 집에 그늘을 만들어주었고, 여름이면 불타는 태양으로부터 보호를 해주고 겨울이면 폭풍우로부터 아이들을 지켜줄 수 있었다. 집의 외양이 완성되자 이제 집안을 정비해야만 했다. 젭은 온갖 아이디어가 많았다. 젭은 야자나무 곁에 둥근 식탁과 열두 개의 의자를 나무로 조립했는데, 아이들은 더 이상 땅에 앉아서 식사를 할 필요가 없어졌다. 이런 가구들은 클라우디아가 엮은 끈으로 만든 나무 조각들이었다. 학교에 있는 의자보다 훨씬 편안했다. 그러고 나서 젭은 모든 아이들을 위해 침대를 조립해주었다. 침대는 끈으로 이은 네 개의 말뚝으로 이루어져 있었다. 매트로 나무 속껍질을 엮은 것을 걸어두었다. 젭은 아이들로부터 '마술사'라는 별명을 얻게 되었다. 이 소년이 만드는 물건들은 그야말로 믿을 수 없을 정도였다! 젭은 심지어 나무를 깎아서 숟가락과 접시도 만들었고 딱딱한 나무를 다듬더니 포크를 만들어냈다. 숲에서 나무 동강이를 톱질해서 가져와서는 그 안에 들어 있는 연한 부분은 다 파내어 양동이처럼 사용할 수 있게 다듬었다. 이런 것은 빨래통이나 대접으로 사용할 수 있었다. 젭은 올리버를 위해 동물들을 사냥할 때 덫으로 사용할 수 있는 다양한 물건들도 만들어주었다. 볼프강을 위해서는 나무로 피리를 깎아주었고, 쿠르트 콘라드를 위해서는 활과 화살을 만들어주었으며, 리나를 위해서는 환풍기와 고기 굽는 꼬챙이를 만들어주었다. 젭은 클라우디아를 위해서는 새뼈를 이용하여 커다란 바늘을 만들어주었는데, 이 바늘로 클라우디아는 나무 속껍질을 기울 수 있었다. 이런 모든 일을 할 때 파울이 도움을 주었다. 가구공의 아들인 파울은 원래 집에 있을 때부터 칼과 톱을 잘 다루었고, 그야말로 손재주가 탁월한 수공업자라 할 수 있었다. 그렇지만 파울에게는 젭과 같은 발명하는 재주가 부족했다. 그래서 해변에 있는 날카로운 돌을 주울 생각은 해보지 못했다. 하지만 젭은 돌을 주웠는데, 돌로 칼을 만들 수 있었기 때문이다. 젭은 끊임없이 뭔가를 만들었다. 아이들이 하루 종일 일을 마치고 지쳐서 빌라—아이들은 자신들의 집을 이렇게 불렀다—에 앉아 쉬는 저녁에도, 젭은 나무껍질과 야자열매에서 나온 실로 어망을 만들었다. 아이들은 만장일치로 아이들의 나라에서 마술사인 젭이 가장 부지런하다는 사실에 동의했다.

두 번째로 유능한 아이는 카트린이었다! 조용하고 창백한 아이에게서 그렇듯 엄청난 에너지와 모험심이 숨어 있을 줄 아무도 몰랐다. 카트린이 없었다면, 아이들은 굶어죽지는 않았겠지만 그래도 영양분을 제대로 섭취하지 못해서 나약해지고 병이 들었을 수도 있었다. 하지만 카트린은 매일 새로운 요리를 개발했고, 아이들이 점심을 먹으려고 모이면 카트린이 또 어떤 야채를 내놓을지 흥미롭게 기다렸다.

"오늘은 샐러드야." 카트린이 말한 것처럼 나무로 만든 커다란 대접에는 맛있게 보이는 샐러드가 가득 담겨 있었다. 달콤새콤한 소스가 뿌려져 있는, 어린 종려나무 싹으로 만든 샐러드였다. 아이들은 카트린이 달콤하거나 새콤한 소스를 어떻게 만드는지 물어보지 않았다. 그리고 감자 맛이 나는 뿌리를 어디에서 구하는지도 물어보지 않았다. 이 감자 맛 나는 뿌리는 아이들의 나라에서 곧 가장 중요한 양식 가운데 하나가 되었다. 매일 아침이면 카트린은 아침을 먹은 뒤 숲으로 사라졌다. 이미 오래전부터 리나는 카트린을 조수로 부려먹지 않았다. 몇 시간 후 카트린은 숲에서 다시 돌아왔는데, 배낭에는 새로운 먹거리들이 가득 들어 있었다. 카트린은 오이와 비슷한 열매도 가져왔는데, 야자유로 구우면 맛있는 야채 스테이크가 되었다. 또 어떤 덤불에 가서 육즙이 풍부한 잎사귀들을 따와서 감자 맛이 나는 뿌리와 함께 시금치처럼 요리를 하면 역시 훌륭한 맛이 나는 요리가 되었다. 카트린은 엄청난 양의 열매들도 따왔다. 빨간 열매, 녹색, 검정색, 크고 작은 열매, 달콤하고 쓴 맛의 열매를 따와서 설탕에 졸이고 주스도 만들었다. 뜨거운 여름이면 아이들은 이 과일주스를 코코넛 껍질에 담아서 실컷 마실 수 있었다.

아이들의 의사 역할을 맡고 있었던 슈테판은 처음에 카트린의 활동을 의심쩍게 봤다. 소년은 배낭에 담겨 있는 내용물에서 약초 냄새가 나자 의심스럽게 보고는 했다. "풀이랑 나무 가지들뿐이잖아! 이것들 가운데 독이 있으면 어떻게 할래? 너는 채식이라는 어리석은 생각으로 우리를 위험에 빠트릴 수 있어. 아이들의 의사로서 나는 허락할 수 없다고!"

"내가 너희들에게 주는 건, 독이 없다는 걸 보증할 수 있어. 내가 이런 걸 따러 갈 때 같이 가서 보면 되잖아!" 카트린이 말했다.

그리고 그 다음 날 아침 슈테판이 카트린과 함께 숲으로 갔을 때, 카트린이 갑자기 손가락을 입에 대고는 덤불을 가리켰다. 덤불 아래에서 뭔가 움직였다. 금빛 털로 된 이 생명체에서 기다란 귀가 툭 튀어나왔는데, 알고 보니 잎사귀를 먹고 있는 토끼의 주둥이가 보였다.

"저거 보여? 바로 내가 사용하는 방법이지." 카트린이 속삭이는 소리로 말했다.

슈테판은 멍청한 표정을 지었다. 카트린이 하는 말이 무슨 뜻인지 이해하지 못했기 때문이다.

"토끼 말고도 다른 방법을 이용해서 충분히 검사를 하고 있어. 예를 들어 열매를 딸 때는 새를 관찰해. 거북이와 도마뱀, 그리고 무엇보다 원숭이를 관찰해." 슈테판은 카트린이 설명을 했지만 여전히 이해하지 못했다. "나는 그런 동물들을 오랫동안 관찰해. 그러면 무엇을 먹을 수 있고 먹을 수 없는지를 알게 되거든. 여기 이것은 독이 있을 수 있어. 동물들이 전혀 건드리지 않잖아." 카트린은 전혀 해롭게 보이지 않는 풀을 가리키며 말했다.

"아하" 그제야 슈테판은 큰소리를 질렀다. 이 소리에 토끼가 도망을 치고 말았다. "그런 식으로 했구나. 대단해, 카트린!"

소녀는 미소를 지었다. "나는 이 섬에 있는 모든 동물들을 알아. 어디에 살고 있고 어디에서 먹는지 말이야. 네가 원하면, 너에게 새끼 토끼들이 모여 있는 장소도 보여줄 수 있고, 야생닭들, 그리고 이 섬에서 살아가는 온갖 동물들도 보여줄 수 있어."

"그래, 나한테 보여줘." 슈테판이 부탁했다.

"그럴 생각 없어. 가르쳐주면 너희들은 내 토끼들이 사는 굴 앞에 덫을 놓을 거잖아!"

"하지만 카트린, 너는 우리 아이들 나라에 그런 식으로 방해를 하고 있어. 우리의 사냥을 더 이상 괴롭히지 말아야……."

"괴롭힌다고? 괴롭히는 건 내가 아니라 너희들이야. 내 토끼와 새들이 괴롭힘을 당하고 있다고."

슈테판은 심하게 자기 생각에만 사로잡혀 있는 말을 듣자, 고개를 절레절레 흔들었다. "네가 만드는 야채는 정말 좋아. 하지만 우리는 고기가 필요해. 우리 남자들은 풀만 먹고 살수 없단 말이야."

카트린은 슈테판을 저울질하는 눈길로 바라보았다. 물론 남자로 생각하는 그런 눈길은 결코 아니었다.

"너희들 모두가 내 앞에 무릎을 꿇는다 해도, 난 동물들의 은신처를 단 한 군데도 알려주지 않을 거야. 의사노릇을 하는 너한테도!" 카트린은 방금 토끼가 뜯어먹던 풀을 뜯어서 배낭 속에 집어넣었다.

살 수 있는 집도 있고, 먹을 양식도 해결되자 새로운 문제가 생겼다. 그사이 점점 늘어난 염소 떼들 덕분에 염소의 젖도 풍부하게 마실 수 있었다. 새로운 문제란 바로 옷이었다. 섬에서 생활하자 아이들의 옷은 상상할 수 없을 정도로 빨리 닳아버렸다. 그야말로 얼마 후에 아이들의 옷은 넝마조각처럼 되었고, 그래서 올리버는 가슴 아프지만 보관하고 있던 옷을 꺼내 입기로 했다. 그리고 파울은 바지의 엉덩이 판에 다듬은 짐승의 털을 대자고 제안했고, 실제로 이렇게 하니 옷은 훨씬 오래갔다. 물론 이런 옷을 입은 아이들의 모습은 웃겼다. 올리버, 슈테판과 파울이 나란히 서 있으면 각자 다른 종류의 털이 달린 바지를 입고 있었다. 올리버의 바지 엉덩이 판에는 검고 하얀 염소 털이, 슈테판의 바지 엉덩이 판에는 밝은 갈색의 토끼털이, 그리고 젭의 바지 엉덩이 판에는 토끼털이 붙어 있었다. 또한 아이들은 발에도 털가죽 끈으로 묶어두었는데, 커다란 구멍이 난 양말을 메울 수 있는 양털이 없었기 때문이다. 아이들은 점점 깔끔하게 차려입은 도시의 아이들에서 절반은 야생에서 생활하는 로빈슨의 무리로 변해갔다. 아이들의 머리카락은 자라서 덥수룩하게 되었고, 리나의 작은 가위로 자르기에도 힘겨웠다. 씻고 양치질하는 것 역시 집에서와는 완전히 달랐다. 소녀들은 소년들보다 더 깨끗해서 매일 아침 시내로 가서 머리를 손질하고 씻었다.

"더러워야 건강해." 토마스는 이렇게 말하고 다녔다. 토마스는 비누가 전혀 필요 없는 부류에 속했다.

그런데 아이들은 정말 건강했다. 섬 생활은 그들에게 아주 대단한 경험을 선사했다. 아이들은 근육도 생겼고 피부도 갈색으로 탔다. 깎아진 절벽과 나무가 가득한 숲은 철봉과 평행봉을 갖춘 전 세계의 그 어떤 체육관보다 몸을 단련하기에 더 훌륭했다. 그래도 다이아나의 민첩함을 따라갈 수 있는 아이는 없었다. 이 소녀는 같은 나이 또래의 다른 아이들과 비교하면 힘과 신체의 기량 면에서 그 누구도 따라갈 수 없을 정도로 탁월했다.

하지만 교양에 있어서는 그렇지 않았다. 아이들의 숙소였던 빌라에도 도서관이 있었는데, 아이들이 집을 떠날 때 배낭에 넣어온 책들을 꽂아둔 서가였다. 그렇지만 곧 모든 아이들은 모든 책을 읽었다. 물론 올리버 같은 소년에게, 클라우디아의 배낭에 있던 『난쟁이의 모험』 같은 책을 하품도 하지 않고 한 번 이상 읽으라고 요구할 수는 없었다. 슈테판은 아이들의 무뎌진 이성에 기름칠을 해야 할 때라고 판단하고, 일종의 수업 비슷한 것을 준비했다. 아이들은 저녁이 되면 모닥불에 앉아서, 수학, 과학, 지리와 역사를 조금씩 배웠다.

"우리가 테라니엔으로 가면, 모두 낙제를 할 거야!" 슈테판이 말했다.

그럴 가망성은 적어 보였지만, 아이들은 그렇게 될 것이라는 점에 있어서는 의심하지 않았다. 아이들은 아주 먼 수평선에서 배가 한 척 지나가는 경우를 자주 봤다. 하지만 아무리 소리를 지르고 소란을 피워봐도 소용이 없었다. 물론 아이들이 섬에서 몇 주를 보낸 뒤 한 번은 흥분되는 사건이 일어났다.

어느 따뜻한 날 오전 아이들은 갑자기 바다 저 멀리서 여러 대의 비행기가 날아가는 소리를 들었다. 아이들은 올리버의 쌍안경을 얼른 가져왔고, 이 비행기 중대가 날아갈 때 세어보니 총 열한 대였다. 그리고 테라니엔 국가 표시도 보였다.

아이들은 모두 숲 가장자리에 서서 열한 대의 비행기가 열 한 개의 점으로 사라질 때까지 하늘을 바라보았다. 젭은 주머니에서 거울 조각을 꺼내서 빛을 이용하여 허공에 구조신호를 보냈다.

갑자기 마지막 비행기가 뒤떨어지더니 나선형으로 떨어지기 시작했다.

"뭐야? 곡예를 하는 거야?" 다이아나가 물었다.

"농담하지 마. 내가 보기에는 엔진에 문제가 생긴 것 같은데." 젭이 걱정스럽게 말했다. "너희들, 보이지? 세상에!"

비행기에서 갑자기 불길이 높이 솟았다. 비행기는 마치 술에 취한 것처럼 허공에서 휘청거렸다. 비행기의 앞부분에서 묶음이 하나 툭 떨어지더니 작은 낙하산이 되어 천천히 수면 위에서 움직였다.

"조종사가 고무보트를 던졌어. 저기 내려오네!" 젭이 소리를 질렀다.

사람이 매달려 있는 커다랗고 밝은 색의 낙하산이 밑으로 내려가고 있었다.

"그에게 신호를 보내고 소리를 지르자! 어쩌면 우리 목소리를 들을지도 몰라." 올리버가 말했다.

아이들은 있는 힘껏 소리를 질렀다. 하지만 테라니엔의 조종사는 아이들의 목소리를 알아차리지 못했다. 조종사는 바닷물에 떨어졌고, 잠시 후 아이들은 이 조종사가 고무보트에 올라타서 동료 조종사들이 사라진 방향으로 노를 젓는 모습을 보았다.

"저기! 비행기다!" 슈테판이 소리를 질렀다.

불에 타고 있는 비행기가 몇 번 공중제비를 하더니 완전히 연기와 불길에 휩싸여서 섬으로 떨어지고 있었다. 끔찍한 소리를 내면서 비행기는 깜짝 놀라 바닥에 엎드린 아이들을 지나치더니 나무 위에 추락했다. 다행스럽게도 불은 저절로 꺼졌다. 다만 한동안 검은 연기가 올라왔고 아이들은 이 때문에 눈물이 났다.

오후에 아이들은 불탄 비행기를 살펴보려고 기어 올라갔다. 비행기의 뒷부분은 완전히 타버리고 없었지만, 조종사 자리는 거의 손상되지 않았고 약간 그을린 자국만 남아 있었다. 아이들은 이 의자를 떼내어 겨우 자신들의 숙소로 끌고 왔다. 편안하게 앉을 수 있는 의자로 사용할 계획이었다.

아이들이 새롭게 손에 넣은 이 의자로 기뻐할 동안, 젭은 아이들 몰래 숲으로 들어가서 혼자 비행기에 올라갔다. 소년은 아무에게도 말하지 않았지만 뭔가를 발견했던 것이다. 조종실의 배전반에서 확성기를 봤던 기억이 났고, 즉각 이 장치로 메시지를 보내야겠다는 계획이 떠올랐다. 젭은 기술에 관해서도 아는 게 많았다. 그가 오랫동안 이것저것을 주물럭거리고 스위치를 켰더니, 갑자기 헤드폰에서 나지막한 소음이 들려왔다. 이 장치가 작동이 되었고, 젭은 메시지를 전할 수 있게 되었다! 소년의 심장은 옆에서도 들릴 만큼 쿵쿵 뛰었다. 하지만 진정하고, 어떤 말을 보내야 할지 고민했다.

"헬로, 헬로" 젭은 확성기에 대고 말을 했는데, 갑자기 고민할 필요 없이 말이 줄줄 나왔다. "우리는 '불의 나라' 호에 탔던 열 한 명의 어린이들입니다. 모두 죽지 않았고, 작은 섬에 있어요. 제발, 우리를 데리러 와주세요!"

물론 아무런 효과가 없겠지만 그래도 한 번 해봐야지! 젭은 속으로 그렇게 생각하면서 두 번 세 번 반복했다. 그러자 윙윙 소리가 나더니 아무 소리도 나지 않았다. 젭이 그토록 노력을 했지만 아무런 응답도 듣지 못했다.

젭은 창피한 심정으로 나무를 내려왔다. 자신의 솜씨가 너무 형편없다는 생각에 다른 아이들에게는 아무런 말도 하지 않았다.

어느 날 저녁 슈테판은 섬에 이름을 붙여주자고 제안했다.

"이 섬을 발견한 사람들은 우리고, 나중에 지도에도 나오게 해야 해. 이곳을 뭐라고 부를까?"

아이들은 오랫동안 적당한 이름을 찾아보았다. 다이아나는 '원숭이 집'이라고 하자고 했고, 올리버는 간단하게 '열한 명의 섬'으로 부르자고 했다. 슈테판은 모두 마음에 들지 않는다고 했다. 마침내 슈테판은 라틴어를 배웠던 기억을 하고는, '인술라 푸에로룸(insula puerorum)'을 제안했다. 이런 이름이라면 세계지도에 나와도 될 것 같았다.

"무슨 뜻이야?" 다이아나가 물었다.

"소년들의 섬이야." 슈테판이 말했다.

"그래, 그럼 우리 소녀들은?" 리나가 샐쭉하게 물었다.

"'푸에리'라는 단어는 굳이 소년만 의미하지는 않아. 아이들이라는 뜻이지." 슈테판이 리나를 진정시켰다.

"인-술-라 푸-에-로-룸" 올리버가 발음을 연습해보았다.

"너무 길어. 그리고 너무 아는 척하는 이름인 것 같고. 간단하게 인수-푸 어때?"

"인수-푸 좋아!" 아이들이 소리를 질렀다. 섬 이름은 그야말로 외국말처럼 들렸다. 절반은 남태평양 말 같고 절반은 중국말 같았다. 아이들은 섬 이름에 완전히 반해서 그날 저녁에는 이름들을 만들어내느라 시간을 다 보냈다. 아이들은 섬에 있는 모든 나무와 동물들에게도 아름답게 들리는 이름을 붙여주고 싶었다. 그래서 예를 들어 인수푸 섬에서 가장 키가 큰 종려나무인 보보스 종려나무를 줄여서 '보-파 라'는 이름이 나왔다. 클라우디아가 늘 나무속껍질로 일하는 장소는 '바-조-파'라는 이름을 지었고, 낚시하고 물을 마시며 목욕을 하는 작은 시내를 '피트리바바'라고 불렀다. 이 작은 강은 아이들에게 물뿐 아니라, 맛있는 생선도 제공했다. 뗄 수 없는 한 쌍은 '우-리-파'라고 불렀는데, 쿠르트 콘라드가 다이아나와 토마스, 그리고 젭과 클라우디아를 두고 고안해낸 표현이었다.

아이들은 낯선 사람들은 도저히 알아듣기 힘든 말을 했다. 만일 파울이 점심 때 '프리-무-사(=신선한 조개 샐러드)'나 '카르-부-퀴(=으깬감자뿌리)'를 먹고 싶다고 말하면, 인수푸에 사는 사람이 아니라면 도대체 무슨 말인지 이해할 수 없었다.

아이들이 인수푸 섬에서 3개월을 보냈을 때 일 년 가운데 4분의 1을 지낸 기념으로 파티를 열었다. 빌라를 아름답게 장식했고, 리나는 사냥꾼 쿠르트 콘라드와 카트린이 가져온 재료로 파티 요리를 준비했다. 올리버가 연설을 한 다음 아이들은 깃발을 올렸다. 이 깃발은 토마스가 예전에 입었던 흰색 셔츠였는데, 이 셔츠를 막대에 높이 꽂아두자 바람에 흔들거렸다. 아이들은 이 셔츠에 열매에서 얻은 빨간 즙으로 '인수푸'라고 그려 넣었다. 깃발은 이것으로 충분했다.

식사가 끝나자 오래전에 건강을 완전히 회복한 다이아나가 새롭게 개발한 곡예를 보여주었다. 하지만 파티의 꽃은 예기치 않은 종류였다. 갑자기 스테판이 자리에서 일어나더니 당황한 상태에서, 자신은 시인이 아니라 의사라고 말했다. 그리고 제대로 된 것은 아니지만 노래를 하나 만들었으니 볼프강이 연주를 하면 자신이 노래를 부르겠다고 말했다.

"불러봐!" 아이들이 소리를 질렀다.

볼프강이 피리를 불자 슈테판은 인수푸에 대해서 노래를 불렀다.

우리의 섬 인수푸,
항상 즐거운 일이 일어난다네,
이곳에는 나무들이 똑바로도 자라나고 구부정하게 자라기도 한다네,
야생 원숭이들이 나무를 올라가고,
얘들은 우리에게 열매를 마련해줘야 한다네.
낮이고 밤이고 인수푸 섬에서는 조용할 때가 없다네.

우리의 섬 인수푸,
이곳에는 양말도 신발도 없다네.
몸에 가지고 있는 것은,
토끼털과 나무속껍질!
우리는 웃지, 그 밖에 무엇을 하겠어?
우리의 물건은 모두 망가진다네.
순식간에 구멍이 나거든,
인수푸 섬에서는.

언젠가 배 한 척이 우리 인수푸에
오게 되면—나누, 나누,
우리는 빌라를 두고 가야 하지,
집으로 기꺼이 돌아갈 거야…….
그러면 원숭이들은 입을 멍하니 벌리고 있겠지,
우리는 오랫동안 그들에게 손을 흔들 거라네,
안녕, 인수푸여.

"멋져!" 아이들이 환호성을 지르며 손뼉을 쳤다. "원숭이한테 뭘 흔들 거야?" 리나가 물었다. "손수건." 슈테판이 대답했다.

"'나누, 나누' 배가 빨리 와야 할 텐데. 우리 옷 창고에는 손수건이 겨우 다섯 장밖에 없어. 아이들은 열한 명인데."

"코 하나 당 손수건 절반씩 쓰면 돼!" 젭이 재빨리 계산을 하더니 히죽히죽 웃었다. "감기 걸리면 턱없이 부족하겠지만, 흔들 때는 충분해."

피트리바바 냇가에서 일어난 뜻밖의 사건

아이들이 어떤지 아는 사람이라면, 그러니까 교실에서든 수영이나 체조를 하는 체육시간이든 아이들이 모여 있는 곳에는 항상, 그들이 감당하기 힘든 아이가 꼭 한 명은 있다는 것을 안다.

인수푸에도 그런 아이가 한 명 있었다. 바로 쿠르트 콘라드였다. 모든 아이들은 쿠르트 콘라드와 기분 나쁜 경험을 한 번씩 했다. 올리버는 아이들과 함께 이 섬에 처음 도착했던 날 아침, 쿠르트 콘라드가 자신에게 화를 내면서, 올리버가 모든 아이들을 노예로 만들려 한다고 주장했던 사건을 잊을 수가 없었다. 다이아나 역시 쿠르트 콘라드와 끊임없이 충돌했다. 다이아나가 사랑하는 새끼 원숭이 보보를 여전히 "옴에 걸린 짐승"이라고 불렀을 뿐 아니라,

저녁에 모닥불 곁에 앉아서 수업을 할 때면 다이아나의 부족한 교양실력을 두고 늘 놀려댔기 때문이다. 물론 쿠르트 콘라드는 아는 게 진짜 많기는 했다. 거의 모든 것을 안다고 말해도 될 정도였다. 모든 전쟁과 왕들과 주요 강 이름들, 지구에서 달까지의 거리도 알고 있었다. 심지어 다이아나가 전혀 모르는 수학의 근을 보여줄 수도 있었다.

"그런 건 치과의사들이나 할 줄 알 거야. 숫자에는 뿌리 같은 것은 없다고!" 다이아나가 화를 내면서 주장했다.

"서커스에서는 물론 없겠지. 하지만 고학년으로 올라가면 있어." 쿠르트 콘라드는 잔뜩 비꼬면서 대답했다.

다이아나의 파란 눈이 분노로 어두워졌다. "너는 그렇게 잘난 척 하다가 망할 거야. 고학년이든 근이든 필요 없거든. 우리 서커스에서는 너 같은 걸 넣어주지도 않을 뿐 아니라, 관객으로도 들여보내지 않을 거야."

"그러셔? 그렇담 걱정이 되어 코라도 한 입 베어 먹어야겠네." 쿠르트 콘라드가 비꼬았다.

"그래도 괜찮을 거야, 어차피 그 코는 뾰족하니까." 다이아나도 참지 않았다.

마술사 젭은 항상 섬에서 평화와 단결을 위해 힘을 썼으므로 두 사람 사이에 끼어들었다. "그만해. 원숭이들이 어떻게 생각하겠어……."

하지만 젭은 마음속으로 다이아나의 행동이 마음에 들었다. 쿠르트 콘라드의 거만함은 정말 참기 힘들었다. 젭은 교수의 아들인 쿠르트가 노동자의 아들인 자신보다 훨씬 뛰어나다고 믿는 점을 잘 알고 있었다. 쿠르트는 공격적이고 불쾌하게 행동하는 것 외에는 비난할 게 없었다. 이 소년은 똑똑하고, 재주가 많았으며, 아이들의 나라에 반드시 필요한 사람이었다. 그 누구도 쿠르트 콘라드보다 더 빠르게 야생 염소를 잡을 수는 없었다. 그 누구도 이 소년처럼 큰 물고기를 잡을 수는 없었다. 그러니까 이 소년은 타고난 사냥꾼이었다. 인내심도 많았고, 재빨랐으며 상당히 잔인하기도 했다. 활과 화살로 날아가는 새도 정확하게 맞추는 바람에 죽은 새가 땅에 떨어졌다. 쿠르트 콘라드는 카트린이 근처에 있으면 항상 이런 솜씨를 보여주고는 했는데, 소녀는 그때마다 창백해지고는 했다.

"네 어머니가 왜 집을 나가셨는지 나도 알겠어. 이런 아들 곁에 나도 살고 싶지 않을 테니까!" 카트린은 눈에 눈물을 글썽이며 말했다.

하지만 이런 말을 들어도 쿠르트는 한바탕 웃어대고는, 카트린이야말로 지나치게 감성적이며, 자신의 가족사에 관심을 갖는 대신에 약초 차나 잘 만드는 게 더 나을 것이라고 말했다. 카트린은 입술을 깨물고 눈물을 닦고는 쿠르트 콘라드를 온 마음으로 미워했다.

기다려, 언젠가는 내가 너의 그 잔인한 행동에 대해 반드시 복수를 해줄 테니……라고 소녀는 생각했다.

이런 날이 올 수 있었지만, 아직은 다가오지 않았다. 그 대신 쿠르트와 카트린 사이에 지극히 위험한 일이 터졌는데, 인수푸에 살던 다른 아이들은 알지 못했다.

아주 더운 오전이었다. 이른 아침부터 카트린은 열매를 따느라 고생하고 있었다. 소녀는 검고 파란 열매를 따기 위해 가시가 돋은 덤불 아래에서 몇 시간째 몸을 구부리고 있었다. 이 열매로 정말 맛있는 잼을 만들 수 있었다. 카트린의 배낭이 꽉 찼을 때, 소녀는 가시덤불에서 나와서 팔다리를 쭉 뻗고 아픈 등을 펴며 태양이 어디에 있는지 찾아보았다. 점심 때까지 한 시간 정도의 여유가 있었다. 그래서 카트린은 낚시도 하고 물도 마시며 목욕도 하는 작은 강인 피트리바바에 가서 씻기로 결정했다. 손은 마치 잉크에 담그기라도 한 듯 보였고, 팔과 다리는 가시에 찔렸으며, 검푸른 열매즙이 온몸에 덕지덕지 묻어 있었다. 소녀는 숲을 통과해서 강의 상류 쪽으로 갔다. 이곳은 물이 깊지도 넓지도 않았으며, 이끼 낀 돌 위로 물이 찰싹거리며 출렁이는 곳이었다. 이곳은 인수푸 섬에서 가장 아름다운 장소였고, 카트린은 자주 목욕을 하러 이곳에 왔다. 이곳의 시냇물은 곧게 흘러갈 힘도 없었다. 숲 저 밑으로 가야 충분한 물길이 바위 평지를 힘차게 지나갔다. 하지만 이곳은 갑자기 물길의 방향이 바뀌는 곳도 많았고, 오래된 나무들이 여러 그루 서 있는 곳의 주변에는 활모양으로 굽어서 물이 흘러갔으며 바위 주변에는 조용하게 굽어서 물이 흘러갔다. 이 바위를 지나가면 급하게 물이 흘러가는 경향이 있었다. 이렇게 하여 강에는 온갖 자그마한 섬들이 생겨났고, 이런 곳에는 갈대들이 자라고 있었다. 흐르는 물 위로 나무들과 덤불들이 가지를 축 늘어뜨리고 있었다.

카트린은 옷을 나뭇가지에 걸어두고 갈대를 지나 물 안으로 들어갔다. 카트린이 지나가는 바람에 늪에서 알을 까고 있던 닭이 깜짝 놀랐고, 소녀는 이끼 낀 바위로 갔다. 한동안 손과 발로 물장난을 쳤으며, 그런 뒤에 카트린은 시원한 물에 몸을 담그고 누워 있었다. 할미새 한 마리가 귀여운 다리로 바위 위를 폴짝 뛰어다녔고, 기다란 꼬리로 위아래로 날개 짓을 했다. 숲은 그야말로 조용했다. 인수푸에서 맞이하는 여름도 매우 더웠으며, 오후의 햇살이 일찍부터 쨍쨍 내려쬐는 바람에 대부분의 동물들은 이미 그늘진 구석으로 사라지고 없었다.

카트린은 눈을 감았다. 갑자기 눈을 다시 뜨고는 맞은 편 강가로 고개를 돌렸다. 이곳에서 새가 무서운 듯 날카로운 소리를 질러댔기 때문이다. 카트린은 그 자리에서 일어나 옷을 걸어둔 나무로 달려가다가 또 늪에 사는 닭을 놀라게 했다. 급히 옷을 입고는 새의 소리가 들려왔던 맞은 편 강가의 작은 섬으로 걸어서 갔다.

카트린은 숨을 죽이고 조심스럽게 갈대밭 사이로 관찰했다. 소녀는 자신이 본 장면 때문에 놀라서 몇 초 동안 꽁꽁 얼어 있었다. 쿠르트 콘라드는 땅바닥에 배를 깐 채 팔꿈치를 기대고 누워 있었다. 손에는 나무의 속껍질이 있었는데, 새의 다리에 그 끈이 묶여 있었다. 새는 더 이상 날 수 없었고, 보아하니 부상을 입은 것 같았다.

고통을 받고 있는 이 동물은 쿠르트의 손에서 빠져나가려고 애쓰면서 자신을 구해줄 수 있는 갈대로 날아갔다. 하지만 갈대에 도착해서 안전하다고 믿는 순간, 쿠르트 콘라드는 속껍질로 만든 끈을 당겼다. 그러면 이 끈에 발이 묶여 있던 새는 다시 고통스럽게 돌아올 수밖에 없었고, 이런 모습을 소년은 히죽거리며 지켜보았다. 정말 쿠르트는 웃었다! 카트린은 분명하게 보았다. 이런 행동을 그는 재미있어 하는 게 분명했다.

그런 고함을 지를 수 있으리라고는 감히 누구도 상상할 수 없을 만큼 거칠고 끔찍한 소리를 지르며 카트린은 갈대숲을 헤치고 나가더니 깜짝 놀란 쿠르트 콘라드를 덮쳤다.

"동물을 괴롭히는 너는 살인자야!" 카트린이 고함을 질렀다.

쿠르트 콘라드는 놀라서 벌떡 일어났고, 카트린은 마치 거친 고양이처럼 소년에게 달려들어서, 할퀴고 물어뜯고 주먹으로 소년의 가슴을 마구 때렸다. 한참 뒤에 쿠르트 콘라드는 정신을 차렸고, 그러자 미친 듯이 날뛰는 소녀를 단번에 제압했다. 소년은 소녀의 팔을 뒤로 꺾었다.

"이제 너랑 뭘하지?"

"새를 차라리 죽여. 저렇게 괴로워하잖아. 그게 보이지 않아?" 카트린이 부탁했다.

"그럴까? 그렇게 하고 싶지는 않지만." 쿠르트 콘라드는 이렇게 말하며 재빠르게 동물을 죽였다.

카트린은 눈을 감았다. 이 소년은 얼마나 자주 이런 짓을 했을지 씁쓸하게 생각해보았다. 연습을 많이 한 게 분명했다. "눈 떠!" 쿠르트 콘라드가 갑자기 명령을 내렸다. 소년의 목소리는 거칠고 낯설었다. 카트린은 소년의 바로 앞에 서 있었기에 두려웠다. 도와달라고 울고 싶었지만, 목구멍에서 소리가 나오지 않았다. 소녀는 절망감에 빠져 머리를 숙이자 빨간 머리카락이 앞으로 흘러내렸다.

카트린은 머리카락 사이로 바닥에 죽은 새 옆에서 깨진 세 개의 알이 있는 둥지를 알아보았다. 쿠르트 콘라드는 나무에 올라가서 둥지에 있는 알을 훔쳤고, 어미 새에게 상처를 입히고는 끈을 묶었던 것이다. 그리고는 어미 새가 보는 앞에서 알을 모두 깨트렸고 그런 다음 끔찍한 놀이를 계속 했던 게 분명했다.

이처럼 끔찍한 행동을 확인하자 카트린이 다시 말을 했다. "너는 사악하고 형편없는 인간이야, 쿠르트 콘라드." 소녀가 천천히 말했다. "죽은 새는 어쩌면 하늘나라에 가서 잘 지낼 거야. 하지만 우리는 너를 나무 위에 올려놓고 인수푸에 있는 모든 새들을 불러서, 작은 부리로 너를 쪼게 내버려둬야 해. 그래야 너도 고통이 무엇인지 알 수 있을 테니까."

"멍청한 소리는. 나를 나무 위에 올려놓을 사람은 아무도 없어. 내가 나의 사냥감으로 하는 짓은 너하고 아무런 상관도 없잖아. 다른 애들한테도 상관이 없어. 순전히 나의 개인적인 일이라고!"

"개인적인 일이 아니라, 개인적인 재미라고 말해야지!"

쿠르트 콘라드는 가늘게 눈을 뜨고 카트린을 보더니 또다시 위협했다. "누구에게도 얘기하면 안 돼! 나한테 맹세해! 누구한테도 이야기하지 않겠다고!"

"맹세하지 않는다면?" 카트린이 번개처럼 몸을 돌려서 도망을 가려했다.

"여기 있어!" 쿠르트 콘라드는 세 발자국을 떼자 벌써 소녀를 잡아서 다시 팔을 뒤로 꺾었다. 많이 아팠다.

"어때? 맹세할 거지? 내가 셋을 세지. 하나……." 소년이 물었지만 카트린은 두려워서 덜덜 떨었다. "내가 맹세하지 않는다면, 무슨 짓을 할 건대?"

"알게 되겠지. 둘……."

쿠르트 콘라드는 소녀를 놓아주지 않은 채 몸을 숙였고, 자유로운 손으로 활과 화살을 허겁지겁 들어올렸다.

이게 뭐지!? 카트린은 눈앞이 깜깜했고 어지러웠다. 뭔가 쏘려는 건데!

"셋."

"그만! 제발 그만해, 쿠르트 콘라드! 네가 원하는 건 무엇이든 맹세할게. 하지만, 하지만 어린 새끼들은 해치지 말아줘!" 카트린은 울먹였다.

쿠르트 콘라드는 활과 화살을 내려놓더니 놀라운 듯 소녀를 바라보았다.

"그건 또 무슨 말이야?" 소년이 물었다.

"백설공주 이야기에 그런 장면이 나와. 사냥꾼이 불쌍한 백설공주를 숲으로 데려가서 사악한 여왕에게 백설공주의 심장을 내어주려고 하자, 그때 공주가 사냥꾼에게 부탁을 해. '친애하는 사냥꾼님, 나를 살려주시고 나의 어린 것들을 해치지 말아주세요…….'"

소녀의 목소리는 눈물로 막혔다. 무엇 때문에 우는지 카트린도 몰랐다. 쿠르트 콘라드 때문인지, 못된 여왕 때문인지, 백설공주의 신세가 된 자신 때문인지, 땅에 죽어 있는 새 때문인지, 너무 무서워서 활을 맞을 용기가 없는 자신 때문인지.

쿠르트 콘라드는 소녀의 얼굴을 보더니 갑자기 땅을 쳐다보았다. 소년은 부끄러웠다.

"내 말을 따라해." 소년이 중얼거렸다. "나는 맹세하노니……."

"나는 맹세하노니……."

"……나의 명예를 걸고……."

"……나의 명예를 걸고……."

"……그리고 신성한 모든 것에……."

"……그리고 모든 것에……."

"너한테는 뭐가 신성하냐?" 쿠르트 콘라드가 따라하는 카트린에게 물었다.

"몰라. 나의 명예를 걸고, 라는 말로도 충분해." 소녀가 지쳐서 말했다.

"좋아. 여기에서 일어난 모든 일에 대해서 그 누구에게도 한 마디도 하지 않을 것이다……."

"여기에서 일어난 모든 일에 대해서 그 누구에게도 한 마디도 하지 않을 것이다……." 카트린이 얌전하게 따라했다.

"새에 관해서도 그렇지만, 내가 너를 여기에서 붙들고 있었던 일도 말하지 않겠다고 맹세해야 해." 이렇게 말하고는 쿠르트 콘라드가 마침내 소녀의 팔을 놓아주었다.

카트린은 고개를 끄덕였다. 갑자기 모든 것이 아무런 의미가 없었다. 속이 텅 빈 것 같았고 슬픔과 기쁨 같은 감정들조차 사라졌다. 만일 쿠르트 콘라드가 지금 다시 한 번 하나, 둘, 셋을 세기 시작한다면, 끝까지 세도록 하고 원하는 걸 하게 해야지, 라는 생각이 들었다.

“어디 안 좋아?” 쿠르트 콘라드는 몸을 숙여서 소녀를 살펴보았다. 카트린은 자신도 모르는 사이에 땅에 푹 주저앉았던 것이다.

“가만히 있어…….” 쿠르트 콘라드는 서둘러 소녀를 엎고 갈대밭을 지나 냇가로 갔다. 카트린은 저항을 하려고 했지만, 그렇게 할 힘이 없었다. 소년은 카트린을 냇가에 내려놓더니, 손으로 물을 떠와서 소녀의 이마에 뿌려주었다.

“고마워.” 카트린은 자리에서 일어났다.

“벌써 좋아진 거야?”

“응.” 카트린은 소년을 쳐다보았다. 착각을 했는지 아니면 쿠르트 콘라드의 눈에서 걱정하는 빛을 본 것이 사실일까? 이렇듯 잔인한 소년이 다른 사람을 걱정할 수 있다는 게 믿기지 않았다. 하지만 일 분 정도 소년의 얼굴에서 동정심을 봤다는 확신이 들었다. 심지어 소년의 목소리조차 보통 때와는 달랐다.

“너는 잘 알고 있겠지.” 쿠르트 콘라드는 익숙한 그 목소리로 돌아오더니 자리에서 일어났다.

카트린은 지쳐서 자리에서 일어났고 더 이상 소년을 쳐다보지 않고서 신발과 열매를 따서 넣어둔 배낭을 가지러 냇물을 건너갔다. 쿠르트 콘라드는 소녀를 바라보았다. 그다지 기분이 좋지는 않았다. 카트린에게 맹세를 받아냈지만, 이런 승리는 대단한 게 아니었다. 거의 열네 살이 된 소년이 자신보다 어린 소녀를 제압하는 일은 어렵지 않았다. 마지막에 소녀는 무서워서 시키는 대로 했다. 소년은 난폭하고 타락한 도둑의 두목처럼 행동했다.

소년은 화가 잔뜩 난 채 새를 주워서 자신의 사냥 주머니에 넣었다.

내가 그럼 다른 식으로 행동할 수는 없었잖아, 라고 소년은 양심의 가책을 느끼는 자신에게 말했다. 언젠가 내가 위대한 나의 계획을 완성하기 위해서는, 카트린이 다른 아이들에게 고자질을 하게 내버려둬서는 안 되었다. 아이들은 나를 좋아하지는 않지만, 내 능력을 감탄하고 나를 존중하지. 그런데 이제 내가 한 짓을 알게 된다면, 새를 괴롭히고 소녀의 팔을 꺾었다는 사실을 알게 된다면, 이 섬에 도착하면서부터 내가 계획했던 목표를 결코 달성하지 못할 거야!

쿠르트 콘라드는 아이들의 숙소가 있는 곳으로 갔다. 아이들은 이미 점심을 먹기 위해 앉아 있었다. 카트린이 없었다. 올리버가 도대체 카트린은 어디 갔느냐고 묻자, 리나는 빌라에 있는 침대에 누워 있는데 이상한 것 같다고 말했다. 그러자 의사 슈테판이 응급 상자를 들고 빌라로 갔다. 한참 후 어찌할 바를 모르는 표정으로 다시 밖으로 나왔다. 슈테판은 소녀의 팔과 다리에서 몇 가지 할퀸 자국을 발견했지만, 카트린의 상태를 이것으로 설명할 수는 없었다.

"뭔가 신경의 문제인 것 같아." 슈테판이 올리버에게 말했다.

"신경? 어떻게 신경 문제를 떠올린 거야?" 토마스가 물었다.

어린 클라우디아가 토마스에게 설명을 해주었다. "우리 아버지가 얘기해줬는데, 의사들이 뭔가 발견하지 못하면 신경이 문제라고 한대."

의사 슈테판은 자기를 방어하고 싶었지만, 그때 쿠르트 콘라드가 앞으로 나왔다.

"정말 아무 증상도 발견하지 못했어?" 쿠르트 콘라드가 관심을 가지고 묻자, 슈테판은 놀랐다. 쿠르트는 다른 사람의 안부를 묻는 소년이 아니었다.

"못 찾았어. 몇 군데 이상하게 할퀸 자국이 있기는 하지만 말이야." 슈테판이 말했다.

"어디에서 다쳤는지 말도 안 해?" 쿠르트 콘라드가 다시 물었다.

"응. 아무것도 아니니까 그냥 쉬게 내버려두라고 하더라고!"

"그럼, 그렇게 해. 혼자서 회복할 거야." 다이아나가 말했다.

카트린은 혼자서 건강을 되찾았다. 하지만 창백한 얼굴로 아무 말도 하지 않던 카트린이 다시 아이들이 모여 있는 모닥불에 나타날 때까지 며칠이 걸렸다. 그리고 예전처럼 명랑하고 부지런한 카트린으로 돌아와서 야채를 모으는 일에 열중하게 될 때까지 또 한두 주가 걸렸다.

볼프강과 뱀

볼프강이 이 섬에 도착한 첫날부터 자신의 바이올린이 부서지는 불행을 겪어 큰 슬픔을 안고 지내자, 아이들은 이 어린 소년에게 놀라움과 더불어 이해를 다 할 수 없지만 동정심을 느꼈다. 이 소년은 수줍음이 많았고 꿈에 빠져 있었으며 항상 다른 세계에서 돌아다니는것 같았다. 올리버는 처음에 이 소년을 거칠게 다루었다. “볼프강, 또 집중하지 않는 거야! 무슨 생각을 하고 있어? 내가 방금 말했던 걸 반복해봐!” 볼프강은 어찌할 바를 모르고 자신보다 나이가 많은 소년을 올려다보았다. 늘 그렇듯이 이번에도 올리버가 하는 말을 놓치고 말았다. 볼프강은 입을 다물고 부끄러워서 자신의 피리만 만지작거렸다. 이 피리는 절대 손에서 놓는 법이 없었다. 이 소년의 옆에 앉아 있던 파울이 대답했다. "볼프강은 아무 생각도 안 했어. 속으로 노래를 불렀을 뿐!"

아이들은 고개를 끄덕이며 키득키득 웃었다. 물론 볼프강은 노래를 불렀다! 이 소년은 생각도 하지 않았고, 말도 하지 않았고, 일도 하지 않았다. 노래만 불렀다! 볼프강은 완전히 악보와 소리에만 집중했다.

"노래할 게 어디 있냐? 너는 내가 지금 말하는 것을 조심해야만 해." 올리버는 화난 선생님처럼 굴었다.

볼프강은 도와달라는 눈길을 다이아나에게 보냈다. 다이아나는 음악에 대해서는 젬병이지만, 그래도 볼프강은 자신처럼 예술가가 되기를 원하기 때문에 소년을 보호해주었다.

"귀여운 볼프강, 어쩌면 파울이 틀렸을지 몰라. 너는 마음속으로 노래를 불렀지만, 그래도 뭔가 생각을 했겠지?" 다이아나가 용기를 북돋아주려고 물었다.

볼프강은 그렇다는 뜻으로 고개를 끄덕였다. 소년의 눈이 반짝거리더니 이렇게 말했다.

"나는 베토벤의 바이올린협주곡에서 어떻게 바이올린이 혼자서 연주하는지를 생각했어. 다른 모든 악기들은 조용하게 기다려. 바이올린이 선율을 시작하며, 첼로가 이것을 이어받아. 그러고 나서 클라리넷과 다른 관악기들이 이어가고 마지막에는 오케스트라 전부가……."

볼프강은 벌써 노래를 불렀다. 피리로 박자를 맞추면서, 왜 자신이 이 부분을 생각해야만 했는지를 아이들에게 보여주려고 노력했다. 올리버는 참을 수가 없어서 거의 폭발하기 일보 직전이었다. 이런 소년과 이성적인 대화를 나눈다는 것은 불가능해 보였다.

"넌 클라우디아와 함께 바-초-파에 가서 껍질을 엮는 일을 도와줘." 올리버가 말했다.

볼프강은 자리에서 일어났다.

"좋아. 클라우디아, 우리 이제 갈래? 내가 속껍질을 잡을게. 만일 네가 피곤하면, 우리 일을 바꾸도록 하자. 그러면 내가 엮는 일을 하면 되거든." 볼프강은 게으르지도 않았고 불친절하지도 않았다. 소년은 사람들이 자신에게 원하는 모든 것을 떠맡았고, 성심껏 그 일을 신속하게 잘 완성하고자 했다. 그렇지만 결코 완성하지는 못했다. 친구들이 자신에게 일을 맡기는 동안 볼프강은 음악을 생각했고, 일하러 가면서 또 음악을 생각했다. 그러다보니 일하러 가는 도중에, 자신이 어떻게 일을 해야 하는지를 잊어버리곤 했다. 드물게 맡은 일을 시작할 때도 있는데, 이때도 얼마 후면 소년의 노력은 아무런 결과를 낳지 못했다. 소년이 음악을 다시 생각했기 때문이 아니라, 너무 솜씨가 없었기 때문이다. 가느다란 볼프강의 손가락은 피리를 불 때 재빠르게 움직였고 아마 바이올린을 연주할 때도 놀라울 정도였겠지만, 일상생활에서 뭔가 일을 할 때는 무능하기 짝이 없었다. 아이들이 볼프강에게 칼을 주면, 이 소년은 금방 손을 베었다. 열매를 따는 일을 시키면, 일 분 안에 덤불 속에 있는 모든 가시에 찔려버렸다. 리나가 잠시 수프를 저어달라고 하면, 볼프강은 수프를 다 태우고 붕대로 손을 감고는 며칠 동안 돌아다녀야만 했다. 소년은 자신의 불운에 대해서 어깨를 들썩이며 이렇게 말했다.

"내가 원래 그래. 나는 음악만 할 수 있거든. 만일 내가 바이올린만 가지고 있었다면, 너희들은 내가 솜씨가 없다며 화를 내지 않을 거야."

하지만 아이들은 전혀 화를 내지 않았다. 아이들은 얼마간의 시간이 지나자 볼프강에게 제대로 된 일을 맡기는 것을 포기했다. 이 소년은 실생활에서는 정말 쓸모가 없었다. 혼자서 노래도 하고 피리도 불게 하는 편이 훨씬 나았다.

"원래 이렇게 하면 안 되지." 올리버는 볼프강에게 일을 시키지 않는 게 정의롭지 않다고 생각했다. "일을 하지 않는 사람은, 먹어서도 안 돼!"

"굶어죽게 내버려둘 거야?" 다이아나는 엄한 표정으로 올리버에게 도전적으로 물었다. "올리버, 그거 알아? 어느 날, 우리가 어른이 되고, 한때 인수푸에 살았다는 사실조차 까마득하게 잊어버리면 말이야, 그때 너는 기술자가 되고 살이 쪄서 배가 불룩 튀어나왔을 거고, 슈테판은 안경 낀 늙은 의사가 되어 있을 때, 우리는 길에서 엄청나게 큰 광고를 보게 될 거야.

대연주회
볼프강 하셀베르크
세계적인 예술가이자 대가가
오늘 저녁에 연주를 한다.
좌석은 많지 않음.

그러면 우리 모두는 저녁에 연주회에 가서 제일 앞자리에 앉을 거야. 우리의 볼프강이 무대 위에서 연주한다는 사실에 자부심을 느끼면서 말이야. 그리고 중간에 휴식 시간이 되면 우리는 관중들과 어울려서 이렇게 말하겠지. 볼프강 하셀베르크? 오, 우리는 어릴 때부터 잘 알고 지냈어요……. 그러고는 연주가들의 대기실로 가겠지만, 매니저는 우리를 들여보내주지 않으려고 할 거야. 마이스터가 쉬어야 한다고 말이야. 하지만 볼프강은 우리를 보고 뛰어나와서 소리칠거야. 안 됩니다, 이분들은 들여보내주세요. 인수푸의 친구들이거든! 그리고 우리에게 묻겠지. 연주회가 마음에 들었는지. 그사이 매니저는 매표소에 가서 우리를 위해 공짜표를 구해올 거야. 왜냐하면 볼프강은 오랜 친구들이 표를 사서 연주회를 구경하기를 원치 않을 테니까. 그가 뭐라고 할지 알아?"

올리버는 모르겠다고 고개를 흔들었다.

"볼프강은 이렇게 말할 거야. 이건 정말 내가 할 수 있는 사소한 일에 불과해. 인수푸에서 너희들이 해주었던 것에 비하면 말이야. 나는 그때 정말 아무것도 하지 못하는 멍청이였는데."

다이아나는 그제야 숨을 들이쉬었고, 올리버는 이해를 했다.

"다이아나, 네가 노력을 하면, 너는 일 분 안에 수천 개의 낱말을 내뱉을 수 있어."

"내가 옳다는 걸 곧 알게 될 거야. 수천 마디를 하든 안 하든." 뱀소녀가 말했다.

"그럴지도 몰라. 내가 살이 쪄서 배가 불룩해진다는 건 빼고. 하지만 볼프강이 정말 위대한 예술가가 되려면, 앞으로 족히 20년은 걸릴 텐데. 그사이 우리를 위해서 한 번이라도 일을 해주면 좋겠다."

기적은 자주 일어난다. 이날, 올리버가 뱀 소녀랑 볼프강에 관해서 이야기를 나누었던 날, 그런 일이 일어났다.

저녁에 아이들은 여느 때처럼 둥글게 모여 앉아 있었는데, 이날은 바다에서 바람이 약간 불어오는 빌라의 다른 편에 모여 있었다. 모닥불 근처는 그야말로 빵을 굽는 오븐 같았다. 몇 주 전부터 낮에는 불타는 더위가 기성을 부렸고, 밤에는 후덥지근하고 습기가 많았다. 아이들은 바짝 마른 숲을 다시 신선하게 자라게 해주고 구름 한 점 없는 하늘에서 쨍쨍 내리쬐는 태양을 사라지게 해줄 비가 오기를 간절하게 바랐다. 아이들은 지친 상태로 바닥에 아무렇게나 앉아 있었다.

빌라에 습기가 많지 않았더라면, 아이들은 빌라에 있는 자신들의 침대에서 자고 싶었다. 초저녁이었고, 해가 서서히 지기 시작하더니 나무꼭대기 사이에서 회색의 그림자가 걸려 있었다.

"만일 곧 비가 오지 않는다면, 나는 물을 주지 않은 선인장처럼 말라버릴 거야." 리나가 신음했다. 이 소녀는 그 어느 때보다 불편함을 느꼈다. 요리를 담당하고 있는 까닭에 몇 시간씩 불 옆에 서 있어야 했기에, 더위로 고통스러워했다. 올리버가 위로하며 말했다.

"몇 분 있으면 시원한 저녁 바람이 불어올 거야……."

"너 자신도 그 말을 믿지 않잖아!" 리나가 흥분했다.

"우리는 피트리바바에 가서 목욕을 해야 할 것 같아." 카트린이 말했다.

"피트리바바도 미지근한 물 같아. 거기까지 가기도 싫어." 리나가 불평했다.

"지식게임을 좀 하면 어떨까?" 슈테판이 제안했다.

"난 싫어. 깊이 생각도 해야 하고! 그러면 내 머리는 폭발할 거야!" 리나가 말했다.

"오호, 자비로운 숙녀에게 편두통이 있나봐." 기분 나빠하는 게 신경이 쓰였던 젭이 말했다.

찬성하는 사람과 반대하는 사람을 조사해보니 교양놀이를 하자는 아이들이 더 많았다. 파울이 첫 문제를 던졌다.

"나는 작가를 한 사람 알고 있는데, 이 사람의 이름은 'S'로 시작해서 'E'로 끝나. 많은 희곡을 썼어."

"세익스피어!" 아이들이 소리쳤다.

"그렇게 쉬운 게 어디 있냐?" 쿠르트 콘라드가 말했다. "적어도 이런 질문은 해야지. 나는 세익스피어의 희곡을 하나 알고 있는데, 'H'로 시작해서 't'로 끝나."

올리버와 슈테판은 답을 알고 있었다. "햄리트."

슈테판이 질문을 해도 되었다.

"나는 유명한 의사를 알고 있어. 'P'로 시작해서 'r'로 끝나는 이름이고 광견병을 예방하는 약을 발명했지."

"파스퇴르." 쿠르트 콘라드가 말했다.

올리버는 자신들보다 나이가 어린아이들, 그러니까 옆에서 입을 꾹 다물고 앉아 있는 토마스, 클라우디아와 볼프강이 있는 쪽으로 몸을 돌렸다.

"너희들은 뭐야? 질문 할 게 없어?"

"'T'로 시작해서 'y'로 끝나. 작곡가이고 심포니와 아름다운 바이올린 협주곡을 썼어." 볼프강이 말했다.

"슈베르트." 토마스가 말했다. 왜냐하면 토마스가 알고 있는 유일한 작곡가였기 때문이다.

"'T'와 'y'라니까 토마스!" 슈테판이 답답해서 설명을 해주었다.

"차이코프스키." 쿠르트 콘라드가 말했다. 이 소년은 음악을 전혀 이해하지 못했지만 작곡가의 이름은 알고 있었다.

"이제부터 좀 더 어려워질 거야. 앞에는 'U'이고 뒤에는 'i'야. 콩고의 지류 이름이야."

"너무 똑똑한 건 건강에 좋지 않아." 다이아나가 중얼거리면서 보보 옆에 길게 누웠다. "내가 어떻게 알겠어? 콩고라는 곳을 따라 흐르는 강도 모르겠는데, 지류를 어떻게 알겠어!"

"북극은 어때?" 토마스는 다이아나와 마찬가지로 지나치게 어려운 질문이 마음에 들지 않았다.

"뱀 소녀에게는 이 세상에 강이 오로지 하나밖에 없겠지. 인수푸에 있는 피트리바바 아니겠어?" 쿠르트 콘라드가 비꼬며 말했다. "농담을 하는 거라면, 그래, 실컷 하셔. 너무 더워서 너랑 말다툼하고 싶지도 않거든."

다이아나는 토마스의 배에 머리를 올려놓고 눈을 감았다. 토마스는 숨쉬기가 어려웠지만, 다이아나의 머리를 받치고 있다는 사실이 자랑스럽기만 했다.

클라우디아는 이미 잠이 들었다. 세워둔 다리에 팔을 감고서 머리를 무릎에 올려놓은 상태였다. 파울 역시 졸고 있었다. 숲에서 별도 없는 여름밤의 무덥고 어두운 기운이 올라왔다. 야자나무를 지붕으로 삼고 있는 아이들의 집 빌라는 저녁 하늘에서 사라지고 있는 밝은 분위기 가운데 우뚝 드러나는 검은 형체였다.

바위 평원 위의 공기는 뜨거웠다. 인수푸 섬 전체가 지쳐 있는 것 같았다. 아이들은 아무 말도 하지 않았다.

갑자기 카트린이 날카로운 소리를 질렀다. 모두들 일어나서 무슨 일인지 물었다.

"무슨 일이야?"

"왜 고함을 질러……?"

"아이, 네가 나를 깨웠잖아……!"

아이들은 잠을 깨게 만든 카트린을 쳐다보며 화를 냈다. 어두워지고 있는 시점이라 카트린의 모습은 알아보기 힘들었다. 소녀는 멍하게 앉아서 눈을 크게 뜬 채 아이들이 둥글게 모여 있던 중앙을 쳐다보고 있었다.

"뭐야?" 리나가 무서워서 속삭였다.

"저기, 저기!" 슈테판이 조용하게 말하며, 천천히 앞으로 기어오고 있는 물체를 가리켰다.

"뱀……!" 리나가 속삭이는 소리로 말했다.

"독사! 코브라야!" 파울이 신음했다.

아이들은 너무 놀라서 감히 움직일 엄두도 내지 않았다. 리나는 땋은 머리를 이로 꽉 물고서 소리를 지르지 않으려고 안간힘을 썼다. 올리버는 무슨 말을 하려고 입을 벌렸다가 다시 닫고는 침을 꿀꺽 삼켰다. 쿠르트 콘라드는 경련이 일어나서 눈꺼풀이 떨렸다. 심지어 평소의 차갑고 냉정한 성격도 잃어버리고는 어찌할 바를 모른 채 아이들 사이에 앉아 있었다. 토마스는 눈을 질끈 감았다. 토마스는 뱀이 하필이면 자신을 노릴 것이라 확신을 했다. 그래서 이 뱀이 매끈한 몸으로 자신의 맨다리 위를 거쳐서 몸을 감고 올라오는 모습을 보고 싶지 않았다. 뱀은 엉덩이를 S자로 돌아갈 것이고 가슴도 한 바퀴 돌 게 뻔했다. 그런 다음에 자신을 눌러서 잡아먹겠지.

"다이아나! 서커스에서 뱀 조련사는 없었어?" 젭이 속삭였다.

하지만 다이아나는 아무 말도 하지 않고 얼이 빠진 사람처럼 꼼짝하지 않고 앉아 있었다.

갑자기 돌처럼 앉아 있던 아이들 사이에서 뭔가 움직임이 일어났다. 볼프강이 허리띠에서 피리를 꺼내더니 불기 시작했다. 달콤하고도 청명한 음이 흘러나와서 막막한 밤의 정적을 뚫고 위로 올라갔다.

뱀은 볼프강에게 기어가더니, 잠시 멈추어 꼬리를 동그랗게 말고 머리는 수직으로 높이 세웠다. 볼프강은 여전히 피리를 불고 있었다. 소년은 피리를 불며 리듬에 맞춰 이리저리 몸을 흔들었고 피리 너머 간절하게 뱀을 쳐다보았다.

뱀은 약간 몸을 치켜세우더니 역시 이리저리 움직이기 시작했다. 볼프강을 따라 하는 것이, 마치 춤을 추는 것 같았다.

아이들은 안도의 숨을 내쉬었다. 젭이 제일 먼저 일어나서 다른 아이들에게 속삭였다. "서둘러, 뱀 주변에 불을 만들자!" 소리 없이 아이들이 차례로 일어났다. 오로지 볼프강만이 앉아서 피리로 거칠고도 원망하는 곡조를 연주했다. 이 곡조는 인수푸에서 한 번도 들어보지 못한 멜로디였다.

올리버와 젭은 불에 태울 수 있는 재료들을 모아둔 빌라 쪽으로 달려갔다. 둘은 섶나무와 마른 나무 조각들을 끌고 와서 볼프강과 뱀의 주변에 빙 둘러 놓았다.

"불을 붙여!" 올리버가 명령했다.

올리버는 모닥불로 뛰어가더니 불타고 있는 나무토막 두 개를 가지고 돌아왔다. 마치 숲을 따라 횃불행진이 벌어지는 것 같았다. 올리버는 적당하게 떨어져서 원을 만들고 있는 아이들에게 불을 나누어 주었다.

"시작해!" 올리버가 명령을 내렸다.

불을 붙이자 소리를 내면서 타올랐고, 불타는 동그란 원이 만들어지기 시작했다.

"볼프강! 나와! 거기 있으면 불에 탄다고!"

볼프강은 지치지 않고 피리를 불었으며 어떤 위험도 알아차리지 못하는 듯했다. 아이들은 흥분해서 이리저리 뛰어다녔다. 동그란 불길 안에는 이제 피리를 부는 볼프강과 뱀만이 있었고, 볼프강은 안전하게 피할 곳이 없었다.

"볼프강! 지금 나오지 않으면……." 다이아나가 소리를 질렀다.

마침내 볼프강이 멈추었고 마치 꿈처럼 자리에서 일어났다. 그러자 뱀도 땅으로 떨어지더니 소년에게로 기어갔다. "뛰어나와야 해! 여기로 와!" 다이아나가 고함을 지르며 불길이 높지 않은 곳으로 뛰어갔다. 소녀는 불길 사이로 안쪽에 볼프강이 서 있는 모습을 보았다. 소년은 여느 때처럼 명상에 잠긴 눈길로 활활 타오르고 있는 불길을 바라보았다.

또 음악 생각을 하면 안 돼! 다이아나는 걱정이 되어 고함을 질렀다. "볼프강, 얼른! 뛰어 넘어!"

볼프강은 그제야 깨어나더니, 깜짝 놀라서는 불길 사이를 뚫고 점프를 했다. 올리버와 슈테판은 즉시 볼프강을 낚아채서 바닥에 밀고 자신들의 몸을 그 위에 던졌다. 연기로 질식하지 않도록 하기 위해서였다. 그사이 토마스는 약통을 가지러 빌라로 쏜살같이 뛰어갔다. 불에 덴 상처를 치료하는 약들은 많았다.

그사이 아이들은 불이 붙은 나무를 뱀 가까이 가져갔고, 뱀은 완전히 흥분한 상태였다. 쉿쉿 소리를 냈고 혀를 날름거렸으며 엄청나게 빠르게 불길이 훨훨 타고 있는 원 안을 돌아다녔지만 나갈 길을 찾지 못했다. 마침내 뱀은 포기를 하고, 중앙에 몸을 동그랗게 말고는 마지막을 기다렸다. 카트린은 비켜났다. 이 소녀는 동물들이 죽는 모습을 볼 수 없었다. 그 동물이 독사라고 할지라도.

"올리버!" 카트린이 뒤에서 올리버를 살짝 당겼고, 소년이 놀라서 쳐다보니 카트린의 눈에는 눈물이 고여 있었다. "올리버, 저렇게 끔찍하게 죽어야 해? 산 채로 불에 타서?"

"너는 마음이 너무 약해, 카트린!"

"너도 마찬가지잖아. 노란 눈을 한 거북이를 잡아왔던 날을 기억해? 그때도 너는 마음 아파 했잖아……."

"반드시 해야 하니까! 나도 살려두고 싶었지. 하지만 독사도 그래야 해?"

올리버는 다시 등을 돌리고 빌라로 뛰어갔다. 나무들 가운데 특히 길고 강력한 몽둥이를 골라서 돌아왔다. 단번에 불기둥을 넘어서 안으로 들어가더니, 혀를 날름거리는 뱀의 작은 머리를 몽둥이로 명중시켰다. 그러자 뱀은 몇 번 움찔하더니 조용해졌다.

"불을 꺼!" 올리버가 명령했다.

아이들은 물을 가져와서 불을 껐다. 그런 다음에 모두 볼프강이 어떤지 살펴보러 갔다. 볼프강은 작은 화상을 몇 군데 입었고, 검은 머리카락 한 부분이 그을렸다. 의사 슈테판이 붕대를 감아주었고, 소년은 자신의 침대에 만족스러워하며 누웠다. 다른 아이들은 볼프강에게 감탄했다. 고통쯤이야 뭐 그리 대단하겠어? 볼프강은 아이들을 구출했고, 그것도 재주라고는 아무것도 없었던 소년이 말이야!

올리버가 볼프강의 침대 가장자리에 앉았다. "너 정말 대단했어. 너에게 보답할 수 있는 방법이 있다면……."

클라우디아는 그 방법을 알고 있었다. 소녀는 젭을 아이들 몰래 데려가서 오랫동안 소곤소곤 얘기를 해주었다.

"흠. 그건 내가 충분히 잠을 잔 뒤에 결정해야겠어. 하지만 네 말이 맞긴 해. 그렇게 하면 우리는 그에게 엄청난 기쁨을 줄 수 있겠지."

밤늦은 시각에 젭이 빌라에서 몰래 빠져나가 불을 피워둔 자리로 갔다. 그는 끈적끈적한 나무의 진액이 담겨 있는 대접에 뜨거운 재를 넣어서 휘저었다.

갑자기 누군가 그의 옆에 섰다.

"거기서 뭐해?"

젭은 깜짝 놀랐다. 옆에 서 있는 사람은 올리버였는데, 죽은 뱀을 손으로 잡고 있었다. 뱀이 축 늘어져 있어서 얼마나 긴지 알 수 있었다.

"아, 너야? 내가 마술을 약간 부리고 있어. 아브라카다브라. 여기에서 뭔가 나오면, 볼프강은 자신의 바이올린을 다시 갖게 될 거야."

올리버가 젭의 옆에 앉았다. "뱀을 검사해봤거든. 그런데 독이 없었어. 그냥 전혀 해가 없는 뱀이었던 거야."

"그런데 파울이 코브라라고 소리쳤군. 멍청하게!" 젭이 나지막하게 웃었다. 젭은 끈적한 나무 진액을 계속 저었는데, 차츰 데워지고 있었다. "뱀 가죽이 필요해? 이걸로 벨트를 만들 수도 있겠어." 올리버는 기다란 뱀을 앞에 놓았다.

"계속 살 수도 있었는데. 내가 괜히 죽였어. 볼프강도 괜히 불구덩이를 뛰어넘었고."

"그런 말 하지 마! 볼프강이 괜히 그런 건 아냐. 지금까지 아무도 관심을 갖지 않았지만, 단번에 모두가 다들 감탄해마지 않잖아. 뱀은 죽었지만 그럴만한 가치는 충분히 있어."

"그럴지도……." 올리버는 왜 자신은 그런 생각을 못했는지 약간 당황을 했다. "어린 녀석이 마치 영웅처럼 행동해."

"영웅이지! 뱀이 코브라가 아니라는 걸 몰랐잖아! 나한테 물어본다면, 그 사실을 굳이 볼프강이 알 필요는 없다고 생각해. 다른 아이들도 마찬가지이고."

대단해 젭은! 올리버는 감탄을 했다. 올리버는 젭보다 두 살이 많았지만 사람에 대해서는 젭보다 아는 게 적었다. 젭에게는 동생들이 있고, 반대로 올리버는 독자라서 그런 것일까?

젭은 올리버가 한참 동안 말을 하지 않자 오해를 했다. 올리버가 자신의 반대에 기분이 나빠졌다고 믿었다.

"물론 너는 원하는 대로 해도 돼. 난 그냥……." 젭은 화해를 원하듯 말했다.

"아냐, 아냐! 이건 정말 위험한 뱀이었고 볼프강은 우리를 위해 목숨을 내놓았어! 맞아!"

"……피리를 불어서!" 젭이 한 마디 더 붙이고는 서로 굳게 약속을 하듯 미소를 지었다.

이틀 후에 젭과 클라우디아는 활짝 웃는 얼굴로 볼프강에게 갔다. 소년은 빌라 앞에 앉아서 자신의 손이 낫기를 기다렸다. 손이 나아야 피리를 다시 불 수 있으니까. 젭은 야자열매 껍질 반쪽을 들고 갔다.

"이것 봐, 볼프강! 우리는 식물성 아교를 발견했어. 나무 아교처럼 잘 붙어. 그래서 우리는 어쩌면 이 아교로 네 바이올린을 고칠 수 있지 않을까 생각했지."

볼프강은 흥분해서 얼굴이 창백해졌다.

"정말? 그……그……그렇게 될까?" 볼프강은 말을 더듬기까지 했다.

아이들은 빌라에서 바이올린 상자를 꺼내 와서 조각들을 밖으로 끄집어냈다. 볼프강은 부속품들이 어떻게 조립되어야 하는지를 설명했고, 바이올린이 다시 소리를 내려면 정말 정확하게 아교로 부쳐야 한다고 주장했다. 아이들은 정신을 집중해서 바이올린을 수리했다. 볼프강은 바이올린을 연주해보고 싶어서 안달을 했지만, 젭이 말렸다. 바이올린은 며칠 바짝 말려야 한다면서. 볼프강이 손을 다쳐서 그나마 다행이었다.

의사 슈테판이 붕대를 풀고서, 건강한 새로운 피부가 자라나고 있다는 사실을 확인한 아침에, 볼프강은 바이올린을 들고 숲으로 사라졌다. 그가 혼자 있고 싶어 한다는 걸 아이들도 잘 이해했다. 아이들은 오랫동안 귀를 기울였고, 마침내 작은 소리가 들려왔다. 한 번 그리고 또 한 번. 그러더니 몇 번 음을 맞추어보았고 마침내 바이올린 협주곡이 흘러나왔다. 아이들이 모르는 멜로디였지만 흥겹고 즐거운 곡이었다. 아이들은 바이올린 소리를 따라 달려가 보니 나무 아래서 연주하는 볼프강을 발견할 수 있었다. 바이올린을 턱 밑에 두고 얼굴에는 행복한 느낌이 가득했다. 볼프강은 바이올린을 얼굴에서 떼 내더니 주변을 둘러보았다.

"젭." 볼프강은 갑자기 자신에게 바이올린을 다시 돌려준 주인공에게 달려갔다.

"젭……." 볼프강은 또다시 뭔가 말하려고 시도했지만, 그냥 젭의 어깨에 머리를 올려놓았다. 혼자서 뱀을 물리쳤던 이 소년은 갓난아이처럼 울었다. 너무나 행복해서 다른 방법으로 자신의 마음을 표현할 수 없었기 때문에.

혁명

마침내 바라고 바라던 비가 내렸다. 하늘에 구름이 잔뜩 끼었고, 바다는 은회색을 띠었다. 아주 멀리서 커다랗고 거품을 품은 파도가 인수푸로 몰려와서 천둥처럼 해변을 때리고 암벽까지 떠밀려왔다. 폭풍이 숲으로 불어닥쳐 종려나무가 옆으로 휘어졌다. 원숭이들은 날카로운 소리를 지르며 나무 꼭대기에서 내려와 숨을 수 있는 덤불로 사라졌다.

한밤중에 천둥번개를 동반한 비가 왔는데, 아이들이 한 번도 경험해보지 못할 정도로 심한 악천후였다. 아이들은 침대에서 두려워하며 뜬눈으로 보냈다. 빌라 주변으로 바람소리가 미친 듯이 들려왔다. 바람은 틈새로 불어 들어왔고, 기둥을 흔들었으며 따뜻한 새털이불 밑에까지 불어왔다. 아이들은 쏟아지는 빗소리와 사납게 울부짖는 파도소리를 들으며 웅크리고 있었다.

올리버는 마치 잠을 자는 척했다. 이렇게 하면 다른 아이들을 안심시킬 수 있을지도 모른다고 생각했다. 편안하게 두려움 없이 잔다고 말이다. 하지만 갑자기 고함을 지르며 침대에서 일어났다. 뭔가 끔찍한 게 떠올랐기 때문이다. "우리 불……!" 올리버는 손전등을 들고 미친 듯이 빌라 밖으로 달려 나갔다. 나가지 말고 빌라에 머무는 편이 더 나았을지 모르는데, 모닥불은 이미 비가 처음에 내릴 때 꺼졌기 때문이다. 올리버는 화덕 자리에 무릎을 꿇고 앉아서 축축한 재를 뒤집어보았다. 밑에 아주 작은 불씨라도 살아 있으면, 불을 다시 피울 수 있다는 희망 때문이었다. 하지만 모든 것은 축축했고, 올리버는 절망하여 비, 재와 흙이 섞여 있는 더러운 덩어리를 휘저었을 뿐이다. 이제 어떻게 하지? 올리버는 생각에 빠졌다. 우리는 성냥 네 개밖에 없어. 최대한 잘 숨겨놓았어. 남아 있는 성냥을 넣어둔 통은 토끼털로 꽁꽁 싸서 옷장 뒤에 숨겨놓았지. 하지만 남은 성냥 네 개로 불을 피울 수 있을지 누가 알랴. 창고에 넣어둔 나무들도 다 젖었을 테고……. 올리버는 벌떡 일어나서 빌라로 다시 달려갔다.

"어때? 꺼졌어?" 쿠르트 콘라드는 숨기지 않고 고소하다는 듯 물었다.

올리버는 아무런 대답도 하지 않았다.

"장작을 빨리 안으로 가져와야 해." 올리버는 숨이 차서 헉헉거리며 말했다.

젭과 슈테판이 침대에서 내려와 열린 문에 서서 폭풍우가 치는 어두운 바깥을 내다보았다. 깊게 숨을 들이쉬고는 달려 나갔다. 다이아나, 카트린과 파울은 그들을 돕기 위해 따라갔고, 한참 뒤에 아이들은 땔감을 오두막에 쌓아두었다.

"나를 말리려면 너희들이 나를 빨랫줄에 널어야 할 것 같아." 다이아나는 그렇게 말하며 비에 젖은 개처럼 몸을 털었다. 카트린은 이를 덜덜 떨었다. 너무 추웠고, 가둬둔 염소들이 피해서 도망갈 곳도 없이 비를 맞아야 한다는 걸 생각하며 슬퍼했다.

"가장 좋은 방법은, 리나가 옷장에서 마른 손수건을 꺼내 우리에게 주는 거야. 그러면 그것으로 닦을 수 있는데." 슈테판이 말했다.

리나가 즉시 옷 창고로 갔다.

"가장 좋은 방법은, 올리버가 불을 피워서 우리가 뜨거운 차를 끓이는 건데." 쿠르트 콘라드가 한 마디 한 마디 강조하면서 말했다.

이런 제안을 들은 아이들은 환호했다. "그래, 올리버, 뭔가 따뜻한 걸 마시게 해줘!"

올리버는 손전등으로 쿠르트 콘라드의 얼굴을 비추었다. 착각을 한 게 절대 아니었다. 쿠르트 콘라드의 얇은 입술 주변에는 또다시 사람을 불쾌하게 만들고, 조롱하는 그 미소가 있었다. 그의 눈에는 승리의 빛이 번쩍였다. 올리버는 쿠르트 콘라드가 자신을 모욕하려 한다는 것을 단번에 알아차렸다. 불을 피우고자 하는 시도는 실패할 것이고 그러면 올리버는 아이들의 조롱을 한껏 받게 될 것이다. 하지만 올리버가 쿠르트 콘라드를 이해할 수 없는 점은, 이 소년이 진정으로 바라는 것은 굶주림, 추위와 고통이었다. 하지만 아이들 모두가 이런 고통을 받으면 그 자신도 이런 불행으로부터 자유롭지 못할 텐데 왜 저렇게 행동하는지 이해할 수 없었다.

"즉시 불을 피워볼게. 약속할 수는 없어. 남은 성냥도 몇 개 없고 또 나무들이 다 젖어버렸거든." 올리버가 큰소리로 말하고는 리나 옆에 있는 옷장으로 가서 토끼털로 감싸둔 소중한 성냥통을 꺼냈다. 이 순간 번개가 빌라 바로 옆에 내리쳤다. 일 초 동안 모든 것이 번쩍이는 빛 아래에 놓여 있더니, 다시 칠흑처럼 어두워졌다. 무서워서 아이들이 지르는 소리는 천둥소리에 가려져 들리지도 않을 정도였다.

"소위 말하는 번개 공격이라는 거군." 젭은 농담을 해서 아이들의 마음을 풀어주고 싶었다. 하지만 아이들은 젭의 농담에 웃을 시간도 없었는데, 바로 그 순간에 뭔가 끔찍한 일이 일어났기 때문이다. 빌라가 무너져버렸다. 무화과나무를 빙 둘러가면서 쳐놓은 지붕에 아이들이 끼워 넣었던 이끼조각들이 비에 젖었고, 나뭇가지가 그 무게로 인해 무너져버린 것이다. 바로 옷장 위에서 거대한 지붕조각이 빌라 안으로 떨어졌다. 마치 악천후가 기회만 엿보고 있었던 것처럼 갑자기 그 힘이 두 배나 강해졌다. 폭풍처럼 몰아치는 비가 무너진 집 안으로 물을 쏟아부었다.

리나는 머리에 나뭇가지를 하나 맞았는데, 아파서가 아니라 놀라서 그만 땅에 쓰러졌다. 진흙탕에 넘어지자 소녀는 큰소리로 울었다. 어떻게 되든 상관이 없다고 생각했고, 그러니 이성을 잃지 않으려고 노력할 필요도 없다고 생각했다.

올리버는 꼼짝하지 않고 조금 전 그 자리에 서 있었다. 손에는 완전히 물렁물렁해진 성냥통이 들려 있었다. 볼프강은 침대에 있다가 비로부터 바이올린을 보호하기 위해서 바이올린 상자 위를 몸으로 가렸다. 다이아나는 떨고 있는 보보를 진정시키려고 노력했다. 슈테판은 어린 동생의 어깨를 꼭 끌어안았고, 클라우디아는 깜짝 놀란 병아리처럼 젭의 팔 밑에 쪼그리고 있었다. 이끼 조각들이 지붕에서 계속 밑으로 떨어졌다. 새털을 채워서 만든 이불은 비를 맞아 무거워졌다. 폭풍우는 휭휭 소리를 내며 집안으로 들어왔고 옷장을 넘어뜨렸다. 셔츠, 바지, 손수건들이 더러워졌다. 리나는 올리버가 손전등으로 자신을 비출 때까지 바닥에서 울고 있었다.

"무슨 일이야?" 올리버는 소녀를 일으켜 세웠다. 아무런 일이 없다는 것을 확인하자 올리버는 화를 냈다. "뭐야, 재미로 우는 거야? 다 큰 여자애가? 부끄러운줄 알아!"

리나는 부끄럽기는 했지만 아주 조금 그랬을 뿐이다. 하지만 올리버가 아이들 앞에서 자신에게 창피를 준 것에 대해서는 참을 수 없을 정도로 화가 났다. 뜻밖에 쿠르트 콘라드가 리나의 편을 들었다.

"지붕의 절반이 리나 머리 위에 떨어졌다고. 그게 별거 아냐? 그리고, 차나 그런 거 없어?"

올리버는 흥분한 황소처럼 울부짖었다. "그 차 소리 그만두지 못해, 이 멍청아!"

집 안팎으로 불어닥친 악천후는 심각했다. 클라우디아는 나지막한 소리로 울기 시작했다. 젭은 진정시키려고 젖은 소녀의 머리를 쓰다듬었다. "성냥은 이제 못 쓰는 거야, 올리버?" 젭이 물었다.

"응." 올리버는 조용하게 대답했다.

갑자기 다이아나가 자리에서 벌떡 일어나 말했다. "왜 비가 새는 이런 집에 있어야 해? 저 밑에 바위에 숨는 게 더 나을 것 같아." 반대할 이유가 없었다. 정말 빌라에 있는 것은 아무런 의미가 없었다.

"그래, 그곳으로 가자!" 올리버가 말했다.

아이들이 망가진 집을 떠날 때는 정말 비참한 기분이 들었다. 구명보트를 탔던 그날 밤 이후부터 이처럼 비참한 느낌이 들기는 처음이었다. 아이들은 비틀거리며 나무뿌리와 줄기를 넘어서 섬뜩한 숲을 통과했다. 머리 위에서 가지들이 신음소리와 삐걱거리는 소리를 냈다. 천둥이 칠 때면 부러지는 가지와 꺾어지는 줄기들의 소리가 들려왔다. 땅은 진창이 되어서 걸을 때마다 철벅거렸다. 신발 속에는 물이 들어와서 질척거렸다. 젖지 않은 옷이 이제 하나도 없었다. 마침내 아이들은 커다란 실거리나무를 발견하고 그 밑에 웅크리고 앉아서 날이 밝기를 기다렸다.

이 모든 일에도 불구하고 마음의 평정을 잃지 않은 사람이 딱 한 명 있었는데 바로 쿠르트 콘라드였다. 그는 말도 많이 했고 예전과 달리 아이들에게 친절하게 굴었다. 리나의 일을 유감스럽게 생각했고, 어두워서 그만 팔을 다친 파울을 위로했으며, 배가 고픈 토마스를 위해 주머니에서 무화과 몇 개를 꺼내주었다. 그야말로 놀라움 그 자체였다. 쿠르트 콘라드는 심지어 완전히 젖은 원숭이 보보의 머리를 쓰다듬어주며 "불쌍하고 귀여운 녀석!"이라는 말까지 했다. 다이아나는 자신의 귀를 의심했다. 도대체 쿠르트 콘라드에게 무슨 일이 생긴 거지? 그래서 물어보았다. "너 왜 갑자기 친절해진 거야?"

쿠르트 콘라드는 이 질문을 기다렸고 그래서 정말 멋진 대답을 준비해둔 상태였다. 소년은 다이아나 앞에 거만하게 섰다. “해가 비치고 불이 타고 모든 것이 정상일 때 친절한 것은 결코 예술이 아냐. 하지만 추워서 덜덜 떨고 온몸이 흠뻑 젖고 배가 고플 때 친절하게 구는 것은 바로 예술이라고 하지!” 그런 뒤에 걸어가면서 이런 말을 덧붙였다. “예를 들어, 올리버는 리나에게 핀잔을 주고 나를 멍청이라고 불러. 우리가 가지고 있던 마지막 성냥이 젖어버렸다는 이유 때문에 말이야. 그런데 정작 우리는 올리버 때문에 불도 없이……. 이런 건 전혀 친절하지 않은 거야.” 그리고 두 아이를 남겨두고 혼자 가버렸다.

“우리 모두는 어쩌면 오해를 했을 수도 있어. 우리가 생각했던 것처럼 그렇게 나쁜 아이는 아닐지도…….” 다이아나가 말했다.

하지만 젭과 슈테판은 그렇게 순진하지 않았다. 쿠르트 콘라드가 자신들에게 다가와서 친절한 말을 건네줬을 때, 그들은 그다지 반기지 않았다. 이 소년이 뭔가 계획을 하고 있다는 것을 예감했다. 그 계획이 무엇인지 알지는 못했지만, 결코 좋은 일은 아니라는 점에서 확신을 가졌다.

드디어 아침이 밝았지만 회색빛의 우울함이 느껴졌다. 천둥과 번개는 물러났고, 먼 바다 위에서만 가끔 천둥이 쳤다. 하지만 비는 그치지 않았다. 마치 결코 그치지 않을 것처럼 비는 인수푸에 부슬부슬 내렸다. 그다지 의미가 없었지만, 올리버는 매일 아침에 하듯 아이들에게 일거리를 나눠주었다. 염소젖을 짜야 했고, 다이아나와 토마스는 숲에 가서 열매를 따와야 했다. 아이들은 뭔가를 먹어야만 했으니까. 젭과 파울은 빌라에서 청소를 시작했다. 진흙에서 옷들을 건져 올렸고, 올리버는 리나와 클라우디아를 피트리바바 냇가로 보냈다. 가장 더러워진 물건들을 씻어오라고 했다. 올리버는 진흙에서 읽을 수 없게 된 책들을 건져 올렸고, 빗자루로 바닥을 쓸기 시작했다.

쿠르트 콘라드는 그 어떤 일도 하지 않았다. 주머니에 손을 찔러 넣고, 알 수 없는 표정과 공격적인 미소를 지은 채 돌아다니며, 아이들이 고생하는 모습을 지켜보았다. 갑자기 그는 파울의 어깨를 톡톡 두드리더니 옆으로 오라고 눈짓을 주었다. "넌 왜 이런 일을 하냐? 만일 내가 이곳에서 결정권을 가진 사람이라면, 나는 너처럼 능력 있는 소년한테 이런 일은 시키지 않을 거야. 진흙에서 옷가지를 줍는 일이라니. 파울, 너는 전혀 알아차리지 못한 거야? 올리버는 너한테 항상 형편없는 일만 시킨다는 걸? 내 눈에는 적어도 너는 젭과 비슷한 수준이라고. 얼마나 재주가 있는데. 만일 네가 빌라를 세웠더라면, 지붕이 이렇게 무너지지는 않았을 거야!"

파울은 쿠르트 콘라드를 불안하게 쳐다보았다. 파울은 명예나 시기심 따위로 힘들어한 적이 없었다. 자신이 형편없는 일만 한다는 생각을 해본 적이 한 번도 없었다. 하지만 쿠르트 콘라드의 말은 효과가 없지는 않았다. 자신도 어쩌면 아이들이 마술사라고 부르는 젭만큼 재주가 있지 않을까?

파울은 당황했고 갑자기 불만에 찬 느낌으로 돌아왔다.

마침 그때 젭이 지나갔다. 어깨에 기다란 가지들을 지고 갔다. "도끼와 못을 가져와. 우리는 대들보를 좀 더 강하게 만들어야 해.

안 그러면 벽이 또 무너질 거야."

"네가 가져가!" 파울이 대꾸했다.

"왜 그래?" 젭이 당황해서 물었다. "배가 고프고 날씨가 나쁘다고 해서 기분까지 상할 필요는 없잖아." 젭은 무거운 가지들을 다른 어깨로 옮기고 계속 걸어갔다. 하지만 퉁명스럽게 대답하는 파울의 반응을 지켜본 쿠르트 콘라드는 기뻐했다. 파울은 됐고, 이제 리나 차례야, 라고 소년은 속으로 계산을 했다.

소년은 리나를 냇가에서 발견했다. 리나는 화가 난 채 거칠게 흘러가는 물에 옷가지들을 씻어내고 있었다.

"이렇게 해도 충분하지는 않아." 쿠르트 콘라드를 보자 리나는 욕을 했다. "올리버 씨가 시키는 대로 하려니, 물에 빠져서 죽겠어. 정말 마음에 안 들어, 오래전부터."

쿠르트 콘라드는 같은 생각이라는 의미에서 고개를 끄덕였다. 리나를 설득해서 자기편으로 만들 필요도 없었다. 이미 리나는 올리버에게 불만이 많으니까. 그런데 어린 클라우디아는 결코 쉽지가 않았다. 클라우디아 역시 씻을 옷가지를 한 아름 들고 지나갔는데, 쿠르트 콘라드가 급히 다가갔다. "내가 도와줄까? 너 혼자 들기에는 너무 무거워."

클라우디아가 쿠르트 콘라드를 쳐다보았다. "고맙지만 괜찮아. 무겁지 않거든. 젭이 그러더라. 사람은 원하기만 하면 항상 해낼 수 있다고 말이야. 나는 일하는 게 좋아."

쿠르트 콘라드는 포기하지 않았다. "만일 내가 올리버라면, 너처럼 고운 애한테 일은 시키지 않을 거야. 게다가 넌 귀족의……."

소년은 얘기를 잘못 꺼냈다.

"아니, 만일 내가 일을 하지 않는다면, 나는 끔찍하게 지겨웠을 거야." 클라우디아는 깜짝 놀라하며 거부 반응을 보였다.

"좋아, 그렇다면 좀 예쁜 일을 하면 돼. 예를 들어 난초로 화환을 만든다거나."

"뭣 때문에? 그게 누구한테 도움이 돼?" 클라우디아가 놀라서 물었다.

"그런 일은 세련되고 고상하잖아. 빨래하는 거랑 달리."

"고상하고 고상하지 않은 일이라는 건 없어. 젭한테 배웠지. 모든 일은 동등하다고." 클라우디아는 단호하게 말했다.

"그렇군." 쿠르트 콘라드는 클라우디아를 설득하지 못해서 화가 났다. "젭 뮐러는 또 이런 주장도 했겠지? 사람들 사이에는 차이가 없다고?"

"아니. 한 가지 차이는 있대. 일을 하느냐 하지 않느냐. 젭은 그것이 유일한 차이라고 했어."

젭, 젭, 젭! 쿠르트 콘라드는 미칠 듯이 화가 났다. 클라우디아가 자신에게 넘어오지 않을 것이라는 확신이 들자 소년은 소녀를 내버려두었다. 쿠르트 콘라드는 바위로 된 고지로 다시 올라갔다. 마침 슈테판과 카트린도 방목장에서 돌아와 나쁜 소식을 전했다. 폭풍우로 울타리가 다 무너졌고 그래서 모든 염소들이 도망가버렸다고 했다. 이제 마실 우유조차 없게 된 것이다. 올리버가 한숨을 내쉬었다. 피해가 너무 심했다. 카트린은 올리버가 절망에 빠진 걸 보고 위로해주려고 했다.

"내가 야채로 맛있는 샐러드를 만들게." 카트린이 약속을 했다.

"나는 배가 고파! 카트린이 만든 토끼풀이 아니라, 제대로 된, 따뜻한 음식이 먹고 싶다고!" 리나가 갑자기 소리를 질렀다. 리나는 거칠게 올리버에게 다가갔다. "너 때문이야! 왜 성냥을 지키지 못했어? 넌 모든 것에 책임을 지잖아! 집은 무너지고, 불도 없고, 염소도 도망가고, 우리는 이제 굶어야 하고 추위에 떨겠지……. 나는 이제 네가 말하는 걸 하지 않을 거야!" 리나는 큰소리로 울면서 바위에서 내려가더니 숲으로 사라졌다. 아이들은 충격을 받고 올리버를 빤히 쳐다보기만 했다. 올리버는 아무 말도 하지 않고 빗자루로 계속 바닥을 쓸기만 했다.

이제 일이 터졌군, 이라고 쿠르트 콘라드는 생각했다. 다음에 누구 차례인지 궁금하네.

안타깝게도 다음 차례는 다이아나와 토마스였다. 이 둘은 나무에 올라가서 열매를 많이 따오지 못했다. 바람과 비 때문에 나무에 달려 있던 과일들이 많이 떨어지고 말았다. 나무는 미끄러웠고, 다이아나는 서커스에서 사용했던 가장 끔찍한 욕설을 퍼부었다. 토마스 역시 기분이 엉망이었다. 축축한 푸딩과일이 다이아나의 손에서 미끄러져 그만 토마스의 머리에 떨어져서 쪼개졌다. 둘이서 쪼개진 푸딩과일을 들고 올리버에게 왔을 때, 그는 전혀 좋아하지 않았다. "그게 다야? 열한 명의 아이들이 그걸로 배가 부르겠냐?"

"뭐라고? 또 비난을 해? 네 마음에 들지 않으면, 직접 나무에 올라가면 되잖아." 다이아나는 욕을 하면서 등을 돌려 가버렸다.

"그렇지, 푸딩과일을 머리통에 한번 맞아보시지!" 토마스도 뒤를 따라갔다. 혁명이 일어나고 있었다.

리나, 파울, 다이아나와 토마스는 내 편이야, 라고 쿠르트 콘라드는 계산을 했다. 다음 번 기회가 오면 내가 공격해야지.

저녁 무렵이 되자 절망이 최고조에 이르렀다. 비가 여전히 왔고 아이들은 기침을 하고 재채기를 했으며, 배고 고팠고 얼음처럼 차가운 옷을 입고 덜덜 떨었다. 지붕이 없는 야외에서 두 번째 밤을 보낸다면 다들 죽을 것만 같았다. 어두워지자 모든 아이들은 빌라 근처에 찾아왔다. 화가 나서 가출했던 아이들은 예전에 숙소였던 자리로 돌아왔는데, 혼자서 어두운 숲에 있기보다는 적어도 아이들이 모여 있는 이곳이 더 나았기 때문이다. 이제 아이들은 바위 고지에 모였으나, 자신들의 불행을 불평할 힘도 남아 있지 않았다. 아이들은 오로지 한 가지 소망만 가지고 있었다. 불을 피워서 몸을 따뜻하게 하고 뭔가 따뜻한 음료를 마시는 것.

갑자기 믿을 수 없는 일이 생겼다. 아주 작은 불빛이 허공에 비쳤는데, 반딧불보다 크지 않은 그런 작은 점이었다. 아이들은 할 말을 잃고 그 작은 빛을 넋 놓고 바라보았다. 아이들이 그게 무엇인지 알게 되기까지 한참이 걸렸다. 빌라 앞에 쿠르트 콘라드가 서서 담배를 피우고 있었다! 몇 초 동안 다른 아이들처럼 멍하니 바라보다가 처음으로 소리를 지른 사람은 올리버였다. 쿠르트 콘라드가 담배를 피우는 것이 올리버의 정신을 빼앗아간 게 아니었다. 열세 살 소년들은 가끔 피우기도 하니까. 하지만 쿠르트 콘라드가 라이터를 가지고 있었고 몇 달 동안 그 사실을 숨겼다는 점이었다. 비를 홀딱 맞은 열 명의 아이들이 하룻밤과 다음 날 낮 동안 추위에 떨고 굶주리게 했다는 점. 이런 점에 화가 난 올리버는 단번에 쿠르트에게 달려가서 입에 문 담배를 내동댕이쳤다. "양심도 없는 놈! 너처럼 비열한 놈은 처음이야!" 올리버가 울부짖었다.

쿠르트 콘라드는 완전히 몹시 당황스러웠다. 그는 전혀 다르게 상상을 했다. 끔찍한 상황에서 아이들을 구해준 사람으로 환영을 받으리라 예상했다. 이렇게 열광하면 올리버를 물리치고 자신이 인수푸 섬의 대장이 될 계획이었다. 하지만 분위기는 정반대였다. 아이들의 얼굴에는 감사와 감탄이 아니라 적대심과 분노만이 보였다.

"라이터 이리 내놔!" 올리버가 씩씩거리며 말했다.

"그럴 수 없어. 이건 내거야!" 쿠르트 콘라드도 물러서지 않았다.

"그래? 그런지 한 번 보자고……." 올리버가 고함을 질렀다. 쿠르트 콘라드가 피하기 전에 올리버는 그의 어깨를 잡더니 무릎을 꿇게 했다. 하지만 쿠르트 콘라드가 다시 일어나서 올리버의 다음 번 공격을 기다렸다. 두 사람 사이에 싸움이 시작되었다. 쿠르트 콘라드보다 훨씬 힘이 센 올리버는 쌓아두었던 분노를 폭발시켰다. 하지만 쿠르트 콘라드는 매우 재빨랐고 유도를 할 수 있었다. 올리버가 공격해도 침착하게 있다가 재빨리 발을 빼서 다른 쪽으로 가버렸고, 그러면 올리버는 땅에 넘어졌다. 아이들은 어느 정도의 거리를 두고 두 사람의 격투를 지켜보았다. 너무 놀란 나머지 숨도 제대로 쉬지 않았고, 두 사람의 싸움은 너무 흥분되고 위험해 보였다. 젭이 슈테판을 끌어당겼다. "우리가 끼어들어야만 해. 올리버는 더 이상 견디기 힘들어." 젭이 속삭였다.

젭은 단호하게 격투를 벌이는 두 사람 사이에 끼어들었다.

"그만해. 이제 그만! 격투는 1대 1로 무승부야. 아이들이 결정할 거야, 누구를 대장으로 삼을지, 올리버인지 쿠르트인지."

"그래, 투표를 해." 올리버가 헐떡거리며 말했다.

"말도 안 돼!" 올리버가 힘이 빠졌다는 것을 알아차린 쿠르트 콘라드가 반대했다.

쿠르트 콘라드는 올리버를 공격하려고 달려갔지만, 젭이 발을 걸어 넘어지고 말았다.

"나는 올리버." 젭이 말했다.

"나도." 슈테판이 말했다.

"너는?" 젭이 리나에게 물었다.

"나는 쿠르트."

작은 볼프강이 큰소리로 말했다. "나는 올리버."

"파울, 너는?" 젭이 물었다.

"쿠르트."

"클라우디아?"

"올리버."

"그럼 너는, 다이아나?"

뱀 소녀는 잠시 머뭇거렸다. 그러다가 고개를 떨구더니 나지막하게 말했다.

"쿠르트."

젭은 날카롭게 다이아나를 쳐다보았다. "세상에나!" 젭이 나지막하게 말했다. "그럼, 토마스 너는?" 젭이 물었다.

"토마스는 나랑 같아." 다이아나가 급하게 소리를 질렀다.

슈테판은 뱀 소녀가 자신의 동생을 반대편으로 데리고 가려 하자 제정신을 잃을 정도였다.

"토마스는 누구를 선택할지 자신이 잘 알아."

하지만 토마스는 전혀 알지 못했다. 당황한 채 형과 다이아나를 차례로 쳐다보더니 대답했다. "나는 상관없어. 하지만 다이아나가 원하면, 나도 쿠르트."

"네 명은 나를 선택했고, 네 명은 올리버를 선택했어." 쿠르트 콘라드가 소리쳤다.

"한 사람이 빠졌어." 젭이 주변을 둘러보았다.

"나야." 카트린이 말했다. 소녀는 앞으로 나가더니 쿠르트 콘라드에게 바짝 다가섰다. 소녀의 작은 얼굴이 달아올랐다. 이 순간을 얼마나 기다렸는지 모른다. "쿠르트 콘라드? 내가 누구를 선택해야 한다고 생각하니?" 소년을 안절부절못하게 만드는 말이었다. 예전에 소년은 새를 묶어서 괴롭혔고 소녀를 안절부절못하게 했다. 긴장된 순간이 한참 이어진 뒤 카트린은 천천히 또박또박 말했다. "나는 올리버를 선택해!"

"5대 4" 젭의 목소리는 기쁨으로 넘쳤다. "올리버가 다시 뽑혔어. 예전하고 똑같아."

"아니, 예전하고 같지 않아." 올리버가 말했다.

"왜 아냐? 거절할 거야?" 젭이 놀라서 물었다.

"조건이 하나 있어. 너희가 쿠르트 콘라드를 추방한다는 조건." 올리버가 단호한 목소리로 말했다.

침묵이 흘렀다.

"그러면 어디로 가야 하는데?" 볼프강이 물었다.

"그건 나도 몰라. 인수푸에는 자리가 충분하잖아. 하지만 우리들 속에 끼워주고 싶지는 않아. 만일 쿠르트가 나가지 않으면, 내가 나갈 거야!"

"그럴 필요 없어!" 쿠르트 콘라드는 입술을 깨물었는데 그러자 예전보다 입술이 더 얇아졌다. 그의 입은 흰색 얼굴에 시커먼 줄처럼 보였다. "내가 사라져주지. 하지만 그전에……."

쿠르트 콘라드는 갑자기 주머니에 손을 넣더니 번개처럼 뭔가를 꺼내서 있는 힘껏 던지려고 했다. 하지만 젭이 달려들어서 쿠르트의 팔을 잡았고 소중한 라이터를 빼앗았다.

"너는 이렇게 행동할 수밖에 없지!" 젭이 소리를 질렀다.

아이들은 격분했다. 다이아나, 리나와 파울은 그런 인간을 선택했었다는 사실이 부끄러웠다. 올리버가 그를 쫓아내려 한 것은 잘한 일이었다.

쿠르트 콘라드는 그 누구도 쳐다보지 않고 인사도 없이 가려고 했다.

"기다려. 네 침대와 의자는 가져가도……."

"그냥 갈 거야!" 쿠르트 콘라드는 머리를 높이 쳐들고 급히 어두운 숲으로 사라졌다.

"쿠르트!" 다이아나가 불렀다. "우리가 불을 만들면 네가 가지에 불을 붙여서……."

하지만 소년은 아무런 대답을 하지 않았다. 어두운 밤이 소년을 삼켜버렸다.

비가 그쳤고, 불은 금세 붙었다, 아이들은 차를 마셨고, 옷을 말렸으며 따뜻한 불길 옆에서 잠을 잤다. 아침에 해가 떴다. 동물들도 다시 깨어나서 새들은 지저귀고 노래를 불렀으며, 숲도 깔끔하게 씻은 것 같았다. 가지들은 녹색의 신선한 잎들을 자랑했고, 난초는 그 어느 때보다 아름다운 꽃을 피웠다. 일종의 봄이 인수푸섬에 찾아온 것이다. 아이들은 일하고 싶었다. 그래서 빌라를 열심히 다시 지었고, 염소들을 잡아오자 며칠 후 예전과 같은 생활을 할 수 있게 되었다. 쿠르트 콘라드라는 이름을 아무도 말하지 않았다. 하지만 모두들 이 소년을 끊임없이 생각했다. 지금 그는 무엇을 할까? 아이들은 하루에도 셀 수 없이 그런 생각을 했다. 먹거리는 충분할까? 건강할까? 외롭다고 느낄까?

쿠르트 콘라드가 아이들의 나라를 떠나간 지 딱 일주일이 되던 날이었다. 카트린은 우연히 소년의 흔적을 발견하게 되었다. 카트린은 버섯을 찾기 위해 피트리바바 냇가를 쭉 따라갔는데, 시내가 끝나는 지점까지 갔다. 이곳에서 숲은 끝이 났고, 주변은 바위로 이루어져 있었으며, 가파른 절벽을 통해 냇물이 바다로 떨어졌다. 카트린은 인수푸에 온 이후 처음으로 이곳까지 왔다. 소녀는 흰 거품을 내며 떨어지는 폭포를 경외심을 가지고 쳐다보았다.

그런데 갑자기 두려운 감정이 좀 이상하게 강렬해졌다. 카트린은 머리를 숙이고 귀를 기울였다. 규칙적으로 흘러가는 물소리 밖에 들리지 않았고, 그래서 자신이 느끼는 두려움은 이 냇물과 관련이 있는 게 아니라, 저 위에 바위 쪽과 관련이 있는 것 같았다. 마치 동물처럼 냄새를 맡으며 카트린은 조심스럽게 바위를 기어 올라갔다. 그리고 갑자기 멈추고서는 어두운 동굴을 들여다보았다.

카트린은 떨리는 다리로 다시 바위에서 내려와 미친 듯이 빌라로 돌아갔다.

"올리버! 발견했어. 그가 동굴에 누워 있는데 움직이지 않아." 카트린이 숨을 헐떡이며 소리쳤다.

올리버는 염소젖이 담겨 있던 야자열매 껍질을 던졌고 이 껍질이 깨지는 것도 보지 못했다.

"어디?" 올리버가 물었다. 그의 얼굴은 잿빛이었다. 그러고는 특별한 일에만 사용하는 호루라기를 가지고 달려갔고, 다른 아이들도 모두 카트린이 왔던 길을 따라갔다. 젭, 슈테판과 올리버가 동굴 안으로 들어갔다. 슈테판은 무릎을 꿇고 쿠르트의 가슴에 귀를 댔다. "다행이야, 약하고 불규칙적이지만 그래도 뛰고 있어."

아이들은 쿠르트를 조심스럽게 동굴 밖으로 끌어냈다. 올리버는 쿠르트의 가벼운 몸을 어깨 위에 매고서 노련한 등산가들처럼 경사가 심한 절벽을 내려왔다. 밑에 내려와서 아이들은 부러진 가지로 들것을 만들었고 부드러운 잎들을 깔아서 쿠르트를 눕혔다. 소년은 놀란 것처럼 보였다. 푹 꺼진 광대뼈 위로 피부는 누렇게 떠 있었고 감고 있는 눈도 어두움 속에 꺼져 있었다. 몸은 바짝 말라 있었고, 팔과 다리는 축 늘어져 있었다. 허벅다리에는 커다란 상처가 있었는데 거기에서 고름이 나왔다. 아이들은 쿠르트를 조심스럽게 매고 집으로 왔다. 의사 슈테판은 즉각 쿠르트의 입에 의료용 술을 한두 방울 부은 다음 상처에 부었고, 상처를 소독하고 연고를 바른 다음 붕대를 맸다. "우리가 잘 간호하면, 다시 좋아질 거야."

아이들은 할 수 있는 일을 했다. 다이아나는 환자에게 좋은 열매를 따기 위해 정말 힘든 나무를 기어 올라갔다. 카트린은 올리버에게 동물들이 숨어 있는 장소를 알려주어서, 쿠르트는 닭고기 수프와 부드러운 고기를 먹을 수 있었다. 젭은 몇 시간 동안 냇가에 앉아서 송어를 잡았고, 리나는 끝내주는 요리를 했다. 아이들의 나라는 갑자기 단 한 가지 관심을 가지고 살아가는 간호병들의 나라 같았다. 쿠르트를 다시 건강하게 만들어야 한다는 것.

사흘째가 되자 쿠르트는 다시 말을 할 수 있었다. 그의 옆에서 깨어났던 슈테판은 다른 아이들을 즉각 불러 모았다. 아이들은 모두 부끄러운 표정으로 침대를 빙 둘러섰다.

"올리버." 아직 건강이 완전히 회복되지 않아 쿠르트 콘라드의 목소리는 작았다. "아직도 나한테 화가 나 있어?" 쿠르트는 수줍어하며 미소를 지었는데, 아이들이 한 번도 본 적이 없는 그런 미소였다. 올리버는 재빨리 쿠르트의 야윈 손을 꾹 잡았다. "얼른 나아야지, 그래야 우리 다시 권투를 할 수 있잖아! 너하고 나하고!" 올리버는 사랑에 넘치는 말을 했다. 그러자 슈테판이 아이들을 모두 돌려보냈다. 환자에게 너무 힘이 들 수 있었기에.

쿠르트 콘라드는 빨리 회복했다. 하지만 이 소년이 예전과 같아졌다고 말할 수는 없었다. 예전의 쿠르트 콘라드는 불편하고, 남을 잘 놀려댔고, 잔인했지만, 동굴에서 이런 특징들을 모두 버리고 온 것 같았다. 잘난 체하던 태도도 흔적 없이 사라졌다.

처음으로 쿠르트가 아이들과 함께 모닥불에 앉았을 때, 이렇게 말했다. "너희들 모두에게 감사하고 싶어. 너희들이 없었다면 아마 나는 지금 없었을 거야. 내가 착각을 했어. 나처럼 똑똑한 소년은 혼자서도 잘살 수 있을 거라고 믿었지. 그런데 그렇지 않았어. 혼자 살 수 있을 만큼 유능하고 똑똑한 사람은 없어. 나는 이제 알게 되었어. 한 사람은 다른 사람이 얼마나 필요한지 말이야."

"아하, 뭔가 배웠네!" 젭이 한 마디 했다.

"응!" 쿠르트 콘라드는 고개를 끄덕이며 예쁜 미소를 지었다.

"손자가 내 신경을 박박 긁네요……"

누가 아직도 벨몬트의 미하엘 페트리를 기억할까? 이 소년은 바로 이 책의 21쪽 〈편지가 오다〉 편에 등장하며, 잊어버린 사람은 그 부분을 읽어보기 바란다. 미하엘은 바로 우르비엔의 아이들을 테라니엔으로 데려오는 프로젝트를 진행하는 데 큰 역할을 했다. 대통령의 손자여서 그럴 수도 있지만 열두 살 소년이 결코 꿈꾸지 못하는 일을 해내고자 했다.

이제 이 미하엘에 관해서 얘기를 해야 한다. 이 이야기가 해피엔드로 끝나리라는 건 다들 잘 알고 있을 것이다. 하지만 어떻게 잘 끝날지 이해하려면, 여러분의 생각은 이제 인수푸 섬에서 항구도시인 카피탈레로 장소를 옮겨야 하며, 그것도 몇 달 전으로 거슬러 올라가야 한다. 배가 침몰했던 날 아침을 상상해보도록. 미하엘은 초조하게 항구에서 배를 기다리고 있었다. 이날 아이들을 싣고 항구에 들어올 배는 모두 네 척이었다.

미하엘은 이번에도 운이 좋았다. 대통령의 손자여서 그는 부두의 가장 앞쪽에 자리를 잡을 수 있었고 다른 사람들처럼 차단목 뒤에서 기다릴 필요가 없었다. 미하엘이 잔뜩 흥분하는 모습은 충분히 이해가 간다. 배들은 원래 한 시간 전에 도착해야만 했는데, 아직 그 형체들도 보이지 않았다.

"아무 일 없겠죠?" 미하엘은 옆에서 조용하게 파이프 담배를 피우고 있는 뚱뚱한 기자 톨네스에게 물었다.

톨네스 씨는 우르비엔 아이들이 테라니엔에 도착한 뉴스를 감동적으로 보도하라는 임무를 맡고 있었다. 이 기자는 심심해서 미하엘과 대화를 나누었는데, 알고 보니 엄청난 기사를 쓸 수 있을 것 같았다. 소년이 대통령의 손자일 뿐 아니라, 아이들을 테라니엔으로 받아들이자는 아이디어를 낸 주인공이었기 때문이다. 톨네스 씨가 부탁도 하지 않았지만, 미하엘은 자부심을 가지고 사건 전반을 상세하게 설명해주었다. 그란 씨의 종이쓰레기통에 들어 있던 슈테판의 편지, 할아버지와 마레 씨와의 회의에 대해서도 얘기해주었다. 이 뚱뚱한 기자는 오랫동안 써보지 못했던 아름다운 이야기를 이번에는 쓸 수 있을 것 같았다. 그는 감사하는 마음으로 미하엘의 어깨를 톡톡 두드려주었고, 안절부절못하는 소년을 진정시켜주었다.

"그럼, 모든 게 잘될 거야. 그러지 않을 이유라도 있어? 제발 진정하…….”

미하엘은 마음이 급한 나머지 좋은 뜻에서 얘기하는 말을 중간에 끊어야 했다.

“그 소년은 정말 녹색 목도리를 하고 올까요?” 소년이 물었다.

“누구? 녹색……. 왜?” 톨네스 씨는 무슨 말인지 몰라서 당황했다.

“슈테판 모린이요. 내가 금방 알아볼 수 있도록 그렇게 하겠다고 했어요! 그렇지만 소년들은 녹색 목도리를 잘 안 하잖아요. 새로 살려나? 우르비엔은 전쟁 중인데…….” 미하엘은 한숨을 내쉬었다. 긴장이 되어서 그런지 점점 더 수다스러워졌다. “톨네스 씨, 내가 슈테판 모린을 얼마나 기다리고 있는지 모르실 거예요. 여기에 서서 기다리지도 못할 지경이라니까요……. 슈테판은 나의 가장 좋은 친구랍니다!”

“하지만 넌 그 애를 전혀 모르잖아.” 기자가 반박을 했다.

“상관없어요! 그런 아이디어를 가진 소년이라면 나의 가장 좋은 친구가 될 수 있어요.”

톨네스 씨는 미소를 지었다.

“흰머리가 희끗한 신사분이 말을 했지만,

나는 열세 살이었을 뿐이라오…….”

톨네스 씨가 애처롭게 읊었다.

미하엘은 톨네스 씨를 전혀 이해할 수 없어서 계속 말을 이어갔다.

“정말 웃기지 않아요, 톨네스 씨? 나는 항상 형제가 있었으면 했거든요. 형이 좋은지 동생이 좋은지는 생각하지도 않고 말이죠. 그런데 한꺼번에 둘 다 갖게 되었잖아요. 슈테판과 토마스……. 제발!” 미하엘은 갑자기 마음이 급한지 배들이 항구로 들어오는지 보려고 텅 빈 항구를 살폈다. 이게 몇 번째인지 몰랐다.

가늘고 차가운 비가 내렸고 배가 도착하기만을 기다리는 사람들에게 뿌려대었다. 하지만 많이 젖을 정도는 아니었다. 특히 미하엘은 가죽 외투를 입고 고무 스포츠 장화를 신고 있었기에 상관이 없었다. 하지만 사람을 불쾌하게 만드는 축축한 느낌이 목으로 살금살금 올라왔고, 등이 오싹했으며 잔뜩 기대에 부풀었던 소년의 기분을 억눌렀다. 미하엘은 우울한 눈길로 부슬부슬 내리는 비에 살짝 흔들리는 회색 바닷물을 지켜보았다. 갑자기 이렇게 서서 기다리는 일이 아무런 의미가 없는 것처럼 여겨졌다. 보통 때의 미하엘과는 달라도 사뭇 달랐다. 그는 대부분 좋은 기분이었는데 갑자기 이상한 예감이 들었던 것이다!

“만일 해가 났다면, 그들은 이미 오래전에 도착했을 텐데.” 미하엘은 확신을 가진 채, 하지만 그닥 앞뒤가 안 맞는 말을 톨네스 씨에게 했다.

톨네스 씨는 그래도 소년을 달래주었다. “젊은 친구,” 그는 비가 와서 꺼지려고 하는 파이프를 힘껏 빨았다. “젊은 친구, 나는 말일세, 고민하지 말자는 주의야. 그렇게 걱정할 이유가 하나도 없다고 확실하게 보장할게. 게다가 밤에 그런 사건이 벌어졌으니 배가 한 시간 혹은 몇 시간 늦게 도착하는 거야 놀랄 일도 아니지. 그 정도는 예상해야지.”

혹시 어떤 일이 밤에 일어났다면? 미하엘은 알 수 없는 두려움이 한 걸음 성큼 다가오는 듯한 느낌이 들었다.

"뉴스에서 그러는데, 아이들 모두가 구출되었대요. 게다가 모린 형제가 하필이면 '불의 나라' 호에 타고 있었다는 것을 어떻게 아냐고? 분명 모린 형제는 나머지 세 척의 배 가운데 한 척에 타서 푹 자고 있을 거야."

"톨네스 씨! 톨네스 씨, 도대체 무슨 말을 하는 건가요?" 미하엘이 소리쳤다.

기자는 놀라서 미하엘을 물끄러미 쳐다보았다.

"그 소식 아직 몰라?" 그는 자신의 외투주머니를 뒤졌다. "조간 신문을 아직 못 읽었어? 나는 네가 그 신문을 읽고서 이렇게 불안에 떠는 줄 알았더니……." 그는 신문을 하나 꺼내어 1면을 가리켰다. 미하엘은 신문을 빼앗아서 보았더니 굵은 글씨로 이런 기사가 실려 있었다.

아이들을 수송하던 배 침몰
모든 승객들은 구출됨!

"방금 보도했듯이, 아이들을 수송하던 네 척의 배 가운데 하나인 '불의 나라' 호가 바다 밑 커다란 바위와 부딪혀서 30분 만에 가라앉았다. 승객 전원이 구출된 것은 선장과 승무원들의 용의주도함 덕분이다. 승객들은 질서정연하고도 신속하게 다른 세 척의 배로 옮겨 탔다. 오늘 오전 배가 도착할 것으로 예상하고 있으며, 약간 늦어질 수도 있다."

갑자기 기다리고 있던 사람들 사이에서 웅성거리는 소리가 들리고 톨네스 씨가 장난스럽게 어깨를 툭 건드렸을 때, 미하엘은 아직 신문에 실린 기사도 끝까지 읽지 못했다.

"저기 오네!" 기자가 소리쳤다.

정말 멀리에서 배 한 척이 보였고, 약했지만 배에서 보내는 경적 소리도 들려왔다. 미하엘은 깜짝 놀란 상태에서 다시 즐겁게 환영할 기분으로 돌아오기는 힘들었다. 그때 또 다른 새로운 일이 일어났다. 항구의 건물 한 곳에서 급히 한 남자가 뛰어나왔다. 보아하니 기자 같았는데, 잔뜩 흥분해서 종이 한 장을 흔들었다. 순식간에 이 기자는 신문기자들에게 둘러싸였다. 톨네스 씨도 미친 듯이 그곳으로 달려갔다.

"새로운 소식이야! 곧 돌아올게!" 그가 미하엘에게 소리를 지르고는 사라졌다.

어쩌면 전쟁이 끝났다는 소식일지 몰라, 라고 미하엘은 생각했지만, 그런 뉴스라면 기자들보다 자신이 먼저 듣게 되었을 것이라 생각했다. 소년은 주의 깊게 기자들을 관찰했다.

톨네스 씨가 벌써 돌아왔다. 그는 소년에게 부자연스러운 미소를 지어보였는데, 뭔가 잘못 된게 틀림없었다.

"무슨 일이에요?" 미하엘은 기자의 팔을 잡고 물었다. "그러게." 톨네스는 손수건을 꺼내서 코를 풀기 시작했다. 한쪽 콧구멍을 막고 다른 콧구멍을 핑하고 풀었고, 다음에는 반대로 했다. 그런 다음에 윗입술을 닦았고, 처음부터 시작할 준비를 했다.

미하엘은 강제로 기자의 손을 얼굴에서 떼냈다.

"이제 말해주세요, 톨네스 씨……." 미하엘의 목소리는 갑자기 마른 목구멍에서 나오느라 막혔다. "무슨 일인가요?"

기자는 자신의 손수건을 차곡차곡 개더니 불안한 눈길로 미하엘의 눈을 쳐다보았다. 그런 다음에 다가오는 배들이 있는 항구 너머를 바라보았다.

"그게, 안타깝게도 모든 게 잘 되지는 않았더군. 열한 명의 아이들이 실종되었다는구나!"

"안 돼!" 미하엘은 소리 지르며 기자의 손목을 흔들었다. "열한 명이라고요? 아이들이요, 아니면 어른들?"

"아이들."

미하엘의 얼굴은 눈처럼 하얗게 되어 기자의 손을 놓았다. "이건 너무…… 끔찍해."

톨네스 씨는 다시 미하엘의 어깨를 톡톡 쓰다듬었다.

"그래, 끔찍한 일이지. 열한 명의 죄 없는 아이들이……. 폭탄이 떨어지는 그런 위협 속에서 사랑하는 자식들을 떠나보낸 어머니들이 아직 그때 흘린 눈물도 마르지 않았을 텐데……."

미하엘은 어깨에 올려놓은 기자의 손을 단번에 떨쳐버렸다. "됐어요!" 미하엘은 목소리도 제대로 나오지 않았다. 저 기자는 분명 신문사에 보낼 역겨운 기사를 쓰는 거겠지, 라고 생각했다. 분명 저 기자에게는 열한 명의 아이들이 실종되었다는 사실이 별일이 아닐 것이다. 어쩌면 그는 더 많은 기사를 쓸 수 있어서 오히려 기뻐하고 있는지도 몰랐다. 미하엘은 터져 나올 것 같은 울음을 겨우 참고서 제일 먼저 도착한 '쥘 베른' 호를 멍하니 쳐다보았다. 깃발은 깃대의 중간인 반기(半旗) 위치에 있었다. 애도의 의미였다. 미하엘은 격하게 흐느꼈다. "그래, 그래." 톨네스 씨는 반복해서 한숨을 내쉬었는데, 열두 살 소년 때문에 침묵할 기자가 아니었다. "정말 슬픈 일이지!"

그의 손은 또다시 가죽 외투의 어깨 위로 올라가려고 했지만, 미하엘은 재빨리 피해버렸다. "젊은이, 이거 하나만 생각을 해야 해." 기자는 계속 이야기를 했다. "전쟁통에는 수많은 사람들이 죽는다고. 수백만, 알겠어? 그러니 열한 명의 어린아이들은 그렇게 중요하지 않아요. 오, 제발," 기자는 미하엘이 질겁한 표정으로 쳐다보자 빨리 보충설명을 했다. "나를 인정머리 없는 사람이라고 보지는 말거라. 아이들은 정말 안되었어. 그리고 그 아이들의 부모들도 말이야. 내가 얼마나 그들을 안타까워하는지 신문을 읽어보면 알 거다. 슬픈 사건은 내 전공이야. 내 독자들의 눈은 절대 마를 틈이 없지."

이 순간 미하엘은 기자를 온 마음을 다해 미워했다. 이제 더 이상 아무 말도 듣지 않을 거야, 라고 그는 결심했다. 하지만 바로 이 순간에 톨네스 씨는, 미하엘의 고통을 더 흔들어놓는 번개 같은 말을 건넸다.

"그러니까 말이다, 내가 물에 빠져 죽은 열한 명의 아이들은 전쟁터에서 희생된 수백만 명과 비교하면 아무것도 아니라고 말한 것은, 너를 위해서 한 말이야. 이런 일은 전부 네 아이디어로부터 나왔으니, 네가 죄책감을 느낄 것 아니냐. 그럴 필요가 없다는 거야."

미하엘은 의문스럽다는 듯 눈썹을 찌푸렸다. 소년은 기자가 무슨 뜻으로 이런 말을 하는지 아직 완전히 이해할 수는 없었다.

"물론, 열한 명의 아이들이 죽게 된 게 너 때문이라고 누군가 말할 수도 있을 거야. 하지만 다른 한편으로……."

하지만 미하엘은 기자의 말을 더 이상 귀담아 듣지 않았다. 끔찍한 번개가 내리쳤고, 슬픔에 젖어 있던 그는 갑자기 자신이 불행의 장본인인 것처럼 느껴졌다. 그의 잘못이었다! 자신 말고 누가 있겠는가? 그란 씨가 이미 버린 휴지통에서 슈테판의 편지를 찾아낼 사람이 자신 외에 누가 있겠는가? 대통령과 우르비엔의 외교관에게 약속을 받아낼 사람이 누가 있겠는가? 오늘, 이렇게 끔찍한 결과를 가져올 약속을……? 미하엘 페트리는 열한 명의 아이들에게 양심의 가책을 느꼈다. 발밑에 있는 아스팔트가 흔들거리기 시작했다. 소년은 속이 메스꺼웠고 토하고 싶었다. 톨네스 씨는 "다른 한편으로" 미하엘이 아이들의 수송을 제안해서 수백 명의 아이들을 구했다고 수다를 떨 필요가 없었다. 또한 창백하게 변한 미하엘의 얼굴에서 혼란스러운 눈을 봤을 때, 그런 말도 할 필요가 없었다고 후회해도 소용이 없었다.

세 척의 배가 들어왔다. 부두 아래쪽에서는 군악대가 연주를 했다. 수건을 흔들고 환호하는 소리가 흘러나왔다. 밑에서 기다리던 몇몇 사람들은 배에 타고 있던 조카, 질녀와 손주들을 알아보고 눈짓을 했다.

미하엘은 멍하니 서 있었다. 녹색 목도리를 찾는 일도 잊고 있었다.

"어떻게 그런 일이 일어날 수 있었대요……?" 미하엘은 마침내 이 말을 하고는 자신이 말을 할 수 있다는 사실이 놀라웠다.

톨네스 씨는 어깨를 들썩했다.

"아직 확실하지는 않아. 구명보트를 풀었는데, 아무도 모르게 한 대가 사라졌다는군. 밤에 폭풍이 장난이 아니었대."

미하엘은 믿을 수 없어서 머리를 흔들었다. "어떻게 그럴 수가 있어요? 아무도 모르게라니?"

갑자기 이 모든 것을 정확하게 알고 싶다는 바람이 생겨났다. 미하엘은 선장과 이야기를 해야만 했다. 선장이라면 불행한 사건의 세세한 것까지 잘 알고 있어야 하니까.

보건부 소속 공무원들이 배에 올라갔는데, 우르비엔 아이들이 혹시 새로운 질병을 테라니엔에 옮기지 않을지 검사해야만 했다. 미하엘은 기자에게 "잘 가세요."라고 인사를 한 뒤 달려갔다. 이어서 30분 동안은 사람들로 뒤엉켜서 질문과 대답이 오고갔을 뿐이다. 대답은 늘 똑같았다. "나의 할아버지가 대통령이십니다. 그러니, 제발 나를……."

사람들은 약간 놀랐다. 항구에서 근무하는 경찰은 관계자 외에 그 누구도 배에서 뭍으로 내려 보내서도 안 되고, 또한 그 누구도 배에 올라가게 하면 안 되었다. 그런데 자신이 대통령의 손자라고 주장하는 이 소년은 물어볼 필요도 없이 관계자에 속하지 않았다. 하지만 이 소년은 너무나도 절망적이고 단호한 의지를 보여주어서, 배로 들어가게 해달라는 그의 부탁은 부탁이 아니라 위협처럼 들렸다. 경찰들은 만일 이 소년을 배 안으로 들여보내주지 않는다면, 나중에 큰일이 일어날지도 모른다는 두려움을 느꼈고, 그래서 허락을 해주었다. 일단 배 안으로 올라가자 일은 좀 더 쉬워졌다. 미하엘은 '불의 나라' 호의 선장이 어디 있는지 물었고, 배 조종실 앞에 있었다. 늙은 선장이 자신이 알고 있는 모든 얘기를 해주자, 미하엘은 실종된 아이들의 이름을 물어보았다. 지도자가 릴리아네라고 알려주어서 미하엘은 울어서 눈이 빨개진 채 14번 그룹 아이들의 배낭끈을 매주고 있는 여자에게 다가갔다. 슈테판 모린과 토마스 모린이 실종된 아이들의 명단에 있다는 사실은 미하엘에게 그리 놀랍지 않았다. 처음부터 예감하고 두려워했던 일이 사실로 드러났을 뿐이었다. 자신의 친구 두 명이 죽었다는 게 오히려 공평한 건 아닐까? 모든 책임이 있는 자신은 모린 형제와 함께 웃으면서 벨몬트로 가는 동안, 죄도 없는 다른 사람들은 슬퍼하며 아이도 찾지 못하고 집으로 돌아가게 된다면? 마치 자신이 벌을 받는 것 같았다. 미하엘이 배의 계단을 내려와서 부두로 돌아갔을 때, 이미 그곳에서는 아버지가 그를 한창 찾고 있었다. 미하엘의 아버지는 초조해하는 아들을 아침부터 항구로 보냈고, 아들과 우르비엔 아이 두 명을 자동차에 태워가려고 직접 항구에 도착했다. 오후에 비행기를 타고 벨몬트로 갈 예정이었다. 아버지는 부두에 도착하여 약속 장소에서 아들을 찾지 못하자 약간 불안해져서, 가죽 외투와 녹색 목도리를 두른 열두 살 소년을 혹시 보지 못했는지 여러 사람들에게 묻고 다녔다. 그러다가 살집이 있는 기자를 만났고, 이 기자는 미하엘에 대해서 상세하게 얘기를 해주었으며, 심지어 열한 명의 아이들이 실종되었다는 소식을 듣자 너무 충격을 받더라는 얘기도 해주었다.

그래서 미하엘이 배의 계단을 거의 다 내려와 아버지를 만났을 때, 아버지는 아들의 심정을 어느 정도 추측은 하고 있었다.

"미하엘, 사랑하는 아들아," 페트리 씨는 우물우물 말하며 아들의 팔 쪽을 감싸안았다. "그런 일이 일어나다니…….정말 안타깝구나. 전쟁이라, 수백만의 사람들이 죽어가고."

"아빠!" 미하엘은 지쳐서 머리를 획 돌렸다. 수백만의 사람들이랑 열한 명의 아이들이랑 도대체 무슨 관계가 있단 말이지? 슈테판과 토마스랑 무슨 관계냐고? "먼저 호텔에 가서 기다리렴. 그럼 내가 두 아이를 태워서 갈게. 꼴이 말이 아니구나."

"그 아이들은 오지 않아. 실종자 명단에 들어 있대." "이런, 난 몰랐단다." 페트리 씨도 이제 창백해졌다. 그는 미하엘의 팔을 자신에게로 끌어당겼다. 하지만 아들은 더욱 화가 나기만 했다. 미하엘은 두 소년이 오기만을 고대했다. 자신의 큰 방도 두 소년을 위해 내어주고, 자신은 아주 작은 방으로 옮긴 상태였다. 미하엘이 부탁해서 테니스장도 깨끗하게 청소를 했고 자전거도 새로 두 대 구입했다. 그런데 친구를 기다리던 기쁨과 그런 모든 준비들이 이제 아무 소용이 없어졌다. 페트리 씨는 어찌할 바를 모르고 아들 곁에서 항구의 출구가 있는 쪽으로 걸어갔다. 뭔가 친절하고, 아들을 위로해줄 수 있는 말을 해주고 싶었지만, 그런 말이 생각나지 않았다. 그런데 바보같이 전혀 엉뚱한 말이 떠올랐다.

"우리는 그 두 소년이 아니라 다른 아이들 두 명을 받을 수 있을 거야. 아니면 적어도 한 명은!" 페트리 씨는 서서 그렇게 말했다.

페트리 씨는 이 말을 끝까지 하기 전에 이미 후회를 했다. 왜냐하면 미하엘이 큰소리로 화를 냈고 아버지의 제안에 격렬하게 반대하는 표정을 지었기 때문이다.

호텔에 도착하자 미하엘은 열이 나기 시작했다. 페트리 씨는 이마를 만져보고는 어찌할 바를 몰랐다. 그는 건강한 아이들도 어떻게 다루어야 하는지 잘 몰랐으니 아픈 아이는 두말할 필요도 없었다. 의사에게 전화를 하려 했지만 아들이 수화기를 잡아챘다.

"필요 없어, 아빠! 의사가 필요한 게 아니라고! 우리는 약속대로 오늘 오후에 비행기를 타는 거야!" 미하엘이 말했다. 그는 창가로 가서 오랫동안 회색의 비가 내리고 있는 바깥을 쳐다보았다. "나를 위해 뭔가 하고 싶으면 말이야, 집에 전화를 해줘. 그래야 엄마랑 누나, 그리고 모든 사람들이 알게 되겠지……. 비행장에서 질문을 안 받을 수 있잖아. 언제 어떻게 그런 사고가 났느냐고 물을 거 아냐. 나는 참을 수 없을 거야 그러면. 꽃장식도 모두 치우라고 하고 내 방도 예전처럼 해놓으라고 해. 누구도 나랑 얘기하지 말라고 하고……."

비행기를 타자 열이 더 올랐다. 미하엘의 머리는 불이 났지만, 그의 양심은 마취가 된 것 같았다. 미하엘은 열이 펄펄 나는 상태로 영원히 비행기를 탔으면 하고 바랐다. 열이 난 덕분에 현실로부터 멀어졌고, 눈앞에서 빨갛고 녹색의 소용돌이가 돌아갔고, 이어서 검정색 깔때기가 쉬지 않고 축을 중심으로 돌아가면서 회오리를 일으켰다……. 이렇듯 알록달록한 장면 뒤에 죄책감이 숨어 있었고 열이 더 오르자, 미하엘은 환각을 보기 시작했다…….

비행기가 허공에서 갑자기 멈추었다. 모두가 깜짝 놀라서 서로 귓속말을 하기 위해 머리를 모았다. 미하엘은 조종사가 경찰견을 데리고 통로에 나와서 이렇게 말할 때 전혀 놀라지 않았다. "헥토어는 어디에 있어……. 찾아봐!" 개는 축축한 코를 미하엘의 손안으로 들이밀었다. 조종사가 말했다. "나는 살인자와 비행을 하지는 않아!" 그리고 손을 비행기 창 쪽으로 안내하는 손짓을 했다. 미하엘은 기어나와서 비행기에서 뛰어내렸고 고함을 질렀다…….

미하엘은 벌떡 일어나 비닐 봉지에 엄청나게 토하고 말았다. 아버지가 마침 봉지를 건네주었던 것이다. 그러더니 톡 쏘면서 매운 어떤 음료를 마시라고 줬는데, 그것을 마시고 나니 훨씬 좋아졌다. 마침내 집에 도착해서 침대에 눕자, 미하엘은 오랫동안 잠을 잤고 이후에 건강하게 깨어났다. 열도 사라졌다. 그의 기분에 대해서는 곧 좋아질 것이라고 사람들은 생각했다. 미하엘이 원하던 대로 집에서는 아무도 사건에 관해서 말하지 않았다.

하지만 기분이 곧 좋아지지는 않았다! 미하엘은 선물을 한 아름 받았고, 어항과 오래전부터 갖고 싶었던 책 두 권도 받았지만, 여전히 우울했다. 미하엘은 받은 선물을 쳐다보지도 않았고, 책도 재미없이 넘기기만 했으며, 어항은 운전사에게 선물해버렸다.

그렇게 일주일이 지났다. 미하엘은 창백하고 뾰족한 얼굴로 변했다. 식탁에서는 음식도 먹지 않고 일어났으며, 사람들을 피했고, 누구와도 이야기하지 않았고 학교에 가는 것도 거부했다. 마침내 수지는 할아버지에게 의논해야겠다고 생각했다.

"할아버지, 미하엘과 얘기해봐요. 할아버지를 제일 좋아하니까."

대통령은 손자에게 오후에 '그뢴란트' 아이스크림 집에서 만나자고 했다. 처음에는 아무 말도 하지 않고 서양장기를 같이 두었다. 누가 흰말을 할지, 검은말을 할지 결정하기 위해 말을 던졌고, 15분 후 대통령이 여왕을 미하엘에게 빼긴 뒤에야 별일이 아닐 것처럼 말했다.

"씁쓸하구나, 미하엘. 인생이 그렇구나. 좋은 뜻에서 시작했는데, 이런 나쁜 일이 일어나다니."

미하엘은 입을 다물고 장기판에서 눈을 떼지 않았다. 그러더니 갑자기 미하엘이 얼토당토않은 자리에 장기를 두자, 대통령은 손자가 자신이 하는 말을 들었다는 것을 알아차렸다.

"예를 들어 전쟁을 한번 봐라……. 수백만의 사람들이……."

"할아버지, 만일 수백만 명의 사람들에 비해 열한 명의 아이들은 아무것도 아니라고 말할 거면……." 미하엘의 목소리는 떨렸다. 그의 눈에는 눈물이 가득했다.

"아니야, 나는 그렇게 말도 안 되는 얘기는 절대 하지 않는다. 물에 빠진 아이 한 명은 전쟁터에서 죽은 백 명의 군인들만큼 끔찍하지. 그리고 전쟁터에서 죽은 한 명의 군인은 익사한 백 명의 아이들만큼이나 끔찍하고."

이 말은 미하엘에게 위로가 되었다.

"하지만 1은 100보다 작잖아요." 미하엘은 당황해서 중얼거렸다.

"그게 사과라면 그렇겠지. 하지만 사람의 목숨이라면?" 대통령은 갑자기 자신의 따뜻한 손으로 미하엘의 차가운 손가락을 감쌌다. 장기판의 장기들이 쓰러졌지만, 할아버지도 손자도 신경 쓰지 않았다. "목숨은 하나밖에 없지. 그러니 죽음에 어른 목숨과 아이 목숨의 차이가 없고 더 중요하고 덜 중요한 죽음이란 없단다. 만일 내가 내일 죽는다면, 신문의 1면에 큰 글자로 실리겠지만, 그것은 내가 대통령이기 때문이다. 그런데 무명씨가 같은 날 죽으면, 아무도 신경 쓰지 않아. 그래도 이 무명씨의 죽음은 내 죽음하고 다를 게 하나도 없어. 수백만의 군인들은 수백만의 사람들이고, 각자가 하나밖에 없는 목숨을 잃는 거야. 열한 명의 아이들이 자신들의 목숨을 잃은 것처럼." 할아버지가 말했다.

할아버지는 손자를 흘깃 쳐다보고는 손수건을 꺼냈다.

"난 너를 정말 잘 이해할 수 있어, 왜냐하면 나도 밤이면 깨어있는 시간이 많거든. 네가 열한 명의 아이들 생각으로 잠을 이룰 수 없듯이, 나는 수백만 명을 생각한단다. 내가 우리 이 테라니엔을 얼마 동안 전쟁으로부터 떼어놓을 수 있을까?"

할아버지가 미하엘에게 들려준 말은 소년을 편안하게 해주었다. 민주주의에 관해서 할아버지가 하는 연설을 라디오에서 들었을 때보다 훨씬 덜 지겨웠다. 위로를 받은 미하엘은 다시 장기판에 말을 올려놓고 장기를 두어서 이겼고, 할아버지의 운전사가 집까지 데려다주었다. 밤에 미하엘은 다시 꿈을 꾸었지만, 이번에는 뭔가 달랐다. 내용이 덜 끔찍했다.

미하엘은 기자 톨네스와 함께 보슬비를 맞으며 부두에 서서 텅 빈 항구를 바라보고 있었다. 그런데 물은 더 이상 물이 아니라, 끝없이 길고 하얀 시트였다. 갑자기 이 시트가 똑바로 세워지더니 마치 영화관의 스크린처럼 변했다. 단번에 어두워지더니, 스크린에서 문장 하나가 서서히 올라왔는데, 처음에는 작더니 점점 커져서 거대한 글씨가 되어 수천 조각으로 부서지고 말았다. 그 문장은 다음과 같았다.

열한 명 실종됨!—그들은 어디에 있을까?

셀 수도 없이 반복되었다. 점점 더 빨리 이 문장이 나타났다가, 깨어지고, 사라지더니 다시 나타났다. 갑자기 누군가 소리를 질렀다. "그만!" 대통령이었다. 그는 스크린에 서서 모든 곳을 향해 인사를 하고, 손을 흔들었으며 웃었다. 그리고는 마이크로 말을 했다.

"국민 여러분! 모든 생명은 가치가 있습니다. 그것이 바로 민주주의입니다!" 그러고는 할아버지와 스크린이 사라졌고, 미하엘은 꿈이 시작된 부분에서처럼 톨네스 씨 옆에 비를 맞으며 서 있었다. 사실 서 있는 게 아니라, 미하엘은 차로 달리고 있었다. 기자와 자신이 달리고 있던 아스팔트의 한 부분이 떨어져나가는 바람에 두 사람은 항구를 따라 바다로 나갔다.

"우리는 어디로 가는 거죠?" 미하엘이 물었다.

"신문사에서 열한 명의 아이들을 찾으라고 해!" 톨네스 씨가 말했다.

"나는 차에서 내리고 싶어요." 미하엘은 죽은 아이들을 바다에서 건져올 생각을 하니 무서웠기 때문이다.

"그럴 수는 없어. 네 책임이잖아. 그러니 너도 가야 해!" 기자가 화를 내면서 말했다. 둘은 망망대해로 나왔다. 사방에 시커먼 물로 된 사물들이 불쑥 튀어나왔다. 두 사람이 그 물체로 다가가면, 가라앉은 배 '불의 나라'에서 떨어져 나온 두꺼운 판자였다.

갑자기 비가 사라지더니, 해가 비추어 따뜻했다. 햇살과 함께 두 명의 소년이 바다 위에서 뛰어왔는데, 큰 소년과 작은 소년이었다. 이 두 아이 뒤로 다른 아이들도 달려왔는데, 미하엘은 몇 명인지 볼 수는 없었다.

"하이, 미하엘." 두 명의 소년이 소리쳤다.

"하이, 슈테판, 토마스."

"저기 다 왔네! 이거야말로 우리 신문사에서 제일 좋아할 기사야." 톨네스 씨가 말했다. 그러더니 그는 펜을 꺼냈지만 잉크가 없어서 기사를 쓸 수 없다고 불평을 했다.

"잠깐, 그건 우리가 해결할 수 있어요." 토마스가 그렇게 말하더니 손가락 두 개를 입에 넣어서 휘파람을 불었다. 그러자 거대한 오징어가 물에서 나오더니 잉크를 한 웅덩이 그들에게 뿌려주고 다시 물속으로 사라졌다. 미하엘에게는, 토마스가 물고기들에게 명령을 내릴 수 있는 게 이상하게 여겨지지 않았다. 미하엘은 끔찍한 생각이 들어서 물었다. "슈테판, 혹시 너희들 살아 있는 거야, 아니면……?"

"당연히 잘 살아 있지, 살아 있어! 하지만 너는 우리를 찾아내야 할 거야!" 슈테판이 소리 질렀다.

"좋아, 그런데 어디에 있어?"

"그건 내가 말해줄 수 없어. 왜냐하면 우리도 모르니까. 네 할아버지에게 물어봐. 그럼, 안녕!"

대답을 마치자 슈테판은 토마스의 손을 잡고 달려갔다. 마치 바다가 물로 되어 있지 않고, 파란 유리로 된 것처럼.

미하엘이 잠에서 깨어났다. 소년은 무섭게 긴장해 있었다. 이 꿈이 진짜인지 아닌지 단 한순간도 의심하지 않았다. 갑자기 슈테판과 토마스가 물에 빠져 죽지 않았다는 것이 당연하게 여겨졌다. 미하엘은 당장 일어나서 옷을 입고 싶었지만 아직 아침이 되지 않아서 누워 있었다. 그리고 앞으로 어떻게 해야 할지를 곰곰이 생각했다.

아침 7시에 대통령은 관절염에 걸린 다리를 마사지하게 했다. 미하엘은 7시 5분 전 대통령의 방으로 살금살금 들어가서 할아버지의 침대 가에 앉아서 말했다. "안녕히 주무셨어요, 할아버지. 이렇게 일찍 와서 죄송한데요, 드릴 말씀이 있어요."

대통령은 손자가 기분이 좋은 모습으로 자신을 찾아온 게 기뻤다.

"좋은 아침이다, 얘야. 그래 무슨 일이니? 오늘 나는 해야 할 일이 많단다. 저녁 6시에 '그륀란트'에서 만나는 게 어떨까?"

"안 돼요. 지금 얘기해야만 해요. 아이들은 살아 있어요!" 미하엘이 말했다.

대통령의 눈이 휘둥그레졌다.

"어떻게 아느냐?" 불확실한 목소리로 대통령이 물었다.

"어젯밤 나한테 직접 말해주었어요." 미하엘은 눈썹 하나 깜빡거리지 않고 대답했다.

"미하엘!" 대통령은 침대에서 일어났다. 하지만 손자는 자신의 꿈 이야기를 해주었고, 할아버지는 자신에게 비행기 여러 대를 내어줘야 한다고 단호하게 말했다. 배가 가라앉았던 지점까지 비행기를 타고 가서 거기에서부터 모든 방향으로 수색을 해야 한다는 말이었다. 미하엘은 비행기가 실종자들을 반드시 찾아서 카피탈레 항구로 데려올 것이라 확신한다고 했다.

대통령은 인내심을 가지고 답을 해주었다. 손자에게 꿈과 현실은 다르다고 설득해야 했지만 그럴 필요가 없었다. 또한 아이들은 배가 가라앉던 날 밤에 불어닥친 폭풍우로 말미암아 아마도 보트를 탄 채 그대로 가라앉았고, 그렇지 않다 하더라도 힘도 다 빠지고 추워서 살아남지 못했을 것이라 설득해야만 했다. 이 역시 아무 소용이 없었다.

미하엘은 공손하게 대통령이 말을 끝낼 때까지 기다렸다. 그런 뒤 마치 아무 말도 듣지 못했던 것처럼 처음부터 다시 이야기를 시작했다. 미하엘은 대통령이 마사지를 받는 동안에도 말을 했고, 아침을 먹는 동안에도 했으며 대통령 궁으로 차를 타고 갈 때도 말을 했다. 미하엘은 심지어 대통령의 집무실에서도 말을 했고, 오후에 다시 와서 이야기하겠다고 위협까지 했다.

그란 씨가 대통령에게 아침에 받은 전보를 가지고 갔을 때, 나이 든 대통령이 얼마나 창백하고 지친 모습인지를 발견하고 깜짝 놀랐다. "잘 주무시지 못하셨습니까, 대통령 각하?" 그란 씨가 걱정스럽게 물었다.

"잘 잤네. 잘 잤다네. 하지만 손자 녀석이, 알지요? 어찌나 내 신경을 박박 긁는지!"

미하엘이 목소리를 듣다

그 다음 몇 주 동안 대통령은 정신없이 어수선한 날들을 보냈다. 회의를 하고, 편지를 쓰게 하고 공식적인 손님들을 맞이하고 나서 그사이에 일 분이라도 시간이 나면, 미하엘이 방으로 들이닥쳐서 노새처럼 바보 같은 말을 했다.

"비행기를 내어주세요, 할아버지! 저는 제가 무슨 일을 하는지 잘 안다고요. 만약 저를 못 믿는다면, 공군참모총장에게 편지를 쓸 거예요. 그리고 할아버지 사인을 위조해서 서명할 거고, 저는……." 미하엘은 침을 삼키다 기침을 했다.

"그런 일을 넌 결코 못 할 게다, 멍청한 녀석아!" 대통령이 호통을 쳤다. 그의 이마에 동맥 하나가 불쑥 튀어나왔고, 주먹으로 책상을 내리치는 바람에 연필과 지우개가 놀라서 풀쩍 뛰었다. "이제 그만해! 어서 집으로 돌아가고, 더 이상 아무 말도 하지 마라, 알겠니?"

미하엘은 창백해지더니 머리를 푹 숙이고 방을 떠나갔다. 이런 모습을 대통령은 한 번도 본적이 없었다. 마치 실컷 두들겨 맞은 푸들 강아지처럼 미하엘은 빨간 양탄자가 깔려 있는 방을 슬며시 나갔다. 계단을 내려가기 전에 그란 씨가 미하엘을 쫓아왔다. 대통령이 다시 보자는 것이었다. 미하엘은 문 옆에 서서 바닥을 바라보았다.

"하고 싶은 말이 더 있어서 말이야……. 주말에 나랑 '은 화살'에서 보내면 어떻겠냐? 너를 초대하마."

미하엘은 축 늘어진 손을 쭉 뻗은 대통령의 오른손에 얹었다.

"누나도 같이 가도 돼요?" 소년은 관심 없다는 듯 물었다.

"이번에는 남자들끼리만 모여. 너와 나, 반 슈텐 박사와 승무원들." 대통령은 손자의 마음을 즐겁게 해주기 위해서 아주 웃긴 표정을 지어 보였다.

미하엘은 공손하게 미소를 지어 보이고 작별인사를 한 뒤 집으로 천천히 갔다. 그의 방에 들어가자 침대에 몸을 던져서 이불을 머리 위까지 뒤집어썼다. 수치심과 씁쓸한 패배를 혼자서 감당하고 싶었다. 하지만 그때 수지가 방으로 들어와서 방해했다. "엄마가 외출했어. 그리고 이렇게 말해달래. 네가 내일 학교에 갈 수 있을 만큼 충분히 건강을 회복했다고 말이야." 수지는 조롱하듯 내려다보았다. "이해하셨나요? 미하엘, 아니면 내가 글로 써드릴까요?"

미하엘은 아무런 대답을 하지 않는 것으로 누나를 무시했다. 그는 베개 밑에서 온도계를 꺼내 말없이 자신을 조롱하는 누나에게 건네주었다. 수지는 온도계의 눈금을 찾았다. "37.6도네. 방금 잰 거야?" 수지는 약간 나긋해졌지만 의심스럽게 쳐다보았다.

미하엘은 고개를 끄덕였다. 하지만 거짓말이었다. 소년은 온도계를 오늘 아침 일찍 침대 바로 옆에 있는 전등에 놓아두어서 온도가 37.6도로 올라가게 했다. 학교에 안 가도 되는 이유로 충분했다. 보통 소년처럼 다시 학교에 가서 칠판을 쳐다보고 있는 상상을 도저히 할 수 없었다. 미하엘은 자신에게 질문을 했다. 앞으로 어떻게 다시 살아가야만 할까? 부모님은 더 이상 그를 이해하지 못했고, 그 사건이 터진 다음부터 자신들의 통제에서 벗어난 아들을 피했다. 집을 나가 항구도시 카피탈레에 가서 새로운 삶을 사는 게 가장 좋은 방법이 아닐까? 거기에서 돈을 벌면 된다. 아침에는 구두를 닦고, 점심에는 신문을 배달하며, 저녁에는 그릇을 닦으면 된다. 얼마나 많은 위대한 남자들이 그렇게 시작해서, 무서울 정도로 출세를 했던가? 물론 그전에 가족들은 수치스러워했지만.

그렇게 하는 데 딱 하나 마음에 걸리는 게 있었다. 바로 할아버지였다. 미하엘의 작별 편지를 받으면 할아버지는 얼마나 상처를 받으실지.

사랑하는 할아버지!

저는 세상으로 나아갑니다! 만일 저 때문에 할아버지가 걱정을 하게 된다면, 정말 죄송해요. 하지만 왜 저한테 비행기를 주지 않으셨어요?

언젠가 다시 만나겠죠!

당신의 불행한 손자 미하엘로부터.

미하엘은 울면서 베개를 악 물었다. "위대한 아버지"라고 자주 부르고는 했던 할아버지를 떠나는 것이 무엇보다 가장 힘들었다. '은 화살' 요트를 할아버지랑 함께 탈 생각에 마음이 벅찼다. 그런 다음에는 할아버지와 작별하고, 집을 떠날 계획이었다.

'은 화살'은 바다에 떠다니는 요트 중 가장 아름다웠다. 눈이 부실 정도로 하얀 색에 번쩍이는 금속 줄이 날씬한 요트의 옆구리를 따라 장식되어 있었다. 침실은 작았지만 공기도 잘 통하고 편했다. 식당은 음악을 연주하는 방으로도 사용되었다. 식당과 작업실이 연결되어 있었고 식당의 다른 편에는 대통령이 담배를 피우는 방이 있었다. 하지만 요트에서 가장 아름다운 방은 겨울 정원이었다. 그곳에는 녹색 식물들이 무성하게 자라나 있었고, 선인장도 꽃을 피웠고, 이국적인 식물들이 나비 모양의 잎사귀들을 자랑하고 있었다. 그 중간에 녹색 덩굴에 덮인 채 거대한 수족관이 있었다. 수족관 안에는 금붕어들이 꿈같이 빙빙 돌아다니고 일본산 관상용 물고기들이 무지개 빛을 자랑하며 돌아다녔다. 놀란 눈에 주둥이는 와락 달려들 것처럼 하고서 물고기들은 원을 그리며 돌아다녔고, 마치 뭔가 깊이 생각해야 하는 것처럼 멈춰 있는 경우도 많았다. 그러다가 꼬리를 휘저어 달아나는 바람에 물에 회오리가 생겼다. 물고기와 식물들이 있는 이 공간은 그야말로 기적처럼 비밀이 가득하고, 동화에 나오는 장소 같아서 대통령은 이곳에 앉아 있는 걸 제일 좋아했다. 그리고 '마법의 정원'이라는 이름을 붙여주었다.

그들은 토요일 아침에 출발했고, 미하엘은 조종실에 있는 오렐 씨에게 갔다. 나침판이 동북동으로 향해 있어서 미하엘은 이상했다. 마치 요트가 우르비엔으로 갈 것처럼 말이다. 또한 요트는 빠른 속도로 바다를 항해했는데 이 역시 보통 때와는 달랐다. 대통령은 '은 화살' 요트에서 휴가를 보낼 때면 서두르는 것을 지극히 싫어했기 때문이다. 대통령은 육지가 더 이상 보이지 않는 곳까지 항해를 하게 했고, 그런 다음 푸른 바다 한가운데서 요트를 세워두고는 했다.

미하엘은 깜짝 놀랐다. "우리는 어디로 가요, 오렐 씨?" 미하엘이 항해사에게 물었다.

"나도 몰라. 대통령께서 시키는 대로 동북동으로 빨리 갈 뿐이지." 오렐 씨가 대답했다.

이상한 예감이 들었다. 그렇다면……. 미하엘은 곧장 할아버지를 찾으러 나섰다. 할아버지는 식당에서 오랜 친구인 반 슈텐 박사에게 소나타 한 곡을 부탁했다. 미하엘은 연주를 방해하지 않으려고 끝날 때까지 힘들게 참고 있었다.

"할아버지, 오렐 씨는 왜 동북동으로 계속 항해하고 있는 거죠?" 연주가 끝나자마자 미하엘이 물었다.

대통령은 엉큼하게 미소를 지었다. "그걸 알았단 말이지? 그래,

비행기는 임무를 수행 중이라 그럴 수 없지만, '은 화살' 요트는 주말에 할 수가 있지. 왜냐고? 이 요트는 고집불통 손자의 부탁을 거절하지 못하는, 마음이 넓은 대통령의 사유재산이기 때문이야."

미하엘의 눈이 휘둥그레졌다. "그 말은, 우리가 아이들을 찾으러 가는 건가요?" 미하엘이 물었다.

반 슈텐 박사가 중간에 끼어들었다. "이제 너도 알겠구나. 어떤 할아버지인지 말이야." 박사는 두꺼운 안경테 너머로 미하엘을 약간 비난하듯 눈짓을 했다. "우리 모두는 그렇게 먼 곳까지 요트를 타고 가서 위험에 빠지는 것을 환영하지 않는단다. 열두 살 소년이……."

"왜 위험해요?" 미하엘이 박사의 말을 가로막았다.

"얘야, '불의 나라' 호가 바다 밑 바위와 부딪혔다면, 우리 이 요트에도 그런 일이 생길 수 있잖니."

할아버지가 눈을 찡긋하며 그런 이야기를 하지 말라고 했다. 그는 미하엘이 책임감에 집착하는 모습을 충분히 봐왔기에 또다시 손자에게 양심의 가책을 주고 싶지 않았다.

"됐어요, 칼." 할아버지는 반 슈텐 박사에게 말하고 미하엘에게 몸을 돌렸다. "나는 '은 화살' 호가 사라진 구명보트를 수색하도록 명령을 내렸단다. 이 말은, 우리는 사고 지점을 중심으로 어느 정도 떨어진 바다를 수색하게 될 것이라는 뜻이다. 내일 이 시간쯤이면 확실하게 결과를 알게 될 거야. 우리는 더 이상은 할 수 없어, 미하엘! 하지만 내가 경고하는데, 절대 희망을 갖지는 말도록!"

미하엘은 대통령의 목에 매달렸다. "할아버지가 최고예요!"

나이 든 대통령은 숨이 막혀 죽을 수도 있는 위험을 겨우 피할 수 있었다. “절대 그렇지 않아. 최고는 아니고, 손자와 밤낮으로 가라앉은 배에 대해서 얘기하는 데 지친 할아버지일 뿐이야. 나는 너하고 다른 이야기도 하고 싶거든. 그것뿐이다! 내일 아침이면…….”

그 다음날, 미하엘은 웅크린 채 마법의 정원에 앉아 혼이 나간 것처럼 커다란 수족관만 바라보고 있었다. 몸과 마음이 모두 망가진 것 같았다. 어제 점심때부터 그는 열에 들떠서 지내고 있었다. 대통령으로부터 설명을 들은 다음 곧장 갑판 위로 뛰어갔고, 항해사인 오렐 씨와 오랫동안 대화를 나누었다. 그리고 몇 시간 동안 옆에 앉아서 끝없는 바다를 살펴보았다. 미하엘은 태양이 가라앉는 모습과 별이 뜨는 모습도 보았고, 밤이 되어 자신의 침대로 내려갔을 때는 혹시나 아이들을 찾을 수 있는 순간을 놓치는 게 아닐까 두려웠다. 아이들을 발견해서 대통령을 불러 이렇게 외칠 수 있는 순간. 할아버지, 저기 보트가 보여요? 저기, 이제 우리한테 신호를 보내고 있다고요……!

정말 그런 순간도 있기는 했다. 마치 수평선 위에서 아이들이 타고 있는 보트 같은 게 나타나기도 했다. 만일 과로한 자신의 눈이 아무것도 없는, 반짝이는 물의 표면을 바라보는 것을 힘들어하면 그래서 몇 초 동안 눈을 감으면, 그 사이에 보트가 다가오는 것 같았다. 하지만 다시 눈을 뜨면, 금세 모든 것이 사라져버렸다. 저녁 아홉 시쯤 대통령은 갑판을 산책했다. 그는 움직이지 않고 주변을 살피고 있는 손자 곁에 서서 물었다. "자러 가지 않을 거냐, 미하엘?"

소년은 고개를 절레절레 흔들었다.

"네가 원한다면. 이렇게 어두운 시각에 뭔가를 찾고자 하는 건 아무런 소용이 없을 것 같은데. 환한 대낮에도 발견할 수 없었는데 말이야."

"어둡지 않아요, 할아버지. 달이 빛나잖아요. 반 슈텐 박사가 친절하게도 오늘 저녁에는 피아노 연주를 하지 않으면, 아이들이 소리치는 것도 들을 수 있을지 몰라요."

대통령은 한숨을 내쉬더니 밑으로 내려갔다. 그는 따뜻한 담요 두 장을 갑판에 서 있는 손자에게 올려 보내면서 남자 승무원에게 손자를 잘 감싸주라고 명령했다. 한밤중이 되기 전 승무원이 마법의 정원에 나타났다. 이곳에서 할아버지는 반 슈텐 박사와 아직 얘기 중이었다. 승무원은 미하엘이 커피를 좀 달라고 하는데 주어도 될지 물었다.

"그래요, 커피를 갖다 주시오." 대통령이 말했다.

반 슈텐 박사가 자신의 생각을 말했다. "너무 다 받아주는 거 아닌가? 모든 것은 다 한계가 있는 법이야. 저 아이는 죽을 듯이 피로하니까, 커피를 마시고 정신을 차리는 게 아니라 잠을 자야 해. 너무 감정적이군!"

"내버려두게, 칼. 몇 시간 저렇게 놔두면, 마침내 두 손을 들 거야. 그러면 그놈도 쉴 수 있고, 우리 모두도 마찬가지지."

그렇게 하여 미하엘은 밤새도록 갑판에 있으면서 달과 별이 희미해지고 해가 다시 솟는 것을 보았다. 그런데 갑자기 잠이 쏟아졌고, 몇 시간 뒤에 갑자기 놀라서 깨어났더니 오후였다. 배는 뭔가 이상했는데, 어떤 변화인지 분명하게 알 수 없었지만 그 때문에 잠에서 깨어났다. 머리도 지끈거리며 아팠다. 당황해서 바다를 내다보자 곧 알 수 있었다. '은 화살' 호가 수색을 멈춘 것이다! 요트는 이제 동북동 방향으로 초고속으로 달리지 않았고, 편안하게 남서 방향으로 돌아가고 있었다.

미하엘은 누구에게도 들키지 않고 선실로 내려가는 데 성공했다. 그는 몸을 숙이고 소리 없이 문을 닫았다. 식탁 위에는 자신이 좋아하는 음식이 담겨 있었다. 약한 불길 위에 얹어둔 프라이팬에서 통닭이 뭉근하게 익으면서 좋은 냄새를 풍겼다. "마치 지금 내가 음식을 먹을 수 있을 것처럼!" 미하엘은 큰소리로 말했다. 그리고 베개 위에 종이 쪽지를 발견했는데, 이렇게 적혀 있었다.

"남자가 되어라!
할아버지"

미하엘은 식탁 곁에 앉아서 한참 동안 울었고, 그러다보니 쪽지와 통닭 모두 눈물로 범벅이 되었다. 요트 위에서 접시들이 달그락거리는 소리가 들려왔고, 점심을 준비하는 승무원들이 미하엘의 방을 바쁘게 지나쳐갔다. 그러더니 요트가 조용해졌다. 대통령을 비롯하여 남자 손님들이 휴식을 취하러 간 것 같았다. 미하엘은 텅 빈 프라이팬 밑에서 타고 있는 불을 껐다. 배불리 먹고 실컷 운 뒤

그는 '마법의 정원'으로 올라갔다. 거기에서 수족관 앞에 앉아 금색과 파란색 줄이 쳐진 물고기를 멍하니 쳐다보았다. 이 물고기들의 눈은 유리 같았다. "남자가 되어라!" 할아버지는 그렇게 명령했다. 말하기는 쉽다. 남자가 되려면 어떻게 해야 하나? 소녀처럼 울면 당연히 안 되겠지. 남자라면 배가 고프더라도 통닭을 먹지 않았어야 했는지 모른다. 남자들은 자신을 다스릴 줄 알지. 그리고 남자들은 멍하니 수족관 앞에 앉아 있지 않고, 행동을 하지. 미하엘은 한숨을 내쉬며 자리에서 일어났고 라디오가 있는 책상으로 갔다. 믿을 수 없을 정도로 피곤했다. 남자들은 잠을 자도 될까?…… 그는 아무런 생각 없이 라디오를 켜서 다이얼을 돌렸다. 춤곡이 흘러나왔다. 바보 같으니. 광고, 이 역시 바보짓. 미하엘은 계속 돌렸다. 다른 손으로 잡지를 넘겨보고 있었다. 새로운 자동차 모델을 소개하고 있었다. 라디오에서 무슨 말이 나올 때, 소년은 잡지를 제대로 보지도 않았고, 또 정확하게 듣지도 못했다.

"헬로, 헬로!" 소년의 목소리가 라디오에서 흘러나왔다.

아마 어린이를 위한 방송을 하는 거라고 미하엘은 생각했다. 그렇지, 뭐 저런 방송도 있어야겠지……. 그러면서 다이얼을 돌렸다.

"'불의 나라' 호에 탔던 열한 명의……." 라디오에서 나지막하게 들려왔다.

미하엘의 심장이 멎는 것 같더니 곧이어서 평소보다 더 빠르게 뛰었다. 그는 조심스럽게 조금 전에 다이얼이 있던 위치로 돌아가서 라디오에 몸을 바짝 대고 들었다. 손은 다이얼을 잡고 있었고, 더 잘 듣기 위해서 눈을 감았다.

"……작은 섬……. 제발, 우리를 데리러 와주세요!" 멀리서 들려오는 소년의 목소리였다.

"슈테판, 너야? 한 번만 더 말해봐, 슈테판, 제발……." 미하엘은 라디오에 대고 애원했다.

이때는 젭이 인수푸 섬에서 이렇게 생각했던 순간이었다. 나는 한 번만 더 시도해봐야……. "헬로, 헬로" 미하엘은 갑자기 아주 분명하고도 가깝게 들을 수 있었다. "우리는 '불의 나라' 호에 탔던 열한 명의 어린이들입니다. 모두 살아남아 작은 섬에 있어요. 제발, 우리를 데리러 와주세요!"

미하엘은 자신의 팔을 꼬집었다. 아팠다. 빨간 자국이 선명했고, 이 자국은 내일이면 시퍼렇게 될 게 뻔했다. 이것으로 충분하지 않았다. 그는 정말 자신의 손을 깨물었다. 그러자 피가 났다. 꿈이 아니었다. 미하엘은 정말 라디오에서 들은 게 맞았다.

소년의 목소리가 세 번째로 들렸다. "헬로, 헬로! 우리는 열 한 명의 어린이들……." 미하엘은 복도로 뛰쳐 나갔다.

"할아버지, 그들을 찾았어요, 여기 와보세요!" 미하엘은 마치 주인을 발견해서 날뛰는 미친개처럼 울부짖었다. 좁은 통로에 깜짝 놀란 사람들로 가득 찼다. 낮잠을 자다가 놀라서 나온 사람, 미하엘을 달래려고 뛰어 나온 당황한 승무원들이었다. 반 슈텐 박사도 나타나서는 두꺼운 안경 너머로 화난 눈길을 쏘아댔다. 마지막으로 할아버지가 푸른색 실크로 만든 욕실용 가운을 입고서 방에서 나왔다. "무슨 일이냐?" 할아버지는 엄한 목소리로 물으며 날카로운 소리를 지르는 손자를 차갑게 바라보았다. "이제 그만, 미하엘,

더 이상 안 된다! 나는 이제……."

"할아버지!" 미하엘은 대통령의 팔을 잡더니 마법의 정원으로 끌고 갔다. "할아버지, 라디오에서 들었어요, 아이들이 죽지 않았어요!"

대통령은 마지못해 끌려왔다. 그의 뒤로 반 슈텐 박사가 따라왔는데, 그는 미하엘을 거의 반쯤 감은 눈으로 관찰했다. 박사 뒤에는 승무원들이 귓속말을 하며 뒤따라왔고 마지막에는 흰 모자를 쓴 요리사가 따라왔다. "여기요, 다들 조용히 하세요, 그러면 들을 수 있어요." 미하엘이 라디오를 가리키며 말했다.

그런데 30초 전에 젭은 확성기에서 찍찍거리는 소리만 들었기에 그만 포기하고 말았다.

아무 소리도 들리지 않았다…….

"아무 소리도 안 들리잖아!" 대통령이 말했다. 빙 둘러 서 있던 사람들은 침묵하고 있었다.

"할아버지," 미하엘은 피가 흐르고 있는 자신의 손을 높이 들었다. "할아버지, 이것 봐요. 나는 분명히 들었어요, 여기 피가 흐르는 거 보이죠? 아이들이 섬에 있대요, 애들을 데리러 가야 해요…….나는 아이들이……."

미하엘은 말을 더듬거렸다. 소년은 갈피를 잡지 못했고, 눈길은 이 사람에게서 저 사람에게로 옮겨 다녔다. 사람들이 자신의 말을 믿지 않았다! 할아버지조차도 자신을 이해할 수 없다는 듯 이상하게 쳐다보았다.

"도대체 무슨 말을 하는 거냐?" 할아버지가 냉정하게 말했다.

"할아버지, 내가 내 손을 물었어요, 여기 보세요, 나도 믿을 수 없어서, 하지만 나는 분명히 들었다고요……!" 미하엘은 훌쩍거리며 피가 흐르는 손을 흔들어 보였다.

소년은 갑자기 미친 사람처럼 고함을 지르더니 바닥에 넘어졌다. 미하엘의 목소리는 조용한 요트 위로 퍼졌다. 대통령은 창백한 모습으로 어찌할 바를 모르고 그 곁에 서 있었다.

"칼." 대통령은 의사를 불렀다. 반 슈텐 박사가 갑자기 사라졌다는 사실을 아무도 알아차리지 못했다. 그런데 급히 다시 돌아온 박사는 손에 주사기를 들고 있었고, 미친 듯이 동동 구르는 미하엘에게 몸을 굽혔다. "박사님, 뭐하세요? 나는 주사를 맞고 싶지……." 미하엘은 힘이 빠진 팔로 한동안 버둥거리더니 잠이 들었다. 반 슈텐 박사는 미하엘을 자신의 방으로 데리고 가서 침대에 눕혔다. 할아버지도 내려가더니 방문을 잠갔다.

미하엘,
기숙학교에 들어갔다가
다시 나오다

벨몬트에서 가족회의가 열렸다. 미하엘에게는 새로운 환경이 필요하다는 결정이 내려졌다. 반 슈텐 박사는 한 가지 일에만 완전히 몰두하는 사람에게는 새로운 환경에서 시작하는 것보다 더 좋은 방법이 없다고 말했다. 기숙사 학교는 어떨까요? 물론 어디에나 있는 그런 기숙 학교가 아니라, 발트슐하임에 있는 유명한 '빌덴포르스트'라는 기숙사학교. 이곳에는 매우 친절한 소년들이 학년 별로 다니고 있으며, 뛰어난 교사들이 가르치고, 큰 공원도 있으며, 아름다운 운동장도 있고, 멋진 수영장도 있다고 했다. 간단하게 말해서 테라니엔에서 가장 규모가 큰 기숙학교였다.

사람들이 가족의 결정을 미하엘에게 알려주었을 때, 소년은 그냥 어깨만 으쓱했다. 그러시죠! 그는 어차피 상관이 없었고, 그 기숙학교가 마음에 들지 않으면 뛰쳐나오면 되었다.

'빌덴포르스트' 학교는 하루 종일 차를 타고 가야 할 만큼 먼 곳에 있었다. 자동차가 다니는 큰길에서도 한참 떨어져서 언덕 위에 있었다. 페트리 씨는 아들을 교장에게 직접 데려갔다.

"자, 머리를 꼿꼿하게 세우고, 내 아들, 우리 집의 수치스러운 아들이 되지 말거라!" 아버지는 작별인사를 하고는 미하엘의 어깨를 남자들끼리 하듯 툭 쳤다.

미하엘은 아무 말도 하지 않았다. "할아버지께 안부 전해주세요."라는 말도 하지 않았다.

아버지가 툭 쳤던 그 어깨에 교장선생님이 팔을 얹고는 미하엘의 방을 안내해주었다. 그 방은 미하엘의 방이 아니었고, 세 명의 소년과 함께 사용해야만 했다.

기숙사의 불이 다 꺼지자마자, 손전등이 비쳤다. 주변에 있던 방에서 아이들이 살금살금 나오더니 미하엘과 같은 방에 있던 다른 아이들의 침대 위에 앉았다.

"자, 시작해!" 아이들은 미하엘에게 말했다.

미하엘은 아이들이 무엇을 원하는지 몰랐다.

"얘기해봐. 넌 여기에 왜 왔어?"

"오오오! 그건 내 문제야. 그렇지 않냐?" 미하엘이 대답했다.

그러자 다른 아이들이 넘겨짚었다. "무슨 사고라도 친 거야? 아니면 부모님이 이혼하셔?"

"아냐! 날 내버려둬, 잘 거야!" 미하엘은 이불을 머리까지 끌어당겼다.

아이들은 이불을 다시 밑으로 끌어내렸다. "뭐가 아냐? 그런 게 어디 있냐? 아무 일도 없는데 여기 올 리는 없어. 뭔가 있어."

"없다니까!" 미하엘이 고집을 꺾지 않았다.

"맞을 거야! 이 녀석한테는 아무 일도 없었을 거야!" 한 아이가 그렇게 말하자 모두들 푸하고 웃음을 터뜨렸다.

어지간히 멋지게 시작하는군. 나를 때리는 일만 남았겠지, 라고 미하엘은 생각했다.

하지만 그런 일은 일어나지 않았다. 아이들은 오히려 미하엘이 원한 대로 건드리지 않고 가만히 내버려두었다. 그 대신 아이들은 단 한 마디도 그와 나누지 않았고, 마치 없는 사람처럼 대했다! 이런 결과는 그다지 반갑지 않았다. 소년들 가운데는 괜찮은 친구가 몇 있었는데, 미하엘이 아이들과의 첫 대면을 망치지 않았다면 모두와 잘 지낼 수도 있었을 것이다. 어쨌거나, 기숙사 학교에 머물고자 하는 사람은 아주 편하게 잘 지낼 수 있는 곳이었다. 하지만 미하엘은 거기에 머물고 싶지 않았다. 소년은 불퉁했고 다른 아이들과 거리를 두었으며, 따로 놀았다. 게다가 미하엘은 고향이 그리웠다.

그는 딱 한 달의 기한을 정했다. 만일 이 동안에 적응하지 못한다면, 그는 몰래 기숙사를 빠져나갈 생각이었다. 밤이 되어 정원의 담에 안개가 끼면 말이다. 왜냐하면 기숙사로 들어오는 커다란 문은 항상 잠겨 있었다. 하루 종일. 그리고 수위 아저씨는 매우 엄격한 사람이었다.

4주가 지났지만 기숙사에 처음 들어온 날처럼 불행했다. 미하엘은 도망가기로 결정하고, 붙잡히지 않을 만큼 충분히 어둡고, 담을 올라갈 때 뛰어내릴 곳이 보이며, 어느 방향으로 도망을 가야할지는 볼 수 있을 만큼 밝은 밤을 기다리고 있었다. 그 다음은 또 어떻게 헤쳐나갈 수 있을 것 같았다. 미하엘은 자신의 운을 믿었고, 그 밖에 사소한 일들에 대해서는 걱정하지 않기로 했다. 어떻게 할지 고민하다보면 도망갈 용기도 잃고 말 테니까.

그 다음 날 반달이 떴을 때 미하엘은 자신의 손목시계 시침이 12시를 가리킬 때까지 기다렸다. 이 시간은 유령이 나타나는 때! 이 얼마나 낭만적인가! 그는 이 시각에 소리를 내지 않고 방에서 나와 계단 밑을 살폈다. 복도의 벽에는 간격을 두고 작은 전등이 켜져 있었고 침침한 파란불이 비칠 뿐 기숙사는 그야말로 쥐죽은 듯 조용했다. 미하엘은 복도를 따라 재빨리 어두운 계단을 내려갔다. 갑자기 엄청나게 긴장이 되었다. 지난날 감각이 마비된 것처럼 어떻게 되든지 상관없다고 생각했던 무감각이 완전히 사라지고, 그의 감각은 날카롭게 변했다. 이제 그는 진정한 자신이 되었고, 멋진 모험을 해낼 수 있는 열두 살 소년이 되었다.

식당 옆에 있는 벽에서 뭔가 반짝거렸다. 번호를 써둔 나무 밑에 기숙사의 모든 열쇠를 걸어둔 나무판자를 달빛이 비추고 있었다. 미하엘은 열쇠들 가운데 가장 큰 열쇠 몇 개를 뽑아서 문으로 살금살금 걸어갔다. 네 번째 열쇠가 맞았다. 그는 문을 조금 열고는 정원으로 살며시 빠져나왔다. 이곳에 서서 시원한 밤공기를 들이마셨다. 도망 계획은 거의 성공한 것이나 다름없었다. 야호!라고 고함을 지르고 싶었지만 참았다. 그런데 갑자기 일이 너무 쉽게 풀리고 있다는 생각이 문득 들었다. 벽에 걸린 열쇠로 문을 따고, 이렇게 쉽게 도망을 갈 수 있다는 게 의문스러웠다. 자유를 얻으려면 위험을 감수해야 하는 법이다! 미하엘은 다시 기숙사로 들어가서, 문을 잠그고 열쇠를 제자리에 걸어놓았다. 다른 열쇠로 몇 번 시도한 끝에 식당으로 들어가는 데 성공했다. 식당 벽에는 창문이 높은 곳에 달려 있었는데, 거기를 통해서 정원으로 나가는 일은 아주 힘들었다. 창문으로 기어 올라가려고 몇 번이나 턱걸이를 했지만 실패했고 버둥대는 바람에 알루미늄 냄비 뚜껑을 떨어뜨리기도 했다. 이 냄비 뚜껑은 식탁을 지나 돌로 된 바닥에 떨어졌고, 오랫동안 달그락거리는 소리를 내며 뱅글뱅글 돌아서 마침내 조용해졌다. 미하엘은 놀란 가슴을 한참 달래야만 했다. 그런데 이 소리를 들은 사람은 아무도 없는 것 같았다. 그래서 또다시 정신을 집중하여 창문을 향해 기어 올라갔다. 마침내 미하엘은 높이 올라가서 창문을 통과해 밖으로 뛰어내렸다.

이제 두 번째로 정원에 서게 되었다. 이번에는 폐쇄된 건물에서 겨우 빠져나왔기 때문에 만족스러운 느낌이 들었다. 담이 만드는 그늘을 쭉 따라가다가, 미하엘은 잠시 멈추어서 귀를 기울였다. 아무것도 움직이는 낌새가 보이지 않자, 그는 마치 족제비처럼 달이 비추는 정원의 잔디밭을 가로질러 뛰어갔다. 커다란 나무 밑에 숨어서 보니 오래된 정자가 하나 있었는데, 정원의 담과 거의 맞닿아 있었다. 정자의 담은 나뭇가지들과 줄기로 이루어져 있었고, 거기를 기어 올라가는 일도 어렵지 않을 듯했다. 정자의 지붕에서 정원의 담으로 기어 올라가야지, 라고 생각했다. 정자의 지붕은 뾰족하지 않은 원추모양을 하고 있었고, 지붕에서 미끄러지지 않도록 조심해야만 했다. 타르를 칠한 지붕을 밟자 텅 비어 있는 소리가 났다. 그런데 이 장소에서도 정원 담은 여전히 높아 보였다. 담 위에 유리 조각이나 쇠창살 같은 게 없기를 소년은 바랐다. 미하엘은 손에 침을 뱉고는, 담에 뛰어내려 기어 올라가기 시작했다. 신발을 밑에 벗어두고 와서 그의 발가락은 네모 돌로 쌓아놓은 울퉁불퉁한 벽을 모두 건드렸다. 천천히 위로 올라갔다.

"이봐, 존경하는 원숭이 씨!" 갑자기 누군가 밑에서 말을 걸었다. "들어오는 거야, 아니면 나가는 거야?"

"나가고 있어요." 미하엘은 숨을 헐떡였고, 이렇게 깜짝 놀란 순간에도 대답을 할 수 있는 자신의 능력이 놀라웠다.

웃는 소리가 들려왔다. "멍청한 질문이지? 기숙사로 들어오기 위해서 한밤중에 높은 담을 기어올라가는 사람이 세상에 어디 있겠어!" 미하엘은 대답을 하지 않았다. 그는 담에 딱 붙어서 흥분과 밤의 냉기 때문에 떨기 시작했다.

"자, 이제 다시 내려와! 그렇게 하지 않으면, 내가 너를 끌어내릴 거야."

미하엘은 마침내 이 목소리의 주인공을 알아차렸다. 체육과 역사를 가르치는 샘 그레고르 선생님이고, 정이 많은 분이었다. 하필이면 왜 그가 이 한밤중에 산책을 나왔지? 근시로 잘 못 보는 나이 든 수학선생님이 아니고? 젊고 재미있지만 살이 쪄서 담을 올라오지 못할 음악 여선생님이면 더 좋았을 텐데. 그런데 하필이면 샘 그레고르 선생님이라니. 미하엘 세 명이 합쳐도 체육 선생님 한 명보다 못 할 게 뻔했다.

그럼에도 불구하고 미하엘은 아무 말도 못 들은 척했다. 내 멱살을 잡기 전까지 나는 포기하지 않는다. 소년은 도망자로서의 자존심을 왜 내세웠는지 후회했다. 식당의 창문을 통해 나오지만 않았더라도, 족히 15분 정도의 시간을 더 아꼈을 테고, 그러면 벌써 담을 넘어서 산을 넘고 있을지도 몰랐다.

"어떻게 할까? 네가 올 거냐 아니면 내가 갈까?" 경고하는 목소리였다.

"나는 아니에요." 미하엘이 화를 내며 대답했다. 머리에 열이 뻗칠 만큼 계속 올라가려고 시도했다. 하지만 그의 손가락은 불안정했고 발도 떨렸다. 밑에서 올라오는 소리가 들려왔다. 거의 동시에 자신의 발이 잡혔다.

"내려오라잖아!" 샘 그레고르 선생님은 미하엘의 발바닥을 간질였다. 소년은 버둥대며 여러 번 찼다. 하지만 아무 소용이 없었고 결국 손을 놓아야만 했는데, 절반은 미끄러졌고 절반은 떨어졌다. 그것도 정자의 지붕에 서서 웃고 있던 선생님의 팔에 떨어졌다. 그는 라이터를 켜서 미하엘의 얼굴을 비추었다.

"아하, 미하엘 페트리! 그럴 줄 알았지." 그가 말했다.

"어떻게요?" 미하엘이 물었다.

"그런 생각을 하지. 네가 도망가는 걸 방해해서 미안하기까지 하구나."

"미안하다면, 계속 도망가게 내버려두셔야죠!" 미하엘이 급히 말했다.

"안 돼. 그러면 기숙사 학교의 명성이 손상을 입지. 네가 믿거나 말거나. 어쨌거나 유감이다. 자, 가자!"

그가 내려가기 시작했고, 미하엘은 뒤를 따라갈 방법밖에 없었다.

밑에 내려가서 미하엘은 신발을 다시 신었다. "이제 어떻게 해요?"

"이제 내 방으로 가는 거다. 그리고 이 문제를 함께 의논해보자."

두 사람은 교사들이 머무는 기숙사 학교 옆쪽으로 갔다.

"어서 와!" 샘 그레고르 선생님은 미하엘에게 방으로 들어가라고 했다. 스탠드에서 노란 빛이 흘러나와서 방은 적당한 밝기로 편안해 보였다. 그는 미하엘을 안락의자 위로 밀었다. 소년은 여러 개의 소파 쿠션 사이에 앉았는데, 쿠션에서는 담배 냄새가 났다.

"자, 이제 내 말을 잘 들어. 나는 네가 열두 살이 아니라 열다섯 살인 것처럼 생각하고 아주 진지하게 얘기를 할 거다."

미하엘은 쿠션에서 몸을 꼿꼿하게 세우고 주의 깊게 들었다.

"나는 너에 대해서 잘 알고 있어. 나는 네가 오늘 밤 담을 넘는 게 아니라, 이미 일주일 전 환한 대낮에 정문으로 유유히 걸어 나갈 것이라 예상했거든."

샘 그레고르 선생님은 안락의자에 풀썩 앉더니 다리를 앞에 있는 낮은 탁자 위에 올려놓았다.

"미하엘 페트리," 그는 진지하게 말했다. "인정해, 네가 경험한 것은 놀라워, 그리고 네가 일시적으로 정신이 좀 돌았다는 것도 놀랍지가 않아!"

"저는 돌지 않았어요! 도대체 누구한테서 그런 말을 들으셨어요?" 미하엘은 반항적으로 말했다.

"너한테 관심이 좀 있지. 네가 믿을지 안 믿을지 모르겠다만, 나는 네가 좋아. 심지어 너무 좋아. 하지만 사람들이 네가 라디오에서 들었다는 말을 믿어야 한다는 건 정신이 돈 거야."

"절대 그렇지 않아요! 나는 아이들이 말하는 것을 들었고, 그들이 살아 있다는 걸 안다고요. 그 누구도 나를 못 말려요, 반 슈텐 박사도 선생님도. 할아버지도."

흥분한게 창피해서 미하엘은 손으로 얼굴을 찰싹 때렸다. 한동안 침묵이 흘렀다. 샘 그레고르 선생님이 담배에 불을 붙였다.

"네 할아버지…… 할아버지를 제일 좋아하는 것 같구나……?"

미하엘이 고개를 끄덕였다.

"너는 왜 그런 짓을 하니? 네가 하는 일이 어떤 것인지 알지 못해, 미하엘 페트리? 대통령에게 모든 것을 접게 하고, 회의도, 정치도 내버려둔 채, 비행기로 아이들을 찾게 하려는 거야? 만약에 내가 너처럼 그렇게 멋진 할아버지가 있다면, 나는 무엇을 할 것 같으냐? 골치 아픈 할아버지의 머리를 어떻게 하면 가볍게 해줄 수 있을지 밤낮으로 고민할 거야. 그런데 너는 그렇게 하지는 않고 할아버지를 더 힘들게 하고 걱정만 안겨주잖아!"

샘 그레고르는 일어나더니 손을 바지주머니에 꽂고 왔다 갔다 했다.

"집으로 가고 싶지, 안 그래?"

미하엘은 고개를 끄덕였다.

“좋아. 내가 약속할게. 교장선생님과 얘기를 하고 네 부모에게 전화해서 너를 집으로 데려가라고 해줄게. 하지만 나한테 한 가지는 꼭 약속을 해야만 해. 그 일을 그냥 혼자 안고 있고, 그 문제로 네 주변 특히 할아버지를 괴롭혀서는 안 된다.” 그는 미하엘 쪽으로 몸을 숙였다. “세상은 열두 살 소년이 원하는 대로 항상 돌아가지는 않아. 언젠가 한 번은 큰 희생을 치러야 한단다. 자, 미하엘, 나한테 약속할 거지?”

미하엘은 주저하면서 쭉 뻗은 샘 그레고르 선생님의 손에 자신의 오른손을 얹었다. 이어서 미하엘이 샘 그레고르 선생님의 안락의자에서 졸면서 보냈던 시간 동안, 교장선생님과 샘 그레고르 선생님이 나누었던 대화는 그 누구도 알지 못했다.

사실은 아침에 벨몬트에 있는 미하엘의 아버지와 전화를 했고, 아버지는 아들(완전히 이성을 찾았고 어떤 괴상한 생각도 더 이상 말하지 않음)을 다시 집으로 데리고 가고 싶으며 오늘 벨몬트에서 만나자고 했다.

소위 한 명이 자신이 겪은 경험에 대해서 얘기하고 미하엘은 나무에서 떨어질 뻔한다

미하엘은 약속을 지켰고 입을 다물었다. 하지만 자신이 변해가는 것을 막을 수는 없었다. 소년은 음울하고 폐쇄적으로 변해갔다. 그는 사람을 피했고 식구들도 식사시간에만 소년을 볼 수 있었다. 미하엘은 아무 말 없이 수프를 떠먹었고, 누가 자기에게 질문을 하면 대답만 했으며, 후식을 먹자마자 사라졌다. 대통령이 장기나 두자고 초대를 하면 공손하게 거절했다. 할아버지의 소중한 시간을 장기놀이로 빼앗을 수는 없다는 이유를 대면서. 축구장에는 아예 나타나지 않았다. 학교에서 수업이 끝나고 점심시간도 지나가면, 미하엘은 오후에 자신이 좋아하는 은신처에서 시간을 보냈다. 정원 중간에 오래된 너도밤나무가 서 있었다. 몇 년 전 이 나무는 번개를 맞아서 가지가 두 개로 쪼개졌다. 미하엘은 그사이에 앉을 수 있는 판자를 올려놓았다. 몇 시간이든 거기에 앉아 있었고, 숙제도 했으며 책도 읽었다. 열두 살 아이가 이해할 수 없는 책도 읽었다.

미하엘의 어머니가 남편에게 말했다. "미하엘이 우리 아들이 아닌 것 같아요. 저렇게 변하다니!"

"그럴 때가 있어. 나도 열세 살에 정말 진지했는걸." 페트리 씨가 말했다.

하지만 거만한 숙녀 수지는 어깨를 실룩이더니 냉담하게 말했다. "미하엘은 이상해!"

유일하게 힘들어하는 사람은 대통령뿐이었다. 자신의 손자를 생각하면 깊은 한숨밖에 나오지 않았다.

"그란 씨, 그 아이를 기숙사에 절대로 보내지 말아야 했어. 내 친구 반 슈텐 박사가 그렇게 하라고 했지만, 바보 같은 짓이었네."

그란 씨도 어찌할 바를 모르고 머리를 절레절레 흔들었다. "저는 미하엘을 못 본 지 몇 주가 되었습니다, 대통령 각하! 그 아이에게 줄 멋진 우표가 몇 장 있어서 오기를 기다리고 있습니다."

"더 이상 우표 수집도 하지 않아. 이제는 저녁에 발코니 밑으로 지나가는 사람들의 머리에 침도 뱉지 않는다네. 하지만 그란 씨, 정말 끔찍한 일은 어제 일어났어. 미하엘이 성적표를 가져왔는데 모두 '수'와 '우'로만 되어 있더라고. 그리고 이런 내용이 적혀 있더군. 그 녀석이 반에서 최고라는……. 상상이 가시오? 미하엘이 우등생이라니?"

수지는 열다섯 번째 생일 축하를 했다. 어머니는 거창하게 정원에서 파티를 열어주었고, 수지는 이런 파티에서 자신이 주인공이 되어 한껏 즐겼다. 손님들 가운데 젊은 남자들이 많았고, 공군과 해군의 장교들도 초대를 받았다. 춤도 추었고, 파티가 거의 끝나갈 즈음에는 작은 등들이 다 꺼졌지만 야외에서 소규모의 연극을 공연했다.

테라니엔에는 아직 전쟁이 일어나지 않았지만, 이런 평화의 시간이 얼마 동안 지속될지는 모를 일이었다. 점점 더 많은 사람들이, 우르비엔의 편에 서서 싸워야 한다고 요구했고, 군은 출전 준비가 되어 있는 상태였다. 내일이라도 당장 출동 명령이 내려질 수 있다는 생각이 퍼져 있어서, 오늘이라도 잘 보내자는 바람이 더 커졌다.

미하엘은 늘 앉아 있던 나무 위에서 파티장에 모여 있는 사람들을 불편한 마음으로 내려다보았다. 그는 지루했다. 들려오는 대화는 그야말로 바보 같은 소리밖에 없었다.

"친절한 아가씨," 소위 한 명이 바로 나무 밑에서 누나에게 접근하며 넉살을 부렸다. "이 사과의 껍질을 깎아주시면, 이 늙은 전사의 심장이 더 빨리 뛰게 될 것입니다." '늙은 전사'는 이십 대 중반 정도로밖에 보이지 않았다. '친절한 아가씨' 수지는 헌신적으로 몸을 숙이고는 보통 때보다 훨씬 더 고상한 척하며 사과를 깎았다. 미하엘이 보기에 사과는 껍질을 깎지 않고 먹어도 될 듯 했는데 말이다.

"거긴 왜 그래요?" 수지는 소위와 악수를 할 때 나타났다가 다시 소매 속으로 사라진 기다란 흉터를 가리키며 물었다.

“아, 이거요?” 소위는 웃었다. “그때 정말 저는 운이 좋았습니다. 그때 운이 나빴더라면 저는 지금 여기가 아니라, 바다 밑바닥에 있겠죠, 아무래도 여기보다는 그다지 매력적이지 않겠지만…….”

“얘기해주세요……. 얘기해줘요!” 다른 소녀들이 궁금해서 눈을 반짝이며 소리를 질렀고, 소위를 더 잘 보기 위해서 머리를 앞으로 쭉 내밀었다. 미하엘도 앉아 있던 판자 위에서 약간 옆으로 옮겨서, 이야기를 하나도 놓치지 않으려고 나뭇가지 밑으로 몸을 숙였다.

“예, 그게 말입니다……. 어느 날 아침, 우리 비행중대가 떼를 지어 비행을 했습니다. 각자 작은 비행기를 몰고서 말이지요. 모두 열한 명이었지요. 목적은 순찰비행이었어요. 우리는 날아갔고, 제가 제일 마지막이었습니다. 아무것도 보이지 않았어요. 오로지 우리 비행기밖에 없었지요. 우리는 한동안 바다 위에서 비행을 했고, 그런 다음 돌아오라는 명령이 내려졌어요. 그래서 방향을 돌렸는데, 갑자기 엔진이 좀 이상하더라고요. 중대장에게 보고를 하려고 무선 전신으로 호출을 했지만, 그 순간 불길이 확 솟아오르는 걸 봤습니다. 그리고 뭔가 말하기도 전에 비행기가 불에 타버렸어요. 다급한 순간이었지만 고무보트를 던졌고 나도 뒤따라갔어요. 보트는 작은 낙하산으로, 나는 큰 낙하산으로 내려갔습니다. 바다는 거울처럼 매끈했고, 나는 수영을 해서 구명보트에 올라타고는 노를 저어 중대를 따라갔어요. 우리 중대는 그사이 내가 사라졌다는 사실을 알아차려서 마치 잃어버린 양 한 마리를 찾듯, 한참 노를 젓고 있던 날 건져 올려주었죠. 손에 난 이 상처 외에는 다친 곳이라고는 없었어요.”

소위는 먹기 좋게 자른 사과를 입에 넣었다. 그의 말을 듣고 있던 사람들은 입을 다물고 놀란 눈으로 쳐다보기만 했다.

"그럼, 비행기는 어떻게 되었어요?" 수지가 물었다.

"모르죠. 이미 말했듯이 불이 났으니. 내 기억이 틀리지 않다면, 바다에 흩어져 있던 수십 개의 작은 섬 위에 떨어진 것 같았어요. 아마 나무에 걸려서 모두 불타버렸겠죠."

번개가 미하엘의 너도밤나무를 두 번 때렸다고 해도, 소위의 이 마지막 말보다 더 지독하게 충격을 주지 않았을 것이다. 한순간 너무 어지러워서 나무에서 떨어지는 게 아닌가 싶었다. 그러다가 다시 좋아지더니—그 어느 때보다 좋아졌다—, 고함을 지르고, 환호하며 발버둥치고, 파티장에 있는 식탁 위에 풀쩍 뛰어올라가서 사람들의 얼굴에 대고 고래고래 소리를 지르고 싶었다. "야, 이 바보들, 이 멍청이들아! 들었어? 너희들은 이제, 아이들이 섬에서 어떻게 무선 통신을 하게 되었는지 알 수 있겠지?" 추락한 비행기. 그것은 수수께끼를 풀어줄 수 있는 유일한 단서였다. 나야말로 진짜 멍텅구리였어! 어떻게 그런 생각을 하지 못했을까? 미하엘은 조용히 자신을 탓하고 있었다.

어떻게 하지? 할아버지에게 달려가서 이 새로운 소식을 알려야 해!

미하엘이 막 나무에서 기어 내려오려고 했을 때, 샘 그레고르 선생님에게 했던 약속이 떠올랐다. 할아버지를 다시는 괴롭히지 않겠다고 약속하면서 손을 내밀었다.

미하엘은 천천히 다시 자신의 자리에 돌아갔다. 이제 뭔가를 시도하기 전 철저하게 생각을 할 필요가 있었다.

파티장에서는 사람들이 자리에서 일어났다. 악단은 춤곡을 연주하기 시작했다. 춤을 추는 쌍들이 나무 사이를 돌았다. 예쁘고 알록달록했다. 중간에 휴식시간이 되자 젊은 사람들은 테라스로 연결해주는 계단 위에 앉아서 시원한 과일주스를 마셨다. 미하엘은 이들을 유심히 살폈다. 마치 소년의 눈길에 답이라도 하듯 아까 얘기를 했던 소위가 일어나서 춤추기 전의 그 식탁으로 돌아왔다. 그는 사과를 좋아하는 것 같았는데, 과일을 담아둔 바구니에서 사과 두 개를 덥석 들고 갔다. 하나는 입에 물었고, 다른 하나는 주머니 속에 넣었다.

"안녕하세요!" 미하엘은 이제 무엇을 해야 할지 알게 되어서 나무에 앉아 소위에게 인사를 했다.

소위는 깜짝 놀라 위를 쳐다보았다. 깨물어 먹은 사과가 마치 백설공주처럼 목에 걸리고 말았다. 그 표정이 마치 뭔가 나쁜 짓을 하다가 들킨 학생 같아서 미하엘은 용기를 얻었다.

"먹던 거 계속 드세요!" 소년은 급히 나무에서 뛰어내려왔다.

"미안합니다, 소위님." 미하엘은 정중하게 사과를 했고 머리를 약간 숙이기까지 했다. "급히 소위님과 얘기를 해야겠기에! 저랑 잠시 제 방에 가실 수 있나요?"

"중요해?" 젊은 군인이 물었다. 그는 다시 시작된 춤곡과 알록달록한 색들이 보이는 장소를 떠나야 하는 게 몹시 아쉽다는 눈치였다.

"예, 아주 중요해요. 금방 알 수 있어요." 미하엘이 말했다.

차고와 부엌의 계단을 통해 미하엘은 사람들의 눈에 띄지 않게 젊은 소위를 집안으로 데리고 갔다. 이 소위는 '베르트 비스텐'이라고 자신의 이름을 소개했다.

"앉으세요." 미하엘은 자신의 방에 도착하자 공손하게 말했다.

"그래, 무슨 일이야?" 장교가 물었다.

미하엘은 숨을 깊게 들이쉬었다.

"소위님, 아까 소위님이 얘기하는 걸 다 들었어요. 비행기 사고 이야기요. 그게 언제 일어났어요?"

"정확하게 반 년 전이야."

"아. 그럴 것 같았어요." 이 말에 젊은 군인이 의아해하면서 쳐다보자 미하엘이 계속 이야기를 했다.

"내게도 어떤 일이 일어났어요. 정확하게 반 년 전에 말이죠……."

그리고는 미하엘이 얘기를 해주었다.

소위가 미하엘의 이야기를 끝까지 듣고 나자, 몇 번이고 고개를 끄덕이더니만, 손을 비비더니 말을 했다. "놀라운 일이야!"

소위는 주머니에서 수첩달력을 꺼내어 넘겨보기 시작했다. "한 번 들어봐." 소위는 방을 왔다 갔다 하면서, 소위를 설득하는 데 성공한 것을 실감하지 못한 미하엘에게 말했다. "만일 네 주장대로, 우리가 대통령에게 말을 해서도 안 되고 우리끼리 해결해야 한다면," 그러자 미하엘이 그렇다는 뜻으로 머리를 끄덕였다. "그렇다면 우리는 서둘러야 해. 내 휴가가 모레면 끝나거든."

미하엘은 시간이 얼마 없기는 하지만, 수색을 하기에는 충분하리라고 생각했다.

"소위님, 그때 뛰어내렸던 장소를 다시 찾아낼 수 있을까요?"

베르트 비스텐은 미하엘을 안심시켰다. 그는 집에 두고 온 조종일기를 찾아보면 된다고 했다. 거기에는 비행기를 타고 나갈 때마다 항로를 모두 기록해놓았기에 일단 조종하고 바다로 나가면 정확하게 발견할 수 있다고 했다.

"그러면 이제 우리에게는 딱 한 가지 중요한 게 빠져 있네. 바로 작지만 속도가 빠른 비행기!" 소위가 말했다.

"왜요? 소위님 비행기를 타면 안 되나요?" 미하엘이 충격을 받아 소위를 쳐다보았다.

"내 비행기? 너 제정신이 아니구나. 너는 내가 비행기를 가지고 있다고 믿고 있어?"

"그게 아니라, 소위님은 공군에서 비행기를……."

"그 비행기는 테라니엔 국가 소속이야."

"알아요." 미하엘은 인내심을 잃어가고 있었다. "하지만 소위님이라면 하루쯤 비행기를 빌릴 수 있지 않겠어요? 기름값은 제가 지불할게요."

"안 돼. 아마 그렇게 하면 나를 반역죄로 총살할 거야. 아니면 그 다음날 아침 군에서 나를 쫓아내고 말 거야. 개인적인 용무가 있다고 해서 군에서 타는 비행기를 함부로 이용할 수 있다고 믿어?"

"그러면 우리는 어떻게 해요?" 미하엘이 어찌할 바를 모르고 물었다.

"개인 비행기를 빌리는 거야. 그건 언제나 가능하고, 조종면허

증만 있으면 누구나 비행할 수 있거든. 그런 비행기는 조용하게 손님들을 기다리고 있을 거야." 미하엘은 깊이 생각을 했다.

"슈프라트 국장이 비행기를 한 대 가지고 있어요. 하지만 그는 너무 욕심이 많아서, 우리한테 비행기를 빌려주기 전에 비행기를 산산조각 내고 말 거예요."

"그렇다면 다른 사람을 생각해봐." 베르트 비스텐이 대답했다. "네 할아버지는 부자 할아버지들을 많이 알고 있을 거 아냐. 자동차 여섯 대에 최소한 비행기 한 대를 가진 부자 할아버지들!"

미하엘은 생각해보려고 노력했지만 소용이 없었다. "아무도 떠오르지 않아요." 한참 뒤 미하엘이 말했다.

"그렇다면 그의 비행기를 가져갈 수밖에 없군." 소위가 설명했다. "내일 아침 신문에는 이런 기사가 뜰 거야. 슈프라트 국장의 비행기가 알 수 없는 방식으로 사라져버렸다."

미하엘은 키득거렸다. "비행기는 골프장 뒤에 있는 창고에 있어요. 창고는 골함석으로 되어 있고요. 그런데 어떻게 몰래 들어가죠?"

"걱정하지 마. 청소년 시절에 나는 말이야, 자물쇠를 여는 방법에 상당히 관심이 많았었거든. 그래서 지금도 이 세상의 모든 강도들이 부러워할 정도로 엄청난 장비가 있지." 비스텐 소위가 자신만만한 표정을 지어보였다.

"좋아요, 그러면 언제?"

"오늘 새벽 두 시." 베르트 비스텐은 잠시 생각을 했다. "나는 지금까지 뭔가 훔쳐본 경험이 없어. 하지만, 만일 이번에 성공한다면, 새벽 네 시에 출발하는 게 좋지 않을까?"

"당연하죠." 소위보다 아는 게 더 없었지만 미하엘이 맞장구를 쳤다. "그러면 우리는 내일 오후에 다시 돌아올 수 있겠죠. 어쩌면 슈프라트 국장이 비행기가 없어진 사실도 알아차리지 못할 수도 있고요."

"그렇지는 않을 것 같아. 그렇게 심하게 코를 고는 사람은 세상에 없어. 비록 자기 침실에서 비행기가 뜨는 모습을 보지 못할지라도 말이야."

"골프장은 국장의 침실 바로 앞에 있지도 않고요, 게다가 국장은 곰을 사냥하러 북쪽으로 가 있거든요."

"그것 참 듣기 좋은 소식이군." 비스텐 소위가 기뻐했다. "강도짓을 하기에 딱 좋네. 집을 지키는 사람은 많아? 내 말은, 그 집에 일하는 고용인들이 많아?"

"아니오. 몇 명밖에 안돼요 나이 많은 관리인이 있어요. 하지만 엄청 큰 개 두 마리가 있어요. 팻과 팻타숑."

"이름이 왜 그러냐? 생긴 게 웃기게 생겨서 그렇게 지었어?" 소위가 물었다.

"우습게 생긴 건 아니고요, 잘 물어요! 물론 나는 알아봐요. 쇠고기 두 조각을 가져가면 될 거예요."

"좋았어!" 소위는 제복의 단추를 잠그고 가려고 했다. "이제 가봐야겠다."

"어디로요? 춤추러요?" 미하엘이 물었다.

"아니. 시간이 없어. 오늘 밤까지 모든 문제를 해결해둬야 하거든. 너와 내가 입을 조종사 복장도 필요하고, 지도, 벤진도 필요해. 그런 다음 두어 시간 좀 누워서 자야지. 비행하기 전에 잠을 조금이라도 자두면 훨씬 낫거든."

"소위님, 그러면 지금 나를 데려가줘요. 새벽 두 시에 여기에서 어떻게 출발할지 모르겠어요 사실."

베르트 비스텐은 웃으면서 미하엘의 어깨를 쳤다. "두 시 전에 네가 필요하지는 않아. 하지만……." 그는 갑자기 말을 멈추더니 다시 열정적으로 말을 했다. "네가 해야 할 일이 있어. 네 용돈도 필요하고. 우리는 비행기에 테라니엔 별과 국기를 그려 넣어야 해. 우리가 테라니엔 사람이라는 것을 알려야지 우리 편으로부터 공격을 당하지 않을 수 있거든. 너 물감과 붓을 좀 준비할래?"

미하엘은 고개를 끄덕였고, 둘은 작별 인사를 했다. "정확하게 두 시예요, 국장님의 별장 맞은편에서."

저녁을 먹는 동안 미하엘은 전화를 받았다.

"헬로, 미하엘이야?"

"비스텐 소위님, 무슨 일이에요?" 미하엘은 옆에서 듣지 못하도록 작은 소리로 물었다. 소년은 전화를 받자 매우 안절부절못했다. 혹시 소위가 마음을 바꿔 먹었을까? "모든 게 다 잘 되었다는 소식을 전하려고 전화했어. 조종복도, 비행구간도 다 공부했고, 벤진도 준비 끝."

"좋아요! 물감과 붓도 준비되어 있어요." 미하엘은 속삭이는 소리로 말했다.

"좋아, 미하엘, 우리를 국장한테 데려다 줄 동료 한 명도 구해놨어. 사람들의 눈에 잘 띄지 않을 거야. 너는 물감하고 벤진 통을 들면 돼. 두 시 조금 전에 너를 데리러 너희 집 앞에 갈게. 밑에서 기다려, 알겠지?"

"예."

"그래." 소위가 전화를 끊었다.

두 사람이 비행기를 타고 수색에 나서다

한 시 반쯤 미하엘은 뒷문을 통해 나가서 정원울타리 가운데 느슨한 부분을 타 넘고 거리로 나갔다. 그는 방에 더 이상 있을 수가 없었다. 조용한 길에서, 그리고 서늘하고 바람이 부는 새벽 공기를 마시며 소년은 흥분된 마음을 식힐 수 있었다. 침대에서 아무 일도 하지 않고 기다리니 더 초조해졌지만, 이제 밖에 나오니 모험에 나선 기분이 들었다. 이 일이 실패할지도 모른다는 두려움은 집에다가 버려두고 나왔다. 친절한 그레고르 선생님! 만일 자신이 아이들을 발견해서 무사히 테라니엔으로 데리고 온다면, 그때 선생님을 초대해야지. 그도 아이들을 구출하는 데 한몫을 했으니까.

작은 자동차가 급히 다가왔다.

"미하엘?" 소위가 머리를 바깥으로 내밀고 눈짓을 했다. "우와, 정말 믿을 수 있는 친구네! 나중에 공군에 입대하는 건 어때?" 그가 차문을 열어주었고, 미하엘은 작은 차에 올라탔다.

"앞에 있는 이 사람은 내 친구 페터라고 해." 비스텐 소위가 말했다. 소개와 동시에 손 하나가 뒷자석으로 넘어오더니 미하엘과 남자들이 하는 그런 씩씩하고 의리에 넘치는 악수를 했다.

"출발." 페터가 말했고, 미하엘이 문을 닫자 자동차가 출발했다.

"한번 입어봐." 비스텐 소위가 미하엘에게 조종복 하나를 건넸다. 그는 이미 자신의 조종복을 입고 있었다. 심지어 모자까지 쓰고 있었고, 물론 방한용 귀마개와 선글라스는 걸친 상태였다. "만일 우리가 붙잡혀서 도망을 가야 한다면, 이 복장이 딱 좋지." 비스텐 소위가 말했다.

"엉터리 같은 소리! 절대 붙잡히면 안 되지." 페터의 굵직한 목소리가 들려왔다.

그들은 빨리 달렸고, 미하엘은 힘들게 차 안에서 조종복으로 갈아입었다. 옷은 너무 컸고 차는 너무 작았다.

"내가 어디로 가야 할지 말해줘. 그럼 우리가 더 빨리 도착할 수 있으니……." 페터가 뒷자석에 대고 말했다.

빌라는 모든 다른 집들처럼 깜깜했고 사람이 살지 않는 것 같았다. 그들은 차에서 내려 조심스럽게 울타리로 다가갔다. 울타리는 철사로 촘촘하게 엮어둔 상태였다. 비스텐 소위가 장비를 담아온 가방을 열었다.

"팻하고 팻타숑, 조심해야 해요!" 미하엘이 말했다.

멀리서 개들이 급히 달려오는 둔탁한 소리가 들려왔다. 헉헉대며 위협적으로 으르렁대는 소리가 가까이에서 느껴졌다.

"팻, 팻타숑……. 내 귀여운 강아지들!" 미하엘이 나지막하게 휘파람을 불었다.

"귀여운 개들이라니!" 페터는 약간 조심스럽게 악담을 했다. "착하지!" 페터는 베르트와 함께 두 마리 경비견이 미친 듯이 다가오자 한두 발자국 뒷걸음질쳤다. 개들이 거칠게 짖어댔고, 풀쩍풀쩍 뛰었고 철창을 핥다가 갑자기 놀라서 뒤로 물러섰다. 그러더니 미하엘이 쓰다듬어주려고 손을 뻗자 다가왔다.

"정말 그러네." 베르트는 한숨 놓인다는 듯 속삭였다. "개들이 녀석을 알아보고 있어. 미하엘이 고기를 먹이는 동안, 나는 들어가면 될 것 같아."

페터는 미하엘의 뒤에 서서 지켜보았다. "새끼들한테 먹이를 주는 어미 새랑 다름이 없네." 미하엘이 고기를 좁은 창살 사이로 밀어주는 모양을 보고(미하엘은 고기를 담배처럼 돌돌 말아서 거칠게 숨을 쉬고 있는 개의 주둥이 안으로 밀어 넣었다.), 노련한 솜씨에 놀라서 이런 말을 한 것인지, 아니면 미하엘이 고기를 줄 때 너무 다정하게 말을 붙여서 빈정대느라 그랬는지 분명하지 않았다. "그렇지, 맛있지, 귀염둥이? 아이고, 그것 참 우리 팻이 팻타숑에서 양보를 해야 하는구나……."

"구멍은 충분해." 베르트 비스텐이 말했다.

"내가 먼저 들어가게 해줘요!" 미하엘이 제안했다. 소년은 철조망 구멍 사이를 기어들어갔다. "착한 우리 개들, 너희한테 줄 고기를 더 가져왔거든, 하지만 너희는 내 친구들을 들어오게 해줘야 한단다." 그는 팻타숑의 목을 쓰다듬었고 팻에게 손을 핥게 내버려두었다. 그러면서 두 남자에게 들어오라는 신호를 보냈다. "이 사람은 비스텐 소위래. 그리고 저 사람은 페터야. 착하지, 착해!" 미하엘은 개에게 두 사람을 소개시켜주었다.

팻과 팻타숑은 뭔가 고민하는 듯 했다. 처음에는 심하게 짖어대다가, 이제 젊은 남자들을 핥아주었고, 한동안 으르렁대다가 다시 꼬리를 흔들며 미하엘에게 돌아갔다.

베르트와 페터는 비행기를 세워둔 창고를 볼 수 있었다.

"어려운 점은 말이야," 베르트는 이렇게 말하며 골함석을 탕탕 두드렸다. "비행기 안으로 들어가는 게 중요한 게 아니라, 그걸 밖으로 꺼내는 게 더 중요하겠어. 그렇게 하려면 우리는 창고 문을 활짝 열 필요가 있어." 그는 자물쇠를 살펴보았다.

"그래도 나는 구멍부터 필요하다고 봐. 우선 비행기가 날 수 있는지를 살펴봐야만 하잖아. 안 그러면 나중에 고생만 실컷 하고 나서……. 비행기를 보니 녹이 슨 쇳덩어리라는 걸 알 수도 있으니까." 페터가 자신의 생각을 말했다.

"절대 아니에요." 미하엘이 중간에 개입했다. "슈프라트 국장의 비행기는 가장 최신 모델입니다. 확실해요!"

비스텐 소위는 골함석에 구멍을 하나 뚫기 시작했다. 페터는 주머니에 손을 찔러 넣은 채 빈정거리는 표정으로 지켜보았다. "그 안에 비행기는 없고 망가진 물뿌리개와 국장이 버린 골프채 외에 다른 것을 발견하지 못하면, 나는 그냥 웃어주지."

"나는 절대 웃지 않을 걸요." 미하엘이 화가 나서 소리를 질렀다.

"조심해, 페터! 만일 자꾸 미하엘을 화나게 하면, 팻과 팻타숑을 풀어서 너 목을 물게 할 수도 있다고!" 베르트가 말했다.

두 마리 개들은 자신들의 이름을 들었지만 놀이나 농담인 걸 재빨리 알아차렸다. 꼬리를 흔들며, 풀쩍 뛰어서 주둥이를 벌리고 베르트 앞에 섰다.

"미안하다. 두 마리의 집 지키는 개를 데리고서는 강도짓을 할 수 없다고!" 베르트 비스텐은 이마에 흐른 땀을 닦았다. "빌어먹을, 골함석 같으니! 미하엘, 팻과 팻타숑을 데리고 한 시간쯤 산책하고 올래? 나를 도울 수 있는 가장 좋은 방법이야!"

미하엘은 싫은 표정이 역력했지만 개들을 데리고 종종걸음으로 달려갔다. 소년이 한 시간 뒤 골프장에 다시 나타났을 때, 자신의 눈을 의심했다. 활짝 열려 있는 창고 앞에 비행기가 서 있었고 손전등이 반짝반짝 빛을 내고 있었다. 비스텐 소위는 뭔가 소리를 내더니 비행기 밑으로 기어들어갔고, 그의 입에서 나오는 소리는 미하엘이 두 마리의 개에게 했던 말처럼 유치하게 들렸다.

"너는 인형이구나, 완전히." 그는 이렇게 말하며 날개를 쓰다듬었다. "너는 내가 봤던 녀석 가운데 제일 귀여워! 예쁘게 생겼으니 생긴 것의 절반만큼이라도 날아주면, 나는 무지무지 행복할 거야!" 그는 반한 표정으로 프로펠러 곁에 서 있었다.

페터가 헛기침을 했다. "1초 동안만 사랑의 고백을 멈춘다면, 너랑 작별을 고하고 나는 갈 거야. 비행기는 전혀 이상이 없는 것처럼 보이는걸."

"그렇지. 15분 후에 나는 출발할 수 있을 것 같아. 너도 서둘러야 해, 페터, 그렇지 않으면 우리가 너보다 더 빠를 거야!"

"참, 비행기 날개에 별을 그려야 해요." 미하엘이 잊어버렸을까 봐 말했다.

"맞아! 시작하자 어서."

미하엘은 물감통을 자동차에서 꺼내왔다. 팻이 커다란 붓을 입에 물고 따라왔다.

"자, 그럼." 페터는 돌아서서 가버렸다.

미하엘은 당황한 표정으로 뒤에서 소리쳤다. "고맙습니다, 페터 씨……."

"괜찮아……. 곧 보게 될 거야."

이 말이 떨어지자마자 자동차가 출발하는 소리가 들려왔다.

미하엘은 아직 붓질을 하고 있는데 그때 베르트는 준비가 다 되었다고 말했다. 그들은 창고 문을 잠갔고, 베르트는 시동을 걸었다.

"얼른 타! 사람들이 이제 일어나서 집에 불을 켜고 있다고!" 소위가 미하엘에게 명령했다.

정말 멀리 있는 빌라에서 노란 불이 깜빡였다.

팻과 팻타숑은 가슴이 철렁 내려앉을 정도로 울부짖었다. 그들은 미하엘에게 뛰어오르며 비행기에 타지 못하게 방해했다.

"다시 올게. 울지 말고, 알았지? 귀여운 녀석들."

베르트 비스텐은 조종사 자리에 앉아서 출발할 준비를 하다가 기다리는 데 지쳐서 폭발할 것만 같았다. "이제 그만해! 개들을 내버려두고, 안 그러면 너 없이 나 혼자 출발할 거다!"

미하엘은 개와 떨어져 마침내 베르트 옆자리에 앉았다. 비행기는 골프장 위를 덜커덩거리며 굴러가서는 엔진 소리를 내며 하늘로 떠올랐다. 팻과 팻타숑은 미친 것처럼 짖어댔다. 헤어져서 고통스러웠던 것일까, 아니면 사람들이 자신을 속였다는 사실을 서서히 알게 되었던 것일까?

"벨트 단단히 매야 해. 그리고 말이야, 우리는 그렇게 멀리 비행하지 않을 거야." 베르트가 말했다.

"알아요. 페터가 있는 곳까지만 가겠죠. 거기서 우리는 뭘해요?"

"기름을 넣어야지! 눈곱만치 기름을 넣어서 바다 위를 날아다닐 수 있다고 믿었냐? 아직은 대화가 힘드니 대답은 안 해도 된다." 미하엘이 답을 하려 했을 때 소위가 말했다.

소위는 머리를 앞으로 숙였다. 그는 비행기에서 나는 소리에 귀를 기울이는 듯했다. 소위의 눈은 계기판을 주의 깊게 들여다보았다. 미하엘은 옆자리에서 소위를 관찰했다. 지금처럼 긴장한 표정은 어제 오후 도망치다가 잡힌 소년의 얼굴과는 사뭇 달랐다.

"벌써 다 왔어." 소위는 부드럽게 착륙을 했다. 그러자 한 사람이 달려왔는데 바로 페터였다. 베르트는 비행기에서 내렸고 둘은 기름 탱크를 가득 채웠다. 벤진이 담긴 드럼통이 수두룩하게 늘어서 있었다. 페터는 어제 저녁 몇 시간에 걸쳐 기름통을 여기에 가져다놓았다. "이제 다 됐어. 그런데 너 낙하산 있어, 페터?" 베르트가 물었다.

미하엘도 낙하산을 자신의 몸에 묶기 위해 비행기에서 내려야만 했다. 어쩌면 뛰어내려야 하는 일이 생길 가능성도 있다고 미하엘은 짐작했다.

"사용방법에 대해서는 나중에 가르쳐줄게. 이걸 쓰지 않기를 바라지만, 그래도 조심해서 나쁠 거는 없잖아."

"그래, 어서 출발해! 해가 뜰 때 바다 위에 있으려면!" 페터가 재촉했다.

"그래야지." 비스텐 소위는 조종사 모자를 쓰고 안경도 꼈다. 그런 다음 미하엘을 비행기 안으로 끌고 가려고 했다.

하지만 미하엘은 소위의 팔을 잡았다. "한 가지만 부탁할게요!"

"또 뭐야?" 베르트는 짜증이 난 듯 말을 잘 듣기 위해서 귀마개를 위로 올렸다.

"할아버지가 생각이 나서요. 할아버지께서 말씀하시기를, 자신이 무슨 일을 하려고 다른 사람을 속이는 건 세상에서 가장 천박한 일이라고요."

페터와 베르트는 서로 쳐다보았다. 그들은 미하엘이 무슨 말을 하려는지 감을 잡을 수 없었다.

"슈프라트 국장님의 관리인이요. 그분은 우리가 왜 비행기가 필요한지도 모르고 있고, 오늘 오후에 다시 가져다놓는지 전혀 알지 못할 거예요. 어쩌면 관리인이 도둑을 도와주었다는 혐의를 받을 수도 있다고요. 그러면 일자리를 잃을 수 있잖아요. 아니면 사람들은 관리인을 감금할지도……."

"오늘 오후까지? 너는 정말 책임감이 장난 아니구나!" 페터가 비웃었다.

"할아버지는, '책임감은 사랑보다 더 중요하다!'라고 했어요."

페터가 헛기침을 했다. "네 할아버지는 너에게 교훈적인 말씀을 많이 하시나보다."

"그렇죠!"

"그럼, 관리인을 어떻게 하면 좋겠니?" 비스텐 소위가 물었다.

"우리는 일종의 강도이기는 하지만 신사잖아요, 안 그래요?"

"아, 그래? 고상한 목표를 위해 뭉쳐 나쁜 행동을 하는 신사들!" 페터가 입을 비죽이며 웃었다.

"그렇죠!" 미하엘은 기뻐하며 고개를 끄덕였다. 아직 어려서 페터처럼 간단하면서도 멋진 표현을 사용하지는 못했다. "신사들, 강도는 항상 쪽지를 남겨놓거나 나중에 전화를……."

"네 제안이 아주 좋은 것 같네." 비스텐 소위가 말했다. "페터, 네가 관리인을 좀 안심시켜주도록 해. 오늘 오후에 비행기가 돌아올 테니 흥분하지 말고 또 다른 시도를 하지 말아달라고? 자, 이제 갈까, 미하엘?" 미하엘은 옆자리에 앉았다. "모자도 쓰고, 안경도 써! 위에는 엄청 추워." 페터가 명령했다.

"자, 페터, 얼른 비켜!" 베르트 비스텐이 고함을 질렀고 비행기는 어두운 하늘을 향해 빠르게 올라갔다.

그들은 창백한 밤을 뚫고 나갔다.

미하엘은 기분이 엄청 좋았다. 그 누구도 말을 하지 않았다. 그들은 한 번 수직 기류에 갇혔는데 마치 밑으로 내려가는 엘리베이터 안에서처럼 내려앉았다. 하지만 그들은 즉시 다시 위로 올라갔다.

태양은 회색의 아침 안개와 맞서고 있었다. 태양이 뜨기 오래전에 두 사람은 이미 해안 위를 날아가고 있었다. 분홍색 구름과 금색 구름이 두 사람을 숨겨주었다. 베르트는 미하엘에게 뜨거운 커피가 들어 있는 보온병과 초콜릿 한 조각을 건네주었다. 먹고 마시자 정말 기분이 더 좋아졌다.

그들은 얼마나 날아갔을까? 아침의 구름들이 몰려가고 있었다. 끝없는 하늘이 무한한 바다 위에 펼쳐져 있었다. 거대한 공간에 있는 하늘과 푸른 바다 때문에 사람들은 시간감각을 잃어버렸다. 몇 시간째 비행하고 있지? 잠이 들었는지 아니면 꿈을 꾸었나……. 베르트가 팔꿈치를 쿡 찌르자 미하엘은 깜짝 놀랐다.

"곧 나타날 거야. 이 근처에 섬들이 나타날 거라고." 베르트는 소리를 질렀다.

그들은 좀 더 밑으로 내려갔고, 미하엘은 깨어나서 바짝 긴장을 한 채 밑을 내려다보았다.

"저기, 뒤쪽에, 어두운 곳. 저거 섬인가요 아니면 배인가요?" 미하엘이 소리를 질렀다.

그들은 멀리 있는 작은 점이 무엇인지 확인하려고 높이 올라갔다.

"섬이야. 하지만 그 섬은 아냐! 우리가 찾아가는 섬은 남쪽으로 더 내려가야 해."

그들은 다시 더 내려갔고, 속도를 줄여서 작은 섬 위를 지나갔다. 이 섬은 황량한 바위로밖에 보이지 않았다. 하지만 이 섬은 비스텐 소위의 말에 따르면, 어제 오후에 얘기해주었던 섬들에 속했다. 이들 섬들 가운데 하나 위에 그의 비행기가 추락했음에 틀림없었다.

신발 하나가 하늘에서 떨어지다

섬에 있던 아이들에게 이날은 다른 날과 마찬가지로 비슷하게 시작되었다. 아이들은 제때에 일어났고 코코아를 마시며 코코아유로 구운 껍질로 만든 납작한 빵을 먹었다. 그런 다음에 일하러 갔다. 카트린, 올리버와 파울은 염소를 돌보러 갔다. 리나는 아침 설거지를 하러 냇가로 갔고 그 다음에는 빌라를 청소했다. 소녀는 새털을 넣어 만든 이불과 코코아 껍질에 있는 실로 만든 매트를 털었고 마지막으로 커다란 빗자루로 바닥을 쓸었다. 이 잔가지로 된 커다란 빗자루는 젭이 리나를 위해 만들어준 것이었다. 나중에 슈테판과 카트린은 감자뿌리를 숲에서 캐낼 수도 있다. 감자뿌리는 염소젖으로 만든 치즈와 함께 점심 때 먹을 예정이었다. 쿠르트 콘라드는 혼자서 낚시하러 바다에 갔는데, 저녁에 먹을 물고기를 낚기 위해서였다.

젭과 클라우디아는 나무 속껍질 공장에 나란히 앉아 있었다. 2주 전부터 둘은 모든 아이들에게 새 신발을 만들어주는 데 열중하고 있었다. 신고 있던 신발은 이미 너덜너덜 다 해진 상태였다. 아이들 가운데 젭은 구멍이 난 신발바닥을 제일 먼저 고치려고 해보았다. 무두질한 토끼털로 만든 커다란 조각을 바닥에 댔지만 얼마 후에 다 닳아버리고 말았다. 그러자 마술사이자 뛰어난 기술자인 젭은 혼자서 한 시간 가량 앉아 궁리를 했다. 그런 다음 가위를 가져와서 신발을 만들기 시작했고, 이 의미 있는 날 저녁에는 아이들 모두가 모닥불에 모여앉아 인수푸에서만 신을 수 있는 샌들을 받았다. 샌들은 나무 조각 세 개로 이루어져 있었다. 발가락 부분, 중간 부분과 발뒤꿈치 부분이었다. 각각의 나무 조각들은 토끼털을 이중으로 해서 풀을 붙여 연결했고, 그래서 걸어갈 때 발의 모양과 함께 움직여서 편했다. 단순한 나무 샌들은 딱딱한 나무 조각이라 걸어갈 때 방해가 되지만 말이다. 신발 바닥의 윗부분은 클라우디아가 만들었는데, 토끼털과 나무 속껍질을 섞은 것이었다. 이 신발은 절대 찢어지지 않을 것 같았다. 클라우디아는 오랜 연습 덕분에 끈을 엮는 실력이 엄청 늘어났다. 그래서 젭은 가끔 가위를 내려놓고 아무 말도 하지 않은 채 한참 동안 클라우디아를 멍하니 쳐다보고는 했다.

"남작의 딸이 없었다면 어떻게 되었을까!"라고 말했다.

아이들 가운데 또 다른 커플인 다이아나와 토마스는 늘 그렇듯 숲으로 사라졌다. 둘이서 무엇을 하는지는 아무도 몰랐다. 둘이 항상 일을 하지 않는 건 아니었다. 만일 올리버가 어떤 과제를 내주면, 둘은 그 일을 꼭 해냈다. 그 일이 재미가 없을 때도 마찬가지였다. 예를 들어 올리버가 시키는 바람에, 다이아나와 토마스는 하루 종일 냇가에서 흙을 가져와 빌라에 생긴 틈새를 메우기도 했다. 습기를 막으려면 그런 틈을 꼭꼭 메울 필요가 있었다. 이 일은 그야말로 지독하게 끔찍했다. 집에서 열심히 일을 했던 아이들, 그러니까 카트린이나 젭과 같은 아이들조차 몇 시간 동안 냇가와 빌라 사이를 왔다 갔다 하면서 빌라에 생긴 틈을 막는 일을 했더라면 지겨워서 나가떨어졌을 게 틀림없다. 그러니 다이아나와 토마스 같은 아이들에게 이런 일은 지옥이나 다름이 없었다. 그런데도 둘은 항의도 하지 않고 진흙을 가져와서 땀을 뻘뻘 흘리며 틈을 메워나갔다. 물론 둘은 자신들의 방식으로 복수를 하기는 했다. 그들은 아이들 모두가 들을 수 있을 정도로 큰소리로 신경을 자극하는 노래를 불렀다. 다이아나는 빌라 앞에 서서 벌어진 틈 사이에 진흙을 바르며 이런 노래를 불렀다.

"옛날옛날에 도배장이가 있었다네……."

그러면 토마스는 빌라 안에서 틈을 메우다가 대답을 했다.

"핑크, 핑크, 핑크, 핑크……."

이때 '핑크, 핑크'는 똑같은 음정이었고, 토마스는 있는 힘을 다해 큰소리로 불렀다. 그리고 이 바보 같은 노래는 다음과 같이 이어졌다.

다이아나: "옛날옛날에 도배장이가 있었다네……."

토마스: "핑크, 핑크, 핑크, 핑크."

다이아나: "점점 행동이 느려졌지."

토마스: "깅, 깅, 깅, 깅."

다이아나: "그러자 도배장이는 화가 났다네……."

토마스: "핑크, 핑크, 핑크, 핑크."

다이아나: "다시 한 번 발라."

토마스: "플링크, 플링크, 플링크, 플링크."

이렇게 계속 노래를 불렀다. 다이아나와 토마스는 매일 가사를 더 지어냈고, '딩'과 '스팅크'라는 각운도 새로 만들어냈다. 정말 끔찍한 노래였다. 하지만 보이스카우트 출신인 올리버가 일을 하는 동안 노래 부르는 것을 적극적으로 추천했기 때문에, 아무도 이 두 사람을 막을 수 없었다. 빌라 수리가 마침내 끝나고 멍청한 노래도 끝났을 때, 아이들은 제대로 숨을 쉴 수 있었다.

오늘은 토마스와 다이아나가 숲으로 사라진 날이었다. 그들은 잘 보이지 않는 장소에 곡예 연습장을 마련해두었다. 나무 사이에 줄을 묶어놓고, 토마스는 재능이라기보다 열정을 가지고 줄 위에서 균형 잡는 연습을 했다.

"발은 보지 말고!" 트레이너 역할을 맡고 있는 다이아나는 손을 엉덩이에 얹고 토마스에게 명령을 내렸다. "팔을 옆으로 쭉 뻗어, 발은 쳐다보지 말고!"

털썩. 토마스는 감자 포대자루처럼 바닥으로 떨어졌다.

"어떻게 그렇게 못 하냐, 서툴러가지고! 보보의 작은 발가락이 너보다 더 재주가 있겠다! 보보, 여기 와!" 다이아나가 위를 쳐다보며 소리를 질렀다. 새끼 원숭이 보보는 아무것도 못하던 갓난쟁이에서 이제는 힘센 아이 원숭이로 자라났다. 녀석은 나무에 거꾸로 매달려 있었다. 보보는 밧줄 위에서 밧줄을 손으로 잡고 건너는 것보다 더 좋아하는 일이 있었다. 다이아나가 가르쳐준 공중제비를 넘는 재주였는데, 보보는 금발의 곡예사인 다이아나를 진정으로 좋아했고 그녀를 위해서라면 불속에도 뛰어들 수 있었다. 만약 곡예를 잘 끝마치면 보보가 제일 좋아하는 상을 받았다. 바로 꿀에 적신 야자 열매였다. 꿀을 만들어내는 야생벌들은 카트린이 마지막으로 발견한 수확물이었다.

토마스는 기가 죽어서 땅만 쳐다보았다. 소년은 보보가 밧줄 위에서 멋지게 도는 모습을 끝까지 지켜보았다.

"다이아나, 난 서커스에 전혀 재능이 없는 것 같아?"

"응." 뱀 소녀는 매정하게 말했다. "하지만 슬퍼할 것까지는 없어. 너는 매표소에서 일하거나 표를 검사하고, 표가 없는 사람을 쫓아내는 일을 하면 되거든."

"하지만 나는 매표소에 앉아 있고 싶지 않아. 사람들을 내쫓는 일도. 대부분 몰래 들어온 아이들일 텐데. 나는 줄타기를 하고 싶고 너처럼 예술가가 되고 싶어!"

토마스는 이끼 위에 쭉 누워서 두 팔을 베개 삼아 녹색의 나무 꼭대기를 올려다보았다.

"나도 계획이 있다고." 토마스는 꿈꾸듯 비밀스럽게 말했다. 다이아나가 순식간에 소년의 곁으로 다가왔다. "그래?" 긴장한 얼굴로 다이아나가 물었다.

"얼마 전에 네가 올리버와 쿠르트 콘라드와 함께 염소 잡으러 갔을 때 말이야, 나는 여기 혼자서 연습을 했거든. 갑자기 젭하고 클라우디아가 지나가면서, 뭐하고 있냐고 묻더라고. 구경해도 되는지 말이야. 그래서 생각했지. 너처럼 나를 잘 알지 못하는 누군가가 구경을 하는 것도 좋겠다고 말이야. 너는 항상 나에게 핀잔을 주잖아."

"그래서?" 다이아나가 물었다.

"두 사람은 죽을 듯이 웃었어! 클라우디아는 처음에는 참으려고 하더라고. 아주 교육을 잘 받은 애니까 나에게 상처를 주지 않으려고 했겠지. 그런데 갑자기 젭이 크게 웃어버렸어. 내가 아직 밧줄 위에 올라가지도 않았는데 젭이 끔찍하게 웃더라고. 너무 웃겨서 안경을 벗어 눈물을 닦아내야 할 정도였어. 클라우디아는 너무 웃어서 눈이 멀지도 모르겠다고 젭이 말했어."

"그래서?" 다이아나는 다시 한 번 물었다.

"젭과 클라우디아가 웃음을 그치고 말을 할 수 있을 때였지. 두 사람이 본 장면 가운데 최고로 웃겼대. 그래서 아이디어 하나가 번쩍 하고 떠오르는데, 이렇게 웃기는 걸 서커스에서 보여주는 것도 좋겠다 싶었어. '토마스, 바람의 익살광대'."

다이아나는 즉시 반응을 했다.

"오, 멋지다! 지금까지 네가 실수로 비틀거리고 기울어지고 넘어지던 것을 앞으로 의도적으로 하면 되겠다!" 다이아나는 너무 기쁜 나머지 토마스의 무릎을 툭 쳤다. "멋져! 그런데 토마스는 서커스에 어울리는 이름이 아냐."

"그건 그래. 원래 토마스는 신성한 사람을 의미하는 성인이었대." 토마스가 인정했다.

"너한테 어울리는 가명을 생각해내야 해. 보리스라브는 어때? 아니면 듣기 좋은 이탈리아 이름!"

다이아나는 오랫동안 고민을 한 끝에 마침내 생각해냈다.

"슐레밀리우스 슈트람펠리노, 공중의 불운아!"

토마스도 이름이 마음에 들었다.

섬의 다른 끝에서 바이올린 소리가 조용히 들려왔다. 볼프강이 매일 아침이면 거기에서 음계를 연습했다. 이곳은 그가 좋아하는 자리였는데, 해안바위가 끝나는 지점에 키 큰 나무들이 서 있고 그 밑에 작은 빈터 같은 곳이었다. 이곳에 서면 바다가 훤히 내려다보였고 바람 부는 날이면 파도치는 소리에서부터 바이올린 소리도 함께 들려왔다. 젭이 바이올린을 고쳐준 날부터 볼프강은 매일 네 시간씩 이곳에서 습작, 음계, 중음(重音, 현악기에서 두 개의 현을 동시에 누른 채 켜는 방법이다.-옮긴이 주)과 바이올린 콘서트를 연습했다. 사실 아이가 연습하기에는 매우 긴 시간이었지만.

볼프강은 이날 아침에 비행기 소리를 처음 들은 아이였다. 소년은 막 바이올린을 켜려고 몸을 획 돌렸다. 그리고는 갑자기 눈을 감고 주변의 소리에 귀를 기울였다. 비행기에서 나는 소음이었다! 순간 볼프강은 바이올린을 박스에 넣고, 할 수 있는 한 빨리 달려가서 젭과 클라우디아가 일하는 숲까지 가서 이들에게 소식을 알려야 했다.

이로부터 2분 후 쿠르트 콘라드는 해변에서 낚시를 하다가 멀리서 비행기 엔진소리가 들려오는 걸 알아차렸다. 소년은 머리를 들어서 날카로운 눈으로 수평선을 찾아보았다. 아직 아무것도 보이지 않았다. 하늘은 텅 빈 채 파랗게 바다 위에서 빛나고 있었다. 하지만 쿠르트는 사냥꾼이 된 것처럼 잔뜩 긴장해서 쳐다보니 뒤쪽으로 검은 점 하나가 보였다. 이 점은 꼼짝하지 않고 떠 있는 것 같았다. 그런데 점이 점점 커졌고, 비행기 소리도 점점 가까워져서 쿠르트 콘라드는 낚싯대를 급히 당겼다. 그는 보트를 해변으로 급히 몰았다.

빨리 올라가야 해, 라고 생각하자 그의 심장은 흥분을 해서 쿵쿵 뛰었다. 빨리 아이들이 있는 장소로 가야 해. 그리고 비행기가 보인다고 말해줘야지…….

그는 보트를 묶어두고, 백사장에서 뛰었고, 그런 뒤에 해안에 있는 벽을 기어 올라갔다.

그사이 볼프강은 젭과 클라우디아에게 도착했다.

“어? 무슨 일이야?” 젭이 말했다.

볼프강은 숨을 헐떡이며 두 사람 앞에 섰다.

"비행기 한 대, 내가 분명히 들었어……!"

그들은 한동안 귀를 기울이고 들었다. 그러자 갑자기 클라우디아가 고개를 끄덕이며 자리에서 폴짝 뛰었다.

"나도 들려! 들린다고!" 클라우디아가 소리 질렀다.

"깃발을 올려!" 젭이 소리를 질렀을 때는 비행기에서 나오는 소음이 인수푸 전체에 들려왔다. 그들은 숙소로 달려갔고 거기에서 올리버와 파울이 깃발을 올리는 모습을 보았다. 두 사람은 염소들을 방목하는 장소에서 빨리 내려왔던 것이다. 리나가 빌라에서 나왔고 다이아나와 토마스도 미친 듯이 달려왔다.

"비행기, 우리한테로 비행기가 오고 있어……!" 두 사람이 고함을 질렀다.

다른 쪽에서는 카트린과 슈테판이 달려왔다.

"너희들도 들었어?" 두 사람은 숨도 제대로 못쉬고 물었다.

쿠르트 콘라드가 제일 나중에 나타났다. 가장 긴 거리를 달려왔기 때문이다. 이제 열한 명의 아이들 모두가 숙소 앞에 서서 잔뜩 긴장한 채 위를 쳐다보았다. 그들의 머리 위에는 셔츠로 만든 깃발이 펄럭이고 있었다.

"너무 일찍 기뻐하지는 마! 어쩌면 우리를 발견하지 못하고 다시 날아가버릴지도 몰라." 리나가 경고를 했다.

슈테판이 머리를 절레절레 흔들었다.

"아니, 이번에는 확실할 것 같은데……."

"나도!" 다이아나가 고함을 질렀다. "나도 그래!" 다이아나는 자신을 뒤따라온 원숭이를 어깨 위에 올려놓았다.

"올리버, 제발 나를 보-파 나무에 올라가게 해줘. 그곳은 우리 깃발보다 두 배는 더 높이 있단 말이야. 나는 밑에서 더 이상 못 기다리겠어. 내가 봐야 한다고!"

올리버의 대답을 기다리지 않고 다이아나는 뛰어가려고 했다.

"잠깐, 만일 네가 올라가면 흔들 수 있는 것도 가지고 가!" 젭이 소리쳤다.

리나는 빌라에 들어가서 빨아둔 세탁물 하나를 급히 가져왔다. 그것은 파울의 이불로 만든 파란색 파자마였다.

"100까지 헤아려!" 다이아나는 그렇게 말하고 바람처럼 사라졌다. 카트린은 수를 헤아렸다. 아이들은 기대에 차서 인수푸 섬에서 가장 높은 나무인 보-파를 올려다보았다. 91까지 헤아리자 다이아나의 머리가 보였고, 105에 위에 올라갔으며, 108에서 파울의 파란색 파자마가 흔들거리는 모습이 보였다.

"이 섬은 어때?" 비스텐 소위가 턱으로 아래에 있는 인수푸 섬을 가리켰다. "그럴 가능성이 있을 것 같아."

"맞아요." 미하엘도 잔뜩 긴장해서 대답했다. 그의 손과 발은 얼음처럼 차가웠다. 절망에 빠져 여덟 달을 보낸 뒤 마침내, 눈앞에 목표지점이 보였고, 이 섬은 끔찍하면서도 너무나 아름다웠다. 그런데 하필이면 바로 이 순간에, 처음으로 의심이 들었다. 만일 우리가 아이들을 발견하지 못한다면 어떻게 될까? 만일 이 섬이 아니라면? 그리고 또 다른 의문이 끊임없이 떠올랐다. 만일 베르트 비스텐이 어깨를 으쓱하며 예전에 오렐 씨가 '은 화살' 호를 돌렸던 것처럼 비행기를 왔던 방향으로 돌려버린다면…….

"저기 봐! 뭔가 나무 위에서 펄럭이는 것 같은데." 베르트가 말했다.

미하엘은 창가로 가서 밖으로 몸을 굽혔다.

"조금 더 낮게 날 수는 없어요?"

조종사는 갑자기 저공비행을 했다.

"맞아요, 저기 뭔가 펄럭거려요! 꼭……꼭……." "……바지 같지?" 베르트가 소리 질렀다. "파란색 파자마. 잘못 본 게 아니라면, 아이들이 입는 사이즈야, 안 그래?"

그는 큰소리로 웃었다. 웃으면서 또 소리까지 질렀다. 검은 안경 밑에 있는 그의 입은 활짝 벌어져 있었다.

"훨씬 밑에, 나무 사이에요, 거기에도 뭔가 펄럭여요!" 미하엘이 알렸다. "셔츠 한 장!"

"또 아이들 옷이야?" 베르트가 물었다.

"당연하죠!"

두 사람은 너무 좋아서 괴성을 질렀다. 원래 웃을 일은 아니었다. 섬에 있는 아이들이 사실 테라니엔 국기를 달아놓기를 기대할 수는 없었다. 그런데도 두 사람이 웃음을 터뜨린 이유는 셔츠와 바지 때문이 아니라, 긴장이 풀어져서 그런 것이었다. 그들은 잃어버린 아이들이 머물고 있는 섬 인수푸를 발견했던 것이다! 비행기를 훔치고, 바다로 날아가서 자신들의 목숨을 건 행동이 결코 멍청한 짓이 아니었다.

"이제 어떻게 하죠? 밑으로 가요?" 미하엘이 물었다.

"뭐라고? 착륙하자고? 그건 안 돼! 어디에 해?"

"하지만……." 미하엘은 말문이 막혔다. 솔직히 말한다면, 비행기를 타기는 했지만 결과가 어떻게 될지에 대해서 준비한 게 아무것도 없었다. 늘 이 부분까지 꿈을 꾸었기에 말이다.

"우리가 할 수 있는 것은, 기다란 끈을 내려주는 거야. 그러면 아이들이, 우리가 자신들을 봤다는 것을 확실하게 알 수 있겠지."

비행기는 밑으로 내려가서 나무 바로 위를 한 바퀴 돌았다.

이제 미하엘은 빌라가 있는 아이들의 숙소와 그 옆에서 손을 흔드는 아이들을 발견했다.

"저기 있어요." 미하엘이 고함을 지르고 바깥으로 몸을 숙였다. 그는 팔을 흔들면서 소리를 질렀다. 그의 목소리는 엔진 소음에 가려졌지만, 그래도 상관없었다.

"그래, 저기 있군." 소위가 고개를 끄덕였다. "안녕, 로빈슨들아!" "다행이에요! 우리가 아이들을 발견했어요, 다행이에요!"

"우리는 이제 돌아가야 해. 기름의 절반을 써버렸고, 국장님 관리인도 벌써 한 시간 전부터 우리를 기다리고 있을 거야."

미하엘은 갑자기 열한 명의 아이들에게 가고 싶은 충동을 느꼈다. 그냥 위에서 보는 게 아니라, 그들과 얘기를 하고 싶었다.

"여기에서 뛰어 내려도 돼요?" 미하엘이 물었다.

"너 미쳤어?"

"만일 소위님이 착륙하지 않을 거면 내가 뛰어내릴 거예요! 아이들에게 가고 싶다고요." 미하엘이 설명했다.

"바보 같은 소리!" 베르트는 비행기를 위로 돌렸다.

"뛰어내려서는 안 돼! 꼭 그렇게 해야 하지 않아도 된다면 말이야."

"아니, 저는 꼭 그렇게 해야 해요! 두렵지 않단 말이에요. 나는 삼단 뜀틀에서 뛰어내려본 적도 있다고요."

"녀석아, 비행기는 뜀틀이 아냐. 이 섬은 수영장도 아니고. 여기에서 나무로 뛰어내리면, 너는 목이 부러져."

미하엘은 그래도 멈출 수 없었다. "하지만 아이들은 적어도 우리가 다시 돌아와서 자신들을 구해줄 것이라는 사실을 알 필요는 있다고요." 미하엘은 하소연했다. "뭔가 메시지를 전달할 수 없어요?"

미하엘은 베르트의 비행노트 한 장에 연필로 이렇게 썼다.

보고 싶은 슈테판!

나는 라디오에서 네 목소리를 들었어, 내일 우리가 너희들을 데리러 올게. 늦어도 모레.

미하엘 페트리

베르트는 쪽지를 읽었다. "너는 네가 기뻐하려고 이런 걸 다 쓰냐."

미하엘은 정성을 들여 끝까지 썼다.

너무 기뻐! 마침내!

미하엘은 글을 쓴 종이를 찢어서 접었다.

슈테판 모린에게

라고 위에 썼다. 미하엘은 이 쪽지를 창밖으로 그냥 던지려고 했지만, 베르트가 웃었다.

"그렇게 하면 절대 밑으로 안 가. 뭔가 무거운 물체를 묶어야 해." 그들은 가방을 뒤졌지만 아무것도 찾지 못했다.

"내 모자!" 미하엘이 소리치면서 모자를 벗었다.

"풀지 마! 모자 없이 비행하는 건 정말 바보짓이야!"

"아, 이제 생각났어요." 미하엘은 소리를 지르며 왼쪽 신발을 벗었다. 그는 종이쪽지를 신발끈에 묶었다.

"그러면 넌 꽁꽁 얼고 말거야. 하지만 네 발은 적어도 중이염에 걸리지는 않지. 그럼, 밑으로 던져……."

그들은 신발을 창밖으로 던졌다. 신발은 몇 번 회전을 하더니 마침내 나무 한가운데에 떨어졌다.

"그들이 뭔가를 던졌어!" 카트린이 고함을 질렀다. 아이들은 모두 이 광경을 봤기에, 시커먼 물체가 숲에서 사라지던 방향으로 돌진해갔다. 다이아나가 제일 앞에 갔다. 마치 담비처럼 나무를 내려가더니 양치류와 나뭇가지들 속으로 들어갔다. 잠시 후 신발 하나를 찾아서 나왔다.

"누가 장화를 하늘에서 던졌어?" 다이아나가 큰소리로 말했다.

소녀는 신발끈에 묶여 있는 쪽지를 풀었다. "슈테판 모린에게"라고 적혀 있었다. 다른 사람의 편지를 뜯어봐서는 안 된다. 그래서 다이아나는 쪽지를 읽지 않고 다시 묶어두면서 궁금해서 신음소리를 냈다. 도대체 누가 슈테판에게 편지를 썼지? 신발을 조사해 보았다. 그것은 갈색이었고, 열두 살 혹은 열세 살 정도 되는 소년이 신는 스포츠 장화였다. 가죽이 단단했고 고무로 되어 있는 밑창은 반질반질했다. 다이아나는 아이들이 신고 있는 속껍질 샌들보다 훨씬 낫다고 생각하며 부러웠다. 신발을 팔에 끼고서 덤불에서 나온 다이아나는 달려오는 열 명의 아이들과 곧장 마주쳤다. 올리버는 손을 뻗어 신발을 잡으려고 했다.

"슈테판 모린에게." 다이아나는 그렇게 말하고 신발을 내주지 않았다.

"나?" 슈테판이 당황해서 물었다. 다이아나는 소년에게 장화를 건네주었다.

"우와." 젭은 휘파람을 불며 아름다운 신발을 감탄하며 쳐다보았다. "고급스럽네! 우리 내기 할까? 이 신발을 던진 소년은 구걸할 필요가 절대 없다는데!"

"없어." 그사이 쪽지를 펼쳐서 읽어본 슈테판이 웃었다. "그럴 필요 없어. 소년의 할아버지는 테라니엔의 대통령이거든." 그러고는 미하엘의 편지를 큰소리로 읽어주었다. 아이들은 조용히 서서 귀를 기울였다.

"내일, 늦어도 모레." 리나가 꿈을 꾸듯 마지막 말을 반복했다. "상상이 되니?"

"인수푸를 떠나는구나." 클라우디아가 말했다.

"드디어 테라니엔으로 가는구나." 볼프강이 말했다.

슈테판은 쪽지를 세 번이나 읽었다. "이 문장이 이해가 안 돼. '나는 네 목소리를 라디오에서 들었어.' 어떻게 내 목소리를 라디오에서 들었지?" 슈테판은 도저히 이해할 수 없다는 표정으로 다른 아이들을 빤히 쳐다보았다. 젭이 히죽 웃었다. "네가 아니라 나야!"

아이들은 놀라서 아무 말도 못하고 젭을 쳐다보기만 했다.

"비행기가 여기 추락한 아침을 기억해?" 젭이 물었다. 다른 아이들이 고개를 끄덕이자, 젭은 혼자서 비행기에 올라갔고 마이크를 다시 조립해서 거기에 말을 하게 된 사연을 들려주었다. 그리고 버튼을 돌리자 일 분 후 그 물건이 망가지게 된 것도. 기술자인 자신이 이런 장치도 다루지 못한다고 생각하니 창피해서 이야기를 전하지 않았다고 했다.

"세상의 그 누군가가 구조요청을 들어줄 줄이야, 어떻게 알았겠어?"

"그러고 어떻게 되었어? 비행기는 어떻게 된 거야?" 파울이 물었다.

"날아갔어. 배를 데리러 갔겠지." 다이아나가 말했다.

다이아나는 갑자기 땅에 주저앉아서 이끼 위에 편안하게 자리를 잡았다. "이제 나는 아무것도 안 할 거야. 나는 내일이나 모레까지, 사람들이 우리를 데리러 올 때까지 손가락 하나 꼼짝하지 않을 거야." 다이아나가 아이들에게 알렸다.

"그러면 점심 때는 뭘 먹냐?" 리나가 엄격하게 물었다. "보보가 감자뿌리라도 캐 와야 한다는 거야? 우리는 파티를 열어야 해. 마지막에 먹으려고 남겨둔 깡통을 열어서 먹으면 안 돼?" 다이아나가 소리쳤다.

모두들 올리버를 쳐다보았다. 그들은 그가 결정하는 데 익숙해져 있었다. 올리버는 경솔하게 구는 다이아나에게 미소를 짓고, 아이들에게 고개를 끄덕이며 파티 때처럼 몸을 숙였다.

"아이들의 나라는 이제 없어졌어. 사람들이 올 때까지 누구든 하고 싶은 걸 하도록 하자. 일을 하든 아니면 게으름을 피우든. 나도 이제 대장 노릇을 그만하고 빈둥빈둥 놀 거야!"

올리버 역시 다이아나 옆에 벌렁 누워서 팔을 쭉 뻗었다.

"나도!" 토마스가 즉시 소리 질렀다. 게으름을 피우는 일은 그에게 특별한 일도 아니지만 말이다.

갑자기 모두들 이끼 위에 앉거나 누웠다. 리나만 기둥처럼 서 있었다.

"분위기 깨지 마. 우리 곁으로 오라니까." 올리버가 말하자 리나도 아이들 곁에 앉았다.

아이들은 한동안 말없이 우두커니 있었다. 모든 것이 너무나 갑작스러웠다. 이제 인수푸에서 보내는 마지막 날이라는 것을 이해해야만 했다.

"염소는 어떻게 되지? 잊지 말고 꼭 풀어줘야 해." 카트린이 정적을 깨고 말했다.

"빌라는? 우리의 아름다운 빌라를 가져갈 수 없을까?" 클라우디아가 물었다.

"우리 의자와 침대는? 그렇게 힘들게 만들었는데, 그냥 내버려 둬야 하는구나." 파울이 소리쳤다.

아이들은 인수푸 섬 전체를 포장해서 함께 가고 싶었다. 적어도 야자열매 껍질로 만든 그릇이랑 새들의 털로 만든 이불은 기념품으로 가져가기로 결정했다.

그런 다음 아이들은 제대로 된 옷을 입고, 유리와 도자기로 된 식기로 음식을 먹고, 제대로 된 포크와 나이프로 음식을 먹으면 어떻게 될지 얘기를 나누었다.

"우리가 다시 학교에 가야 하다니, 믿을 수가 없어." 파울이 말했다.

"나는 좋은데." 카트린의 생각이었다.

"한 발을 얹고 달리는 롤러를 탈 수 있어서 좋아." 토마스가 말했다.

"나는 극장에 갈 수 있어서 좋아."

"나는 진짜 욕실에서 따뜻한 물로 샤워를 할 수 있을 테니 좋아."

"나는 오케스트라 연주회를……."

아이들은 그동안 몰래 생각만 했지만 이제 머지않아 실현할 수 있는 온갖 일들을 쏟아내었다.

슈테판은 벌떡 일어나서 눈을 크게 뜨고 아이들에게 말했다. "우리 부모님들! 갑자기 전화벨이 울려서, 이런 말이 들려온다면. '모린 박사 사모님, 두 아들이 살아 있답니다!'"

슈테판은 갑자기 이끼 위에 쭉 뻗더니 얼굴을 팔에 묻고 흐느꼈다.

"슈테판", 카트린이 떨리는 목소리로 불렀다. 그녀의 볼에서도 눈물이 흘러내렸다. "우리 아빠가 제일 먼저 알게 될 거야. 그러면 우편물 배달을 중단하고 집으로 곧장 가시겠지. 그리고는 '여보, 우리 카트린이…….'" 카트린 역시 가슴이 벅차올라서 말을 끝내지 못하고 흐느껴 울었다.

파울은 천천히 말했다. "우리 아버지는, 내가 아는 한, 아무 말도 하지 않을 거야. 하지만 엄마는 달라. '얘는, 네가 그동안 어디 있었는지 엽서라도 보내주지 그랬어.'라고 웃으면서 말하겠지."

"그러면 뭐라고 할 건대?" 올리버가 물었다. 그는 눈을 감은 채 누워서 아버지를 생각하고 있었다. 아버지가 의자에 앉아서 아들 올리버가 살아 있다는 소식을 듣고 가슴을 움켜잡는 모습을 상상했다. 아버지는 흥분해서는 안 되는데, 심장병이 있기 때문이다.

아이들이 모두 흥분을 했지만 젭은 그렇지 않았다. 그는 올리버의 질문에 이렇게 대답했다.

"파울은 이렇게 말하겠지. 인수푸 섬에서 육지로 보내는 우편물 배달은 내년부터 가능하기 때문에 엽서를 보낼 수 없었다고."

"잘 알겠습니다, 대통령님!"

비스텐 소위는 섬으로 날아갈 때는 그토록 말이 없었지만, 돌아오는 길에는 수다스러웠다.

"이번에도 멋지게 해냈구나!" 그는 빠른 속도로 날아가는 비행기에서 들려오는 소음에도 아랑곳없이 소리를 질렀다. 소리를 질렀다기보다 목청껏 노래를 불렀다고 하는 표현이 더 알맞았다. 이 구절은 베르트가 소속된 비행중대가 특히 좋아하는 조종사의 노래 가운데 마지막 부분이었기에 말이다.

미하엘은 털양말을 신은 왼쪽 발을 따뜻하게 문지르기 위해 두 손으로 감쌌다. 그는 죽을 듯이 피곤했는데, 생각해보니 지난밤 잠을 제대로 이루지 못했다. 엔진은 단조로운 소리를 냈다. 베르트 비스텐은 스무 구절로 된 노래를 다 부르고 난 뒤, 새로운 조종사의 노래를 부르기 시작했다. 이 노래는 아홉 구절이어서 비교적 빨리 끝났지만, 그 다음에 또 열여섯 구절로 이루어진 노래를 불렀다. 미하엘은 재미있게 웃고는 입을 반쯤 벌리고 노래를 듣는 척하면서 잠이 들었다.

베르트의 친구인 페터는 미하엘의 부탁대로 국장의 관리인에게 알렸다. 페터는 늙은 관리인이 놀라지 않도록 직접 국장의 빌라에 갔다. 이런 시도는 사실 매우 위험할 수 있었다. 왜냐하면 그 집에서 일하는 직원들이 페터를 붙잡아서 비행기 도둑으로 경찰에 넘길 수도 있었기 때문이다. 하지만 페터는 인상이 좋아서 나이 든 사람들이 자신을 좋아한다고 믿었다. 그리고 진지한 표정을 한 장교가 관리인에게, 훔친 비행기는 오늘 반드시 돌아올 것이라며 명예를 걸고 약속하자, 흥분하던 관리인은 곧 안정을 되찾았다.

"그러니까 국장님께 굳이 보고를 하지 않아도 된다는 말이지요?" 백발의 관리인이 물었다.

"절대로 알리지 마십시오! 슈프라트 국장님은 곰 사냥으로 이미 충분히 긴장을 하셨습니다. 만일 그런 보고를 하게 된다면, 국장님은 더 힘드실 겁니다. 안녕히 계십시오, 우리는 오늘 오후에 다시 만나게 될 것입니다." 페터가 말했다.

페터는 나이 든 남자들뿐만 아니라, 젊은 여성들에게도 좋은 인상을 주었다. 이런 점을 잘 알고 있는 그는 장미 한 다발을 사서 곧장 페트리 씨 댁으로 가서 수지를 만나자고 했다.

미하엘은 그런 생각까지는 할 수 없었다. 아침에 자신이 집에 없다는 사실이 발각되면, 식구들은 온갖 수단을 동원해 찾으려 할 것이라는 데까지는 생각이 미치지 못했다. 하지만 페터는 그런 생각을 했고 수지의 도움을 받아 미하엘의 부모를 약간 속일 수 있는 똑똑한 계획을 세웠다.

수지는 아직 침대에 누워 있었지만, 일요일이어서 학교에 갈 필요가 없었다. 하녀가 꽃다발과 함께 명함을 가지고 방에 들어왔을 때, 수지는 분홍색 누비이불을 덮고 웅크리고 있었다.

"아직 자고 있어. 밤 열한 시까지 춤을 췄더니 조금 더 쉬어야겠어!" 수지가 침대에서 말했다.

"장미예요, 수지 양! 조종사 장교님이, 그러니까 정말 잘생긴 젊은……."

수지는 마치 로케트처럼 이불 밖으로 나가서 명함을 읽었다.

존경하는 수지 양!

소중한 아침시간을 방해해서 대단히 죄송합니다. 몇 분만 시간을 내어주시면 중요한 일에 관해서 말씀을 드리겠습니다.

페터 발 드림.

"페터 발이라는 사람, 나는 몰라. 무슨 중요한 이야기를 나하고 한다는 거야?" 수지는 다시 이불 속으로 들어가려고 했다.

"너무 잘생긴 청년이던걸요." 하녀가 열광했다.

수지는 머뭇거리며 장미 꽃다발을 바라보았다. 그리고 자신보다 나이가 두 배가 더 많은 하녀에게 뭔가를 가르치려는 목소리로 말했다. "마리, 그런 사람 때문에 침대에서 일어날 수는 없어. 그것도 일요일 아침 일곱 시 반에!"

하지만 수지 역시 잘생겼다는 공군 장교를 돌려보내고 싶지 않았기에, 속으로 내기를 했다. 그래, 장미가 열 송이 이상이면 내려가서 만나보자. 그래서 장미를 속으로 세어보니 열다섯 송이였으며, 아직 꽃을 피우지 않은 봉오리는 계산에 넣지도 않았는데도 그랬다. 수지는 덧신을 신고 가운을 입은 채 계단을 내려갔다.

페터는 서재에서 왔다 갔다 하고 있었다.

"안녕하십니까, 수지 양!" 페터는 마치 공주 앞에 서 있기라도 한 것처럼 몸을 숙여서 인사했다. 수지는 매우 기분이 좋았다.

"안녕하세요." 수지도 점잖게 인사를 하고는, 어머니에게 배운 대로 가죽 의자에 앉으라고 손으로 가리켰다. "무슨 일이신지요?" 그녀는 고상하게 물었다.

"저의 동료 베르트 비스텐 일 때문에 사과드립니다. 어제 오후에 갑자기 파티장에서 나가버렸잖습니까."

"오, 맞아요. 갑자기 사라지셨더라고요. 그전에 그렇게 재미있는 체험을 이야기해주시더니, 얼마 후에 없어졌어요."

페터는 헛기침을 했다. "수지 양, 동생 미하엘이 지금 어디에 있는지 아십니까?"

"미하엘은," 수지는 놀라서 되물었다. "왜 모르겠어요? 아마 아직 자고 있겠죠. 물론 내가 그 아이 방에 가서 볼 수도……."

수지가 자리에서 일어나려고 했지만, 페터가 말렸다.

“그러지 마세요. 미하엘은 어제 밤부터 이 집에 없습니다.”

수지는 놀라서 눈을 크게 떴다. “어제 밤부터……없다니……이해할 수 없어요! 그냥 사라졌어요?”

“맞습니다. 나의 동료 비스텐 소위처럼 그냥 사라졌습니다. 만일 당신이 보다 더 자세하게 알고 싶으시면, 그와 함께 사라지면 됩니다!”

“그러면, 우리는 어떻게 하면 되죠? 어디로 가야 하는지 아세요?” 수지는 어찌할 바를 몰라 페터를 빤히 쳐다보았다.

“어디로가 아니라, 어떤 곳에, 라고 물으시는 편이 더 나을 겁니다.”

“그래요, 어떤 곳이죠?”

“비행기 안입니다.”

“어디로요?”

“자세하게는 저도 모릅니다만, 바다 쪽입니다!”

“오, 이제 알겠어요. 그 녀석이 또 아이들이 사는 섬을 찾느라 바보짓을 하나보네요.”

“정말 영리하시군요!” 이렇게 말하며 페터는 다시 한 번 몸을 굽혀서 인사를 했다.

하지만 수지는 마치 엄격한 여선생님처럼 의자에 꼿꼿하게 앉아 힘차게 말했다.

“발 씨, 나는 당신이 누구인지 몰라요. 그런데 매우 이성적인 분 같습니다. 또한 친구 비스텐 소위도 내가 보기에 참 진지한 분인 것 같았어요. 하지만 두 분이 바보 같은 내 동생의 꼬임에 빠졌다니, 그건 정말…….”

“수지 양, 제 말을 한번 잘 들어보시지요…….” 페터는 베르트가 자신의 비행기로 겪었던 흥미로운 경험이 미하엘이 라디오에서 들었던 목소리와 연관이 있었고, 그래서 두 사람은 밤에 슈트라트 국장의 비행기를 훔쳤다고 말해주었다. 물론 약간 과장해서 이 모든 일들이 얼마나 위험했는지를 얘기했는데, 순전히 수지를 설득하기 위해서였다. 마침내 수지는 흥분해서, 페터가 자신을 믿어줘서 너무 자랑스럽다고까지 말했다. 그리고 부모님에게 미하엘이 없다는 것을 어떻게 둘러댈지 금방 생각해냈다. 즉, 미하엘은 학교 친구들과 함께 피크닉을 간다고 이미 어제 자신에게 말했지만, 생일파티에 정신이 없어서 그 사실을 부모님에게 말하는 것을 까먹었으며, 오늘 아침이 되어서야 다시 기억이 났다고 말이다.

“네, 그렇게 할게요!” 수지가 기꺼이 승낙을 했다. 페터는 감사의 표시로 악수를 청했다.

비행기가 벨몬트에 다가갔을 때, 비스텐 소위는 깊이 잠이 든 미하엘을 깨웠다.

“곧 도착해. 앞으로 어떻게 해야 할지 생각해뒀어?” 비스텐 소위는 미하엘의 귀에다가 소리를 지르고 몸을 흔들었다.

미하엘은 정신이 드는데 약간의 시간이 필요했다. “우리는 즉시 할아버지에게 가야 해요.”

“페터가 차를 대기시키고 우리를 태워줘야 할 텐데.” 베르트가 말했다.

“만일 그렇지 않다면, 슈프라트 국장의 차고에서 6인승 차를 슬쩍하는 수밖에요. 우리는 이미 비슷한 경험을 했잖아요.” 미하엘은 당당하게 대답했다.

“나는 빼줘. 오늘은 물건을 슬쩍할 기분이 아냐. 여덟 시간 비행을 했는데, 이건 절대 간단한 일이 아니거든! 네 할아버지에게는 함께 가겠지만, 그 다음에는 침대로 가겠어! 자, 이제 착륙해!”

그런데 슈프라트 국장의 정원에 딸려 있는 테라스에는 세 시가 되기 전이었지만 많은 사람들이 모여 있었다. 백발의 관리인을 비롯해서 국장 집의 직원들, 수지, 아버지, 어머니와 할아버지 그리고 페터 발도 있었다. 거기에 개 두 마리까지. 대통령은 편안한 등나무 의자에 앉아서 무릎에 담요도 덮고 있었다.

미하엘의 부모님은 잔뜩 흥분해 있었다. 수지가 점심을 먹을 때 모든 이야기를 들려주었던 것이다.

“고집 센 녀석 같으니. 나하고는 전혀 닮지 않았어.” 페트리 부인이 불평을 했다.

“위대한 남자들은 모두 그런 고집이 있답니다, 페트리 부인.” 페터는 미하엘의 할아버지를 염두에 두고 그런 말을 했다. “대통령 각하께서도 분명 고집이 센 아이였다고 저는 확신합니다.”

“아주 고집이 셌지!” 대통령도 인정을 했다. 하지만 머리를 가로젓더니 말했다. “그 어떤 일에도 불구하고, 이 녀석을 존경할 수밖에 없어요. 하지만 이런 시도를 해서 뭔가 좋은 결과가 나올지 모르겠군.”

"그렇지만 있다면? 아이들을 발견했다면, 할아버지? 할아버지는 뭐라고 말하려고요?" 수지가 큰소리고 물었다.

"그러면 나는 이렇게 말할 거다. 미안하다, 손자야, 내가 옳지 못했어!" 대통령은 미소를 지었다.

"야호!" 갑자기 페터가 하늘을 보며 고함을 질렀다. 그는 자신의 손목시계를 들여다보았다. 몇 분 후면 세 시가 되었다. "이거야말로 정확하네!"

모두가 위를 쳐다보았다. 페터는 경험이 많은 조종사였기에 다른 사람들에 비해서 비행기 소리를 더 잘 들었다. 하지만 모두가 금세 멀리 있는 검은 점 하나를 발견했다.

"저거겠지. 아이고, 다행이네! 비행기는 멀쩡한 것 같구먼." 늙은 관리인이 말했다.

"비행기는 관심도 없어요. 미하엘만 다시 건강하게 볼 수 있다면." 미하엘의 어머니가 소리쳤다.

페터는 대통령에게 몸을 돌렸다. "각하, 죄송하지만 저는 잠시 가봐야 합니다. 착륙할 때 제가 도움을 줄 수도 있을 것 같습니다."

"가시오, 달려가시오!" 대통령이 소리를 지르며 손으로 재촉을 했다. 페터는 테라스에서 정원으로 풀쩍 뛰어내리더니 골프장을 향해 달렸다. 두 마리 개가 크게 짖으며 그를 따라왔다.

"나도 가요!" 수지도 급히 정원으로 뛰어 내려갔다. 그녀는 점잖은 숙녀가 되려고 했던 사실을 잠시 잊고 말았다. 머리카락과 스커트가 바람에 날렸지만 그녀는 페터와 개들의 뒤를 쏜살같이 따라갔다. 페터는 뒤를 돌아다보고 수지가 따라올 수 있도록 속도를 줄여주었다. 그러고는 수지의 손을 잡고 함께 뛰었다.

"누나!" 미하엘이 소리를 지르고는 창밖으로 신호를 보냈다.
"페터!" 비스텐 소위는 페터를 발견하고는 비행기를 골프장 위로 미끄러지게 운전하더니 마침내 울퉁불퉁한 바닥에 착륙시켰다. 비행기는 풀쩍 뛰어다니는 사나운 숫염소처럼 충돌했다. 미하엘은 머리를 창문에 부딪혔다.
"미안해. 완벽하게 착륙해야 하는데, 내가 너무 피곤해서 말이야."
페터는 천천히 구르는 비행기 곁으로 달려갔고, 비행기가 멈추자 문을 열었다.
수지는 페터 뒤에서 바람에 잔뜩 헝클어진 머리로 물었다. "그들을 찾았어?"
"응, 응, 응!" 미하엘이 소리쳤다.
"정말이야?" 페터는 미하엘과 베르트를 번갈아봤다. "너희들이 아이들을 찾았다고?"
"물론이지!" 베르트 비스텐이 말했다. 그는 신음하는 소리를 내면서 비행기 밖으로 내려갔다.
미하엘 역시 멋지게 비행기를 내려가는 데 실패했다. 그는 문에서 떨어져 활짝 펼친 누나의 팔에 안겼다. 미하엘의 왼쪽 발은 감각이 사라진 채 얼음덩어리가 되었고, 한 발자국 걸어가려고 했지만 그 자리에서 넘어졌다. 그래서 땀을 흘리며 골프장에 앉아 있었다. 그때 팻과 팻타숑은 미하엘이 놀이를 하는 것으로 착각하고 꼬리로 소년을 툭툭 쳤다.

"왜 그래?" 수지는 걱정이 되어 미하엘 곁에 쭈그리고 앉았다.

"도대체 네 신발은 어디 간 거야?"

"던졌답니다. 편지를 전해주는 비둘기 대신에." 베르트가 소리쳤다.

"내 신발은 아이들이 머무는 섬에 있어." 미하엘이 자랑스럽게 말했다.

"미하엘, 대통령께서 너를 기다리고 있어." 페터가 땅바닥에 앉아 있는 미하엘을 위로 올려주면서 말했다.

"뭐라고요? 할아버지가?" 미하엘의 얼굴에 기쁨이 맴돌았다.

수지가 고개를 끄덕였다. "그래, 엄마, 아빠도 계셔."

미하엘은 골프장에서 절룩거리며 뛰어가기 시작했다. "서둘러요, 베르트!" 미하엘이 흥분해서 소리 질렀다.

페터는 수지에게 눈짓을 보냈다. "아마 지금까지 살아온 인생에서 가장 굉장한 순간일 겁니다." 그리고는 미하엘을 향해 외쳤다. "잠깐 기다려, 미하엘. 우리는 좀 더 축제처럼 만들고 싶거든."

미하엘은 놀라서 멀뚱하게 서 있는데, 갑자기 높이 솟아올라 페터와 베르트의 어깨 위에 앉게 되었다. 마치 시합에서 승리를 거둔 권투선수 같았다.

"음악이 빠져 있어서 유감이야." 수지가 말했다. 오늘 하루는 숙녀처럼 행동하기를 포기했기에 수지는 두 손을 트럼펫처럼 입에 갖다 대고, 세 명 앞에 서서 '따따-따-따'거리며 행진을 했다. 그러면서 수지는 행진하는 어린 소년들처럼 다리를 허공으로 툭툭 던지면서 걸었다.

대통령은 담요를 옆으로 던져버리고 테라스의 가장 높은 곳에 서 있었다. 잔뜩 긴장한 채 정원에 심어둔 가로수 길을 내려다보았다. 저기 오고 있어! 베르트와 페터는 대통령 앞에서 미하엘이 보다 쉽게 내려올 수 있도록 무릎을 꿇었다. 대통령은 아무 말 없이 손자를 끌어안더니 한동안 그렇게 서 있었다.

두 명의 장교는 당황하기도 했고 또 감동을 받아 무릎을 꿇은 상태에서 가만히 있었고, 수지는 모두들 감동을 받은 상황을 떠들썩한 분위기로 몰아가려고 있는 힘을 다해 입으로 트럼펫 소리를 냈다.

“이놈, 어디 보자. 너는 참으로 대단한 녀석이다. 안 그러냐?” 할아버지는 미하엘의 얼굴을 들더니 그렇게 말했다.

할아버지는 손자를 다시 꼭 안았고 두 볼에 뽀뽀를 해주었다. 그런 다음에 부모에게 손자를 넘겼다.

“일어서지 않을 것이오, 제군들?” 대통령은 베르트와 페터에게 말했다. 두 장교는 자리에서 일어났다. 베르트는 약간 휘청거렸다. 너무 피곤해서 제대로 서 있을 수조차 없었다. 그때 관리인이 여러 번 몸을 굽히며 인사를 하면서 다가왔다.

“정말 죄송합니다. 한 가지 여쭈어보려굽쇼. 비행기는 괜찮은 겁니까?”

“그럼요. 엑스레이를 찍어봐도 됩니다. 그야말로 완벽한 비행기…….”

별장 관리인은 마치 자신이 칭찬을 받은 것처럼 황송한 듯 허리를 굽혀 인사를 했다. "장교님이 만족해하셨다니 저도 기쁩니다." 관리인은 그렇게 말했다. 대통령이 헛기침을 하더니 베르트를 향했다.

"비스텐 소위!" 대통령은 짤막하면서도 군대식으로 힘 있게 말하기 시작했다. 베르트는 뒤꿈치를 모으고 군인 자세를 취했는데, 앞으로 나오게 될 말은 공적인 형식일 것 같았다.

"비스텐 소위는 자신이 오늘 오전, 열한 명의 실종된 아이들이 머물고 있던 섬을 발견했음을 인정합니까?"

"그렇습니다, 대통령 각하."

"소위는 눈으로 직접 아이들을 봤습니까?"

"그렇습니다, 대통령 각하."

"착각은 있을 수 없는 것입니까?"

"있을 수 없습니다, 대통령 각하."

"소위는 그 섬의 위치를 정확하게 압니까?"

"그렇습니다, 대통령 각하, 그 섬은……."

"알겠어요!" 대통령은 그럴 필요가 없다고 손을 내저었다. "자세하게 얘기해도 나는 모릅니다. 비스텐 소위, 충분히 수면을 취한 뒤, 내일 아침 일찍, 소위의 동료 페터 발 대위와 함께 그 섬으로 다시 가서 아이들을 데려올 수 있겠소?"

"당연히 준비가 되어 있습니다. 하지만 첫 번째, 저의 휴가가 내일 아침에 끝이 나고……."

"그럼 두 번째는?" 대통령이 나지막하게 미소를 지으며 물었다.

"두 번째로, 그 섬은 비행기를 착륙시키기에 적합하지 않습니다. 바위가 많고, 숲으로 덮여 있으며 백사장도 매우 좁습니다."

"배로 아이들을 싣고 오는 게 더 낫다고 봅니까?"

"예, 그 방법이 유일합니다, 대통령 각하."

"좋아요." 대통령은 대답을 하고 오래전부터 곁에 와서 반짝이는 눈으로 대화를 듣고 있던 손자에게 몸을 돌렸다. "미하엘, '은화살' 호를 보내면 어떻겠니?"

"끝내주죠." 미하엘은 이미 열한 명의 아이들과 함께 '마법의 정원'에 앉아서 그들의 모험을 서로 얘기하는 상상을 하고 있었다.

대통령은 두 장교에게 다가갔다. "비스텐 소위 그리고 발 대위, 내 요트를 타고 함께 가지 않겠소?"

"좋습니다." 베르트 비스텐의 지친 눈은 긴장한 얼굴에서 반짝 빛이 났다. "하지만 제 휴가가, 대통령 각하……."

"휴가 문제는 나에게 맡겨주시오. 소위의 대대장과 얘기를 해볼 테니까." 대통령은 수첩을 꺼내더니 대대장의 이름과 주소를 적었다. "어차피 할 얘기가 있었다오." 대통령은 싱긋 웃으며 계속 이야기를 해나갔다. "내 손자가 소위가 아니라, 중위와 함께 가게 될 것이라는 사실을 알면 더 기뻐하지 않겠소?"

"예? 아, 네, 대통령 각하." 베르트는 당황해서 말을 더듬었다. 미하엘과 비행기를 타고 간 일로 비난을 받는 게 아니라, 한 계급 승진하게 된 것이 믿을 수가 없었다.

"그래요, 어서 가서 잠을 청하시오, 중위. 도와줘서 정말 고맙소!" 대통령이 말했다.

보보도 같이 가려 하다

'은 화살' 호는 가장 빠른 속도로 짙푸른 바다를 질주했다. 운전키를 잡은 오렐 씨는 엔진을 최고로 작동시켰다. 하지만 이런 속도로 달리더라도 섬에는 내일 오후나 되어야 도착할 수 있다고 했다. 배는 비행기보다 훨씬 느리기 때문이다.

"페터, 베르트, 수지 외에 누구를 더 데려가고 싶으냐?" 할아버지가 물었다.

"할아버지요!" 미하엘은 대통령의 목을 팔로 감았다. 아이들이 사는 섬을 발견한 뒤 덤으로 얻게 된 선물은 바로 할아버지였다. 할아버지를 예전처럼 '위대한 아버지'이자 친구로 다시 대할 수 있어서 미하엘은 너무 기뻤다. 하지만 대통령은 안타깝게도 자리를 비울 수 없을 만큼 중요한 회의가 약속되어 있었다. 미하엘은 다른 누구를 데려갈지 곰곰이 생각했다. "할아버지, 톨네스 씨 아세요? 기자인데, 우리가 아이들을 찾은 건 이분 덕분이기도 해요. 톨네스 씨가 아니었다면, 저는 죄책감도 느끼지 않았을 것이고 양심의 가책도 받지 않았을 거예요. 톨네스 씨가 아니었다면 섬을 찾아볼 생각조차 하지 않았겠죠." 미하엘은 당황해서 할아버지를 쳐다보았다. "똑똑한 거예요 아니면 멍청한 결정인가요?" 미하엘은 '죄책감'이니 '양심'이니 하는 대단한 말이 등장하자 약간 부끄럽고 또 확신이 서지 않았다.

"똑똑한 것도 멍청한 것도 아니란다. 옳은 일이야!" 할아버지가 말했다.

"그러면 데려가요. 그 기자는 이야기꾼이고, 또 눈물을 흘리게 하는 기사를 전문적으로 쓴다고 했어요."

그 순간 수지가 다가와서 미하엘에게 장거리 전화가 왔다고 전해주었다.

"장거리 전화?" 미하엘은 급히 전화기로 달려갔다. "누가 전화했는지 아세요?" 5분 후 밝은 얼굴로 돌아온 미하엘이 물었다. "'불의 나라' 호에서 슈테판과 토마스가 속해 있던 그룹을 책임진 릴리아네 씨였어요. 이분은 석간신문에서 우리가 아이들을 발견했다는 기사를 읽고, 너무 기뻐서 화장실에서 뛰쳐 나왔다네요. 당연히 '은 화살' 호에 초대를 했답니다."

그리하여 모두가 요트 안에 꾸며놓은 '마법의 정원'에 모였다.

미하엘과 수지, 페터와 베르트, 톨네스 씨와 릴리아네 양. 미하엘은 가끔 시간을 보며 한숨을 내쉬었다. "아직 다섯 시간이나 더 남았네……. 아직 네 시간 사십오 분이……."

릴리아네 양은 손을 무릎 위에 올려놓고 부탁을 했다. "아이들이 나란히 서서 손짓을 보냈을 때, 그때를 이야기해봐……. 너무 감동적이야!"

인수푸 섬의 분위기는 좋지 않았다. 금방이라도 구조될 것이라는 기대에 부풀어 있었지만, 두 번째 날 오후가 지나도 아무런 일이 일어나지 않자 아이들의 사기는 거의 바닥으로 떨어졌다. 아이들은 매우 실망했지만, 이 부분에 대해서는 아무 말도 하지 않았다. 입을 다물고 이리저리 돌아다녔지만 무엇을 해야 할지 몰랐다. 모든 염소를 풀어주지 않은 것은 다행이었다. 왜냐하면 우유와 과일 외에는 인수푸에서 먹을 게 갑자기 없어졌기 때문이다. 사냥 담당이었던 올리버와 쿠르트 콘라드는 어깨만 으쓱했다.

"화살과 활은 이미 오래전에 짐 속에 넣어버렸거든." 쿠르트가 변명을 했다.

"덫은 어제 다 망가뜨렸는데." 올리버가 말했다.

항상 준비가 되어 있는 카트린조차도 야채를 뜯어오는 걸 거부했다.

"우리는 어차피 배도 고프지 않잖아." 소녀는 우울하게 말했다.

"너희들이 마지막 순간에 굶어죽고 싶다면……." 리나는 그렇게 말했지만 자신도 다른 아이들처럼 요리하고 싶은 마음이 거의 없었다. 갑자기 아이들은 인수푸에서 일을 하면서 보낸 일상을 계속 하고 싶은 마음이 싹 사라져버렸다. 그들은 떠나고 싶었다. 그래서 다이아나에게 섬에서 가장 높은 나무에 올라가서, 배가 오는지 살펴보라고 했다. 마침내 아이들은 짐을 모두 챙겨서 빌라 앞에 동그란 원을 만들어 앉았다. 파울은 미하엘의 왼쪽 신발을 들고 있었고 신발끈으로 장난을 치고 있었다.

"만일 우리가 이 신발조차 없었다면, 꿈을 꿨다고 믿을 수도 있어."

"슈테판에게 보내는 쪽지도 있잖아." 토마스가 말했다. 슈테판은 쪽지를 수백 번은 꺼내봤다. 이 쪽지는 열한 명의 아이들이 더러운 손으로 모두 읽어보느라 이제는 거의 글자를 알아볼 수도 없을 지경이었다.

"내일, 늦어도 모레……." 슈테판은 입술을 꼭 깨물었다.

갑자기 나무에서 환호하는 소리가 들려왔다.

"배야! 하얗고 작은 배!" 다이아나가 소리를 지르자 아이들은 마치 전기에 감전이라도 된 듯 자리에서 벌떡 일어났다.

"사람들이 온대!"

카트린은 웃었다. "……오는구나, 나누, 나누, 배 한 척이 우리 인수푸로……."

아이들은 노래를 부르며 숲을 지나서 해변가로 내려갔다. 어깨에는 가벼운 짐을 짊어지고 있었다. 카트린은 선인장 한 그루를, 슈테판은 앵무새를, 클라우디아는 작고 빨간 거북이를 가져갔다. 보보는 다이아나의 어깨 위에 앉아서 숲을 행진하는 걸 즐겼다.

'은 화살' 호는 빨리 다가왔다. 금세 테라니엔 국기와 갑판에서 왔다 갔다 하는 사람이 새까만 점으로 보였다.

'은 화살' 호에 탄 사람들은 망원경으로 해변을 살폈다. 수지가 밝게 웃으며 말했다. "야만인들처럼 보이네!"

정말 배가 섬으로 더 가까이 다가가서 아이들을 보게 되었을 때, 원주민이 해변에서 기다리고 있다는 착각이 들 정도였다. 테라니엔으로 가는 배를 탔을 때 입고 있던 바지, 외투와 스커트는 남아 있지 않았다. 머리에서 발끝까지 아이들은 자신들이 직접 만든 조각을 덮고 있었다. 머리카락은 뒤엉켜서 염소털과 토끼털로 만든 누더기 옷에 축 늘어져 있었다. 얼굴, 팔과 다리는 갈색으로 타 있었다.

작은 식인종처럼 생긴 아이들이 거기에 서서 손짓을 하는 모습을 보자 미하엘은 충격을 받았다. 쿵쿵 뛰는 가슴으로 수지 옆에서 있었고, 선원들이 해안으로 작은 보트의 노를 저었다. '은 화살' 호는 해변에서 어느 정도 떨어진 곳에 닻을 내렸다.

"누가 슈테판이에요?" 수지는 릴리아네 양에게 물었다.

"글쎄요." 릴리아네 양은 충격을 받은 눈으로 다시 알아볼 수 없는 아이들을 바라보았다.

"저기 있어!" 갑자기 미하엘이 큰소리로 웃으며 말했다. "저기 목에 녹색 목도리를 두르고 있잖아."

슈테판은 미하엘과 편지로 약속을 했기에 녹색 잎사귀들을 엮어서 만든 목도리를 목에 걸고 있었다.

"슈테판!" 미하엘은 소리를 질렀고 마치 미친 사람처럼 신호를 보냈다. "슈테판!"

"미하엘이야!" 슈테판은 나무 속껍질로 만든 샌들에 신경도 쓰지 않고서 다가오는 보트를 향해 마구 달렸다. 다른 아이들도 슈테판의 뒤를 따라갔다. 그리하여 아이들이 미하엘에게 인사를 했을 때는 엉덩이와 가슴까지 물이 찼다. 아이들은 환호하며 보트를 밀고 당겨서 백사장까지 끌고 갔다. 아이들은 차례로 미하엘과 수지와 악수를 했고 릴리아네 양과 포옹을 했다. 릴리아네 양은 일 분 만에 이 따뜻한 애정공세로 인해 몸이 완전히 젖고 말았다.

"그러니까 너희들은 이곳에서 계속 있었던 거야?" 미하엘이 맨 처음으로 백사장에 내려서 물었다.

슈테판은 해변에 있는 벽을 가리켰다. "우리를 구해준 미하엘 페트리, 아이들의 섬 인수푸를 내가 소개해도 되겠어?"

"뭐라고?" 톨네스 씨가 물으며 만년필을 꺼냈다. "인수푸? 무슨 뜻이야?"

그들은 이야기를 시작했다. 빌라와 새털을 넣어 만든 이불에 대해 보고했을 때, 톨네스 씨는 말했다. "그래도 직접 봐야 좋지!"

아이들은 거부를 했다. 다시 위로 올라가서 기자에게 인수푸 섬을 마치 박물관에서처럼 안내하고 싶은 생각이 없었다. 하지만 미하엘은 진심으로 부탁을 했다. 왜냐하면 아이들이 어떻게 살았는지 보고 싶었기 때문이다. 그러자 아이들은 다시 한 번 돌아가기로 결정을 했다. 그곳에는 보여줄 게 많았다. 가구가 있는 빌라뿐 아니라 그릇과 설거지통이 딸려 있는 부엌도 있었고, 나무 속껍질 공장과 냇가, 그리고 방목하는 염소와 나무에 매달려 있는 추락한 비행기도 있었다. 젭이 어떻게 위로 올라가서 마이크로 말을 했는지 전해주자, 미하엘은 조용히 그 앞에 섰다.

"우리가 '은 화살' 호를 타게 되면, 그때 내가 네 목소리를 들은 라디오를 보여줄게."

"내려가야 해. 금방 저녁이 되고, 인수푸를 잘 알지 못하는 사람들은 어두울 때 걷기 힘들 거야." 올리버가 경고했다.

톨네스 씨는 신음을 했다. 그는 글을 쓰다가 손에 쥐가 났다. "이건 내 평생 가장 아름다운 기사가 될 거다."

아이들이 다시 해변가로 내려오자 갑자기 다이아나가 없어졌다.

"어디 갔어? 항상 특별하게 군다니까." 리나가 화가 나서 큰소리로 말했다. 아이들은 휘파람을 불고 다 같이 '다이아나'라고 소리를 질렀다. 뱀 소녀가 마침내 해안 절벽에 나타나서 밑으로 내려올 때 해는 이미 지고 있었다.

"보보가 없어졌어. 낯선 사람들이 너무 많아서 그런지 도망을 가버렸어. 갑자기 나무 위에 올라가더니 사라졌다니까."

"할 수 없지 뭐. 우리는 배로 가야 해." 릴리아네 양이 말했다.

아이들은 꾸러미를 어깨에 매고 작은 보트에 올라탔다. 보보가 사라졌기 때문에 기쁜 마음도 잠시였다. 아이들은 보보를 열두 번째 아이로 보았고 늘 데리고 다니는 데 익숙해져 있었다. 하지만 그들은 '은 화살' 호에 올라타 미하엘이 요트를 구경시켜주자, 그런 걱정도 잊고 요트에 완전히 반해버렸다.

"모두 탔으면, 우리는 출발합니다." 올리버가 소리를 질렀다.

닻이 높이 올라갔다. 아이들은 모두 난간에 나란히 섰고 미하엘이 중앙에 서 있었다. 아이들은 반짝이는 눈으로 그들의 섬을 바라보았다. 저녁노을을 받아서 노란 빛이 된 인수푸는 얼마나 멋진지. '은 화살' 호는 엔진이 돌아가자 부르르 떨었다. 배 양편으로 물이 튀기 시작했다.

"이제 출발해." 미하엘이 말했다.

바로 그때 다이아나가 소리치며 해변을 가리켰다. 네 다리로 해변가를 달려오는 작고 검은 물체가 있었다. 바닷물이 시작하는 곳에서 어쩔 줄을 몰라 하더니, 벌떡 일어서서 배를 바라보았다.

"보보!" 다이아나는 소리를 지르며 울었고 그러다가 웃었다.

"멈춰요, 멈춰! 우리는 보보를 데려가야 해요! 보보도 우리랑 가고 싶어한다고요!" 아이들이 소리를 질렀다.

요트를 조종하는 오렐 씨가 화를 냈지만 아무 소용이 없었다. 선원들은 다시 한 번 보트를 바다에 내려서 다이아나가 해변으로 노를 저어갔다. 단 한 번만에 보보는 다이아나의 어깨 위로 올라가더니 목을 손으로 감싸안았다.

"야호! 잘했어, 보보!" 아이들은 요트 위에서 소리를 쳤다. 그리고 뱀 소녀와 원숭이를 요트 위로 올려주었다.

'은 화살' 호는 속도를 올려 마구 달렸다.

인수푸는 점점 멀어지더니 더 이상 보이지 않았다.

갑자기 볼프강이 피리를 꺼내 인수푸 노래를 연주하기 시작했다.

아이들은 난간을 잡고 어두운 점을 쳐다보며 노래를 불렀다.

우리의 섬 인수푸,
항상 즐거운 일이 일어난다네,

……그리고 한번에 끝까지 불렀다. 마지막 구절이 되자, 아이들은 마치 약속이라도 한듯 두 팔을 높이 들고 어두운 하늘을 향해 인사를 했다.

"언젠가 배 한 척이 우리 인수푸에
오게 되면—나누, 나누,
우리는 빌라를 두고 가야 하지,
집으로 기꺼이 돌아갈 거야…….
그러면 원숭이들은 입을 멍하니 벌리고 있겠지,
우리는 오랫동안 그들에게 손을 흔들거라네,
안녕, 인수푸여."

관심이 있는 아이들을 위해 쓴 짤막한 후기

『인수푸, 사라진 아이들의 섬』은 실제 일어난 사건을 바탕으로 씌어졌습니다. 그 사건은 바로 2차 대전인데요, 이 전쟁으로 수백만 명이 죽고, 가스로 독살을 당하고 쫓겨났어요. 전쟁이 일어나기 전과 수많은 희생자들을 낸 전쟁 중에, 특히 유대인 아이들을 구하기 위해 이들을 외국에 보낼 계획을 세웠답니다. 절망에 빠진 어른들은 아이들이라도 외국으로 보내려고 시도했어요.

이런 소식을 알게 된 미라 로베는 이 일과 2차 세계 대전 때 일어났던 끔찍한 사건을 연결지었어요. 즉, 1940년 9월부터 1941년 5월까지 57일 동안 독일 공군이 런던을 공격했던 사건입니다. 이때 런던 시민들은 밤낮을 방공호와 지하철 대피소에서 보내야만 했습니다. 2차 세계 대전이 끝나고 이스라엘에서 출간되었던 『인수푸, 사라진 아이들의 섬』 1판에 등장하는 주인공 아이들은 모두 영어 이름이었습니다. 그들은 우르비엔이라는 나라에 살지 않았고 영국에 살았으며, 테라니엔으로 가는 게 아니라 미국으로 가는 중이었어요. 따라서 미하엘은 미국 대통령의 손자였어요.

그런데 몇 년 후 미라 로베가 독일어로 『인수푸, 사라진 아이들의 섬』를 준비했을 때, 역사적인 사건을 그대로 연결시키는 게 마음에 들지 않았습니다. 그래서 사라진 아이들의 섬에 대한 이야기를 새롭게 써내려가게 되었어요. 왜냐하면 아이들은 그 누구든지 어떤 국가의 아이들이든, 언제 어떤 전쟁을 경험했든, 함께 세상에서 동떨어진 외딴 섬에서 공동체를 꾸려 나갈 수 있다고 작가 선생님은 생각했기 때문입니다.

클라우디아 로베

옮긴이의 말

『인수푸, 사라진 아이들의 섬』을 쓴 '미라 로베'는 오스트리아에서 가장 유명한 아동문학작가 가운데 한 사람으로, 대략 100여 권의 작품을 남기고 1995년에 오스트리아 비엔나에서 돌아가셨어요. 우리나라에도 『내 친구에게 생긴 일』, 『작지만 나는 나』, 『사과나무』를 비롯해서 20여 권이 소개되어 있답니다. 이 중 자신이 누구인지 정체성을 찾아서 돌아다니는 작은 동물 이야기 『작지만 나는 나』는 1972년부터 2012년까지 오스트리아에서 90만 부가 팔릴 정도도 대단한 성공을 거두었습니다. (그게 정말 그렇게 많은 부수야? 이렇게 생각할지 모르겠지만, 책이 1만 권만 팔려도 잘 팔린 거라고 해요. 궁금하면 궁리출판사에 한번 물어보세요!)

미라 로베의 청소년 소설 『인수푸, 사라진 아이들의 섬』은 초등

학교 5, 6학년이 읽으면 참 좋은 책이라고 할 수 있습니다. 왜냐하면 이 나이가 되면 다들 모험을 하고 싶어서 온몸이 근질거릴 때가 많거든요. 책상 앞에서 컴퓨터 오락만 할 게 아니라, 모험을 떠나는 책을 읽어보는 것도 괜찮지 않을까요?

이 책에는 주인공이라 할 수 있는 아이들이 총 열한 명이 나옵니다. 소녀 네 명, 그리고 소년 일곱 명이에요. 이 아이들은 자신들이 직접 '인수푸'라고 이름을 붙인 섬에서 함께 살아가게 되는데, 열한 명의 아이들은 닮은 점이라고는 찾아볼 수 없는 자기만의 개성을 가지고 있습니다. 하지만 각자 요리를 하거나, 사냥을 하거나, 바느질을 하거나 하는 식으로 임무를 떠맡으며 함께 살아가는 법을 배우지요. 물론 이런 작은 집단에서도 더 큰 집단, 그러니까 30명이나 40명으로 이루어진 한 학급에서 일어날 수 있는 모든 일들이 일어나는 겁니다.

『로빈슨 크루소』라는 책에 대해서 들어본 적이 있나요? 이 소설에서 로빈슨은 아버지 말을 듣지 않고 제 발로 집을 나가 선원이 되었고, 그러다가 아프리카행 배를 타고 가다가 파선해서 28년 동안 무인도에서 혼자 살아가게 됩니다. 28년이라니!!! 그런데 24년째 되던 해에 섬에 사는 식인종들로부터 목숨을 구해준 프라이데이를 하인으로 삼게 되어 고독한 삶을 접을 수 있었어요. 이에 반해 『인수푸, 사라진 아이들의 섬』에서는 주인공이 하나가 아니라, 열한 명의 소년소녀가 살아남는 이야기를 들려줌으로써 우리와 비슷한 모습을 찾아보기가 훨씬 쉽답니다.

이 아이들은 왜 섬에서 살게 되었을까요? 불편한 점이 한둘이

아닌데 말이지요. 열한 명의 아이들은 사실 전쟁이 한창이던 우르비엔이라는 나라에 살고 있었어요. 그런데 슈테판이라는 소년이 전쟁이 일어나지 않는 나라 테라니엔의 대통령에게 아이들을 받아달라는 편지를 썼고, 놀랍게도 이로부터 허락한다는 답장을 받게 되지요. 테라니엔 대통령의 손자인 미하엘이 슈테판의 편지를 읽고서 답장을 보내주었던 것입니다. 우르비엔의 아이들은 테라니엔으로 가서 잠도 실컷 자고 맛난 음식도 먹을 수 있게 된 것입니다. 그런데 테라니엔행 네 척의 배 가운데 하나에 타고 있던 아이들은 갑자기 배가 가라앉는 바람에 작은 보트를 타고 다른 큰 배로 이동을 해야 했어요. 무슨 운명의 장난인지 이 작은 보트는 이런저런 복잡한 이유로 사람들이 알지 못하는 사이에 사라지고 맙니다.

사라진 보트. 이 작은 보트를 탄 아이들이 폭풍우가 치는 밤에 살아남을 수 있을까요? 상식적으로 그럴 가능성이 없을 것 같아요. 그래서 아이들의 부모님과 아이들을 받아주겠다고 했던 테라니엔에서도 열한 명의 아이들이 모두 죽었다고 생각합니다. 그런데 유독 대통령의 손자 미하엘만은 아이들이 살아 있다는 꿈을 꾸었고, 또 이런 꿈이 사실일지 모른다는 증거도 찾게 됩니다. 그렇지만 미하엘을 사랑하고 믿었던 할아버지조차도 손자의 말을 믿지 않았고, 주변 사람들도 미하엘이 미쳤다고 생각해요.

우리가 이런 상황에 처하게 되면 어떻게 할까요? 대부분 포기를 해버리겠죠? 모두가 다들 미쳤다고 하는데, 어떻게 나 혼자 아니라고 박박 우길 수가 있겠어요. 그런데 미하엘은 포기하지 않아요.

열한 명의 목숨이 자신의 손에 달려 있다는 것을 알고 있었거든요.

책을 처음 읽었을 때 받는 느낌이나 인상은 시간이 지나면서 바뀔 수가 있어요. 가령 『인수푸, 사라진 아이들의 섬』도 여러분이 지금 읽었지만, 2년 뒤에 다시 읽어보면 또 다른 느낌을 가질 수가 있겠지요. 나도 〈센과 치히로의 행방불명〉이라는 애니메이션을 몇 년 전에 봤다가 얼마전 다시 한 번 보게 되었습니다. 그런데 처음 그 영화를 봤을 때도 깊은 인상을 받았지만, 다시 봤을 때도 엄청난 감동을 받았어요. 주인공 여자 아이 센은 용으로 변신해 부상을 입어 피를 흘리는 한 남자 아이 하쿠를 구하기 위해 자신의 목숨까지 바치는 겁니다. 어쩐지 『인수푸, 사라진 아이들의 섬』에 나오는, 열한 명의 친구들을 절대 포기하지 않았던 소년 미하엘이 센과 닮았다는 생각이 언뜻 들었어요.

언젠가 여러분들이 『인수푸, 사라진 아이들의 섬』을 다시 읽게 된다면 참 좋겠습니다.

2015년 9월 10일

옮긴이 이미옥

인수푸, 사라진 아이들의 섬

1판 1쇄 펴냄 2015년 9월 25일
1판 2쇄 펴냄 2016년 10월 25일

지은이 미라 로베
옮긴이 이미옥

주간 김현숙
편집 변효현, 김주희
디자인 이현정, 전미혜
영업 백국현, 도진호
관리 김옥연

펴낸곳 궁리출판
펴낸이 이갑수

등록 1999. 3. 29. 제300-2004-162호
주소 10881 경기도 파주시 회동길 325-12
전화 031-955-9818 **팩스** 031-955-9848
E-mail kungree@kungree.com
홈페이지 www.kungree.com
트위터 @kungreepress

ISBN 978-89-5820-329-2 03850

값 13,000원